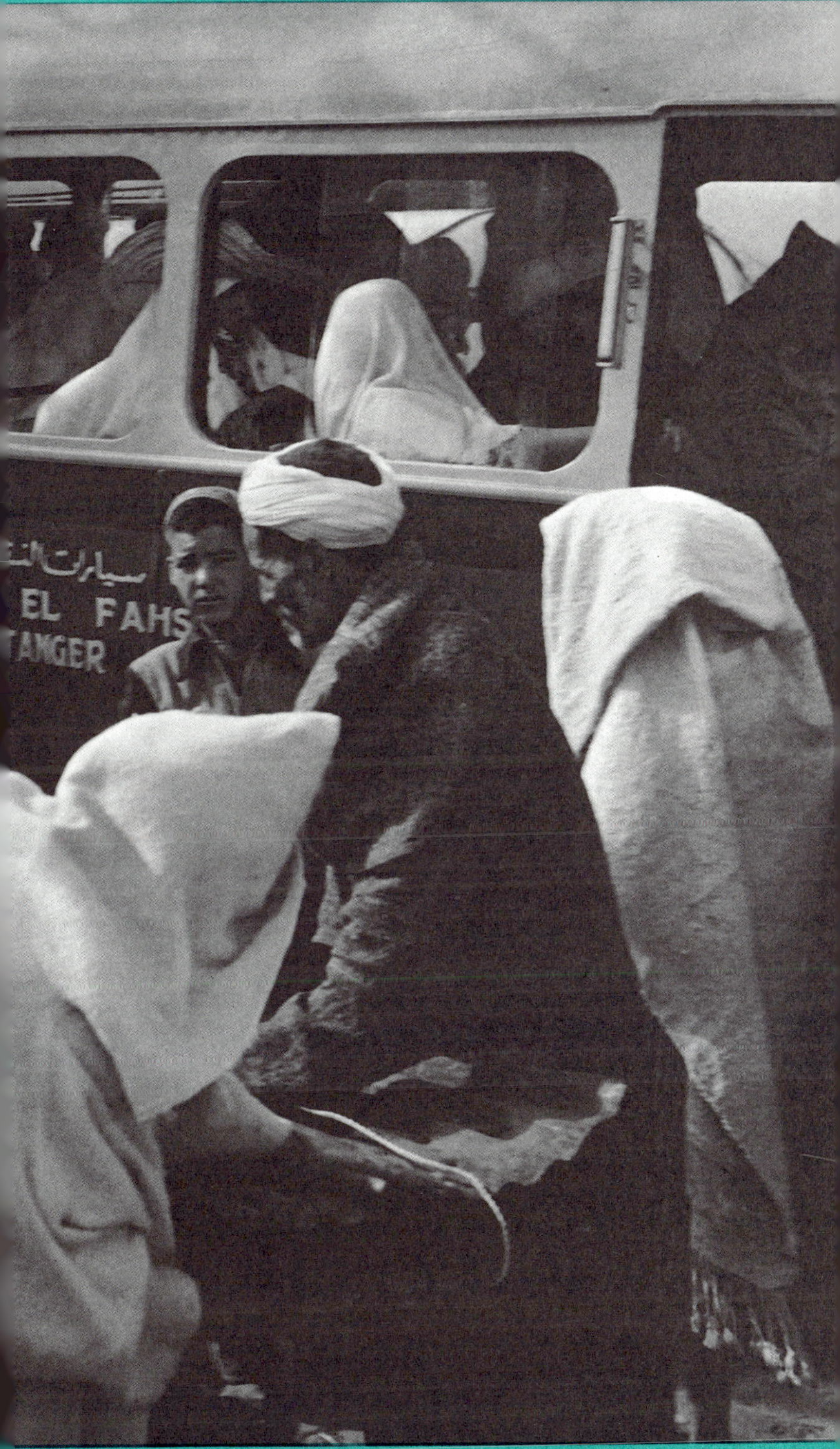
EL FAHS
TANGER

Travesia DEL
DESIERTO

Driss ben Hamed Charhadi

EIN LEBEN VOLLER FALLGRUBEN

DIE ANDERE BIBLIOTHEK

Herausgegeben

von Hans Magnus Enzensberger

Driss ben Hamed Charhadi

EIN LEBEN VOLLER FALLGRUBEN

Aufgezeichnet und ins Englische übertragen
von Paul Bowles

Deutsch von Anne Ruth Strauss

Mit zwölf Photographien
von Herbert List

Verlegt bei Franz Greno
Nördlingen 1985

Worterklärungen und Überprüfung der Umschreibung von Rainer Glagow.

»Selbst ein Leben voller Fallgruben, ein Leben, das nur aus Warten besteht, ist besser als gar kein Leben.«

Charhadis Kommentar zu einem maghrebinischen Sprichwort.

الحياة مملوءة بمعيدة

EINFÜHRUNG

Der Mann, der dieses Buch, und mit ihm den Namen des Driss ben Hamed Charhadi erfand, ist ein ungewöhnlich stiller und ungeselliger nordafrikanischer Moslem. Seine Vorfahren stammen aus einer abgelegenen Berggegend, in der eher maghrebinisches Arabisch als die Berbersprache gesprochen wird. Er ist völliger Analphabet. Er spricht das Maghrebinische klar und korrekt. Seine Sprache ist wie die eines Bauern, gespickt mit simplen Redensarten und Sprichwörtern. Die Tatsache, daß das Übersetzen und Bearbeiten des Romans ein verhältnismäßig einfaches Verfahren war, ist hauptsächlich auf die Sicherheit zurückzuführen, mit der er darangeht, eine Geschichte zu erzählen. Er weiß von vornherein genau, was er sagen wird, und er sagt es knapp und flüssig.

Das Buch entstand auf merkwürdigen Umwegen. Charhadi kam mich von Zeit zu Zeit besuchen, gewöhnlich abends auf seinem Heimweg vom Kino. Einmal hatte er sich einen ägyptischen »historischen« Film angesehen. Die Menschen in diesem Teil der Welt neigen dazu, die Bedeutung eines Spielfilms mit der einer Wochenschau zu verwechseln. War es möglich, wollte Charhadi wissen, daß Kairo völlig zerstört worden war, ohne daß er darüber etwas im Radio gehört hatte? Als ich ihm erklärte, wie Spielfilme gemacht werden und was sie bedeuten, war er ganz betroffen, daß es nicht verboten sei zu »lügen«. Ich sagte, daß kein Mensch so über das Filmemachen denke. »Und Bücher, so wie die Bücher, die Sie schreiben«, fuhr er fort, »sind die auch alle Lügen?«

»Sie sind Geschichten, wie ›Tausendundeine Nacht‹. Du bezeichnest sie doch auch nicht als Lügen, oder?«

»Nein, weil sie wahr sind. Sie passierten vor langer Zeit, als die Welt noch anders war als heute, das ist alles.«

Ich erörterte diesen Punkt nicht weiter. Statt dessen fragte ich ihn: »Und was ist mit den Geschichten, die die Leute vom Land manchmal auf dem Marktplatz erzählen? Sind sie auch wahr?«

»Oh, aber das sind nur Geschichten. Jeder weiß, daß sie nur zum Spaß erzählt werden.«

»Genauso wie meine Bücher. Und genauso wie die Filme. Jeder weiß, daß sie nur Geschichten sind.«

»Und es ist nicht verboten«, sagte er halb zu sich selbst. »Aber dann hätte ja jeder das Recht, ein Buch zu machen! Ich könnte es, oder meine Mutter. Jeder!«

»Richtig. Jeder kann, wenn er eine Geschichte zu erzählen hat und weiß, wie man sie erzählt.«

»Und er muß sie nicht an die Regierung schicken, um die Erlaubnis zu bekommen?«

»Nicht in meinem Land«, sagte ich.

Einige Tage später rief er mich an. »Kann ich Sie heute abend sehen? Es ist etwas Wichtiges.«

Wir vereinbarten eine Zeit, und er kam. Er kam nicht sogleich auf den Grund seines Besuches zu sprechen. Schließlich sagte er: »Ich habe nachgedacht. Ich möchte ein Buch machen, mit Allāhs Hilfe. Sie könnten es in Ihre Sprache bringen und es in die Buchfabrik in Ihrem Land geben. Wäre das erlaubt?«

»Ich habe dir ja gesagt, alles ist erlaubt. Doch ein Buch zu machen, ist eine Menge Arbeit. Es würde sehr lange dauern.«

»Ach so. Und Sie haben nicht genug Zeit.«

»Die hätte ich schon, wenn es wirklich gut wäre«, sagte ich. »Die einzige Möglichkeit, das herauszukriegen ist, einen Teil der Geschichte zu erzählen. Komm morgen abend, und wir wollen's versuchen.«

Am nächsten Abend, als er kam, sagte er: »Ich habe darüber nachgedacht, gestern abend, bevor ich schlafen ging, und ich weiß alles, was ich sagen will.«

Er setzte sich auf die M'tarrba neben dem Kamin nieder. Ich stellte das Mikrofon vor ihm auf und ließ ein Tonband laufen. Nach einer ganzen Weile begann er zu sprechen.

Sofort wußte ich, daß seine Art zu erzählen nichts zu wünschen übrig ließ, gleich, wie seine Geschichte weitergehen würde. Es war so, als ob er den ganzen Text auswendig gelernt und das Nacherzählen wochenlang geprobt habe; nichts deutete darauf hin, daß es improvisiert war. Etwa eine Stunde später hatte ich das Kapitel ›Der Draht‹ vollständig auf Tonband.

»Das ist nicht der Anfang«, sagte er. »Ich dachte, ich erzähle das zuerst, um zu sehen, ob es Ihnen gefällt.«

»Was denkst du darüber?« gab ich zurück.

»Ich denke, es ist eine gute Geschichte, doch vielleicht findet das sonst niemand.«

»Es klingt sehr schön auf Maghrebinisch«, sagte ich. »Doch ich kann dir noch nichts sagen, bevor ich es nicht ins Englische gebracht habe.«

Als ich das erste halbe Dutzend Seiten übersetzt hatte, sagte ich zu ihm, ich dächte, wir sollten weitermachen.

»Hamdullah«, sagte er. »Lob sei Gott.«

Etwa zwei Monate später hatte ich ›Der Draht‹ ganz ins Englische übersetzt. Von Anfang an hatte ich darauf geachtet, daß die Übersetzung wörtlich wurde, um so viel wie möglich von dem Stil zu erhalten. Nichts brauchte hinzugefügt, weggelassen oder geändert werden.

Während dieser Zeit kam Charhadi mehrere Male in der Woche, und wir gingen den gesprochenen Text Wort für Wort durch. Das zusätzliche Material, das bei dieser Prüfung ans Licht kam, war von eigenem philologischen und ethnographischen Interesse und hätte ein besonderes Buch gefüllt. Eines Tages, als wir die Übersetzung von ›Der Draht‹ fast beendet hatten, bat er mich, das Tonband für ihn noch einmal von Anfang an laufen zu lassen. Nach der Hälfte rief er: »Bitte stoppen Sie die Maschine! Hier möchte ich noch etwas mehr erzählen, wenn es Ihnen recht ist.« Was er einfügte, war keine ergänzende Episode; es war eine Verschiebung des Motivs, die dem Abschnitt ein Gefühl für das Verfliegen der Zeit verlieh.

Mit der intuitiven Sicherheit des meisterhaften Erzählers fügte er es genau dort ein, wo es den gewünschten Effekt erzielte. Beim Diktieren des Buches machte er nur ein halbes Dutzend solcher Ergänzungen zu seinem ursprünglichen Text.

Eine davon war die kurze Episode in ›Der Hirte‹, wo der Erzähler darauf besteht, die Nacht am Grab von Sidi Bu Hajja zu verbringen, um zu sehen, ob der »Stier mit Hörnern« erscheint. Als er diese Stelle hinzugefügt hatte und sie noch einmal abhörte, entschied er, daß sie nicht interessant sei und war dafür, sie wegzulassen. Dies war der einzige Anlaß für eine Meinungsverschiedenheit zwischen uns. Ich wollte sie beibehalten, weil sie – obwohl innerhalb der Geschichte nebensächlich – ein klares Beispiel für die Beharrlichkeit des vorislamischen Glaubens war: Das Erscheinen des alten Gottes an einer Stelle, deren überlieferte Heiligkeit von dem usurpierenden Glauben bestätigt wurde. (Bei ländlichen Festen wird der Stier immer noch mit Blumen und Bändern und Medaillen geschmückt und durch die Straßen geführt, um geopfert zu werden.) Ich erklärte ihm die Gründe, weshalb ich dachte, daß die Stelle aufgenommen werden sollte; dabei wußte ich von vornherein, er würde jeden Hinweis darauf mißbilligen, daß seine Vorfahren etwas anderes gewesen waren, bevor sie den Islam angenommen hatten. Wir ließen das Thema fallen, nachdem er, wenn auch nur mit halbem Herzen, eingewilligt hatte, daß die Episode in den Text aufgenommen wurde.

Der gute Geschichtenerzähler hält den Faden seiner Erzählung fast gleichmäßig an allen Stellen straff. Dies erreichte Charhadi anscheinend mühelos. Er zögerte niemals; er änderte nie die Intensität seiner Worte. Wenn ich dann und wann, um des Experimentierens willen, eigensinnig beharrte, damit er mir seine persönliche Meinung über das Verhalten einer seiner Hauptfiguren sagte, zögerte er. Wahrscheinlich war er abgeneigt, ein moralisches Urteil über seine Charaktere zu fällen, weil er sie nach dem Vorbild von Bekannten geformt hatte. Von Zeit zu Zeit wiederholte er einen Abschnitt, bevor wir ihn auf Band aufnahmen. Bei solchen Anlässen mögen ihn meine Reaktionen in seiner Entscheidung beeinflußt haben, gewisse Einzelheiten hinzuzufügen oder wegzulassen, doch ich machte keine Vorschläge irgendwelcher Art. Abgesehen von den erwähnten Ausnahmen und den wenigen Stellen, deren Verständlichkeit näherer Erläuterungen bedurfte, wurde im allgemeinen das Material, wenn es einmal auf Band war, für endgültig und unveränderlich befunden.

Paul Bowles

DER VERWAISTE

الطفل اليتيم

Als ich acht Jahre alt war, heiratete meine Mutter einen Soldaten. Wir lebten in Tetuān. Eines Tages kam der Mann meiner Mutter nach Hause und sagte zu ihr: »Wir müssen nach Tanger gehen. Dort verlegen sie die Kasernen hin, also müssen wir auch umziehen.«

»Gut«, sagte sie. »Wenn wir nach Tanger umziehen müssen, gehen wir.«

»Mach alles fertig. Wenn der Lastwagen zum Haus kommt, laden wir alles auf und fahren ab.«

»Wachchā«, sagte sie. Sie packte alles ein, Kleider und Matratzen und Kissen, und mittags kam ein Lastwagen. Sie luden die Sachen auf. Dann stiegen wir auch in den Lastwagen, und sie fuhren mit uns davon. Wir kamen nach Tanger und nahmen ein Haus in Dradeb.

Wir hatten dort drei oder vier Monate gewohnt. Eines Tages ging ich allein aus dem Haus. Ich kannte nicht die Häuser oder die Leute in dem Viertel. Ich ging hinaus und ging weiter, und ich ging, ging, bis ich weit fort war, auf dem Boulevard. Und die Nacht kam, und ich fing an zu weinen. Ein Mann fragte mich: »Was ist los?« »Ich weiß nicht, wo meine Mutter ist, und ich weiß nicht, wo mein Haus ist.«

Er sagte: »Komm mit mir. Ich werde dich nach Hause bringen.« Er brachte mich zur Comisaría. Ein Polizist saß auf einem Stuhl in der Türöffnung. Er fragte mich: »Wo wohnst du?«

Ich antwortete ihm: »In Tetuān.«

»Armer Junge«, sagte er. »Komm her.« Er gab mir eine Matte und sagte: »Setz dich dorthin. Hast du Hunger?«

»Ja«, sagte ich. Dann brachte er ein wenig Essen und ein Stück Brot.

»Bist du fertig? Gib mir die Schüssel.« Ich gab sie ihm, und er stellte sie weg. Dann sagte er: »Komm her. Zieh die alte Hose aus. Zieh sie aus. Hab keine Angst.« Ich zog sie aus. »Komm her«, sagte er zu mir. »Setz dich auf meinen Schoß.« Er machte seine Hose auf. »Hab keine Angst«, sagte er wieder. Dann glaubte ich eine Schlange in seiner Hand zu sehen, und ich sprang von seinem Schoß und lief aus dem Zimmer. Er lief hinter mir her, doch ein anderer Mann faßte mich.

»Was ist los? Wo sind deine Kleider?«

»Im Zimmer«, sagte ich. Der erste Polizist kam angerannt. »Halt ihn fest. Er hat sich verlaufen, gib ihn mir.«

Er steckte mich in ein anderes Zimmer und brachte mir meine Hose.

»Steig rein. Hör auf zu weinen. Ich hab dir doch nichts getan, oder?«

»Nein.«

»Und sag niemandem etwas.«

»Werd ich nicht.«

Er schloß die Tür und ließ mich dort, und ich schlief. Am Morgen kam ein Spanier. Der Polizist sagte zu ihm: »Jemand brachte den Jungen gestern abend hierher. Er ist von Tetuān. Er hat sich verlaufen.«

»Wo wohnst du?« fragte er mich.

»In Tetuān«, sagte ich.

»Komm her«, sagte er.

Und er brachte mich nach Tetuān.

Die Polizei suchte überall in Tetuān nach meiner Mutter, und sie konnten sie nicht finden. Und sie sagten: »Dieser Junge hat keine Familie. Wir geben ihn in den Fonduq en-Nedschār.«

Sie steckten mich in den Fonduq en-Nedschār, wo sie Kinder hinbringen und auch Frauen, die keine Familie haben. Im Fonduq sagten sie zu mir: »Junge, wo wohnst du?« Ich sagte: »Hier in Tetuān.« Und sie suchten und suchten nach meinem Haus und fanden nichts, nichts.

Und ich blieb dort. Sie gaben mir Kleider und Schuhe und alles, was ich brauchte. Wir aßen jeden Tag und hatten Decken zum Schlafen. Und ich war noch klein und noch nicht beschnitten. Sie sahen das und sagten: »Du mußt beschnitten werden.« Ich hatte Angst und sagte: »Nein! Wenn ich meine Mutter finde, will ich es machen lassen.«

Sie riefen den Pascha. Er kam und sagte: »Der Junge muß jetzt beschnitten werden.« Zwei Männer hielten mich fest und gaben mich den Frauen, die dort lebten. Sie töteten zwei Widder, und dann beschnitten sie mich. Ich blieb dort bei den Frauen, bis ich wieder gesund war. Einige von ihnen gaben mir Süßigkeiten und andere gaben mir Geld, doch ich wußte nicht, was Geld war. Als ich gesund war, ging ich wieder zurück zu den anderen. Ich lernte lesen. Von einem Tag auf den anderen fing ich an, etwas zu wissen.

Eines Tages kam der Kalif zum Fonduq en-Nedschār, um den Pascha zu besuchen. »Du mußt allen Kindern und Frauen neue Kleider geben«, befahl er ihm, »denn ich feiere jetzt mein Hochzeitsfest. Ich will sie alle in meinen Obstgarten einladen, da werden sie sich freuen. Sie haben niemanden, der etwas für sie tut.«

Mittags rief uns der Pascha. »Hört mal her«, sagte er. »Geht jetzt essen, und wenn ihr fertig seid, kommt wieder hierher. Ich werde euch allen neue Kleider geben.«

»Warum?« fragten wir ihn.

»Weil ihr in den Obstgarten des Kalifen gehen werdet. Er wird heiraten.«

Wir gingen und aßen und sprachen miteinander. »Allāh, mein Freund, der Kalif heiratet. Wir gehen jetzt in seinen Obstgarten, und alles ist gut. Ein großer Obstgarten. Wir können uns darin verstecken und alles. Ja«, sagten wir zueinander.

Nach dem Essen gingen wir in die Kleiderkammer, und sie gaben jedem von uns ein Hemd, eine Hose, eine Jacke und Sandalen. Allen Kindern. Dann kamen die Frauen, und sie gaben auch ihnen Kleider. Wir gingen hinauf in die Moschee und verbrachten dort den ganzen Nachmittag. Als die Dämmerung kam, riefen sie uns. »Kommt herunter und eßt«, sagten sie zu uns. »Wenn ihr fertig seid, fahrt ihr in dem Lastwagen der Soldaten in den Obstgarten des Kalifen.«

Wir gingen hinunter und aßen. Als wir alle mit Essen fertig waren, sagten sie: »Jetzt geht ihr nicht hinauf zum Schlafen. Bleibt jetzt hier.«

Wir setzten uns hin. Dann sagten sie: »Geht hinaus.« Wir gingen auf die Straße und gingen durch die Medina zum Platz Feddane. Am Feddane unter der Palme sahen wir den Lastwagen der Soldaten. Wir kletterten hinein. Und wir fuhren und fuhren, in der Nacht, bis wir zu dem Obstgarten des Kalifen kamen, am Fuß des Gebirges. Wir gingen sofort schlafen, als wir angekommen waren.

Am nächsten Tag sahen wir, daß überall Bäume waren. Und viele davon trugen Früchte, Äpfel, Birnen, Pfirsiche. Und die Früchte, die wir pflückten, durften wir behalten und essen.

Und wir blieben dort und spielten den ganzen Tag. Es war ein Tag, an dem wir alle glücklich waren. Und ich sagte: »Allāh, laß mich immer hier sein. Hier gefällt es mir.«

Am nächsten Tag mittags gaben sie uns ein Festmahl: gedünsteten Reis mit Zimt und Zucker. Ich hatte noch nie etwas so Gutes gegessen. »Eßt«, sagten sie, »und wenn ihr nicht genug habt, geben wir euch noch mehr.«

Ich sagte zu dem Jungen neben mir: »Siehst du, mein Freund? Es wäre besser, sie ließen uns für immer hier bleiben. Hier ist es am schönsten.« »Ja«, sagte er, »Alallāh!«

So aßen wir alle, so viel wir wollten, und es blieb noch übrig. Alle wurden satt. Dann nahmen sie die Schüsseln und Teller fort. Viele Musikanten waren da, und sie spielten andalusische Musik für uns. So lebten wir eine Woche lang, und dann wurden wir zurück nach Tetuān gebracht.

Eines Tages erfuhr der Mann meiner Mutter, daß ich im Fonduq en-Nedschār war, und er besuchte mich. Ich war krank an jenem Tag und lag auf dem Boden.

»Hier bist du also. Willst du nicht nach Hause kommen?« fragte er mich.

»Ich möchte hier bleiben. Hier gefällt es mir besser. Es ist schön hier.«

»Nein. Du mußt nach Hause kommen. Deine Mutter möchte dich wiederhaben.«

»Aber ich will hierblieben.«

»Ja. Gut. Ich werde ihr sagen, sie soll dich besuchen.«

Der Mann meiner Mutter ging zurück nach Tanger. Er erzählte meiner Mutter: »Dein Sohn ist in Tetuān im Fonduq en-Nedschār. Und er ist krank. Ich fragte ihn, ob er nicht nach Hause kommen wolle, und er sagte nein. Er möchte dort bleiben. Du mußt hingehen und ihn holen und zurückbringen.«

»Ja«, sagte sie. »Das muß ich. Er gehört zu mir.«

Er gab ihr Geld und sagte zu ihr: »Geh und hol deinen Sohn. Bring ihn nach Hause.«

Als meine Mutter kam, sagte ich zu ihr: »Nein. Ich will nicht mitkommen. Hier gefällt es mir besser. Ich kann lernen und alles, und am Freitag gehen wir mit dem Kalifen in die Moschee und danach zum Strand in Rio Martil. Ich schlafe gut und esse gut, und möchte lernen. Hier gefällt es mir am besten.«

»Nein, Walīdi«, sagte sie. »Du mußt zu mir kommen. Ich möchte, daß du bei mir bist. Du kommst mit nach Tanger und kannst dort lernen.«

»Nein, Mutter. Laß mich hier. Das ist besser.«

»Wie du willst«, sagte sie. Und sie ging allein fort.

Als sie nach Hause kam, sagte sie zu ihrem Mann: »Dieser Junge. Wir müssen ihn zurückholen. Du mußt nach Tetuān gehen und mit dem Pascha reden und ihm sagen, die Mutter des Jungen will ihn wieder zu sich nehmen.«

Er sagte: »Wachchā. Ich gehe hin.« Und er ging wieder nach Tetuān und sagte zu dem Pascha: »Seine Mutter kann nicht ohne ihn leben. Er muß so schnell wie möglich zu ihr nach Hause zurück.«

Der Pascha sagte: »Wir werden den Jungen fragen. Wenn er gehen möchte, wollen wir ihn nicht halten.«

Sie kamen zu mir. »Was möchtest du«, fragte mich der

Pascha. »Hierbleiben oder mit deiner Mutter gehen und bei ihr leben?«

Ich sagte: »Ich möchte lieber hierbleiben. Ich kenne die anderen Jungen und alles. Es wäre schöner, wenn ich hierbleiben könnte.«

»Hörst du?« sagte der Pascha. »Du hörst, was er sagt.«

»Ich möchte, daß er mit mir kommt und damit basta.«

»Da ist er«, sagte der Pascha. »Ich habe dazu nichts mehr zu sagen.« Also stieg ich mit ihm in den Bus nach Tanger. Und dort geschah nichts. Ich wurde nicht in die Schule geschickt. Nichts.

Und die Zeit verging. Eines Tages sagte meine Mutter zu ihrem Mann: »Der Junge sollte zur Schule gehen. Er weiß schon einiges, und er könnte noch mehr lernen. Er ist noch klein. Er tut jetzt überhaupt nichts.«

»Gut«, sagte er. »Ich werde ihn hinunter zur Schule bringen.« Er brachte mich zur Schule, und ich lernte den Koran, etwa ein Jahr lang. Dann kam meine Mutter nieder. Es war ein Junge. Als ihr Mann das Baby sah, wollte er nichts mehr von mir wissen. Er sagte zu meiner Mutter: »Dein Junge lernt überhaupt nichts. Alles was er tut, ist falsch.«

Von da an ließ er nichts Gutes mehr an mir. »Ich werde ihm nichts mehr von meinem Essen geben«, sagte er zu meiner Mutter.

»Wie du willst«, sagte sie. »Doch wenn es dir recht ist, laß ihn bitte auf der Schule bleiben. Ich weiß, er ist nur ein Waisenkind. Doch es wäre gut, wenn du ihn zur Schule gehen ließest. Der Junge hat niemanden auf der Welt.«

»Nein«, sagte er. »Ich kann ihn nicht mehr lernen lassen, und ich kann ihm nichts mehr zu essen geben. Er kann fortgehen und arbeiten.«

»Selbst wenn er geht und sucht«, sagte meine Mutter, »er weiß nicht, wo er Arbeit finden könnte.«

Er sagte: »Was er tut, geht mich nichts an. Das geht dich und ihn an. Mir ist's gleich, was er tut, aber er kann nicht hierbleiben und nichts tun.«

Ich arbeitete am Strand und half den Fischern, ihre Netze

einziehen. Und zu Hause hatten meine Mutter und der Mann ständig Streit meinetwegen.

Morgens ging ich fort und zog Netze ein bis zum Abend. Sie gaben mir zwei Rial. Wenn sie viele Fische fingen, gaben sie mir drei, aber das war nicht sehr oft. So war es heute und morgen, heute und morgen, lange Zeit. Nach zwei Jahren verdiente ich vier Rial täglich.

Mit etwa dreizehn Jahren war ich ein Mann, und ich fing an zu denken. Ich sagte zu mir selbst: »Wenn ich im Fonduq en-Nedschār geblieben wäre, hätte ich etwas gewußt, wenn ich herausgekommen wäre.« Ich dachte lange darüber nach. Eines Tages beschloß ich, zu meiner Mutter zu gehen und mit ihr zu reden.

»Mutter.«

»Ja?«

»Mutter, morgen gehe ich nach Tetuān.«

»Was willst du da, Walīdī?«

»Ich möchte den Fonduq en-Nedschār suchen. Wenn ich ihn finde und sie mich wieder aufnehmen, möchte ich dort bleiben.«

»Es ist lange her, seit du dort warst. Du bist jetzt erwachsen. Ich glaube nicht, daß sie dich hereinlassen. Du kennst Tetuān nicht. Du wüßtest nicht, wohin du gehen solltest. Du kennst niemand dort, und doch willst du hin! Aber wenn du gehst, kann ich nicht nein sagen.«

Ich sagte: »Mutter, ich muß gehen. So ist es nun mal. Dein Mann schreit dich jeden Tag an, und das nur meinetwegen. Ich muß gehen und das Leben auf mich nehmen, das Allāh mir bestimmt hat. Ich habe es satt, hier nach besserer Arbeit zu suchen. Aber wenn ich den Fonduq en-Nedschār nicht finden kann, komme ich zurück.«

Sie sagte: »Ja, Walīdī. Wenn du gehen willst, mußt du gehen.«

»Aber gib mir etwas zu essen mit«, sagte ich.

»Wachchā«, sagte sie. »Morgen früh.«

Ich ging zu Bett. Um sieben Uhr stand ich auf und sagte zu meiner Mutter: »Ich muß jetzt gehen, damit ich früh dort ankomme. Gib mir das Essen.« Sie gab mir einen Laib Brot und sagte: »Nimm das, Walīdī, und geh. Ich möchte nicht, daß du gehst, aber wenn du es willst, darf ich nichts sagen.«

Ich ging die Straße hinab, durch Souani und Beni Makada, und zum Wadi Morora. Dort ging ich auf die Landstraße. Ich ging und ging, bis ich an die Grenze kam, wo das spanische Zollamt war. Ich versuchte, hinter den Häusern vorbei zu gehen, doch ein Soldat sah mich und rief mich.

»Junge, komm her! Was hast du da verloren?«

»Nichts.«

Er sagte: »Die Decke da. Wo hast du die her?«

»Ich habe sie von zu Hause mitgebracht«, sagte ich, »und ich gehe nach Tetuān, meinen Onkel besuchen.« Ich sagte nichts vom Fonduq en-Nedschār.

»Hast du einen Paß?«

»Nein«, sagte ich. »Ich habe keinen.«

»Wie alt bist du?«

»Dreizehn. Aber ich habe keinen Paß.«

»Laß mich in dein Bündel sehen«, sagte er.

»Hier.« Ich öffnete es. »Es ist eine Decke mit einem Brot drin.«

Er sagte: »Geh weiter.«

Ich ging weiter, ging und ging, bis ich an einen Fluß kam. Der Tag war heiß und die Sonne schien, und ich sagte zu mir selbst: »Dieser Fluß hat gutes klares Wasser. Ich werde mich hier hinsetzen und ein wenig ausruhen und mein Hemd waschen, und dann werde ich weitergehen.«

Ich setzte mich hin und ruhte mich aus und aß ein wenig Brot. Dann wusch ich mein Hemd und breitete es zum Trocknen über meinen Kopf und ging wieder auf die Straße. Ich ging und ging, bis ich an einen Ort kam, genannt Fnidaq. Da war ich müde und konnte nicht weitergehen. Ich sah eine Palmfaserfabrik in der Nähe, und ich dachte: »Ich gehe hin und sehe mir die Fabrik an. Wenn es dort Arbeit gibt, bleibe ich da und arbeite.« Ich ging zu der Fabrik und sah einen Mann vor der Tür stehen. »Mohammed, hör mal«, sagte ich.

»Ich möchte mit dir sprechen.« Als er herbeikam, sagte ich zu ihm: »Nehmt ihr Arbeiter auf?«

»Ich weiß nicht«, sagte er, »aber frag den Nasrāni da. Den Spanier da drüben. Frag den.«

Ich ging hin, um mit dem Spanier zu sprechen. »Bitte sehr, ich möchte mit Ihnen sprechen. Wenn Sie jemanden brauchen, der für Sie arbeitet, bleibe ich hier und arbeite.«

»Kannst du denn was? Hast du irgendeinen Beruf?« fragte er mich. Ich antwortete: »Nein.«

»Hast du nie mit Eisen zu tun gehabt?«

»Nein.«

»Siehst du die Eisenstücke da? Mach davon hundert Stücke am Tag. Wir brauchen neue Zähne für die Maschine.«

Ich sagte: »Gut. Ich will es versuchen.«

Er nahm einen Hammer. »Da«, sagte er. Er zeigte mir, wie man das Eisen damit bearbeitet. Dann gab er mir den Hammer. Ich arbeitete etwa eine Stunde und hatte bis dahin noch nicht ein Stück fertig. Der Spanier sagte: »Du kannst es nicht. Du weißt nicht, wie man diese Arbeit macht. Die Leute von den Bergen können zehn Stück in einer Stunde machen. Du kannst noch nicht mal eins.«

»Sie müssen es wissen«, sagte ich.

»Nein, du kannst nicht bei uns arbeiten«, sagte er.

Ich ging hinaus. Ich ging hinauf zu den Kasernen auf dem Berg, wo die Soldaten wohnen, und ein Militärlastwagen kam die Landstraße entlang. Er blieb dort stehen, und einige Soldaten stiegen aus. Und ich war sehr müde und konnte keinen Schritt weitergehen, deshalb hielt ich mich hinten am Wagen fest, als er nach Tetuān weiterfuhr, und kletterte hinein. Ich fuhr hinten im Lastwagen, bis er fast in Tetuān angekommen war. Da hielten ein paar Polizisten auf dem Motorrad und stoppten den Wagen. Einer von ihnen sah über das Verdeck hinten hinein und sah mich dort sitzen.

»Wo kommst du her?« fragte er mich.

Ich sagte ihm, daß ich von Tanger und bis nach Fnidaq gekommen war, hätte nicht weiter gehen können und sei in den Lastwagen gestiegen.

»Komm her. Steig aus«, sagte er.

Ich hatte Angst. Ich dachte: »Der wird mir etwas tun.«

»Klettere hier herunter und steig aus.«

»Ein guter Mann trotzdem«, dachte ich. Und ich ging weiter, bis ich in die Stadt kam, und ich ging hinein nach Tetuān. Ich ging zuerst zum Platz Feddane, wo der Palast des Kalifen steht, und ging dort umher. Die Decke hatte ich unter dem Arm, und ich war hungrig, aber ich kannte niemanden in der Stadt. »Wen kann ich jetzt ansprechen«, dachte ich. »Ich kann niemand um einen Dūro bitten. Niemand wird mir etwas geben. Ich kenne ja niemanden. Ich schlafe hier auf diesen Stufen, wie Allāh will, und morgen suche ich den Fonduq en-Nedschār. Wenn ich ihn nicht finde, suche ich mir Arbeit.« Ich nahm die Decke, faltete sie in der Mitte und legte mich hin zum Schlafen, die eine Hälfte unter mir, die andere über mir.

Ganz früh am Morgen kamen die Straßenkehrer herunter und machten die Stufen sauber. »Du da«, sagten sie. »Steh auf. Es ist Morgen.« Und ich kroch unter der Decke hervor, nahm sie unter den Arm und ging los.

Ich ging und ging und suchte den Fonduq en-Nedschār. Und ich konnte ihn nicht finden. In der Mitte der Medīna war ein kleines Restaurant, wo man weißen Bohnenpudding kaufen konnte. Ich ging hinein und sagte zu dem Besitzer: »Kann ich für dich arbeiten?«

»Ja«, sagte er zu mir. »Komm herein.« Er gab mir etwas Pudding und ein wenig Brot, und ich aß. Dann wusch ich den ganzen Tag für ihn Geschirr ab. Am späten Nachmittag kamen viele Männer und aßen dort, und er gab mir wieder Bohnenpudding und Brot. Als es dunkel wurde, kamen keine Männer mehr. Der Besitzer sagte zu mir: »Trag das ganze Geschirr raus und wasch es ab. Ich schließe jetzt zu.«

Ich nahm das Geschirr und die Teller und Gläser und wusch sie ab. Er zählte sein Geld und nahm eine Peseta und gab sie mir.

»Hier, nimm das«, sagte er. »Geh ins Bad schlafen, und komm morgen früh wieder.«

»Wachchā«, sagte ich. Ich nahm die Peseta und dachte: »Ich gehe zum Hammām, und morgen komme ich wieder.«

Ich ging zum Hammām, nahm meine Decke, schlug sie halb zusammen und schlief darin. Als ich am Morgen aufwachte, dachte ich: »Jetzt gehe ich in das Restaurant und arbeite wieder den ganzen Tag, und er wird mir zu essen geben. Und wenn der Abend kommt, wird er mir eine Peseta geben und zu mir sagen, ich soll wieder zum Bad gehen. Und ich werde nie den Fonduq en-Nedschār finden. Ich hätte in Tanger bleiben sollen. Es wäre besser gewesen.«

Ich beschloß, auf die Landstraße zu gehen und wieder nach Tanger zu laufen. »Jetzt gleich verlasse ich Tetuān«, sagte ich zu mir selbst. Ich nahm meine Decke unter den Arm und ging hinaus auf die Straße und begann zu gehen. Und ich ging aus der Stadt hinaus. Ich ging und ging und ging.

Und ich dachte: »Ich werde eine Abkürzung machen, von der Landstraße fort, den Berg entlang und drüben wieder auf die Straße kommen. Die Leute sprechen immer von einer Abkürzung hier. Ich wollte bei Sūq et-Tnīne wieder auf die Landstraße kommen. Und ich ging ohne Weg, nur immer am Berg entlang. Bald kam ich an ein Waldstück. Ich sah mich um, und es war niemand da, kein Zeichen, daß jemals Menschen hier gewesen waren. Ich dachte, daß ich mich verlaufen würde, wenn ich weiter ginge; also drehte ich mich um und ging aus dem Wald heraus. Ich sah auf die Landstraße hinab und sah ein paar Hirten und einige pflügende Männer. Eine meiner Sandalen war lose, und als ich den Berg hinablief, riß der Riemen. Ich nahm die Sandale auf und trug sie in der Hand. Dann ging auch die andere kaputt, und ich trug beide. Ich ging weiter. Überall waren Dornen, so daß ich kaum auftreten konnte. Dann kam ich auf ein gepflegtes Feld.

Vier Hirten sahen mich an. Sie riefen mich: »Yāh, Sī Mohammed!«

»Was ist?«

»Komm her, komm her!« riefen sie.

»Ja.« Ich ging zu ihnen. »Vielleicht haben sie ein wenig Brot«, dachte ich. Als ich zu ihnen kam, sagte einer von ihnen: »Was hast du da in deinem Bündel?« Sie waren etwas älter als ich.

»Ich habe nichts drin«, sagte ich. »Ein paar kaputte Sandalen und eine Decke.«

»Was hast du da oben auf dem Berg gemacht? Wo gehst du hin? Wir werden dich den Soldaten ausliefern.«

Ich sagte: »Ihr wollt mich also den Soldaten ausliefern?«

Einer von ihnen sagte zu den anderen: »Los, halten wir ihn alle fest und machen es mit ihm. Einer nach dem anderen!«

Als ich sah, was sie tun wollten, begann ich zu rennen. Sie rannten alle hinter mir her. Ich rannte und schrie. Ein Bauer pflügte vor uns, nicht weit. Ich rannte auf ihn zu.

»Schämt ihr euch nicht, ihr Hirten?« sagte er. »Behandelt ihr so Fremde? Sie aufhalten und mit Gewalt hinwerfen? Ich bringe euch jetzt alle zu den Soldaten.«

Und ich sagte zu dem Bauern: »Sie haben sich nicht geschämt.«

Der Mann sagte: »Jetzt geh deiner Wege, mein Sohn. Geh schnell.«

So ging ich auf die Landstraße und ging und ging, bis ich zu einem Sūq auf dem Lande kam, es hieß El-Arba. Als ich dort ankam, konnte ich nicht weitergehen. Ich war hungrig und müde, und meine Füße taten weh vom Barfußgehen, und die heiße Sonne hatte mich den ganzen Tag verbrannt. Auf dem Marktplatz fiel ich auf die Erde und blieb dort liegen.

Nach einer Weile kamen einige Leute aus einer Palmfaserfabrik, die auf der anderen Seite der Straße lag. Einer von ihnen sagte: »Was ist mit dem Jungen, der da liegt?« Ich hörte die Worte, doch ich konnte mich nicht rühren. Ein Mann beugte sich über mich und berührte meinen Kopf. »Dieser Junge ist entweder hungrig oder durstig«, sagte er. »Ich weiß nicht, was.«

»Wart«, sagte eine Frau. »Wenn er durstig ist, werde ich ihm eine Schale Buttermilch bringen.« Und sie brachte sie, und ich trank sie und setzte mich auf. Sie sagte: »Möchtest du etwas essen?«

»Ja«, sagte ich.

Sie brachte mir Landbrot, aus Mais und Hafer. Und ich aß. Zuerst schmeckte das Brot süß, süßer als irgendein Brot, das ich je gegessen hatte. Doch als ich mit dem Essen fertig war, war es gewöhnliches Landbrot gewesen. Ich sagte zu mir selbst: »Siehst du, was Hunger machen kann? Als ich hungrig war, schmeckte das Brot wie Honig. Bevor ich aß, konnte ich nicht einmal mein Knie bewegen, und jetzt, wo mein Bauch voll ist, fühle ich mich stark und weiß, das Brot ist gar nicht süß.« Doch ich las alle Brotkrümel auf, die übrig geblieben waren und wickelte sie in die Decke und ging wieder weiter. »Allāh sei Dank«, dachte ich. »Jetzt habe ich Leben in mir und bin imstande, nach Tanger zu kommen.«

Ich ging weiter und ging und ging, und das Ende des Tages kam, als ich in Ain Michluna war. Dort ist eine alte Tankstelle. Ich dachte: »Jetzt wird es dunkel. Ich werde bis zu dem Müllabladeplatz gehen. Dort war vorgestern, als ich vorbeikam, eine Menge Papier. Ich werde etwas finden und die Decke darauflegen und bis zum Morgen schlafen. Dann gehe ich weiter, bis in die Stadt.«

Und ich ging weiter, bis ich zu dem Müllabladeplatz kam. Ich kletterte im Dunkeln herauf und begann Papier zusammenzusuchen. Dann breitete ich es aus und schlief.

Am Morgen stand ich auf. Ich sah mir das Papier an und dachte: »Das kann man verkaufen. Ich werde mit einem Franc in die Stadt zurückkommen. Ich muß etwas tun, um ein wenig Geld zu bekommen.«

Ich las ungefähr fünfzig Pfund Papier zusammen und wickelte Drähte darum und trug die Ballen davon. Es waren fünf Kilometer bis zum Strand, aber ich trug sie dorthin, zu einem alten Franzosen, der immer nach Tanger gekommen war und Altpapier gekauft hatte. Und ich verkaufte es ihm. Als das vorüber war, dachte ich: »Allāh sei Dank!« Und ich ging zu meiner Mutter.

»Nun, mein Sohn«, sagte sie, »hast du den Fonduq en-Nedschār gefunden oder nicht?«

Ich sagte: »Nein, ich habe ihn nicht gefunden. Aber seit langem hatte ich mir in den Kopf gesetzt, nach Tetuān zu gehen und ihn zu suchen und vielleicht zu finden. Ich wollte ihn noch einmal sehen, ob er noch so sei wie das erste Mal. Ich ging. Es war schwer, aber Allāh sei Dank, daß ich ging. Mit meinem Kopf und meinem Herzen war ich immer im Fonduq en-Nedschār. Es ist ein Waisenhaus, und ich bin eine Waise. Und ich habe immer zu deinem Mann gesagt: ›Laß mich hier! Laß mich hier!‹ Und selbst du wolltest mich nicht dort lassen. Du hast mich besucht und zu mir gesagt: ›Komm. Komm mit mir.‹ Ich sagte: ›Nein, Mutter. Laß mich hier. Hier ist es besser.‹

Und jetzt siehst du, wieviel Zeit vergangen ist, und ich sage immer noch dasselbe zu dir. Fünf Jahre lang habe ich zu dir gesagt, ich gehöre in den Fonduq en-Nedschār. Wenn ich dort geblieben wäre, hätte ich lesen gelernt. Ich hätte ein Handwerk gelernt oder wenigstens, wie ich mich in der Welt durchbringen kann. Jetzt kann ich überhaupt nichts. Allāh wird dich richten, dich und deinen Mann.«

»Nein, mein Sohn. Es ist nicht meine Schuld«, sagte sie. »Ich kann dir nicht helfen. Das ist nur ein Gedanke, den du dir in den Kopf gesetzt hast.«

Ich sagte: »Nein. Du hast es getan. Du hast deinen Mann geschickt, mich zu holen. Jetzt kann ich nicht lesen, und ich kann kein Handwerk. Und ich habe niemand, dem ich folgen kann.«

DIE REISE
NACH MENARBIYA

السفر الى منربية

Als ich etwa neun Jahre alt war, ging ich in die französische Schule in Bū Khăch Khăch. Ich ging sechs oder sieben Monate dorthin, und dann begannen die Ferien. Eines Tages sagte meine Mutter zu mir: »Ich gehe aufs Land, deinen Großvater besuchen. Ich habe ihn lange nicht mehr gesehen. Ich weiß nicht, wie lange! Weil du jetzt drei Sommermonate keine Schule hast, kannst du mit mir kommen.«

Sie ging zu ihrem Mann und sagte: »Ich muß meinen Vater besuchen. Ich habe ihn lange nicht mehr gesehen.«

»Gut«, sagte er. »Doch wart bis zum Ende des Monats, dann kann ich dir Geld geben.«

»Gut.«

Als das Ende des Monats kam, bekam er Geld. Dann sagte er zu meiner Mutter: »Ich habe jetzt Geld bekommen. Komm, ich kaufe dir ein paar Kleider, die du mitnehmen kannst zu deiner Familie.«

Sie ging mit ihm, und sie kauften Tohamiras, Foqiyas und Sirwāl für die Familie, denn solche Kleider tragen die Leute auf dem Land.

Und sie kauften Schuhe für meine Mutter. Als sie nach Hause kamen, hatten sie Schuhe und ein Hemd und eine Jacke für mich. Und wir packten alle Kleider ein und machten uns fertig, um am nächsten Tag aufzubrechen.

Früh am Morgen, vor Tagesanbruch, zur Stunde des Fedschr, gingen wir hinunter zum Strand. Der Mann meiner Mutter sagte ihr auf Wiedersehen. Dann nahmen meine Mutter und ich einen Bus. Wir fuhren zuerst nach Tetuān. Dort stiegen wir aus und gingen zur Medīna, um nach einem Fonduq zu suchen, wo wir bleiben konnten. Wir fanden einen und nahmen ein Zimmer mit einer Matte auf dem Fußboden. Ein Mann kam und sagte uns, er wisse, wo er uns Essen besorgen könne, und meine Mutter gab ihm Geld für ein Abendessen. Er brachte uns Reis mit rotem Pfeffer. Er war so heiß, daß ich mir den Mund verbrannte, und ich konnte ihn nicht essen. Ich aß Brot und Oliven. Dann schliefen wir. Am Morgen standen wir auf und nahmen einen Bus nach Bab Taza.

Als wir in Bab Taza ankamen, stiegen wir aus und folgten den anderen Reisenden und wurden von den Soldaten untersucht. Dann setzten wir uns an die Seite des Weges und warteten, daß ein Lastwagen vorbeikäme. Es waren noch zwei Frauen und ein Mann aus dem Bus da, die mit uns warteten. Den ganzen Tag lang kam nichts vorbei, und als es Nacht war, gingen wir alle ein kleines Stück weiter in den Wald neben dem Weg und schliefen. Am Morgen kam ein Lastwagen, und die zwei Frauen und der Mann stiegen ein. Meine Mutter und ich blieben zurück, weil der Lastwagen nach El-Had fuhr, und wir wollten nach Beni Ahmed.

Ein Soldat hatte auf einem Hügel Wache gestanden. Als er meine Mutter und mich allein am Wegrand stehen sah, kam er herunter gelaufen.

»Frau«, sagte er, »wo gehst du hin?«

»Ich bin auf dem Weg in das Gebiet der Beni M'zgilda.«

»Hast du einen Paß?«

»Nein, ich habe keinen«, sagte sie.

»Aha. Komm mit mir.«

Und er nahm uns mit zu einigen Baracken, wo die Berg-Patrouille untergebracht war. Wir kamen in ein Zimmer. Ein Nasrāni saß dort.

»Ich hab diese beiden am Wegrand gefunden«, sagte der Soldat zu dem Nasrāni. »Die Frau da hat keinen Paß. Sie sagt, sie hat acht Jahre in Tanger gelebt.«

Der Nasrāni fragte meine Mutter: »Wo bist du her?«

»Von Menarbiya.«

»Und woher kommst du jetzt?«

»Von Tanger.«

»Bist du verheiratet?«

»Ja.«

»Dein Vater. Wo ist er?«

»Mein Vater lebt in Menarbīya, und ich bin jetzt auf dem Weg dorthin.«

»Und warum bist du von Menarbīya nach Tanger gegangen?«

Sie sagte: »Die Leute gingen hin, und ich ging mit ihnen.«

»Du wartest hier«, sagte er zu ihr. »Am Nachmittag kommen Soldaten und bringen dich nach Beni M'zgilda.«

Später kam ein Soldat und sah uns an. Sie sagten zu uns: »Dieser Soldat wird mit dir gehen.«

»Gehen wir«, sagte der Soldat. Und wir brachen auf. Es war die Stunde des Nachmittagsgebets. Wir gingen eine Zeitlang auf der Straße, und dann führte der Soldat uns auf einen Weg mit vielen Steinen. Es waren Albiota-Bäume längs des Wegs, und wir überquerten Bäche und kletterten um große Felsblöcke herum. Jedesmal wenn ich einen Albiota-Baum sah, kletterte ich hinauf und pflückte ein paar Albiota-Nüsse. Ich aß sie im Weitergehen. Ich rannte so weiter und kletterte die Bäume hinauf, bis meine Mutter sagte: »Komm her. Jetzt ist genug. Geh vor mir her.« Ich hatte alle meine Taschen mit Nüssen gefüllt, weil ich jedesmal, wenn ich einen Baum sah, dachte, jetzt käme keiner mehr. Doch die Bäume standen überall. Die Nüsse in meinen Taschen waren schwer. Als ich müde davon wurde, so viele zu tragen, begann ich, sie wegzuwerfen. Erst leerte ich eine Tasche, dann die andere. Wir gingen und gingen, und kurz nach der Dämmerung kamen wir an ein paar Baracken auf einem großen Hügel.

»Hier bleiben wir heute Nacht«, sagte der Soldat. »Und am Morgen geht ihr weiter. Ich gehe zurück nach Bab Taza.«

Am nächsten Tag vor Sonnenaufgang weckte uns ein anderer Soldat. »Aufstehen«, sagte er. »Ihr müßt jetzt gehen. Ich gehe mit euch.« Er stieg auf ein Pferd, und wir gingen zu Fuß hinter ihm her. Wir gingen und gingen, durch das Land.

Manchmal sahen wir ein Stück gepflügtes Land, doch es war klein, und dann mußten wir mehrere Stunden gehen, bis wir ein anderes sehen konnten. Und wir begegneten keinem Menschen auf dem ganzen Weg. Wir gingen den ganzen Tag und am Ende des Tages kamen wir wieder zu ein paar Baracken. Wir schliefen dort, und der Soldat wurde wieder ausgetauscht. Jedesmal blieb der Mann, der am Tag vorher mit uns gekommen war, zurück, und ein neuer Mann ging mit uns weiter. Wir gingen und gingen und gingen, am dritten Tag, über die Berge, und der Soldat immer auf einem Pferd.

Einmal setzten wir uns am Weg nieder, um ein paar Minuten auszuruhen. Der Soldat ließ das Pferd laufen, damit es sich etwas zu fressen suchte. Dann setzte er sich unter einen Baum. Er war aus dem Land der Andjr.

»Wo kommst du her?« fragte er meine Mutter.

»Aus Menarbīya«, sagte sie. »Wo bringst du uns hin?«

»Nach Beni M'zgilda, um euch bei dem Caid abzuliefern.«

Etwas später sagte er: »Wir können uns hier nicht aufhalten. Gehen wir.«

»Ja«, sagte sie. »Wir gehen mit dir weiter, doch wenn wir müde werden, müssen wir wieder ausruhen.«

Wir waren nicht weit gegangen, als ich müde war. Ich sagte zu meiner Mutter: »Ich kann nicht mehr weitergehen.« Meine Mutter rief den Soldaten:

»Yāh, El Andjri!«

»Was ist los?«

»Der Junge ist müde. Wir müssen ausruhen. Er kann jetzt nicht weitergehen.«

»Das geht nicht«, sagte er. »Ich kann nicht wieder anhalten. Ich muß zu den Baracken kommen. Der Junge kann sich ausruhen, wenn er dort ist.«

Sie sagte: »Allāh, yāh Sidī! Wir sind drei Tage lang gegangen. Heute sind wir seit dem frühen Morgen auf den Beinen, und jetzt ist schon die Zeit des Maghreb-Gebetes gewesen. Die Sonne wird bald untergehen, und wir gehen immer noch. Ihr Soldaten wechselt jeden Tag, aber wir haben nie die Möglichkeit, uns auszuruhen.«

Er sagte: »Ich kann nichts daran ändern. Ich führe meine Befehle aus, und ihr müßt weitergehen, bis wir zu den Baracken kommen. Dann könnt ihr beide schlafen, und morgen wird ein anderer Soldat mit euch gehen.«

Ich versuchte weiterzugehen, aber ich konnte mich nur hinsetzen.

»Dieser Junge kann nicht weitergehen«, sagte meine Mutter, »also können wir nicht weiter.«

»Nun«, sagte der Soldat, »wir wollen einen Augenblick ausruhen.«

Wir setzten uns hin und ruhten ein wenig. Wir waren auch durstig, doch es gab kein Wasser. Nach einer Weile, als die Sonne untergegangen war, stand der Soldat auf. »Los, weiter«, sagte er.

Wir fingen wieder an zu gehen, gingen und gingen, und wir kamen zu den Baracken, als es Nacht wurde. Als wir hereinkamen, sahen wir ein paar andere Leute dort sitzen und warten. Meine Mutter sah eine der Frauen an und erkannte sie. Sie hatte sie vor vielen Jahren in Menarbīya gekannt.

»Weshalb hat man dich hierher gebracht?« fragte sie.

»Wir haben Kif bei uns gehabt«, sagte die Frau. »Sie wollen uns zu dem Caid in Menarbīya bringen. Der Caid wird uns Gerechtigkeit verschaffen. Er wird uns freilassen.«

Die Soldaten hatten die Leute gefaßt, weil sei alle Kif bei sich trugen. Sie hatten einen Esel, und sie hatten die beiden Körbe zu seinen beiden Seiten mit vielen Pfunden Kif gefüllt. Dann hatten sie Weizen gemäht und ihn oben auf den Kif gelegt. Doch jetzt hatten die Soldaten ihnen alles abgenommen. Die Frau erzählte meiner Mutter alles. Und meine Mutter erzählte der Frau alles, was geschehen war, seit sie sie zum letzten Mal gesehen hatte.

»Allāh!« sagte die Frau zu meiner Mutter. »Wenn sie dich nach Menarbīya vor den Caid bringen, werden sie dich danach ins Gefängnis schicken.«

Meine Mutter sagte: »Wenn du hier wegkommst, geh zu meinem Vater und sag ihm, seine Tochter sei auf dem Weg zu ihm, doch jetzt hätten die Soldaten sie aufgegriffen. Wenn wir alle zusammenbleiben, dann ist es eben so, aber wenn wir getrennt werden, sag das meinem Vater.«

Am Morgen riefen sie uns und versammelten uns, und wir brachen alle zusammen mit zwei Soldaten auf. Wir gingen und gingen, die beiden Soldaten auch, bis wir an einen Fluß kamen. Die Flüsse dort haben gutes Wasser. Dann sagten die Soldaten zu uns: »Setzt euch hin, wir werden hier eine Weile bleiben. Wer trinken möchte, kann trinken.«

Wir tranken lange Zeit. Nachher setzten wir uns dort eine Weile an den Fluß, und das Wasser floß vorüber. Und wir ruhten uns ein wenig aus und aßen Brot und Oliven. Als wir uns besser fühlten, standen wir auf und tranken noch etwas Wasser aus dem Fluß, und wir gingen wieder auf den Weg und gingen weiter. Wir gingen und gingen und gingen, bis ich sehr müde war. So müde, daß ich nicht mehr gehen konnte. Meine Mutter rief einen der Soldaten: »Ya Radschel! Ya Radschel! Mein Sohn kann nicht mehr weiter. Wir müssen wieder ausruhen.«

»Laß ihn noch bis dorthin gehen, wo die Männer Weizen mähen«, sagte er. »Sie werden uns irgendein Tier geben, und wir werden den Jungen darauf setzen und so weitergehen.«

Wir gingen also weiter, bis wir an das Feld kamen, wo die Männer Weizen mähten. Als wir dort ankamen, riefen die Soldaten sie und sagten: »Möge Allāh eure Eltern segnen. Habt ihr ein Tier, was ihr uns leihen könnt? Wir haben ein Kind, das nicht mehr gehen kann. Wir bringen das Tier morgen wieder mit. Es soll nur bis zu den letzten Baracken in Beni Ahmed gehen und dann zurückkommen.«

Einer der Männer sagte: »Wachchā. Ich nehme meinen Esel und komme mit euch. Dann kann ich ihn selbst zurückbringen.« Sie nahmen also den Esel und setzten mich auf seinen Rücken. Ich ritt und ritt, bis wir bei den letzten Hütten von Beni Ahmed angekommen waren. Der Bauer stieg auf seinen Esel, und sie gingen wieder nach Hause zurück. Wir blieben dort eine Zeitlang und warteten. Ein Soldat kam und sagte zu uns: »Sobald es dunkel ist, werdet ihr nach El Qachla aufbrechen.«

Als es dunkel wurde, kam der Lastwagen, und wir stiegen ein und fuhren nach El Qachla. Dort begannen die Soldaten, uns viele Fragen zu stellen. »Wo kommst du her? Wo wohnst du? Welche Adresse? Und du? Und du? Und du? Wachchā.«

Zu meiner Mutter sagten sie: »Wir werden deinen Scheich rufen. Er wird uns sagen, wer du bist.«

Sie schickten dem Scheich eine Mitteilung. Der Franzose dort sagte zu meiner Mutter: »Wir haben den Scheich gerufen. Morgen wird er kommen und dich ansehen.«

Wir mußten die ganze Nacht auf einer hölzernen Bank sitzen. Die anderen Leute gingen weg, und meine Mutter wußte nicht, ob die Frau daran denken würde, zu ihrem Vater zu gehen oder nicht. Am nächsten Morgen kam der Scheich herunter ins Büro und sagte ihnen den Namen meiner Mutter: Aischa bent Mohammed Chafā'i. Der Scheich sagte zu meiner Mutter: »Ich kenne deinen Vater.«

Der Franzose fragte den Scheich: »Wie lange ist es her, seit sie zuletzt hier war?«

»Sechs oder sieben Jahre«, sagte der Scheich. Er wollte ihm nicht sagen, daß es elf oder zwölf Jahre waren.

»Hattest du den Jungen schon gehabt, als du damals hier warst?«

»Nein«, sagte sie. »Er ist nicht hier geboren.« Dann nannte sie ihm den Namen meines Vaters. »Er war schon in meinem Bauch, als mein Vater mich scheiden ließ«, sagte sie.

Der Franzose sagte: »Also, Frau, warum bist du von hier fortgelaufen?«

Sie sagte: »Ich sah die Leute gehen, und da ging ich mit ihnen.«

»Und jetzt wird dich die Regierung ins Gefängnis stecken«, sagte er. »Du weißt, es ist verboten, von einem Ort zum anderen zu gehen.«

»Wenn die Regierung mich ins Gefängnis stecken will, bin ich bereit«, sagte sie.

Sie sperrten uns also ein. Sie sperrten uns ins Gefängnis. Und wir verbrachten wieder die ganze Nacht auf der hölzernen Bank, und am Morgen kamen sie mit einem Lastwagen und brachten uns ins Gefängnis in Teroual. Ich hatte nie ein Gefängnis gesehen, das aus baufälligen Schieferhütten bestand, bis ich nach Teroual kam. Bevor wir hineingingen, sahen wir, daß sie die Frauen in einem Teil und die Männer in einem anderen Teil untergebracht hatten. Sie ließen mich mit meiner Mutter gehen. Es waren schon drei andere Frauen in der Hütte. Die Frauen hatten keine Decken und keine Matten. Es war nur ein Stück Mattenbelag auf dem Boden. Sie gaben uns nichts zu essen. Wenn ein Gefangener Familie hatte, durfte ihm die Familie donnerstags Essen bringen, doch das mußte für die ganze Woche reichen.

Jeden Morgen gingen die drei Frauen aus der Hütte heraus und jeden Abend kamen sie zurück. Meine Mutter und ich blieben da, weil die Regierung uns noch nicht verurteilt hatte. Wir saßen dort drei Tage, und niemand sprach mit uns. Wir kannten niemanden dort. Und niemand kannte uns. Niemand brachte uns etwas zu essen. Am dritten Tag begann eine der Frauen mit meiner Mutter zu sprechen.

»Yāh Lalla, wessen Tochter bist du? Wer ist dein Vater? Und deine Mutter? Ist's wahr? Bist du Aischa? Wie alt bist du geworden!«

»Ja«, sagte meine Mutter.

»Und ist das dein Kind?«

»Ja.«

»Aischa, ich weiß nicht, was sie mit dir machen werden.«

»Ich weiß es auch nicht«, sagte meine Mutter. »Und warum bist du hier?«

»Ich schlug mich mit meinem Mann«, sagte sie. »Da brachten sie mich hierher.«

»Welche Arbeit mußt du hier tun?« fragte meine Mutter.

»Wenn es hell wird, schicken sie uns hinaus zum Holzsammeln«, sagte sie.

Wir schliefen, und am Morgen gingen die Frauen hinaus wie immer. An diesem Tag schrieb die Regierung unser Urteil. Sie verurteilten uns, im Gefängnis von Teroual zu bleiben, weil meine Mutter vor zwölf Jahren nach Tanger gegangen war.

Am nächsten Tag, als die drei Frauen zum Holzsammeln gingen, mußte meine Mutter mit ihnen gehen. »Du bleibst hier«, sagte sie zu mir.

»Nein«, sagte ich, »ich will nicht hierbleiben. Ich will mit dir gehen.« Ich ging mit ihr bis zur Tür. Als wir hinausgingen, sagte ein Soldat zu mir: »Du darfst nicht mit den Frauen gehen.« Ich sagte: »Doch. Ich muß mit meiner Mutter gehen.«

Meine Mutter sagte: »Ja. Wenn er nicht gehen darf, gehe ich auch nicht.«

Der Soldat ging und sprach mit dem Sergeanten. »Da ist eine Frau, die ihr Kind bei sich hat. Sie will das Kind mitnehmen zum Holzsammeln. Ein so kleiner Junge kann nicht durch den Wald gehen. Es wird ihm etwas passieren.«

Der Sergeant sagte: »Laß ihn mitgehen. Es wird schon gutgehen. Sie kann ihn mitnehmen, aber sie wird eine Ladung Holz auf dem Rücken tragen müssen, wie die anderen.«

Der Soldat kam wieder und sagte: »Das Kind kann mitgehen. Der Sergeant sagt, du kannst ihn mitnehmen.«

»Gut«, sagte sie.

So gingen wir in den Wald. Meine Mutter sammelte Holz, und ich spielte. Die wilden Erdbeeren waren süß. Ich saß und aß Erdbeeren und hörte Explosionen, die von weit her kamen. Alle paar Minuten hörte man ein Grollen.

Ich fragte meine Mutter: »Was ist das für ein Geräusch?« »Das ist der Krieg«, sagte sie. Aber als sie Krieg sagte, dachte ich, es sei nichts Besonderes. Es war wie ein Spiel oder wie der Wind. »Was ist Krieg?« dachte ich. »Nichts auf der Welt, nichts was zum Leben gehört.«

Die Frauen blieben den ganzen Tag im Wald und sammelten Holz. Jede machte ihren Stapel. Zwei Soldaten zu Pferd paßten auf, daß wir nicht wegliefen. Spät am Nachmittag luden die Frauen das Holz auf ihren Rücken und gingen wieder zum Gefängnis zurück. Und wir gingen weiter durch den Wald, gingen, und die Soldaten ritten hinter uns her. Die Leute, die schwere Lasten trugen, gingen zu Fuß, und die nichts zu tragen hatten, saßen auf dem Pferd. Niemand, der keine Last trägt, weiß, wieviel sie wiegt. Und ich ging mit meiner Mutter. Sie war doppelt gebeugt unter ihrer Last, und ich ging vor ihr her.

So war unser Leben dort im Gefängnis in Teroual. Eines Tages sagte ich zu meiner Mutter: »Was ist das für ein schlimmes Leben?«

Meine Mutter sagte: »Siehst du, wie schwer das Leben ist?«

Und ich verstand nichts. Ich sah sie an, und das war alles. Ich konnte nichts für sie tun.

So lebten wir, heute und morgen, heute und morgen. Eines Tages erfuhr die Familie, daß wir dort waren. Mein Großvater und seine Frau und mein Onkel kamen und besuchten uns im Gefängnis, und dann ging mein Großvater zum Caid und sprach mit ihm.

Der Caid ging zum Pascha. Er sagte zu ihm: »Ich kenne die Frau Aischa bent Mohammed Chafā'i.« Und er erzählte ihm die Geschichte, wie sie vor vielen Jahren das Land verlassen habe und nach Tanger gegangen sei. Als er mit dem Pascha gesprochen hatte, ließen sie uns frei, und wir gingen zum Haus meines Großvaters in Menarbīya.

Zuerst dachte ich, die Leute auf dem Land müßten sich Pflaumen und andere Früchte kaufen, wie die Leute in der Stadt. Und ich dachte, ich würde einen Eimer nehmen und ihn mit Pflaumen füllen und nach Hause bringen, und mein Großvater würde sagen: »Seht, der Junge hat Früchte für uns alle mitgebracht.« Und dann dachte ich, ich würde ihm erzählen, daß ich sie gekauft hätte. Ich nahm einen kleinen Eimer und füllte ihn mit Pflaumen und trug ihn nach Hause. Ich ging hinein und sagte zu meinem Großvater: »Möchtest du Pflaumen essen?«

»Ja«, sagte er.

»Ich habe sie gekauft«, sagte ich.

»Walidi«, sagte er. »In der Stadt, in der du lebst, kaufst du alles, ja?«

»Ja«, sagte ich.

»Hier kaufen wir nichts«, sagte er. »Nichts wird gekauft. Wenn wir was essen wollen, gehen wir in den Garten.«

Ich sagte: »Ihr habt ein wunderbares Leben hier. Hier gefällt es mir.«

»Möchtest du immer hier bei uns bleiben?« fragte er.

»Ja.«

»Sehr gut. Du wirst bei uns bleiben«, sagte er. Ich war glücklich, weil ich dachte, ich dürfte jetzt immer bei meinem Großvater leben.

Das Dach des Bauernhauses war mit Stroh gedeckt, doch im Innern war es sehr schön. Das Haus hatte einen großen Obstgarten mit Feigenbäumen voll schwarzer Feigen. Ich verbrachte drei oder vier Tage damit, Feigen zu pflücken und zu essen. Die Frau meines Großvaters sah, wie ich die Feigen aß, und hatte es nicht gern, aber sie sagte nichts.

Eines Tages saß ich mit meiner Mutter im Haus, und ich sagte zu ihr: »Warte. Ich muß gehen und ein paar Feigen holen.« Ich ging hinaus in den Obstgarten und wollte gerade auf einen Baum klettern, als ich aufsah und etwas Großes und Schwarzes in den Zweigen sitzen sah, mit langen Haaren, die von allen Seiten herabhingen. Es beugte sich vornüber und seine Augen sahen durch die Haare hindurch auf mich herab. Ich rannte aus dem Obstgarten ins Haus hinein.

»Was ist los? Was ist, Walidi?« rief meine Mutter.

»Aischa Qandicha sitzt in einem Baum im Obstgarten!« sagte ich.

»Nein, nein«, sagte sie. »Das ist nicht Aischa Qandicha. Hab keine Angst.«

»Doch doch. Komm und sieh selbst. Komm.« Ich zog sie mit mir. Als wir ankamen, war sie nicht mehr da. Da war nur die Frau meines Großvaters, die ein paar Feigen pflückte.

»Sie war hier«, sagte ich. »Bei Allāh, ich hab sie gesehen!«

Meine Mutter sagte: »Ja, kann sein. Es könnte sein. Jetzt komm ins Haus.« Und wir gingen hinein.

Hinter dem Hause war ein altes Grabmal, in dem ein Heiliger begraben lag. Jedes Jahr war es mehr und mehr verfallen, und niemand kam, um es instand zu setzen. Ich war gerne dort, und ich spielte jeden Tag darin. Ich pflückte reife Feigen, von den besten, und nahm sie mit in das Grab des Heiligen und aß sie dort.

Eines Tages saß ich im Obstgarten auf einem Baum und pflückte Feigen. Von dort sah ich, nicht weit, einen anderen Baum. Er hatte bessere Feigen als der Baum, in dem ich saß. Ich kletterte hinunter und ging hin, um mir die Feigen anzusehen. »Diese Feigen!« dachte ich. »Das sind die besten von allen. Aber ich kann jetzt keine mehr essen. Ich will in das Grab des Heiligen gehen und ein wenig spielen, und wenn ich wieder herauskomme, werde ich hier hinaufsteigen und mir welche holen.«

Ich lief zu dem Grab. Es war sehr alt und verfallen, ohne Dach. Drinnen wuchs ein Olivenbaum. Als ich zu dem Baum kam, sah ich eine Schlange, die sich um einen Zweig gewunden hatte und kroch. Sie sah mich und verschwand. Und ich rannte wieder hinaus und spielte dort. Nach einer Weile ging ich wieder, um nach den Feigen zu sehen. Da saß ein alter Mann im Obstgarten unter einem Baum. Jeden Tag kam er und saß im Schatten. Ich kletterte in den Feigenbaum und begann, von den Feigen zu essen. Und ich trat auf einen morschen Ast, und er brach, und ich fiel. Im Fallen traf mich ein scharfer Zweig, der fuhr mir durch die Gesichtshälfte und zerriß mir die Wange bis zum Mund. Dann fiel ich auf die Erde.

Meine Mutter kam, hob mich auf und brachte mich ins Bett, und ich wußte von nichts. Am nächsten Tag wachte ich auf und hatte ein zerrissenes Gesicht. Meine Mutter gab mir Haferbrei und Milch. Einen Arzt gab es nicht. Ich aß so lange Haferbrei und Milch, bis ich wieder gesund war. Dann ging ich hinaus in den Obstgarten und pflückte wieder Feigen, genau wie vorher.

Wir blieben noch einen Monat dort und dann sagte meine Mutter, sie könne nicht mehr länger von Tanger fortbleiben. Sie habe ihren Mann benachrichtigt, daß sie zurückkäme, und sie fürchte, er würde böse sein, wenn sie jetzt nicht zurückkehre.

»Gut«, sagte mein Großvater. »Ich werde bis Beni Ahmed

mitkommen. Du kannst dort im Haus bleiben und morgens aufbrechen. Du mußt vor Tagesanbruch gehen. Es sind Soldaten am Fluß. Wenn sie dich nicht fassen, kannst du nach Bab Taza weitergehen.«

»Ja«, sagte sie.

Ein paar Tage später kam meine Mutter und sagte zu mir: »Steh auf und zieh deine Schuhe an. Wir müssen jetzt gehen.«

Ich hatte gedacht, ich würde in Menarbiya bleiben, aber jetzt wußte ich, daß ich mit meiner Mutter nach Tanger zurück mußte. Ich machte mich fertig.

So gingen wir nach Beni Ahmed. Dort aßen wir, und dann machten wir Raif, damit wir unterwegs etwas zu essen hätten. Als wir fertig waren, aßen wir ein wenig Raif und danach schliefen wir bis zur Stunde des Fedschr. Dann sagte meine Mutter zu meinem Großvater: »Ich muß gehen.« Sie weckte mich.

»Es ist noch Nacht, Mutter. Wohin gehen wir?«

Wir gingen, und mein Großvater ging mit uns. Wir gingen nun auf der Straße. Es war dunkel, und ich konnte gar nichts sehen. Wir gingen weiter, gingen und gingen, bis wir zum Fluß kamen. Es war noch nicht Tag, doch ich konnte schon die Bäume am Flußufer sehen. Als wir zum Ufer des Wassers gekommen waren, verabschiedete meine Mutter sich von ihrem Vater. Dann verabschiedete ich mich von ihm, und wir überquerten den Fluß. Wir gingen immer weiter.

Es war sieben Uhr morgens, und die Sonne schien. Wir kamen zu ein paar Bauern, die gerade ein Weizenfeld mähen wollten.

Meine Mutter sagte zu mir: »Setz dich hier hin, und ich werde mit diesen Leuten arbeiten bis zum Abend. Dann gehen wir weiter.«

Wir waren immer noch in der Nähe des Flusses. Wenn wir auf dem Weg gegangen wären, hätten die Soldaten uns gesehen. Wenn sie blieb und mit den Bauern arbeitete, würden sie denken, wir gehörten zu ihnen.

Meine Mutter ging und sprach mit den Frauen. Die Männer mähten den Weizen, und die Frauen warteten, bis sie ihn forttrugen, dann konnten sie hinterhergehen und auflesen, was die Männer fallen gelassen hatten. Die Männer gaben ihnen die Hälfte von dem, was sie vom Boden aufgelesen hatten.

»Lalla, ich möchte heute hier mit euch arbeiten«, sagte meine Mutter zu der Frau. »Ich bin auf Reisen, und ich kann nicht weiter, bevor die Nacht kommt. Ich werde bei euch bleiben bis zum Abend und dann weitergehen.«

»Das ist eine gute Idee. Es ist das beste für dich«, sagte die Frau. »Bleib bei uns und geh später weiter. Wenn du jetzt gehst, werden sie dich schnappen.«

»Gut«, sagte meine Mutter. Und den ganzen Tag über arbeitete sie, las Weizen von der Erde auf, wo die Männer ihn fallen gelassen hatten. Sie gab der anderen Frau ihren Anteil. Mittags holten die Bauern ihr Essen und gaben uns etwas davon ab. Sie hatten Brot und Erbsenbrei und Oliven und Buttermilch. Wir saßen am Fluß, weil dort hohe Oleanderbäume wuchsen. Nach dem Essen mähten sie wieder Weizen bis zum halben Nachmittag. Dann trugen sie den ganzen Weizen zusammen und droschen ihn auf dem Boden. Ich saß und sah zu. Sie luden den Weizen auf die Esel und brachen nach ihrem Dorf auf. Meine Mutter und ich gingen mit ihnen. Sie nahmen uns mit bis zu ihrem Dorf, damit die Soldaten uns nicht gefangennehmen konnten. Nachdem wir eine Weile gegangen waren, wurde ich müde, und sie setzten mich auf einen Esel. Es wurde dunkel. Wir gingen weiter. Als wir fast bis zu ihrem Dorf gekommen waren, hielten sie an. »Ihr müßt jetzt über den Berg dort gehen«, sagten sie zu uns. »Hinter dem Berg ist ein anderes Dorf.«

Die Bauern gingen fort, und meine Mutter und ich gingen weiter. Es war Nacht, und es gab keinen Pfad, doch wir konnten die Bäume und Felsen sehen, weil der Mond hell war. Wir stiegen hinauf zu dem anderen Dorf hinter dem Berg. Nirgends konnten wir unterkommen, außer in der Moschee. Sie gaben uns Essen in der Moschee, und wir schliefen dort.

Am Morgen brachen wir auf nach Bab Taza. Die Dschebāla sagten uns, wir könnten in einem Tag dorthin kommen. Wir dachten, es sei weit, weil die Soldaten uns hin und her, von einem Militärposten zum anderen gebracht hatten, immer durch die Berge.

An diesem Tag kamen wir zu einem ländlichen Sūq, und es war Markttag. Wir setzten uns dorthin und blieben bis zum Abend. Als die Kaufleute ihre Sachen zusammenpackten und nach Bab Taza aufbrachen, gingen wir mit ihnen. Es war Nacht, als wir nach Bab Taza kamen. Dort saßen wir und warteten vor den Baracken, um zu sehen, ob andere Kaufleute unseren Weg gehen würden. Es machte jetzt nichts mehr aus, ob die Soldaten uns sahen oder nicht. Der schlimme Teil war der Weg am Fluß entlang gewesen, am Tag zuvor. Wir schliefen dort ein wenig auf dem Boden, und am nächsten Morgen sprachen wir mit einigen Männern, die auf den Markt von Chauen gehen wollten. Wir gingen mit ihnen. Jeder Mann trug etwas anderes zum Verkauf. Einer hatte Holzkohle mit, ein anderer Zwiebeln, ein anderer Weizen. Und wir gingen weiter mit ihnen, bis wir zur Dämmerung in Chauen ankamen. Der Mann meiner Mutter hatte dort schon einige Tage auf uns gewartet. Er stieg mit uns in einen Bus und brachte uns nach Hause.

DER HIRTE

الراعي

In dem Jahr, in dem wir bei der Kaserne von Beni Makada wohnten, waren die spanischen Soldaten immer noch dort einquartiert. Unser Haus lag in einem Obstgarten auf einem Hügel hinter den Kasernen. Ich ging jeden Tag zu den Soldaten. Ich ging in die Küche und half ihnen bei ihrer Arbeit. Sie ließen mich Kartoffeln schälen, und später schüttete ich die Schalen in einen Schubkarren und fuhr damit hinaus, um sie wegzuwerfen. Ich trug ihren ganzen Abfall hinaus und warf ihn aufs Feld. Wenn sie ihr Essen kochten, gaben sie mir etwas davon ab, und ich nahm es mit nach Hause. Sonntags und donnerstags machten sie Paella mit Reis. Das war mein Lieblingsessen.

Wir lebten dort eine Zeitlang, und dann sagten die Nasrāni, daß alle spanischen Soldaten Tanger verlassen müßten. Sie sollten nach Schemāl geschickt werden. Nach einiger Zeit packten die Soldaten ihre Sachen. Sie brachten uns alte Kleider, die der Mann meiner Mutter ihnen abkaufte. Und sie brachten uns Metallstücke. Manchmal kamen spät in der Nacht, wenn wir schon schliefen, Soldaten an die Tür, um uns etwas zu verkaufen. Holz, Decken oder Papier oder etwas anderes, das sie von der Regierung gestohlen hatten. Soldaten brauchen immer Geld.

Und so packten die Nasrāni ihre ganzen Sachen. Sie nahmen ihre Pferde und ihre Lastwagen und ihre Soldaten. Alles, was in den Kasernen gewesen war, hatten sie mitgenommen. Und wir blieben dort und wohnten im Obstgarten.

Eines Tages ging der Mann meiner Mutter in die Stadt. Auf der Straße begegnete er einem Mann, der Caid unter den Spaniern gewesen war. Caid Abderrahman sagte zu dem

Mann meiner Mutter: »Nun, Si Mohammed, wie lange wohnst du schon in diesem Obstgarten? Es muß traurig dort sein, seit die Soldaten weg sind. Warum kommst du nicht zu mir und wohnst in der Hütte, die auf meinem Land steht, bei meinen Kühen und Eseln? Das ist in Souani. Du könntest dort bei Nacht Wache halten und tagsüber im Obstgarten arbeiten. Du hast einen Jungen, der könnte Hirt sein. Und du könntest dort wohnen.«

»Wachchā«, sagte der Mann meiner Mutter. Und so zogen wir nach Souani, und ich ging jeden Morgen mit dem Hirten des Caid hinaus. Der Mann meiner Mutter rief mich und sagte: »Geh! Geh mit dem Mann! Eines Tages wird er nicht mehr hier sein, und du wirst es allein tun müssen.«

Ich ging jeden Tag mit dem Hirten, heute und morgen, heute und morgen. Eines Tages hatte er Streit mit dem Caid Abderrahman. Nachdem sie eine Weile gestritten hatten, sagte der Hirt: »Mögen deine Eltern gesegnet sein. Bitte zahle mir, was du mir schuldig bist, und ich gehe fort und suche mir andere Arbeit.«

Später sprach Caid Abderrahman mit dem Mann meiner Mutter. »Dein Junge da. Er weiß, wie man Tiere hütet. Er kennt alle Wege. Er kann unser Hirt sein.«

»Ja«, sagte der Mann meiner Mutter.

»Also gut. Allāh ihennik. Morgen, Inschallah, wird der Junge allein die Kühe aufs Land führen und sie wieder zurückbringen. Du gehst am Nachmittag zu ihm und paßt auf, daß er sie alle zurückbringt.«

An diesem Abend sagte der Mann meiner Mutter zu mir: »Jetzt wirst du also Hirt sein. Sieh zu, daß du ein guter wirst. Bring die Tiere fünfzehn oder zwanzig Tage lang hinaus, und dann werde ich dir ein Paar Sandalen kaufen.«

Und so ging der Hirt am nächsten Morgen fort, und ich führte die Kühe allein hinaus. Ich ging mit ihnen die Straße hinab und ging und ging, bis wir in die Nähe von El-Adir kamen, unterhalb von Beni Makada. Ich trieb die Kühe dorthin und blieb da mit ihnen den ganzen Tag. Ein Hirt, der Schafe auf dem Berg hatte, kam herunter zu mir.

»Bist du der neue Hirt von Caid Abderrahman?«

»Ja«, sagte ich.

»Der Mann, der die Hütte in seinem Obstgarten bewohnt, ist das dein Vater?«

»Ja«, sagte ich, »mein Vater.« Ich sagte ihm nicht, daß es nur der Mann meiner Mutter war.

»Es ist ein gutes Leben, Hirt zu sein.«

»Gut oder nicht gut, ich bin jetzt Hirt«, sagte ich.

Der andere blieb an diesem Tag bei mir. Und am Nachmittag trieb ich das Vieh zusammen, die Kühe und Stiere und eine dürre, alte Mähre, die mit ihnen hinausgeführt werden mußte. Sie gingen voraus, und ich folgte ihnen und hielt die Mähre an einem Strick. Jeden Tag führte ich sie von El-Adir nach Souani, und der Mann meiner Mutter kam mir entgegen. Und manchmal kam er nicht. Sobald er sah, daß ich es allein schaffte, kam er überhaupt nicht mehr. Ich machte es etwa zwei Monate allein, und dann war Sommer.

Caid Abderrahman hatte Weizen in El-Adir gepflanzt. Und er ließ die Männer den ganzen Weizen mähen und suchte Frauen, die den Weizen auflasen. Meine Mutter ging mit den anderen Frauen und arbeitete auf dem Feld. Ich führte meine Tiere immer auf eine Weide in die Nähe des Feldes, um mit ihr sprechen zu können. Manchmal blieb ich den ganzen Tag bei ihr, und wir aßen zusammen unsere Mahlzeit. Und die Frauen arbeiteten, lasen den Weizen von der Erde, und jede nahm sich ihren Anteil. Der Caid mußte auch seinen Anteil haben, und den mußte meine Mutter ihm bringen. Jeden Tag, wenn wir aufgehört hatten zu arbeiten, brachten sie und ich unseren Anteil mit nach Hause. Und das ging so, heute und morgen.

Neben dem Land, wo der Weizen gemäht worden war, lag ein Maisfeld. Der Mais war noch nicht reif, so daß die Kühe nichts davon fressen konnten. Ich führte sie jeden Tag dorthin, damit sie das Stroh fraßen, das auf dem Weizenfeld liegen geblieben war. Den ganzen Tag blieb ich dort, und wenn der Tag zu Ende war, trieb ich die Kühe zusammen und brachte sie nach Hause.

Eines Tages war die ganze Arbeit getan. Die Männer lasen das Stroh vom Feld auf. Sie bewahrten es auf, um es den Kühen zu geben, wenn die Regenzeit kam. Es waren große Strohhaufen auf dem ganzen Feld. Ich ging zu einem davon und legte mich hin. Es war sehr heiß dort, und ich schlief ein. Als ich aufwachte, ging ich nachsehen, ob alle Kühe und Stiere noch da waren und ob sie keinen Mais fraßen. Sie waren da, und sie fraßen Stroh. »Allāh sei Dank!«

Es war spät am Nachmittag, kurz vor Sonnenuntergang. »Es ist Zeit zu gehen«, dachte ich. Ich trieb die Tiere zusammen und ließ sie vor mir hergehen. Wir gingen und gingen, bis wir wieder zu Hause waren. Und dort banden meine Mutter und ihr Mann sie fest. Während meine Mutter die Kühe molk, sagte ihr Mann: »Aischa, ein Stier fehlt.«

»Wirklich?«

»Ja.«

Er rief mich: »Ahmed!«

»Was ist?«

»Ein Stier fehlt. Wo hast du ihn gelassen?«

»Ich weiß nicht«, sagte ich. »Die dort waren, sind hier. Ich habe sie den ganzen Tag gehütet und nach Hause gebracht. Das sind sie alle. Wart, ich will sie mir ansehen, ich kenne alle.«

Ich sah nach, und tatsächlich fehlte ein Stier. Sieben Stiere hätten es sein sollen, und nur sechs waren da. »Ja«, sagte ich. »Einer ist weg.«

»Bist du eingeschlafen?«

Ich sagte: »Ja, ich habe ein bißchen geschlafen.«

»Warum? Ich habe dir gesagt, du sollst nie schlafen. Wer hat dir gesagt, du sollst schlafen?«

»Ich wußte nicht, daß ich schlief, bis ich aufwachte.«

»Komm her«, sagte er. »Nimm deinen Stock, und wir gehen ihn suchen.«

So gingen wir in Richtung El-Adir, um ihn zu suchen. Es war sehr dunkel auf der Straße. Wir gingen und gingen, durch die Nacht, und als der Muezzin zum Gebet des 'Eschā aufforderte, waren wir immer noch in El-Adir auf der Suche.

Der Mann meiner Mutter ging zu dem Maisfeld, und ich stand neben einem hohen Strohschober. Es war sehr dunkel. Ich schob meinen Kopf und dann meinen ganzen Körper in das Stroh, so daß ich ganz darinnen war. Das einzige, was ich hören konnte, war der Wind, der im Maisfeld pfiff.

Nach einer Weile begann der Mann meiner Mutter mich zu rufen. »Ahmed! Yāh Ahmed! Ahmed!« Ich wußte, daß er den Stier im Mais gefunden hatte, doch ich hatte Angst, aus dem Stroh herauszukommen.

Und ich hörte die Frösche schreien, und da war nur die Nacht überall. »Wenn ich herauskomme, wird mir etwas passieren«, dachte ich. »Jemand wird mich stehlen oder irgend etwas.« Der Mann meiner Mutter rief noch lange nach mir, aber ich rührte mich nicht.

»Er kann rufen, solange er will. Ich gehe nicht mit ihm. Ich werde hier schlafen, bis morgen früh.«

Er rief noch ein paarmal, dann nahm er den Stier und ging fort. Und ich blieb bis zum Morgen. Als die Sonne am Himmel heraufkam, machte ich mich auf den Weg nach Hause, und auf dem Weg traf ich den Mann meiner Mutter, der die Herde in Richtung El-Adir trieb.

»Wo bist du gewesen?« fragte er. Ich sagte: »Vergangene Nacht war ich in einem Strohhaufen, und als du riefst, hatte ich Angst herauszukommen. Es war sehr dunkel, und ich konnte überhaupt nichts sehen, also blieb ich drin.«

»Geh zurück«, sagte er. »Hier sind die Kühe. Nimm sie mit.«

Ich nahm sie und trieb sie zurück aufs Land. Und an diesem Tag hatte ich nichts zu essen. Ein paar Tage später kaufte mir der Mann meiner Mutter ein Paar Sandalen, wie sie die Dschebāla tragen. »Hier sind deine Belrha«, sagte er. »Aber paß auf. Das Leder ist neu, und die Sohlen sind weich.«

Ich zog sie an. Ich war sehr glücklich, Schuhe an meinen Füßen zu sehen. Es war das allererste Mal, daß ich welche trug.

»Allāh!« dachte ich. »Diese Dschebāla-Schuhe sind schön!«

Als die anderen Hirten kamen, sagten sie zu mir: »Diese Schuhe da! Lebe in guter Gesundheit mit ihnen.«

»Allāh gebe euch Gesundheit«, sagte ich zu ihnen.

Der ganze Mais war nun gemäht. Jetzt konnten die Kühe gehen, wohin sie wollten. Wir Hirten saßen den ganzen Tag zusammen und erzählten uns. Einige spielten Karten, andere spielten Kchira mit einem Stück Kork und Stöcken. Das war meine Arbeit bis zum Ende des Sommers. Dann eines Tages, als der Sommer vorüber war, kam Caid Abderrahman zu unserer Hütte und sagte zu dem Mann meiner Mutter: »Ich werde das ganze Vieh verkaufen.«

»Wann?« fragte der Mann meiner Mutter.

»Am Sonntag kommen die Leute und sehen sich das Vieh an.«

Ich arbeitete noch zwei Tage. Sonntag nachmittag brachte ich die Tiere nach Hause. Wir banden sie an und molken die Kühe. Dann kamen die Männer, die sie ansehen wollten. Caid Abderrahman kam mit ihnen. Sie sahen sich die Tiere lange an, und dann gingen sie mit Caid Abderrahman zurück nach Emsallah und machten den Preis.

Und er verkaufte sie ihnen alle. Kein Stück blieb übrig. Ich ging und sah in die leeren Ställe, wo die Kühe nachts gestanden hatten. Caid Abderrahman sagte zu dem Mann meiner Mutter: »Ich werde die Ställe herrichten lassen und sie als Wohnungen vermieten. Du kannst eine davon nehmen und darin wohnen, bis ich Zement bringe und sie umbaue. Dann kannst du mir entweder monatlich Miete zahlen oder dir eine andere Wohnung suchen.«

Und wir blieben noch etwa einen Monat dort, und der Stall war besser als die Hütte, in der wir gewohnt hatten. Dann fand der Mann meiner Mutter ein anderes Haus, weiter unten in einem Dorf, das El-Adaw hieß, und er mietete es. Ein Stück Obstgarten gehörte dazu. Einige Tage arbeitete er dort, an anderen Tagen ging er zum Markt, um Schafe und Ziegen zu kaufen und zu verkaufen. Und er sagte immer zu meiner Mutter, er verdiene nicht genug Geld, um uns alle zu ernähren, sich, meine Mutter und mich. Dann stritten sie sich und er sagte zu ihr: »Es ist meine Arbeit, die den Jungen am Leben erhält. Schick ihn arbeiten. Schick ihn, wieder für jemanden die Herde zu hüten oder etwas anderes.«

Eines Tages sagte meine Mutter: »Warum gehst du nicht selber, um ihm eine Arbeit zu suchen, und bringst ihn unter?«

»Das tu ich«, sagte er.

Er ging zu einem Mann namens Ben Aischa und sagte zu ihm: »Mein Junge da. Wenn du willst, kann er bei dir Hirt werden.«

»Wachchā. Bring ihn her. Er kann meine Schafe hüten.«

Am nächsten Tag brachte er mich zu Ben Aischa und sagte zu mir: »Das ist der Mann. Geh mit ihm.«

Ben Aischa sagte zu mir, er wolle mir dreißig Rial im Monat geben und mein ganzes Essen, und wenn meine Schuhe abgetragen seien, wolle er mir neue kaufen. Ich sagte: »Gut«, und begann für ihn zu arbeiten. Die Zeit verging. Es war bald Id el-Kbīr, und die Leute kauften sich ihre Schafe für das Opfer. Die Männer, die viel Geld hatten, wollten die Schafe verkaufen, die sie kauften, und so kauften sie viele und ließen sie draußen grasen. Dann wurden die Schafe fett, und sie konnten sie besser verkaufen. Weil so viele Schafe an einem Ort waren, vermischten sich die Herden, und bei Sonnenuntergang mußten die Hirten die Herden voneinander trennen, bevor sie ihre eigenen Schafe heimtreiben konnten.

Neben der Wiese, auf der wir unsere Schafe grasen ließen, war ein Spielfeld. Dort spielten die Franzosen Rugby. Eines Tages war ein Spiel, und ich sah zu. Als es vorüber war, ging ich wieder zu meinen Schafen und trieb sie zusammen, um sie nach Hause zu bringen, und ich sah, daß eines fehlte. Jemand hatte es gestohlen. Ich wußte, daß Ben Aischa es merken würde, denn jeden Abend, wenn ich die Schafe zurückbrachte, zählte er sie. An diesem Abend sagte er: »Du hast eines verloren.«

Wir gingen hinaus und suchten überall auf dem Land, wo ich den ganzen Tag gewesen war, aber wir fanden es nicht.

Ben Aischa behielt mich weiter als Hirt. Er sagte nicht, ich tauge nichts oder ich müsse das Schaf bezahlen. Er sagte nur: »Das Schaf ist weg. Ein andermal wird Allāh dir helfen, besser auf die Schafe aufzupassen.«

Als der Mann meiner Mutter davon hörte, kam er und sagte zu mir: »Du taugst noch nicht einmal zum Hirten. Du kannst nicht auf anderer Leute Sachen aufpassen. Alles, was du kannst, ist den ganzen Tag spielen.«

Ben Aischa sagte zu ihm: »Sag nichts zu ihm darüber. Laß ihn in Ruhe. Es ist nichts passiert, und ein andermal wird Allāh ihm helfen.«

Und ich arbeitete weiter für Ben Aischa. Ich war sechs oder sieben Monate lang sein Hirt. Es wurde wieder Sommer, die Zeit, in der die Schulen geschlossen haben. Als Ben Aischas jüngerer Sohn aus der Schule kam, sagte Ben Aischa zu ihm: »Jetzt gehst du nicht mehr in die Schule. Du mußt jetzt ab und zu mit den Schafen hinausgehen und sie hüten.« Und zu mir sagte er: »Und Ahmed, du wirst Stroh zusammenrechen. Ich gebe dir einen Rial für jedes Netz voll, das du mir bringst.«

Und der kleine Junge ging mit mir hinaus und paßte auf die Schafe auf, und ich harkte den ganzen Tag Stroh, das die Schafe bekommen sollten, wenn die Regenzeit kam.

An manchen Tagen brachte ich zwei oder drei Netze voll mit nach Hause, und manchmal nur eins. Je nachdem, was ich fand. Ich harkte das Stroh, und sein Sohn brachte die Ballen auf dem Esel nach Hause. Ben Aischa hatte noch einen Sohn namens Abdallah, der pflügte jeden Tag auf einem Feld neben der Wiese, auf der wir unsere Schafe grasen ließen. Eines Tages brachte er die Herde für mich aufs Land. Die Nasrāni spielten Rugby auf dem Feld. Abdallah überließ die Schafe sich selbst und sah sich das Spiel an. Als es vorüber war, ging er zurück, um die Schafe zu sammeln. Und er zählte sie und entdeckte, daß zwei fehlten.

Als er sah, daß sie nicht da waren, brachte er die anderen nach Hause. Sein Vater zählte sie und sagte: »Junge, du hast zwei Schafe verloren.«

»Ich weiß nichts davon«, sagte Abdallah. »Ich habe mich nicht um sie gekümmert. Ahmed hat sie heute gehütet. Ich brachte sie zu ihm und sagte, er solle auf sie aufpassen, und dann ging ich und sah mir das Rugbyspiel an.«

Da kam Ben Aischa zu mir und sagte: »Das hat mein Sohn gesagt. Stimmt das?«

»Nein. Ich habe die Herde heute gar nicht gesehen. Als ich heute morgen hinausging, nahm ich den Esel und die Netze für das Stroh mit. Ich habe die Schafe überhaupt nicht gesehen. Bis zu diesem Augenblick nicht.«

»Hörst du!« sagte Ben Aischa zu seinem Sohn. »Hör, was Ahmed sagt.«

»Ich schwöre, es war Ahmed! Er hat sie gehütet.«

Ich sagte zu Abdallah: »Schämst du dich nicht, zu lügen?«

Ich zitterte und dachte: »Jetzt denkt Abdallah, weil ich einmal ein Schaf verloren habe, kann er sagen, ich hätte es wieder getan.«

»Du sagst, ich hätte die Herde gehabt?« fragte ich ihn.

Ben Aischa sagte: »Genug jetzt. Wir sprechen nicht mehr darüber.«

Ich ging zu meiner Hütte und setzte mich hin. Das Mädchen brachte mir das Essen. Ich aß und ging zu Bett. Am Morgen ging ich die Netze holen und den Esel, aber Ben Aischa sagte zu mir: »Laß sie hier. Nimm sie nicht. Laß sie heute. Du holst heute kein Stroh. Abdallah wird es tun.«

»Du mußt es wissen«, sagte ich.

»Sieh. Der Monat ist noch nicht zu Ende. Aber ich werde dir den ganzen Monat bezahlen. Du kannst nicht mehr Hirt bei mir sein.«

»Wachchā. Wie du willst.«

Er zahlte mir den vollen Monat. »Hier«, sagte er. »Geh nach Haus zu deinem Vater.« Er dachte, der Mann meiner Mutter sei mein Vater. Ich nahm das Geld mit nach Hause und gab es dem Mann meiner Mutter. »Hier ist das Geld«, sagte ich zu ihm. »Nimm es. Ich bin kein Hirt mehr.«

»Warum nicht?«

»Der Mann will mich nicht mehr.«

»Warum will er dich nicht mehr?«

»Ich weiß nicht. Der Junge hat zwei Schafe verloren und

sagte, es sei meine Schuld. Und am Morgen sagte Ben Aischa, ich könne nicht mehr für ihn arbeiten, und er bezahlte mich.«

»Ja, ich kenne dich«, sagte er. »Immer verlierst du alles. Du hast für Arbeit keinen Sinn. Einmal verlierst du einen Stier. Ein andermal verlierst du ein Schaf. Und jetzt hast du zwei verloren.«

»Ich habe nichts verloren«, sagte ich. »Ich war noch nicht einmal bei der Herde. Du sagst etwas und warst gar nicht dabei.«

»Ruhig! Sag kein Wort mehr!«

Und ich blieb daheim in seinem Haus. Er nahm mich mit in den Obstgarten und gab mir eine Hacke. »Hier«, sagte er. »Nimm das. Arbeite.«

Wie konnte ich arbeiten? Welche Arbeit konnte ich für ihn tun? Seit mehr als vier Jahren hatte niemand mehr in diesem Boden gegraben. Nach so langer Zeit ist die Erde wie ein Felsen. Ich konnte nicht damit fertig werden. Und das ging so einen oder ein und einen halben Monat. Ich lebte im Haus bei meiner Mutter und ihrem Mann. Manchmal verdiente er etwas Geld auf dem Markt, und manchmal gar nichts. Und wenn er ohne Geld nach Hause kam, stritt er sich mit meiner Mutter. Er sagte dann zu ihr: »Dein Sohn. Siehst du, wie lange ich jetzt wieder für ihn gearbeitet habe. Jetzt tu du etwas. Tu etwas mit ihm. Ich habe dich geheiratet. Nicht deinen Sohn.«

Und meine Mutter war immer unglücklich, immer betrübt.

Eines Tages, als er auf dem Markt war, traf er einen Mann namens El-Fellah, der in Beni Makada wohnte. Er sagte zu ihm: »El-Fellah, ich habe einen Jungen zu Hause, der nichts tut. Kannst du ihn als Hirt gebrauchen?«

»Ich brauch jetzt keine Hirten. Mein ganzes Vieh und meine Schafe sind in den Bergen. Ich habe keine Tiere zu Hause. Ich lasse sie den ganzen Winter über in den Bergen. Bis zum Frühling. Dann bringen sie sie hinunter auf den Hof. Aber der Frühling wird bald kommen«, sagte er. »Wenn du willst, bring den Jungen zu mir, bring ihn nur. Er kann Futter suchen, bis die Tiere zurückkommen. Und er kann Besorgungen machen und im Haus arbeiten. Dann, wenn die Tiere zurückkommen, kann er sie hinausführen.«

An diesem Nachmittag kam der Mann meiner Mutter nach Hause und sagte: »Ahmed.«

»Was ist?«

»Ich habe eine schöne Stelle für dich gefunden, bei sehr guten Leuten. Sie haben viel Land und Kühe und Schafe.«

»Wenn du es sagst.«

»Iß jetzt dein Abendbrot, dann ich will dich dorthin bringen.«

»Wohin?«

»Nach Beni Makada.«

Es war ein sehr langer Weg nach Beni Makada damals, weil nirgends Häuser waren. Nur die Straße mit den Feldern von Mais und Weizen zu beiden Seiten.

»Jetzt? Heute nacht?«

»Ja«, sagte er. »Jetzt, heute nacht. Du wirst dort schlafen, dann können sie dir morgen früh zeigen, was du zu tun hast.«

»Wachchā.«

Wir aßen unser Abendbrot.

»Zieh deine Schuhe an«, sagte er zu mir.

Ich zog sie an und nahm eine Jacke und sagte zu ihm: »Gehen wir.«

Als ich zur Tür hinausging, sagte ich zu meiner Mutter: »Auf Wiedersehen. Vielleicht besuchst du mich einmal.«

»Ich werde bald kommen, Walīdī. Aber geh jetzt.«

Und wir gingen und gingen, auf der Straße. Hinter den Baracken hörte die Straße auf. Wir kamen nach Beni Makada, als die Muezzins riefen. Und der Mann meiner Mutter fragte überall nach dem Haus des El-Fellah, und die Leute sagten, wir müßten hinauf zum Grab des Heiligen, sein Haus stünde davor. Wir stiegen den Berg hinauf zum Grab, und die Hunde begannen zu bellen. Der Mann meiner Mutter rief: »Yāh Sī Muchtar! Yāh Sī Muchtar!« Und ein Mann antwortete: »Was ist los?«

»Komm. Ich will mit dir sprechen.« Der Mann kam heraus und sah, wer da war.

»Hier ist der Junge, von dem ich dir gesagt habe, ich würde ihn bringen.«

»Komm her in den Hof, Walidi. Komm herein.«

»Wachchā.«

»Jetzt wirst du gehen wollen«, sagte El-Fellah zu dem Mann meiner Mutter. »Geh nach Hause. Dem Jungen wird es gut bei uns gehen.«

»Auf Wiedersehen. Du bleibst hier«, sagte der Mann meiner Mutter zu mir. Dann ging er fort.

»Komm«, sagte El-Fellah. »Der Mann deiner Mutter ist jetzt fort.« Er führte mich durch den Hof zu einer der Hütten hinter dem Haus. Es war eine gute Hütte, innen mit Steinen gebaut und außen mit Lehm und Kuhdung, mit einem Dach aus schönem Stroh. Er öffnete die Tür. Auf einer Seite war ein Strohhaufen, und auf der anderen ein hoher Stapel Maiskolben. Ein Mann saß in dem leeren Raum dazwischen. Ich ging zu ihm und küßte seine Hand. Dann setzte ich mich hin. El-Fellah ging fort.

»Setz dich dort drüben auf die Maiskolben«, sagte der Mann. »Das ist dein Platz, wenn du willst.«

»Ich will mich hier mitten in das Stroh setzen«, sagte ich. Es war keine Matte oder Decke in der Hütte.

»Setz dich, wohin du willst«, sagte er. »Setz dich auf das Stroh oder auf die Maiskolben.«

»Das Stroh ist weicher«, sagte ich.

»Ja, ja. Setz dich, Walidi.«

Wir saßen da. Er sah mich an, und ich sah ihn an. Ich wartete, daß er etwas sagte, aber er sagte nichts mehr. Und ich wollte selbst nicht anfangen. Nach einer Weile klopfte jemand an die Tür. Ein Mädchen rief: »He, Pflüger, da drinnen!«

»Was ist los?« fragte der Mann. Er stand auf und öffnete die Tür.

»Hier ist dein Abendessen«, sagte das Mädchen. »Und dieser Teller ist für den Hirten.« Und sie gab ihm zwei halbe Brotlaibe, einen für ihn und einen für mich.

»Hier nimm dies. Iß«, sagte der Mann.

»Gib her«, sagte ich. »Bismillah.«

Ich nahm das Essen und stellte es vor mir auf den Boden. Dann sah ich es an und sah es an. Es war nicht viel zu essen. Sechs oder sieben Stück geröstete Kartoffeln. Die Kartoffeln waren am Tag vorher geröstet worden. Und das Brot war aus Mais statt aus Weizen gemacht und war hart wie Stein.

Ich begann vor mich hin zu weinen.

»Was ist los? Warum weinst du?«

»Nein. Nichts.« Dann sagte ich: »Habt ihr hier immer solches Essen?«

»Heute abend haben sie uns viel gegeben, weil es dein erster Abend hier ist. Es wird nicht immer so gut sein.«

»Wo schläfst du?« fragte ich ihn. »Doch nicht hier auf dem Boden! Der kleine Lappen da reicht doch kaum für dich zum Zudecken. Er nützt überhaupt nichts. Hast du keine andere Decke?«

»Es ist warm hier«, sagte er. »Es ist doch überall Stroh, und Maiskolben.«

»Ja?« Ich wischte mir die Augen mit den Fingern.

»Nun, iß nur«, sagte er.

»Nein. Du kannst es haben, wenn du willst. Iß. Ich habe zu Hause gegessen, bevor ich kam.« Wahrscheinlich wußte der Mann meiner Mutter, daß das Essen hier so sein würde, und hatte mich deshalb vorher gefüttert.

Dann fragte ich ihn: »Werden sie uns wirklich nichts bringen, worauf wir schlafen können?«

»Schlaf nur so wie du bist, in deiner Jacke und Hose«, sagte er zu mir. »In Jacke, Hose und Hemd. Schlaf doch darin.«

Dann kam das Mädchen wieder. »He, Pflüger! Gib uns die Schüsseln.«

»Nimm sie«, sagte er. »Aber dieser neue Hirt hier will nicht essen, was du ihm gebracht hast. Hier sind sein Essen und sein Brot.«

»Iß! Iß, yāh Rā'i!« schrie sie.

»Nein«, sagte ich. »Ich mag das nicht. Ich habe zu Hause gegessen, bevor ich kam.«

»Du mußt es wissen«, sagte sie. »Aber wenn du es haben willst, hier ist es. Niemand wird es dir wegnehmen.«

»Ich weiß«, sagte ich. »Aber ich will es nicht. Ich habe schon gegessen. Ich kann nicht.«

»Wachchā. Wie du willst.«

Dann sagte ich zu ihr: »Haben wir nichts, um darauf zu schlafen?«

»Es ist doch schon fast Sommer«, sagte sie. »Es ist warm.«

»Wo ist der Sommer?« fragte ich sie. »Es ist noch lang bis dahin. Der Frühling hat gerade erst angefangen. Der Wind bläst noch.«

Sie sah mich nur an.

»Du weißt es genau«, sagte ich zu ihr.

Als das Mädchen gegangen war, sagte der Pflüger zu mir: »Wenn du es warm haben willst, dann klettere auf diesen Stapel Maiskolben und schlafe. Er ist wärmer als Stroh, ich schwöre es dir.«

»Wachchā«, sagte ich. So kletterte ich auf den Stapel Maiskolben und wühlte mich darin ein und versuchte zu schlafen. Die ganze Nacht kratzte ich mich. Der Mais war voller Flöhe. Und ich verbrachte die ganze Nacht bis zum Morgen damit, mich zu kratzen.

Ganz früh am Morgen kochten sie Suppe mit Schmalz darin und brachten sie uns. Wir saßen auf dem Boden vor der Hütte. »Hier«, sagten sie zu uns. »Eßt.« Und sie gaben uns Brot, das aus Mais gemacht war, statt aus Weizen. Sie buken das Brot alle drei Tage. Der Pflüger nahm es und aß sehr schnell, bis er alles aufhatte. Ich brach mein Brot in Stücke und steckte ein wenig in den Mund. Dann nahm ich einen Mundvoll Suppe. Mir schmeckte weder die Suppe noch das Brot. Die Leute standen umher, sahen mir zu und sagten: »Iß dein Frühstück.«

»Nein, ich habe genug«, sagte ich.

Der Pflüger nahm zwei Stiere mit und ging hinaus, um zu pflügen. Als er gegangen war, sagten sie, ich solle die Ställe der Stiere saubermachen und danach solle ich zur Quelle unterhalb der Moschee gehen und Wasser holen. Und eine

Frau gab mir einen Besen und eine Schaufel. »Fege«, sagte sie. »Hier ist der Korb, um den Mist hinein zu tun. Trage alles dort drüben hinter den Zaun.«

Ich fegte und fegte, bis ich einen großen Haufen Mist zusammen hatte. Dann tat ich ihn in den Korb und trug ihn an die Stelle, die sie mir angegeben hatte.

»Verliere nichts davon«, sagte sie zu mir. »Heb alles auf. Wir brauchen ihn für den nächsten Winter zum Feuermachen. Schütte ihn dort an die Mauer zum Trocknen.«

»Ich weiß nicht, wie man das macht«, sagte ich. »Ich habe nie mit Mist zu tun gehabt. Warum machst du es jetzt nicht selbst, und ich kann zugucken? Dann weiß ich das nächste Mal, wie ich es machen muß. Ich verstehe gar nichts von Mist.«

»Nimm ihn einfach und schütte ihn aus, und klopfe ihn wie Teig, und laß ihn so liegen.

Ich machte es so, und sie sagte zu mir: »So ist es richtig. Genau so, Walidī! Jetzt kannst du es.«

»Ja«, sagte ich. Ich arbeitete weiter, bis ich fertig war. Dann sagte die Frau: »Jetzt kannst du zur Quelle gehen und Wasser holen.«

Ich sagte: »Ich weiß nicht, wo die Quelle ist.«

»Du wirst sie sehen, unterhalb der Moschee«, sagte sie.

Ihre Enkelin, das Mädchen, das uns das Essen gebracht hatte, sagte: »Ich werde mitgehen und ihm zeigen, wo sie ist.«

»Ja, geh mit ihm, Saadiya.«

Das Mädchen kam mit mir. Sie war acht oder neun Jahre alt. »Komm mit, Hirt«, sagte sie. Sie führte mich hinter die Moschee und sagte: »Siehst du dort drüben? Das ist unsere Quelle.«

Ich sah das Wasser. Daneben stand ein leerer Tontopf. »Warum steht der Topf da?« fragte ich sie. »Weil ein Dschinn in der Quelle wohnt. Der Dschinn hat einen Mann aus unserem Dorf geschlagen. Und immer, an jedem Donnerstag, bringen wir ihm Essen. Aber Essen ganz ohne Salz. Wir bringen es zur Quelle und lassen es da stehen.«

»Und das Essen? Wer ißt es?«

»Der Dschinn. Meine Großmutter sagt, er ißt es.«

»Ist das wahr?«

»Ich schwöre es«, sagte sie.

»Das ist etwas Neues. Ich habe noch nie gesehen, daß jemand einen Topf mit Essen neben eine Quelle gestellt hat.«

»Jeden Donnerstag bei Sonnenuntergang bringen wir ihn hinaus, und der Dschinn ißt nachts das ganze Essen.«

»Laß uns die Eimer füllen und gehen«, sagte ich.

»Wenn du das nächste Mal Wasser holen mußt, geh hierher«, sagte sie zu mir.

Ich trug bis zum Mittag Wasser von der Quelle zum Haus. Ich füllte eine Tonne, die zweihundert Liter faßte. »Ist das genug?« fragte ich die Frau.

»Nein. Wir brauchen mehr. Du mußt noch eine Tonne füllen, damit wir sie zum Nuedder bringen können.«

»Ja«, sagte ich. »Aber jetzt bin ich sehr müde. Ich möchte mich ein wenig ausruhen.«

»Setz dich ein wenig. Du kannst es später holen.«

Dann füllte ich die andere Tonne. Als ich fertig war, hatte ich keine Beine mehr, um laufen zu können. Ich war wie ein alter Lappen. Und ich hatte Hunger. Ich hatte kein Frühstück gegessen und hatte zwei Tonnen mit Wasser gefüllt.

»Wann gibt es hier Essen?« fragte ich Saadiya.

»Wenn wir Hunger haben«, sagte sie. »Manchmal zur Stunde des Zohr, manchmal zur Stunde des Sahil. Irgendwann.«

An diesem Tag machten sie Weiße-Bohnen-Pudding mit Rüben darin. Als die Essenszeit gekommen war, gaben sie mir mein Essen, und ich aß es draußen auf dem Hof. Selbst wenn sie mir Steine serviert hätten, ich war so hungrig, daß ich versucht hätte, sie zu essen. Als ich fertig war mit Essen, brachten sie das Essen für den Pflüger und stellten es auf den Boden der Hütte, damit ich es ihm an seinen Arbeitsplatz bringen sollte.

»Wo ist der Pflüger?« fragte ich sie. »Siehst du die Hütte dort in der Ebene?« sagten sie. »Dort arbeitet ein Mann in der Nähe. Das ist unser Pflüger. Dort.«

»Wie komme ich da hin? Ich weiß noch nicht einmal den Weg zum Dorf hinaus.«

»Geh mit ihm, Saadiya«, sagten sie, »und zeig ihm den Weg.« Das Mädchen ging mit mir durch das Dorf, bis wir zum letzten Geschäft an der Straße kamen. »Von dort kann man den ganzen Weg sehen«, sagte sie. »Geh dort hinunter, bis du zu der Hütte kommst.«

»Ist das der Mann, neben der Hütte?«

»Ja.«

Ich ging den ganzen Weg, bis ich dorthin kam, wo er war. Ich sagte zu ihm: »Freund!«

»Was ist?«

»Hier. Nimm das Essen, das die Frau dir geschickt hat.«

»Gut.«

Ich sagte ihm auf Wiedersehen und stieg wieder den Weg hinauf, zurück. Als ich zu dem Haus kam, sagte die Frau: »Jetzt nimm die Sichel und den Korb, und geh und schneide Futter für die Stiere, das sie heute abend fressen sollen.«

»Wo soll ich es schneiden?«

»Geh, Saadiya, zeig es ihm.«

So ging das Mädchen wieder mit mir. Hinter dem Haus war ein großer Obstgarten. Dort wuchs Gerste unter den Bäumen, und damit fütterten sie die Stiere. Ich wußte nicht, wie man mit einer Sichel umgeht, so pflückte ich die Gerste mit den Händen.

Saadiya sagte: »Nein. Nicht so. Sieh!«

»Kannst du es?« fragte ich sie. »Und bist so jung?«

»Ja. So machen die Leute das.«

Ich nahm die Sichel und gebrauchte sie so, wie sie es getan hatte. Nach und nach füllte ich den Korb und brachte ihn dann zum Haus. Sie schickten mich noch drei- oder viermal zurück.

Dann sagten sie zu mir: »Das kalte Wasser in der Quelle ist gut. Geh und hol uns welches.«

»Wachchā.« Ich nahm zwei Eimer und ging zur Quelle. Ich brachte sie gefüllt zurück.

»Jetzt setz dich hin«, sagte die Frau. »Ruh dich ein wenig

aus.« Ich setzte mich ein paar Minuten hin. Die Sonne ging unter. In der Dämmerung kam der Pflüger zurück.

»Steh auf, Hirt!« sagte er. »Du mußt die Stiere anbinden.«

Ich führte die Stiere in ihre Ställe und band sie an.

Der Pflüger hatte Arbeit beim Haus zu tun, aber als er sah, daß ich es für ihn tun könne, ließ er mich alles machen. »Tu das. Hol das. Gib ihnen Gerste.« Jeden Abend, wenn er zurückkam, setzte er sich hin und rief mir zu, was ich tun solle. Jeden Morgen stand ich auf, fegte, holte Wasser, aß, und brachte dann dem Pflüger sein Essen, bis er das ganze Korn gesät hatte.

Der Pflüger hatte zum Frühlingsanfang das ganze Korn gesäht. El-Fellah kam und sagte zu mir: »Jetzt kommen die Tiere herunter von den Bergen. Zwei Hirten bringen sie her. Einer von ihnen soll mit dem Pflüger zusammen die Kühe versorgen. Und du, Ahmed, wirst mit dem anderen hinausgehen und die Schafe hüten.«

Zwei Tage später kamen die Tiere ans Haus. Und am nächsten Tag ging ich hinaus mit dem Hirten, der Buchta hieß. Er hatte mehr in seinem Kopf als jeder andere im Dorf, und ich war sein Freund. Er zeigte mir alle Ländereien, die El-Fellah gehörten. »Dieses Tal gehört ihm«, sagte er, »und der ganze Hügel gehört ihm.«

»Tbārak Allāh! Das ist eine Menge Land!«

»Wann bist du hierher gekommen zum Arbeiten?« fragte er mich.

»Ich bin schon lange hier«, antwortete ich. »Jetzt ungefähr zwei Monate.«

»Was hast du für Arbeiten gemacht?«

»Fegen, Wassertragen, Gerste schneiden, dem Pflüger das Essen bringen.«

»Aha.«

»Und du?« sagte ich. »Wie lange arbeitest du schon für sie?«

»Ich bin seit vier Jahren bei ihnen.«

»Wie ist es, bei ihnen Hirt zu sein?«

»Ganz gut.«

»Und du bleibst jedes Jahr sechs Monate in den Bergen?«

»Ja.«

»Und der Regen, und die Kälte, und der Wind? Hast du eine Unterkunft?«

»Wir machen eine Hütte aus Rohr, in der wohnen wir. Jede Woche am Markttag kommt El-Fellah auf seiner Stute und bringt uns Essen.«

Ich blieb dort und half Buchta den ganzen ersten Tag. Am Nachmittag trieben wir die Herde vor uns her und gingen und gingen, zum Haus. Als ich dort wieder ankam, fand ich den Pferch voller Mist. Den ganzen Tag hatte ihn niemand aufgefegt. Ich brachte alle Schafe herein, und dann kam die Frau. »Ahmed, wir müssen zwei Eimer Wasser haben«, sagte sie zu mir.

»Wachchā.« Ich ging zur Quelle unterhalb der Moschee und holte das Wasser. Als ich zurückkam, fegte ich den Mist zusammen und trug ihn hinter den Zaun und schüttete ihn an der Mauer aus. Dann setzten wir uns alle zusammen, drei Hirten und ein Pflüger. Wir sprachen miteinander, und der Pflüger sagte zu den anderen Hirten: »An dem Tag, als Ahmed zu uns kam, wollte er kein Abendbrot und kein Frühstück essen. Er dachte, er sei noch in der Stadt, in Tanger, wo man Weißbrot ißt, einen halben Meter lang. Nichts damit hier, Walīdī. Nur Maisbrot, und Allāh's weißer Bohnenpudding und Buttermilch. Jetzt kannst du so viel Buttermilch trinken, wie in dich hineingeht.«

Nach einer Weile rief mich El-Fellah. »Sieh mal«, sagte er. »Nur ein Hirt wird jeden Tag mit den Schafen hinausgehen. Du mußt hier im Haus bleiben. Meine Frau ist müde. Sie kann nicht fegen oder irgend etwas tun.«

»Wachchā.« Ich blieb also im Haus und tat die Arbeit dort, genau wie vorher, außer daß ich den Hirten das Essen hinaus brachte. Buchta arbeitete allein, und der andere Hirt arbeitete mit dem Pflüger.

Der Sommer begann, und der Pflüger und sein Hirt halfen Weizen und Gerste mähen. Eines Tages kam El-Fellah wieder und sagte zu mir: »Nun, Ahmed, wir haben eine Menge

Arbeit auf den Feldern. Du mußt hinausgehen und dem Pflüger und dem Hirten bei der Arbeit helfen.«

Und ich arbeitete mit ihnen auf dem Feld. Sie mähten den Weizen, und ich sammelte ihn auf. Wenn ich einen großen Haufen gemacht hatte, alle zwei oder drei Tage, trugen wir den Weizen hinauf zum Nuedder. Ich füllte ein Netz, und sie packten die Ballen auf das Pferd und brachten sie zum Haus. Wir mähten den ganzen Weizen und trugen den letzten Weizen hinauf zum Nuedder. Jeden Morgen nahmen wir vier Pferde mit hinaus und banden sie in einer Reihe zusammen, Kopf neben Kopf. Dem letzten Pferd hatten wir ein langes Seil um Nase und Ohren gebunden. Wir nahmen das Seil in eine Hand und einen Stock in die andere und schlugen das letzte Pferd. Es ging am äußeren Rand des Kreises umher, und die anderen drei drehten sich neben ihm. Sie waren das gewohnt, denn sie taten es jedes Jahr. Der Nuedder war mit einem Pulver bedeckt, das aus Mist und feinem Stroh gemacht war, und der Weizen war darauf ausgebreitet.

Die vier Pferde gingen immer so über den Weizen, viele Tage lang. Zu dieser Zeit des Jahres bläst der Wind jeden Tag. Es muß Wind sein, damit die Spreu nach einer Seite fallen kann. Wenn ein Haufen Weizen fertig war, nahmen wir ihn weg und streuten neuen hin. In dieser Zeit, in der wir dort waren, lernte ich, wie man mit Weizen arbeitet, weil ich es noch nie getan hatte. Und am Schluß wußte ich fast so gut Bescheid wie die anderen.

Und jeden Tag war die Sonne sehr heiß. Der Pflüger trieb die Pferde immer nur eine Minute, und dann gab er mir das Seil, weil die Sonne ihn brannte, und ich war jung. Und wir blieben dort und arbeiteten so weiter, bis wir mit dem Weizen fertig waren.

Eines Tages sagte ich zu mir selbst: »Hier bin ich und arbeite für diese Leute, und sie haben mir weder Kleider noch Schuhe gegeben. Und die Sandalen, die ich habe, sind kaputt an der Sohle. Ich laufe fast barfuß. Wenn ich mein Hemd oder meine Hose waschen will, muß ich mir für einen Tag von jemand seine Dschellabah ausleihen, bis sie trocken sind.«

Ich ging vom Nuedder hinauf ins Haus und rief nach El-Fellah.

»Was gibt es, Hirte?«

»Allāh!« sagte ich. »Ich bin jetzt fast barfuß. Es sind jetzt fünf Monate, daß ich für dich arbeite. Willst du mir denn nichts kaufen? Keine Schuhe oder Sandalen oder Slippers? Und das Hemd, das ich habe, ist so schmutzig, daß es mir am Rücken klebt.«

»Gut«, sagte er. »Wenn wir den Weizen aus dem Nuedder geholt haben, werde ich dir Schuhe oder eine Dschellabah oder irgend etwas kaufen. Du weißt, dein Geld ist jeden Monat an den Mann deiner Mutter geschickt worden.«

»Ist das wahr?« sagte ich.

»Bei Allāh, so ist es.«

»Und hast du ihm nicht gesagt, daß ich Kleider brauche?«

»Nein. Alles, was ich ihm gesagt habe, ist, daß ich ihm jeden Monat deinen Lohn bezahlen würde.«

»Das ist sehr gut so, nicht wahr?« sagte ich. »Ich mache die Arbeit, und er nimmt das Geld.«

»Ich werde mit ihm sprechen«, sagte er zu mir, »und wir werden hören, was er sagt.«

So arbeiteten wir weiter, bis wir mit dem Weizen fertig waren. Dann trugen wir den letzten Weizen vom Nuedder zum Haus. El-Fellah kaufte mir ein neues Paar Belrha und ein langes wollenes Hemd und eine Dschellabah.

»Hier, Walīdi. Ich habe diese Sachen für dich von meinem eigenen Geld gekauft. Ich gebe trotzdem deinen vollen Lohn dem Mann deiner Mutter.«

»Möge Allāh deine Eltern segnen«, sagte ich zu ihm. Und ich nahm das Hemd und die Sandalen und die Dschellabah und war sehr froh.

Ich sagte zu mir selbst: »Allāh! Jetzt werde ich ein richtiger Hirt sein, so wie sie vor langer Zeit waren!« Ich zog die neuen Kleider an. »Na also«, sagte ich. »Ich bin jetzt sogar besser als die Dschebāla!«

Die Hirten erzählten viel von einem Grab eines Heiligen namens Sidī Bū Hajja. Niemand konnte dort schlafen, sagten sie, weil mit diesem Ort etwas nicht stimmte. Sie sagten, es gäbe niemand, der es wagen würde, die Nacht in der Nähe des Grabes zu verbringen. Ein Hirt, der für den Moqaddem arbeitete, sagte zu mir, ich würde es nie wagen, dort zu schlafen.

»Ich weiß nicht«, sagte ich. Sie hatten alle so viel davon geredet, daß ich dachte, vielleicht sei es wahr. »Diese Leute sind hier schon lange«, dachte ich, »und sie müssen wissen, ob mit dem Grab etwas nicht stimmt.«

»Dieses Grab«, sagte ich. »Was ist damit los, weil niemand dort schlafen kann?«

»Ein Stier mit großen Hörnern kommt nachts da heraus«, sagte er.

»Ein Stier mit Hörnern kommt aus dem Innern des Grabes, meinst du? Hast du ihn denn gesehen?«

»Ja. Einige Leute aus dem Dorf haben ihn auch gesehen.«

»Ich bin neugierig«, sagte ich. Sogar ich hatte Angst vor dem Grab. Wenn die alten Leute es gesehen hatten, was konnte ich da sagen?

Es war Sommer, und eines Tages gab es eine Hochzeit im Dorf. Wir Hirten gingen zu der Hochzeit und saßen in einer Hütte abseits von den anderen. Die Gäste aßen Weizen-Kuskus mit Lamm darin, und sie gaben uns Kuskus aus Mais, weil wir nur Hirten waren. Es wurde sehr spät, und wir saßen immer noch in der Hütte und redeten. Dann sagte ich zu den anderen: »Gute Nacht. Ich gehe schlafen.«

Einer der Jungen sagte zu mir: »Warte einen Augenblick. Wir können später zusammen gehen, du und ich.«

»Nein«, sagte ich. »Ich bin müde. Ich möchte schlafen. Ich gehe jetzt.«

Ich stand auf und nahm meine Dschellabah über die Schulter. Dann ging ich hinaus. Ich mußte die Straße entlanggehen, die am Grab des Sidi Bū Hajja vorbeiführte. Als ich fast dort war, fühlte ich, wie mir die Haare zu Berge standen.

»Ah«, dachte ich. »Sieh an, was jetzt mit mir los ist, nur wegen all der Geschichten, die man mir über diesen Ort erzählt hat. Ich werde am besten jetzt Satan verfluchen und Allāh segnen, denn ich werde die Nacht hier zubringen und sehen, was passiert.«

Und ich ging über die Steine, die weiß gestrichen waren, und ging bis zu dem Grab, der Stelle, wo sie freitags Kerzen anzünden. Ich breitete meine Dschellābah auf dem Boden aus und legte mich darauf.

Ich wollte schlafen. Manchmal öffnete ich die Augen. Dann setzte ich mich auf und sah mich um. Nichts war da, nur die Eulen riefen. Als der Morgen kam, ging ich wieder zu El-Fellahs Haus und holte das Wasser von der Quelle. Dann gab mir die Frau das Essen. »Wenn du fertig bist, bring dem Pflüger sein Essen«, sagte sie.

Ich ging durch das Dorf mit dem Essen, und auf dem Weg traf ich den Hirten, der am vorigen Abend gesagt hatte, ich solle auf ihn warten und mit ihm nach Hause gehen.

»Ist es wahr, daß ein Stier aus dem Grab kommt?« fragte ich ihn.

»Ich schwöre, so ist es. Ich habe es mit meinen eigenen Augen gesehen.«

»Ich weiß nicht«, sagte ich zu ihm. »Denk ein wenig nach. Vielleicht lügst du.«

»Jetzt reicht es! Jetzt reicht es! Ich war die ganzen Jahre Hirt in Beni Makada und jetzt sagst du zu mir, ich lüge vielleicht?«

Ich sagte zu ihm: »Ich habe nichts gesehen. Gestern abend, als ich fortging, ging ich dorthin und schlief neben dem Grab bis zum Morgen. Und da waren nur Eulen, die miteinander sprachen.«

»Du lügst, ich schwöre es. Ich weiß, du könntest niemals dort schlafen.«

Ich sagte zu ihm: »Gut. Laß uns heute nacht zusammen hingehen, alle beide, und dort schlafen.«

»Nein, nein! Wenn du gehen willst, geh allein. Ich gehe nicht in die Nähe des Grabes.«

Ich ging wieder hin und verbrachte dort drei Nächte, und nie sah ich das Geringste.

Eines Tages sagte El-Fellah: »Wir werden heute Melonenkerne pflanzen.«

Die beiden Hirten und der Pflüger begannen die Löcher zu graben. Die Schaf- und Rinderherden konnten jetzt gehen, wohin sie wollten. Es war überall Platz für sie, und die Männer hatten Zeit zum Pflanzen. Sie legten die Melonenkerne in die Löcher und bedeckten sie mit Erde. Ich ging nachmittags zu ihnen und half ihnen, das Feld zu wässern.

Als die Melonenreben aus dem Boden wuchsen, war es Zeit, daß das Korn geschnitten wurde. Als dann das Korn geschnitten war, waren die Melonen so weit, daß man sie auf den Markt bringen und verkaufen konnte.

Heute und morgen, heute und morgen verkaufte El-Fellah die Melonen und verdiente eine Menge Geld. Aber er gab uns nie etwas davon. Nur Melonen. »Eßt soviel Melonen, wie ihr wollt«, sagte er zu uns.

»Ich kenne diese Melonen, seit sie Samen gewesen sind«, sagte ich zu mir selbst. »Jetzt sind sie reif, und die Leute kaufen sie, und was habe ich davon? Er hat mir noch nicht einmal zwei Rial oder einen gegeben. Allāh ya'uddu!«

Eines Tages sprach ich mit Buchta, er war mein Freund. »Hör mal. Hat El-Fellah dir Geld von den Melonen gegeben?«

»Ja«, sagte er. »Er gab uns einen Rial für je vier Reben, die wir pflanzten.«

»Ist das wahr?«

»Ja«, sagte er. »Hat er dir nichts gegeben?«

»Nein.«

»Weißt du, was wir tun?«

»Was?«

»El-Fellah hat rote Augen, du weißt ja. Er kann nicht sehr gut sehen. In der Mitte des Tages, wenn die Sonne stark ist, kann er überhaupt nicht hinausgehen. Wenn er drinnen schläft, nehmen wir den Esel und beladen ihn mit Melonen und verkaufen sie, und das Geld teilen wir uns.«

»Wachchā. Ich habe keinen Franc von diesen Melonen gesehen«, sagte ich. »Ich bin für meinen Schweiß nicht bezahlt worden. Ich habe für nichts gearbeitet!«

»Du mußt tun, was du kannst. Wenn du Geld haben willst, müssen wir es so versuchen. Aber sag kein Wort zu El-Fellah.«

»Ich soll ihm etwas sagen? Du und ich nehmen zusammen die Melonen, und ich soll es ihm erzählen?«

»Gehen wir«, sagte er. »Mittags bringst du den Esel und den Sattel und die Tragkörbe.«

»Wachchā.« Und mittags schien die Sonne sehr hell, und El-Fellah ging in die Hütte, um zu schlafen. Ich sattelte den Esel und brachte ihn Buchta.

«Hier ist er.«

»Setz dich hier hin«, sagte er zu mir. »Ich werde gehen und die Melonen pflücken und sie gehäuft auf dem Boden liegen lassen. Dann hebst du sie auf und legst sie in die Körbe.«

»Wo soll ich sie verkaufen?«

»Bring sie nur zum Markt und verkaufe sie an jeden, der sie kaufen möchte.«

Er ging und pflückte die Melonen, und ich blieb bei seinen Schafen. Dann kam er zurück und sagte: »Jetzt kannst du gehen. Es ist alles fertig.«

Ich nahm den Esel und ging auf das Feld. Ich legte einen Stock über den Rücken des Esels, damit die Körbe nicht bis auf den Boden hingen. Dann füllte ich beide Körbe mit Melonen. Buchta winkte mir und rief: »Geh jetzt!«

Ich brach auf, ging neben dem Esel her, und wir gingen die Straße entlang, den Weg zur Stadt, bis wir zu den Hütten von Beni Makada kamen. Einmal drehte ich meinen Kopf herum, um zurückzusehen, und ich sah, daß Buchta und El-Fellah hinter mir herrannten. Buchta rief mich: »Ahmed! Yāh Ahmed! Warte!«

Ich sagte zu mir selbst: »Da ist El-Fellah bei ihm. Was ist los mit diesem Hirten? Du kannst niemandem trauen.«

»Warte! Warte!« rief er.

Ich hielt den Esel an und wartete auf die beiden, daß sie mich faßten. Als El-Fellah bei mir ankam, schrie er mich an. »Schämst du dich nicht? Du Hund! Du Dieb! Benimmt man sich so?«

»Was ist los?«

»Du hast den Esel gesattelt. Du hast die Melonen gepflückt. Und jetzt gehst du, um sie zu verkaufen.«

»Nein«, sagte ich. »Ich habe den Esel nicht gesattelt und gar nichts.«

»Sei still! Buchta sagte, du hast es getan.«

»Und habe ich die Melonen gepflückt?« fragte ich Buchta.

»Ja, ja, das hast du!« Und zu El-Fellah sagte er: »Du kannst mit deinen eigenen Augen sehen, daß es keine Lüge ist, was ich dir gesagt habe.«

El-Fellah antwortete nicht, aber ich sagte zu Buchta: »Ich verstehe.«

Dann sagte ich zu El-Fellah: »So war es nicht. Ich fragte Buchta, ob er irgendwelches Geld von den Melonen verdient habe. Er sagte mir, du hättest den anderen einen Rial für je vier Reben, die wir pflanzten, gezahlt. Da sagte ich, ich hätte nichts dafür bekommen. Bedenke, wie viele Melonen verkauft worden sind, und ich habe gar nichts davon gehabt. Und Buchta sagte zu mir: Wenn du Geld haben willst für deine Arbeit, dann mußt du den Esel nehmen und die Körbe mit Melonen füllen und sie zum Markt bringen. Er sagte: Ich will gehen und sie für dich pflücken, und wenn ich zurückkomme, lädst du sie auf den Esel und gehst und verkaufst sie. Das Geld soll zur Hälfte dir, zur Hälfte mir gehören. Das hat Buchta zu mir gesagt.«

»Ihr seid beide Hurensöhne«, sagte El-Fellah. »Keiner von euch taugt etwas.«

»Wir haben vorher nie etwas getan«, sagte ich. »Aber du hast mir nichts bezahlt und hast alle anderen bezahlt. Wir wollten nur diese eine Ladung verkaufen, und dann wäre meine Arbeit bezahlt gewesen.«

El-Fellah sagte: »Warum hast du nicht mit mir darüber gesprochen?«

»Das ist deine Schuld«, sagte ich zu ihm. »Du bist ein Mann. Du bist vierzig Jahre alt, und du hast Land und Geld. Du weißt, was Allāh mit den Menschen macht, die die Leute nicht für die Arbeit bezahlen, die sie tun. Als ich das Feld fertig gewässert hatte, wäre es Zeit gewesen, mich zu rufen und zu sagen: Hier. Nimm das Geld für deine Arbeit.«

Er wollte nichts davon hören. »Komm, komm«, sagte er. »Dreh den Esel herum. Wir gehen zurück. Man kann keinem von euch trauen.«

»Es ist nicht meine Schuld«, sagte ich. »Sieh, wie lange Buchta bei dir gewesen ist. Und er war mein Freund.«

»Ich weiß«, sagte El-Fellah. »Ja, Buchta. Schämst du dich nicht?«

So gingen wir zurück mit dem Esel, und El-Fellah lud die Melonen ab und stapelte sie auf dem Boden. Dann setzte er sich daneben. Wenn eine Frau vorbeikam, gab er ihr eine. Den ganzen Nachmittag saß er dort. Er gab sie alle den Landfrauen zum Geschenk. Von den Melonen waren manche reif und andere noch grün, aber er gab sie alle weg.

Spät am Nachmittag kam El-Fellah zu mir und sagte: »Komm her. Leg dem Esel den Sattel an.«

Es war fast Sonnenuntergang. Ich sattelte den Esel, und El-Fellah stieg auf, und wir gingen zum Haus. Als er dort ankam, sagte er vor mir zu seiner Frau: »Weißt du, was die Hirten heute nachmittag gemacht haben? Sie versuchten, alle Melonen vom Feld zu stehlen, während ich schlief. Ich fand Ahmed mit dem Esel und den Melonen vor den Hütten in Beni Makada.«

»Allāh, yāh Walīdī!« schrie sie. »Tut man so etwas, Ahmed?«

»Ich habe gar nichts getan. Buchta sagte, wir wollten es so machen, und ich war einverstanden.«

»Es ist nichts Böses geschehen«, sagte sie. »Allāh verzeiht alles. Es ist vorüber.«

»Aber, Lalla, ich habe so lange mit diesen Melonen Arbeit gehabt, und er hat mir nie fünf oder wenigstens zwei Rial oder irgend etwas gegeben.«

Und es blieb dabei. Sie bezahlten mir nie etwas für die Melonen. Ich blieb bei ihnen, bis der Winter kam. Eines Tages ging ich zu El-Fellah und sagte: »Ich bin jetzt schon lange bei euch. Fast ein Jahr bin ich dein Hirt gewesen. Und für die ganze Arbeit habe ich nur ein Paar Sandalen und ein Hemd und eine Dschellabah bekommen. Ich bin der Hirt, und ich sollte der sein, der das Geld bekommt, nicht der Mann meiner Mutter.«

Er sagte: »Wart bis zum Markttag, und ich werde den Mann deiner Mutter dort treffen und mit ihm sprechen. Wir werden sehen, was er sagt.«

»Ja«, sagte ich. »Ich bin es, der die Arbeit tut, und ich bin es, der das Geld bekommen sollte.«

»Genau wie du es gesagt hast, soll es sein«, sagte er zu mir. »Am Donnerstag werde ich ihn treffen und mit ihm reden.«

Am Donnerstag ging El-Fellah auf den Markt. Als er zurück kam, sagte er: »Willst du wissen, was der Mann deiner Mutter zu mir gesagt hat? Du arbeitest für mich, und ich bezahle ihn. Wenn du etwas brauchst, will er es dir kaufen.«

Ich wußte, daß er mir nie etwas kaufen würde. »Wachchā«, sagte ich. »Wir werden sehen, was er mir am Ende des Monats kaufen wird.«

Am Ende des Monats bezahlte El-Fellah den Mann meiner Mutter, und er kaufte mir nichts. »Das ist nicht richtig«, sagte ich zu mir selbst. »Ich werde hier nie Geld verdienen. Ich arbeite für nichts. Es hat keinen Zweck.«

Ich konnte nichts daran ändern. Ich blieb weiterhin El-Fellahs Hirt.

DIE BACKSTUBE

النحوتة

Zwei Jahre später war ich immer noch Hirt, doch ich arbeitete für den Mann meiner Mutter und schlief in seinem Haus.

Da war ein Junge namens Rhanrha, der arbeitete mit mir und hütete die Kühe und Schafe und Ziegen. Eines Tages sagte Rhanrha zu mir: »Mein Freund, ich gehe in die Stadt und suche mir eine Arbeit. Dies hier ist keine Arbeit.«

»Wo willst du arbeiten?« fragte ich ihn.

»Ich will sehen, ob ich einen Mann mit einer Backstube finde, für den ich das Brot tragen kann.«

Ich sagte zu Rhanrha: »Gut. Tu, was du kannst. Wenn du hingehen und ein Terrah werden willst, dann geh.«

»Morgen hüte ich nicht mehr hier die Tiere mit dir.«

»Du mußt wissen, was du tust«, sagte ich zu ihm. Ich glaubte nicht, daß er meinte, was er sagte.

Den ganzen Tag blieben wir im Tal und hüteten die Tiere. Der Abend kam, und wir trieben sie vor uns her und brachten sie nach Hause. Er ging mit seinen Ziegen, und ich ging mit meinen Kühen und Schafen. Am nächsten Tag ging ich wieder mit ihnen hinaus. Ich ging ins Tal und traf dort einen anderen Hirten.

»Ist Rhanrha noch nicht gekommen?« fragte ich ihn.

»Nein«, sagte er. »Ich habe ihn nicht gesehen. Ich möchte wissen, wo er seine Ziegen hingeführt hat.«

»Ich weiß es nicht.«

Sechs oder sieben Tage vergingen, und ich sah Rhanrha nicht. Ich hatte ihn nicht mehr gesehen seit dem Tage, an dem er mir gesagt hatte, er wolle gehen und eine Backstube suchen. Eines Tages ging ich in die Stadt, und ich begegnete ihm.

»Ahlan, Rhanrha! Ist alles in Ordnung? Wo bist du jetzt?«

»Ich arbeite«, sagte er.

»Wo?«

»In einer Backstube hier in der Nähe. Die Backstube bei den Treppen von Ibn Batuta.«

»Bei dem Kino?«

»Ja, dort«, sagte er.

»Ist es gut? Frag doch mal, ob du dort nicht auch für mich Arbeit bekommen kannst, oder in einer anderen Backstube.«

»Ja«, sagte er. »Da ist ein Ma'allem, der sucht gerade einen Terrah. Wenn du arbeiten willst, bringe ich dich zu ihm.«

»Wo ist der Ma'allem?«

»Seine Backstube ist in Dschenān el-Kaptan.«

»Wachchā«, sagte ich. »Ich gehe nach Hause und rede mit meiner Mutter, und morgen komme ich zu dir in die Backstube.«

Ich ging nach Hause. »Mutter«, sagte ich.

»Ja?«

»Ich will kein Hirt mehr sein. Ich werde in der Stadt in einer Backstube arbeiten.«

»Mach, was du willst«, sagte sie. »Geh, wenn du willst.«

»Morgen gehe ich zu Rhanrha«, sagte ich zu ihr. »Das ist der Junge, der mich zu dem Ma'allem bringen wird.«

Am nächsten Tag stand ich auf, nahm einen Korb über den Arm und ging zu dem Backofen am Fuße der Treppe. »Gehen wir«, sagte ich zu Rhanrha.

Wir gingen in die Medina. Ich kannte keine der Straßen. Wir stiegen hinauf nach Dschenān el-Kaptan, und Rhanrha brachte mich zu einem Mann namens Ma'allem Mohammed.

»Ma'allem Mohammed, hier ist der Terrah, von dem ich gesagt habe, ich wolle ihn dir bringen.«

»Komm herein, mein Sohn, komm herein«, sagte er. »Häng deinen Korb dort an den Haken.«

Es arbeitete dort schon ein Terrah namens Abdeslam, doch der Ma'allem brauchte noch einen anderen, weil so viele Leute ihm Brot brachten, das er für sie backen sollte.

Ich hing meinen Korb auf. Der Ma'allem sagte zu Rhanrha: »Geh jetzt. Wenn Ahmed den Weg nicht weiß, kannst du ihn heute abend nach der Arbeit abholen.«

Rhanrha ging wieder zu seiner Arbeit, und ich blieb in der Backstube sitzen. Bald kam eine Frau daher und steckte ihren Kopf herein.

»Mein Brot ist fertig und kann gebacken werden«, sagte sie. »Ich brauche einen Jungen, der es holt.«

»Geh mit ihr«, sagte der Ma'allem zu mir. Ich ging mit der Frau zu ihrem Haus, nahm das Brot und trug es auf meinem Kopf zur Backstube. Als es gebacken war, brachte ich es wieder zu ihr, und sie gab mir ein Viertel von einem Laib. Jede Frau gibt etwas, wenn der Terrah ihr das Brot bringt. Manche geben ein Viertel Laib Brot und andere einen halben. Am ersten Tag bekam ich nicht viel. Drei Stücke Brot, mehr nicht. Ich legte sie in meinen Korb, und bei Sonnenuntergang kam Rhanrha, um mich abzuholen. Wir gingen nach Hause.

»Ach, Walīdī! Das ist also die Arbeit, die du machst«, sagte meine Mutter. »Kein Geld. Nur ein paar kleine Stücke Brot.«

»Laß mich nur lernen«, sagte ich zu ihr, »Wenn ich größer bin, werde ich alles über das Brotbacken wissen und werde meine eigene Backstube haben. Ich werde der Ma'allem sein und alles.‹

»Alles, was du willst«, sagte meine Mutter.

Ich ging schlafen. Am Morgen stand ich auf und ging zu Rhanrhas Haus, und wir gingen zusammen in die Medīna. Ich ging hinauf zu meiner Backstube in Dschenān el-Kaptan, und er ging zu seiner Backstube bei den Stufen von Ibn Batuta. Und eine Frau, die Brot machte, das sie auf den Straßen verkaufte, kam in die Backstube und sagte zu dem Ma'allem: »Ich brauche einen Jungen, der mir mein Brot vom Haus abholt. Wenn es gebacken ist, muß er es hinunter zum Brotmarkt in die Saqqāya tragen.«

Ich dachte, der Ma'allem würde Abdeslam schicken. Doch er fragte mich: »Kannst du das machen?«

»Ja«, sagte ich zu ihm. Ich dachte, das sei genauso wie jedes andere Brot zu tragen.

»Gut«, sagte er. »Nimm diese drei Bretter und geh mit ihr.«

Ich nahm die Bretter auf meinen Kopf. Jedes einzelne war so groß wie ein Tür und konnte fünfundvierzig Laib Brot fassen, bevor sie gebacken waren. Und ich ging zum Haus der Frau. Ich stellte die Bretter draußen vor die Tür und blieb dort stehen. Sie kam und holte sie, eins nach dem anderen und legte die Brotlaibe darauf. Ich ging hinein und trug das erste Brett hinaus, das mit Brotlaiben bedeckt war, und brachte es zur Backstube. Dann ging ich und holte das zweite und das dritte. Als die Brote gebacken waren, stapelte ich sie alle auf ein anderes Brett, das noch größer war, und begann die Stufen hinab zur Saqqāya zu gehen. Die Frau ging hinter mir her. Es waren hundert Brote, und sie waren sehr schwer für mich. Meine Füße wollten unter der Last nicht stehen. Ich versuchte, das Brett die Stufen hinunter zu tragen, und es rutschte zu Boden. Alle Brotlaibe rollten die Stufen hinunter, und viele Leute lasen sie auf. Und die Frau schrie: »Allāh! Allāh! Der Terrah hat mein ganzes Brot kaputtgemacht.« Und ein Mann, der die Stufen hinauf kam, sagte zu ihr: »Ein kleiner Junge wie dieser da, kann nicht soviel Brot auf einmal tragen.« Die Frau ging zurück zur Backstube und holte Abdeslam. Er wischte das Brot ab und trug es für sie zur Saqqāya. Als Abdeslam zurückkam, fragte ich ihn, weshalb der Ma'allem ihm nicht gleich befohlen habe, der Frau das Brot zu tragen.

»Er weiß, daß ich nicht gern für sie arbeite. Sie ist geizig«, sagte er. »Sie verkauft Brot, und deshalb will sie soviel wie möglich behalten.«

Am nächsten Tag ging ich zu der Backstube, in der Rhanrha arbeitete. Ich sagte zu ihm: »Hör mal. Die Arbeit, die ich dort tue, ist schwer. Ich mußte hundert Brotlaibe die Stufen von Dschenān el-Kaptan bis zur Saqqāya heruntertragen. Kannst du nicht sehen, ob du eine andere Arbeit für mich findest?«

»Ich will es versuchen«, sagte er.

Ich ging noch etwa einen Monat lang in diese Backstube,

und eines Morgens besuchte mich Rhanrha dort. »Möchtest du in meine Backstube kommen und dort arbeiten?« fragte er mich. »Der Ma'allem sagte, wenn du willst, kannst du kommen.«

»Wachchā«, sagte ich. Ich arbeitete an diesem Tag noch weiter für Ma'allem Mohammed, und am nächsten Tag ging ich mit Rhanrha zu seiner Backstube.

Rhanrha sagte zu dem Besitzer der Backstube: »Sī Larbi, hier ist der Terrah, den ich dir bringen wollte.«

»Nun, mein Sohn. Willst du Arbeit?«

»Ja«, sagte ich. »Ich bin gekommen, um zu arbeiten.«

»Du hast in Dschenān el-Kaptan bei dem Ma'allem Mohammed gearbeitet? Setz dich.«

Und ich setzte mich hin. Dort waren mehrere Terrahs, die arbeiteten, und sie kannten alle Häuser in dem Viertel. Ich kannte kein einziges. Ich ging mit ihnen, um sie kennenzulernen, trug aber an diesem Tag kein einziges Brot, und ich ging nach Hause und hatte nichts im Korb.

»Nicht einmal ein einziges Stück Brot heute, Walidī?« fragte meine Mutter. »Gestern hast du Brot mitgebracht.«

»Ich arbeite jetzt in einer anderen Backstube«, erzählte ich ihr. »Diese hier ist besser als die andere. Ich werde später Brot bekommen.«

Ein paar Tage lang ging ich mit den anderen Terrahs, um die Häuser in dem Viertel kennenzulernen. Wenn einer von ihnen in ein Haus ging, ging ich mit ihm. Ich lernte die Häuser kennen, und wenn jemand in die Backstube kam und nach einem Terrah verlangte, begann ich zu laufen und versuchte, vor einem der anderen zu dem Haus zu kommen. Der erste, der an der Tür ankam, nahm das Brot und trug es in die Backstube. Ich brauchte das Brot für meine Mutter, und vor allem wollte ich nicht von dem Ma'allem geschlagen werden. Jeder Terrah mußte mindestens zehn Stücke Brot haben, wenn der Ma'allem abends nach Hause ging. Wer weniger hatte, den schlug der Ma'allem. Jeder Ma'allem kennt jeden Brotlaib, den er bäckt, deshalb konnten wir nicht anderes Brot kaufen und sagen, es sei seines.

Heute und morgen arbeitete ich in der Backstube bei den Stufen von Ibn Batuta, und zwei Jahre vergingen auf diese Weise. Und ich verdiente Geld. Ich bekam Geld von den Juden. Freitags trug ich ihre Töpfe mit S'china, mit Fleisch und Eiern und Gemüse darin, zur Backstube und brachte sie zurück, wenn sie fertig waren, und sie gaben mir Geld. Manchmal schlief ich in der Backstube zwei oder drei Nächte hintereinander, bis ich genug Geld oder Brot hatte, um es nach Hause zu bringen. Freitag Nacht konnte niemand in der Backstube schlafen, weil die Juden ihren Rabbī schickten, der sie abschloß. In diesen Nächten sind alle Öfen voll von Töpfen mit S'china. Die Juden denken, wenn ein Moslem in der Backstube schläft, könnte er einen der Töpfe aufmachen und von dem S'china essen. Wenn er das tut, müssen alle Töpfe fortgeworfen werden, und sie haben am Samstag kein S'china zu essen.

Eines Tages kam eine jüdische Frau in die Backstube und fragte den Ma'allem: »Möchtest du Feuerholz kaufen?«

Der Ma'allem sagte, er wolle es sich ansehen. Da war ein Junge aus dem Rif namens Gordo, der mit mir arbeitete. Er war fünf Jahre älter als ich. Der Ma'allem sagte zu ihm: »Geh mit ihr, Gordo.« Und er sagte zu mir: »Du gehst mit. Ihr beide geht mit ihr. Sieh dir das Holz an, Gordo, und komm und sage mir, ob es gut ist. Du kannst es mit dem Handkarren herbringen.«

Wir gingen mit der jüdischen Frau durch die Straßen. Als wir zu ihrem Haus kamen, stiegen wir mit ihr hinauf aufs Dach, und Gordo begann mit ihr zu handeln, wieviel das Holz wert sei. Schließlich machten sie einen Preis, und wir gingen zurück zur Backstube und sagten es dem Ma'allem. Er gab Gordo das Geld, und wir schoben den Karren zum Haus der jüdischen Frau. Nachdem Gordo sie bezahlt hatte, begannen wir, das Holz vom Dach herunter auf die Straße zu tragen. Wir füllten den Karren und brachten ihn zur Backstube, und wir gingen zurück, um die zweite Ladung abzuholen.

Das Holz oben auf dem Stapel war sehr alt, und das unten

lag, war noch älter. Als Gordo einen der Klötze aufhob, lag dort ein Bündel, das mit einem Lumpen bedeckt war.

»Was ist das?« fragte ich ihn. »Sei ruhig«, sagte er. »Es ist ein altes Bündel.«

»Mach es auf. Wir wollen sehen, was drin ist«, sagte ich zu ihm.

Er löste den Knoten des Bündels. Es war gefüllt mit spanischen Banknoten. Die Ratten hatten Stücke herausgenagt.

»Es ist Geld«, sagte er.

»Die Hälfte davon gehört mir«, sagte ich.

»Sei still! Willst du, daß ich dir einen Tritt gebe, daß du vom Dach herunterfliegst? Er sagt, ich soll ihm die Hälfte geben! Der Ma'allem schickt mich, Holz von der Yehudīya kaufen, und du denkst, ich gebe dir die Hälfte. Und jetzt halte deinen Mund, und ich werde dir fünf Rial geben. Aber schweig still.«

Er war viel größer als ich. »Gut«, sagte ich.

Und wir trugen auf dieser zweiten Tour das ganze Holz in die Backstube. Als es neben dem Platz des Ma'allem aufgestapelt war, nahm Gordo mich mit hinaus und gab mir fünf Rial aus dem Innern des Bündels, wo die Noten keine Löcher hatten. Dann sagte er: »Das Geld hier. Wo kann ich es wechseln?«

»Ich weiß nicht«, sagte ich. »Vielleicht nimmt es ein Baqqāl.«

»Und wenn der Ma'allem es herausbekommt?«

»Mach dir keine Gedanken wegen des Ma'allem«, sagte ich. »Er wird nichts tun. Er wird dich gar nicht sehen.« Ich ließ ihn am Eingang der Backstube stehen und begann, die Straße hinunterzugehen. Ich dachte nach. Dann ging ich zurück an die Tür. »Gib mir eine der Hundert-Peseta-Noten«, sagte ich zu ihm. »Ich will versuchen, sie für dich zu wechseln.« Er nahm einen Schein heraus und gab ihn mir. »Hier«, sagte er.

Es war eine der alten Banknoten, die die Ratten angenagt hatten. Ich ging zu einem Baqqāl in der Calle de Italia und verlangte eine Schachtel Zigaretten. Der Mann sah sich den

Schein an. »Der Schein hat keine Nummer«, sagte er. »Du mußt ihn zur Bank bringen.« Ich ging zurück zu Gordo und sagte zu ihm: »Es hat keinen Zweck. Sie wollen ihn nicht nehmen. Wieviel gibst du mir, wenn ich das ganze Geld für dich wechsle?«

»Wo?«

»Darüber mach dir keine Sorgen. Ich kann es wechseln. Morgen, Inschallāh, werde ich es jemanden geben, den ich kenne. Er wird es für mich wechseln.«

»Wirklich? Ist das die Wahrheit?«

»Ich schwöre es!«

Da sagte er: »Wachchā. Hier ist es.« Er mahm das Bündel aus seiner Tasche, »Wieviel ist das?« fragte ich ihn.

»Zähle es«, sagte er. »Da sind fünfhundert Rial drin.«

»Ich weiß es nicht«, sagte ich. »Es können fünfhundert sein oder dreihundert.«

Ich wußte nicht, wie man Geld zählt. Ich sagte: »Ich werde es für dich wechseln. Du gibst mir noch einmal fünf Rial, und es ist erledigt.«

»Nimm es«, sagte er.

Ich nahm das Bündel.

In der Nacht schlief ich in der Backstube. Am Morgen um etwa zehn Uhr stieg ich hinauf zum Boulevard. Dort fragte ich einen Mann, wo die Banco de España sei. »Dort drüben«, sagte er. »Mit den zwei Türen. Geh dort hinein.«

Ich ging hinüber zu der Bank und ging hinein. Dort standen Leute in einer Reihe und warteten. Einer der Moslem-Aufseher sah mich. Er beobachtete mich. Dann kam er herüber und sagte zu mir: »Was willst du hier, Junge?«

»Nichts«, sagte ich. »Ich habe etwas Geld, und ich möchte es wechseln.«

»Geh hier herüber«, sagte er.

Und ich ging zu dem Nasrāni, der hinter einem Schalter stand, und gab ihm das Geld. Er begann, es zu zählen und zählte und zählte. Dann gab er mir neue Scheine. Ich sah mir an, was er mir gegeben hatte. Es war nur wenig, und ich hatte ihm eine große Handvoll gegeben.

»Ich habe Ihnen eine Menge gegeben«, sagte ich zu ihm. »Sehen Sie, wie wenig Sie mir dafür gegeben haben.«

»Das ist der richtige Betrag«, sagte er. »Zähl es. Kannst du nicht zählen?«

»Ja«, sagte ich. Ich steckte das Geld in meine Tasche und ging hinaus. An diesem Tag ging ich nicht mehr zur Backstube. Ich blieb auf der Straße, trank Gaseosas und spielte Ruleta vor dem Kino. Ich kaufte ein Paar Sandalen, denn ich war barfuß. Und ich ging durch die Gebrauchtwarenbuden in Bū Araqīya und kaufte ein Hemd und eine Jacke. Ich schlief in dieser Nacht zu Hause. Am nächsten Morgen um halb elf ging ich wieder in die Backstube.

Als ich hereinkam, sagte der Ma'allem: »Wo bist du gewesen?«

»Ma'allem«, sagte ich, »gestern brachten sie mich zur Polizeiwache. Und ich blieb dort die ganze Nacht.«

»Weshalb?«

»Nichts. Ich schlug mich mit jemandem, weiter nichts.«

»Du gerätst immer in Dinge, die dich nichts angehen«, sagte er zu mir. »Siehst du, was passiert? Du schläfst in der Comisaría. Warum kommst du in Schlägereien?«

»Es ist ja jetzt vorbei«, sagte ich.

Ich ging hinaus und rief Gordo. »Weißt du, was passiert ist? Deinetwegen habe ich letzte Nacht in der Comisaría geschlafen. Und heute nachmittag um drei Uhr muß ich wieder dorthin. Alles wegen deinem Geld. Und das Geld ist auch auf der Comisaría. Was sie um drei Uhr dort mit mir machen werden, weiß ich nicht. Aber ich muß gehen, und wenn sie mich wegen des Geldes fragen, werde ich ihnen sagen, es sei deines.«

»Nein, nein«, sagte er. »Bei deiner Mutter, sag ihnen das nicht! Das Geld gehört mir nicht. Wir haben es nur zufällig gemeinsam gefunden. Wenn sie es behalten wollen, laß sie es behalten. Aber sag ihnen nicht, es gehört mir. Wenn der Ma'allem erfährt, daß wir es unter seinem Holz gefunden und ihm nicht gegeben haben, wird er sagen, wir seien Diebe. Wir werden keine Arbeit mehr haben.«

Ich sagte zu ihm: »Wenn du willst, daß ich das der Polizei sage, mußt du mir zehn Rial geben.«

»Gut«, sagte er. »Ich werde dir das Geld geben.« Wir gingen in die Straße, wo die Backstube war, und er sagte zu mir: »Warte hier auf mich. Komm nicht mit mir in die Backstube.«

Er ging in die Backstube. Jeder Terrah hat dort seinen eigenen Geldkasten. Nach einer Minute kam er mit dem Geld wieder heraus.

Ich nahm die zehn Rial und steckte sie in meine Tasche. »Allāh ihennik«, sagte ich zu ihm. »Wenn ich heute Abend zurückkomme, wirst du mich sehen. Wenn nicht, weißt du, daß sie mich wieder dort behalten haben.«

An diesem Nachmittag ging ich durch die ganze Stadt. Nach einer Weile wurde ich müde, und ich sagte zu mir selbst: »Jetzt ist es Zeit, sich nach einer Frau umzusehen. Alle sagen, das ist gut. Jetzt, wo ich das Geld habe, kann ich es ausprobieren. Ich kann mir eine nehmen und sehen, wie es ist.« Ich war im Derb el-Wadi. In diesem Viertel waren Häuser mit spanischen Frauen. Ich ging durch die Gassen und begann, mich umzusehen. Vor manchen Häusern standen Mädchen. Ich sah ein spanisches Mädchen und dachte: Die da ist gut. Ich werde mit ihr hinaufgehen. Ich sagte zu ihr: »Wollen wir hinaufgehen?«

»Gut«, sagte sie.

»Wieviel?« fragte ich.

»Fünf Rial.«

»Wachchā«, sagte ich zu ihr.

Als ich wieder herunter kam von ihrem Zimmer und hinaus auf die Straße ging, dachte ich: »Tatsächlich! Frauen sind gut! Ich werde wiederkommen und es nochmal machen.«

Es war fast dunkel. Ich ging in die Backstube. Der Ma'allem war nach Hause gegangen, aber die Backstube war offen. Abends stand der Besitzer, Si Larbi, immer vor der Tür und verkaufte Gebäck. Wenn einer der Terrahs hineingehen und dort schlafen wollte, konnte er es. Gordo saß drinnen im Dunkeln.

»Was war los, Ahmed?«

»Allāh sei Dank!« sagte ich. »Wir sind raus aus der Sache. Die Polizei hat das Geld behalten. Sie haben mich wieder geschlagen. Alles auf deine Rechnung! Egal, es ist vorbei. Es hat keinen Zweck zu jammern.«

»Du hast recht«, sagte er. »Laß das Geld sausen. Wir können sowieso nichts machen.«

»Siehst du?« sagte ich zu ihm. »Ich bat dich, mir die Hälfte zu geben, und du wolltest nicht. Und was passiert? Keiner von uns hat etwas behalten.«

»Das Geld ist weg«, sagte er. »Es ist alles gleich.«

Jeden Tag ging ich zu dem spanischen Mädchen, bis das ganze Geld alle war. Und ich ging wieder in die Backstube und arbeitete. In einem Haus bekam ich S'china, in einem anderen Süßigkeiten, und so lebte ich. Zwei oder drei Rial am Tag und den Korb voll Brot. Und meine Mutter war viel glücklicher. Eines Tages kam Sī Larbi, der Besitzer, in die Backstube. Er sprach mit dem Ma'allem. Ich will mein Haus umbauen, sagte er zu ihm. Am nächsten Tag brachte er Arbeiter und Material zu seinem Haus. Dann kam er wieder in die Backstube und sprach mit mir.

»Ahmed, du arbeitest jetzt schon lange hier. Willst du nicht kommen und den Arbeitern bei meinem Haus helfen?«

Ich sagte: »Sī Larbi, wenn ich komme, und an deinem Haus arbeite, werde ich weder Geld noch Brot bekommen. Und wer wird mich am Leben erhalten?«

»Arbeite morgens hier in der Backstube und komm nachmittags zu meinem Haus. Wenn das Id el-Kbir kommt, werde ich dir ein paar neue Kleider kaufen.«

»Wachchā«, sagte ich.

Und ich begann so zu arbeiten. Wir rissen zwei Räume ab, und wir bauten Wände auf und setzten zwei Türen ein, eine auf jedem Stockwerk. Zwei Monate lang arbeitete ich jeden Nachmittag dort für ihn. Wir mußten das Haus rechtzeitig zum Id el-Kbir fertig haben.

Zwei oder drei Tage vor dem Fest kam Sī Larbi in die Backstube. Die anderen Terrahs waren dort. Ich sagte: »Sī

Larbi, jetzt ist der Tag fast gekommen. Es ist Zeit, daß du mir kaufst, was du mir versprochen hast. Wir haben das Haus fertig, und jetzt brauche ich die Kleider. Wenn du willst.«

»Hast du Geld?« fragte er mich.

»Nein«, sagte ich zu ihm. »Aber du hast gesagt, du wolltest sie mir kaufen.«

»Wenn du das Geld hast«, sagte er, »werde ich dir die Kleider kaufen. Wenn du keins hast, dann nicht. Ich bezahle deine Kleider nicht.«

»Ach so«, sagte ich. »Du mußt es wissen.« Und ich dachte an das, was meine Mutter immer zu mir gesagt hatte: »Wenn du einen Moslem siehst, der Glück gehabt hat, dann weißt du, daß kein anderer Moslem mit ihm zusammen gewesen ist.«

Ich ging hinaus. »Da ist ein reicher Mann, der alles hat, was er sich wünscht, Häuser und eine Backstube und alles, und er tut mir so etwas an. Soll er sein Geld behalten. Allāh wird es schon in Ordnung bringen, wenn es an der Zeit ist.«

Ich hörte Gordo hinter mir. »Weißt du«, sagte er, »ich habe Si Larbi jeden Tag ein paar Pesetas gegeben, weil er mir gesagt hat, er wolle mir eine Hose für das Id el-Kbir kaufen. Und jetzt hat er zwanzig Rial von mir, und er sagt, ich hätte ihm nie Geld gegeben.«

Dann kam Hamadi, ein anderer Terrah, aus der Backstube heraus. Er hatte sechs oder sieben Jahre dort gearbeitet. »Siehst du diesen kaputten Zahn?« fragte er mich. Ich sagte: »Ja.«

»Ich hatte eine Schlägerei«, sagte er. »Und als Si Larbi den Zahn sah, sagte er zu mir: »Gib mir jeden Tag ein wenig Geld. Ich werde es für dich aufbewahren, und wenn es genug ist, lasse ich dir einen Goldzahn machen. Du brauchst dazu hundert Rial. Hundert spanische Rial für einen Goldzahn! Als ich ihm aber die hundert Rial gegeben hatte, sagte ich zu ihm: »Si Larbi, willst du mir den Zahn nun machen lassen?« Und er sagte: »Ich habe kein Geld, das ich für Zähne für dich ausgeben kann.«

»Ja«, sagte ich. »Ein Mann, der sein eigenes hat und das von allen anderen noch dazu haben will. Aber es ist schon gut. Soll er es haben. Er hat mich betrogen, aber ich werde es zurückbekommen.«

Und ich blieb weiter dort und arbeitete. Nachdem das passiert war, bestahl ich Sī Larbi jedesmal, wenn ich die Gelegenheit dazu hatte. Wenn er mich wegschickte, um etwas zu kaufen, kaufte ich die Hälfte und behielt den Rest des Geldes, und wenn er sagte: »Ist das alles?« sagte ich: »Das ist alles, Sī Larbi.«

Heute und morgen, heute und morgen arbeitete ich dort. Eines Tages sagte ein Junge, der Gebäck an der Tür der Backstube verkaufte, zu mir: »Ahmed, bald ist der große Feiertag der Nasrāni. Das Fest, wo sie sich auf der Straße betrinken und Bäume in ihren Häusern aufstellen. Mein Vater kennt einen Spanier, der einen Ararbaum von dir kaufen will. Warum gehst du und Pitchi nicht einen holen und verkauft ihn ihm?«

»Wieviel will er bezahlen?« fragte ich ihn.

»Vielleicht hundert oder hundertfünfzig Pesetas.«

Ich rief Pitchi. »Morgen ist Sonntag. Laß uns nach Boubana gehen und einen Ararbaum abschlagen und sehen, ob wir etwas dafür bekommen.«

»Ja«, sagte Pitchi. »Glaubst du das? Für einen toten Baum?«

Ich fragte den Jungen, der das Gebäck verkaufte. »Ist das wahr, Mohammed? Der Nasrāni, den dein Vater kennt, will einen Baum kaufen, wenn wir ihm einen bringen?«

»Ich schwöre, er will es«, sagte er. »Ich weiß, daß er es will. Holt nur einen und bringt ihn ihm.«

Also gingen wir. Wir schliefen nachts in der Backstube, und am nächsten Morgen gingen wir hinaus auf das Land nach Boubana. Dort ist ein Wald mir Ararbäumen auf dem Berg oberhalb des Platzes, wo die Nasrāni Golf spielen. Wir standen dort, und nach einer Weile kam ein Nasrāni in seinem Auto daher. Er hielt an und stieg aus und begann, einen jungen Baum abzuschlagen. Er fuhr fort, Bäume abzuschlagen, bis er sechs oder sieben kleine hatte.

Wir sagten zu dem Nasrāni: »Können wir einen deiner Bäume haben?«

»Schlagt euch einen ab«, sagte er. »Ihr könnt abschlagen, so viele ihr wollt.«

»Sind das deine?« fragte ich ihn.

»Ja, das sind meine. Seht ihr nicht, wieviele ich mitnehme?« Er stieg in sein Auto und fuhr fort. Ich begann einen der jungen Ararbäume mit einer Säge abzuschneiden. Als ich vier Bäume hatte, sagte ich zu Pitchi: »Das ist genug. Wir werden einen davon dem Freund von Mohammeds Vater verkaufen und die anderen werden wir zum Markt bringen.«

»Gehen wir«, sagte er.

»Du nimmst zwei, und ich nehme zwei.«

Sie waren schwer. Wir trugen sie, einen über jeder Schulter, bis wir zum Sūq al-Bqar kamen. Wir ruhten eine Weile. Dann trugen wir sie weiter bis zum Markt, und ich wartete dort mit drei Bäumen, während Pitchi einen zur Backstube brachte. Er kam zurück und setzte sich zu mir. Nach kurzer Zeit kam ein Moslem und sagte: »Wollt ihr diese Bäume verkaufen?«

»Ja«, sagten wir. »Willst du sie kaufen?«

»Ich gebe euch zehn Rial für die drei.«

»Mehr. Sie sind mehr wert«, sagten wir zu ihm. »Einer kostet zwanzig Rial, und du willst drei für zehn?«

»Zehn Rial, wenn ihr sie verkaufen wollt.«

»Nein«, sagten wir.

Wir saßen dort, und ein Polizist kam daher. »Diese Bäume«, sagte er. »Wo habt ihr die her?«

»Es sind unsere«, sagten wir.

»Wer hat sie euch gegeben?«

»Wir waren in einem Wald bei Boubana, und ein Nasrāni kam und fällte Bäume, und er sagte, wir könnten uns auch welche abschlagen. Wir baten ihn um einen Baum, und er sagte, wir sollten sie uns selbst abschlagen. Wir fragten ihn, ob sie ihm gehörten, und er sagte ja.«

»Nehmt diese Bäume. Kommt mit mir.«

Wir nahmen die Bäume und gingen mit dem Polizisten zur Comisaría im Sūq N'Dachel.

»Aha«, sagten sie dort. »Ihr stehlt also Bäume. Setzt euch.«

Sie nahmen die Gürtel aus unseren Hosen und die Bänder aus unseren Schuhen und nahmen uns unsere Zigaretten ab und dann sagten sie: »Gut. Bleibt hier drin, ihr beiden.«

Und wir blieben dort im Dunkeln bis zum nächsten Tag.

Am Morgen kamen sie und sagten: »Wo sind die zwei, die die Bäume gestohlen haben?«

»Hier sind wir«, sagte ich. Sie führten uns hinaus in den Korridor. Dort waren die drei Bäume. »Nehmt diese Bäume«, sagten sie zu uns. Wir nahmen sie und trugen sie hinaus und trugen sie weiter durch die Straße. Zwei Polizisten gingen mit uns. Am Fuße der Stufen beim Cinema Americano wartete ein Polizei-Jeep. Wir stiegen ein, und sie fuhren uns zur Comisaría in Wādi el-Ihud.

Drinnen saß ein dicker Belgier. Ich hatte ihn immer beobachtet, wie er in einen Jeep stieg. Der Jeep neigte sich nach einer Seite, wenn er eingestiegen war. Er sah uns an und begann zu schreien: »Ha! Ihr seid also die Diebe, die wir gesucht haben! Ihr seid es also, die alle die Bäume abgeschlagen haben.«

Dann sah er mich an und brüllte: »Sag etwas!«

Ich erzählte ihm, wie wir es gemacht hatten.

»Wie hieß dieser Christ?«

»Er hatte einen grünen Kombiwagen«, sagte ich.

»Lügen! Setz dich! Dorthin!«

Und wir setzten uns und warteten, während sie einen Jeep in den Wald von Boubana schickten. Sie kamen zurück mit einem Hirten. Der Belgier fragte den Hirten: »Hast du gesehen, wie diese Jungen Bäume abgeschlagen haben?«

»Ja«, sagte der Hirt. »Es war auch ein Nasrāni da, der auch Bäume abgeschlagen hat!«

Ich sagte zu dem Belgier: »Siehst du? Ich habe nicht gelogen! Er sagte, sie gehörten ihm.«

»Also hast du sie gestohlen!«

Der Belgier begann mich mit seiner Hand links und rechts zu ohrfeigen.

»Du darfst mich nicht schlagen«, sagte ich. »Mach die Papiere fertig und schick uns zur Mendūbīya.«

»Schweig still, du Hurensohn! Leg dich dorthin!«

Ich lag auf dem Boden, und er trat mich auf den Bauch.

»Du wirst mich töten!« schrie ich. Dann setzte er sich auf mich. Ich konnte mich nicht bewegen, nicht rufen und gar nichts, er war so schwer. Er war wie ein Lastwagen über mir.

Als er aufstand, schlug er mich wieder, und dann sperrte er uns in den Keller. Am nächsten Tag machten sie die Papiere fertig und brachten uns zur Mendūbīya zu Monsieur Bompains Büro. Er sagte zu uns: »Wo habt ihr also diese Bäume her?«

Wir erzählten ihm die Geschichte.

»Nichts als Lügen. Ich werde euch ins Gefängnis schicken.«

Das war das erste Mal, daß man mich zu Gefängnis verurteilte. Sie gingen mit uns durch Dschenān el-Kaptan, und Pitchi wurde mit Handschellen an mich gefesselt. Wir kamen an der Backstube vorbei, aber der Ma'allem war nicht dort. Mohammed stand vor der Tür und verkaufte Gebäck.

Und es herrschte Hunger im Gefängnis der Kasbah.

Zur Mittagszeit teilten sie zum ersten Mal Brot aus. Bis sie die Suppe ausgaben, hatten alle schon ihr Brot aufgegessen. In dem Brot waren Würmer. Sie waren tot. Der Backofen hatte sie getötet.

Als ich mehrere Nächte nicht nach Hause gekommen war, ging meine Mutter in die Backstube. Der Ma'allem erzählte ihr, ich sei im Gefängnis der Kasbah. Dann brachte sie mir jeden Tag Essen.

Ich redete mit Pitchi. »Du, meine Mutter bringt mir jetzt Essen. Wenn du mit mir essen willst, mußt du mir jeden Tag einen Rial geben.«

»Aber ich habe gar kein Geld hier«, sagte er.

»Wenn wir hinauskommen, kannst du es mir geben«, sagte ich.

»Wachchā.« Und wir begannen das Essen zusammen zu

essen. Wir blieben längere Zeit dort. Und jeden Tag lief meine Mutter hin und her, sprach mit dem Kalifen, versuchte mir zu helfen, herauszukommen, aber es nützte nichts. Eines Tages kam Sī Larbi in die Mendūbīya.

»Diese zwei Jungen arbeiten bei mir«, sagte er, »und ich bin für sie verantwortlich.«

Sie ließen uns frei. Wir arbeiteten vier oder fünf Tage in der Backstube. Dann riefen sie uns in die Mendūbīya. Dort sagten sie: »Habt ihr diese Bäume gestohlen?«

Wir begannen ihnen die Geschichte zu erzählen, aber sie sagten nur: »Geht raus! Tut es nicht wieder. Ihr solltet zehn Tage im Gefängnis sitzen. Aber diesmal könnt ihr gehen.«

Wir gingen also wieder in die Backstube. Jetzt, seitdem ich im Gefängnis gewesen war, konnte der Ma'allem mich nicht mehr leiden. Er schrie mich an und bestrafte mich wegen jeder Kleinigkeit. Und so oft es ging, stahl ich ihm ein paar Pesetas. Eines Tages nahm er einen Besen und begann mich damit zu schlagen.

Ich sagte zu ihm: »Hör mal! Wenn du nicht willst, daß ich für dich arbeite, dann sag es, und ich werde gehen und mir anderswo Arbeit suchen!«

»Nein! Du bleibst und arbeitest hier, ob du willst oder nicht«, sagte er. »Du wirst nicht anderswo arbeiten. Denkst du, ich will einem anderen Terrah beibringen, wie man arbeitet?«

»Wenn ich bei dir bleiben soll, dann laß mich in Ruhe.«

Ich blieb weiter dort und arbeitete für ihn, aber er schlug mich weiter jeden Tag und schrie mich an, bis es ganz schlimm wurde. Eines Tages nahm er die Brotschaufel aus dem Ofen und wollte mich damit schlagen. Ich stieß sie ihm aus der Hand und warf sie auf den Boden.

»Jetzt habe ich genug von dir und deiner Backstube!« sagte ich.

»Das sagt der Terrah zu dem Ma'allem?« Er hob die Schaufel auf und stieß sie mir hart in den Bauch. Ich entriß sie ihm und ließ sie auf seine Schulter fallen. Dann rannte ich aus der Backstube.

Ich ging in der Calle de Italia vor dem Kino auf und ab, und einer der Terrahs kam vorbei. »Allāh, Ahmed!« sagte er.

»Was ist los?«

»Der Ma'allem ist zu Si Larbi gegangen. Geh lieber nicht wieder in die Backstube.«

»Warum soll ich nicht wieder hingehen?« sagte ich. »Ich gehe jetzt hin. Ich will meine Sachen haben.«

Ich ging in die Backstube. Sī Larbi war dort. »Der Terrah will also der Herr sein? Bist du verrückt geworden? Weißt du nicht mehr, was du tust?«

»Der Ma'allem hat die Brotschaufel genommen und wollte mir damit den Bauch zerschlagen«, sagte ich.

»Pack deine Sachen«, befahl er mir.

Ich nahm alles und ging nach Hause. Meine Mutter war da.

»Was ist los? Warum willst du nicht mehr dort arbeiten? Was ist denn los mit dir?«

»Dort ist es nicht gut. Sī Larbi hat mich betrogen. Der Ma'allem schlägt mich jeden Tag. Und ich soll ihnen das Brot austragen?«

DIE HUREN

القحاب

Ich hatte keine Arbeit und ging den ganzen Tag durch die Straßen und sah den Leuten zu. Eines Abends gegen zehn Uhr stand ich in der Menge vor den Kinos in der Calle de Italia. Mustafa war dort mit einem seiner Freunde. Er rief mich. »Ahmed«, sagte er. »Gehen wir doch nach Hauma Beni Ider. Ich werde dir ein Mädchen suchen.«

»Al Allāh! Hoffentlich gelingt es dir«, sagte ich. »Ich bin noch nie dort gewesen. Dies wird das erste Mal sein.«

Wir drei, Mustafa, Mohammed und ich, gingen nach Hauma Beni Ider und guckten in die Hauseingänge einiger Hurenhäuser. Dann gingen wir in eines der Häuser und setzten uns in den Hof. Mustafa rief der Patrona zu: »Bring mir eine Flasche Zitronensoda.« Ein Mädchen brachte sie ihm. »Was willst du trinken, Ahmed?« fragte er mich.

»Ich will eine Zitronensoda«, sagte ich. Und Mohammed verlangte auch eine Zitronensoda. Und während wir tranken, kam ein Mädchen an unseren Tisch. »Mustafa«, sagte sie. »Du trinkst Zitronensoda? Und ich trinke gar nichts? Trinkst du allein? Schäm dich!«

»Wenn du etwas trinken willst, trink«, sagte er zu ihr.

Da rief sie: »Bringt mir eine Zitronensoda. Mustafa bezahlt es.«

Die Patrona brachte noch eine Zitronensoda für sie. Ich sah mir nur die Mädchen an. Sie saßen in zwei Reihen, alle in Kaftane gekleidet.

»Das ist etwas Neues«, dachte ich.

Nach einer Weile sprach Mustafa mich an: »Welche gefällt dir?« fragte er mich.

»Die da in der Mitte. Die Hellhaarige«, sagte ich.

»Die da? Ja?«

»Ja.«

»Und wieviel willst du ihr bezahlen?«

»Ich habe zehn Rial bei mir. Ich kann sie bezahlen.«

»Ich will für dich mit ihr sprechen.«

Und Mustafa und Mohammed standen auf und gingen im Raum umher und scherzten mit den Mädchen. Schließlich ging Mustafa zu dem hellhaarigen Mädchen und sagte: »Steh auf. Geh und sprich mit dem Jungen dort. Du sitzt alleine hier.«

Sie stand auf und kam zu mir herüber.

»Bruder«, sagte sie. »Wollen wir hineingehen und etwas trinken, oder so? Sieh, deine Freunde. Jeder unterhält sich mit einem Mädchen. Und du bist ganz allein.«

»Wieviel kostet es, in dem anderen Raum etwas zu trinken?«

»Sechs Rial.«

»Ich habe zehn«, sagte ich. »Ich gebe sie dir. Wir trinken etwas in dem anderen Raum und dann gehen wir ins Bett und damit gut.«

»Warte«, sagte sie. »Ich werde mit Mustafa sprechen.«

»Mustafa«, sagte sie. »Der Junge hier hat nur zehn Rial. Er braucht noch Geld für etwas zu trinken.«

Mustafa sagte: »Na gut. Ich will für ihn bezahlen, was er braucht.«

Wir gingen in den anderen Raum, alle drei, und setzten uns an einen Tisch, und die drei Mädchen setzten sich an die andere Seite des Tisches. Jeder hatte seine Freundin sich gegenüber sitzen. Sie tranken alle Wein, und das Mädchen, das mit mir war, auch. Mustafa wollte mir welchen geben, aber ich sagte: »Nein. Ich bin zufrieden mit der Soda.« Wir saßen dort eine halbe Stunde, und dann kam die Patrona und nahm die Gläser weg. »Das ist genug«, sagte sie. Wir standen alle auf, und jeder ging mit seinem Mädchen in ein anderes Zimmer und legte sich mit ihr ins Bett.

Danach gingen wir hinaus in Mustafas Café und setzten uns mit ihm zusammen.

»War Chemu gut?« fragte er. »Hat sie dir gefallen?«

»Ja, sehr gut«, sagte ich zu ihm. »Sie war wunderbar.«

»Nun, das ist deine Sache. Sei vorsichtig. Nimm dich in acht vor ihr. Bei der hat es ein Hund zum ersten Mal gemacht. Sie ist die Blonde, die für eine Frau arbeitete, die am Boulevard wohnte. Der Mann der Frau hatte einen großen Hund. Und wenn die Frau und ihr Mann ausgingen, ließen sie ihr den Hund da, den sie versorgen sollte, und sie zog ihre Kleider aus und ließ den Hund kommen und es mit ihr machen. Und sie war sogar noch Jungfrau. Der Hund war ihr erster Liebhaber. Nimm dich lieber vor ihr in acht.«

»Ich weiß nicht«, sagte ich. »Das ist ihre Sache. Wenn ihr das Spaß macht, ist es mir gleich. Von mir wollte sie nur eine Menge Geld. Wenn ich Geld habe, werde ich wieder zu ihr gehen.«

Ich sagte dann nichts mehr. Und wenn ich durch die Stadt ging, mußte ich immer hingehen und Chemu sehen. Ich blieb schließlich die ganze Nacht bei ihr. Als sie sah, daß ich ihr viel Geld brachte, sagte sie: »Jetzt wohnst du nicht mehr bei deiner Mutter. Warum ziehst du nicht einfach ins Hurenhaus? Du kannst hier bei mir in meinem Zimmer wohnen. Ich will mit der Patrona sprechen. Es wird ihr recht sein.«

»An einem Tag habe ich Geld, am anderen keines«, sagte ich zu ihr. »Und nachher wird die Patrona mir Ärger machen.«

»Du verstehst mich nicht«, sagte sie. »Wenn du Geld hast, gibst du es mir, und wenn du keins hast, kommst du und schläfst und ißt und trinkst bei mir.«

»Gut«, sagte ich. »Ich will es tun.«

Und dann suchte ich immer Geld, um es ihr zu bringen. Wo immer ich es finden konnte, durch Arbeit, Borgen oder Stehlen. Alles, um Geld in der Tasche zu haben, das ich ihr geben konnte. Wenn ich genug hatte, blieb ich drei oder vier Tage hintereinander bei ihr und verließ das Zimmer überhaupt nicht. Dann ging ich wieder hinaus, um weiteres Geld zu suchen und blieb so viele Tage aus, wie ich brauchte, um welches zu finden. Manchmal fand ich keine Arbeit. Und wenn ich dann zurückkam, ganz ohne Geld, machte sie ein böses Gesicht und sprach nicht mit mir. »Ach«, sagte ich zu mir selbst. »Was für Kreaturen die Frauen doch sind! Sieh, wie sie sich benehmen, wenn ein Mann Geld hat, und wie anders sie sind, wenn er keins hat. Sie denken nur an das, was sie sich wünschen und wie sie es bekommen können. Es ist schwer zu glauben, daß jemand so sein kann. Am ersten Tag haben wir alles geregelt, und jetzt sieh nur, wie es ist! So haben wir es nicht geplant. Ich gehe fort von hier. Ich werde einpacken und weggehen und nicht mehr wiederkommen.«

Ich packte meine Sachen zusammen und ging aus dem Hurenhaus, zu Mustafas Café.

»Was ist los?« fragte er mich. »Hast du Streit mit ihr gehabt oder was?«

Ich sagte ihm, wie es war und wieviel Geld ich ihr immer bringen mußte. »Egal wie viel du einer Hure bringst, sie wird nie sagen, es ist genug«, sagte ich zu ihm.

»Geld ist das einzige, woran sie denken. Aber sei vorsichtig mit Chemu. Willst du nicht zu ihr zurückgehen?«

»Nein.«

»Dann sei sicher, daß du es auch nicht tust, nicht ein einziges Mal. Wenn du es doch tust, kann dir etwas passieren.«

»Ich werde nach Hauma Beni Ider gehen«, sagte ich, »aber nicht in dieses Haus.«

»Das ist deine Sache«, sagte er. »Aber wenn du sie überhaupt verläßt, geh nie mehr hin.«

Eine lange Zeit verging, und ich ging nicht mehr zu ihr. Eines Tages traf ich einen Jungen, der hieß Tsetsa und arbeitete in der Sägemühle in Bū Khāch Khāch, wo Lattenkisten hergestellt wurden.

»Bruder«, sagte ich zu ihm. »Gibt es keine Arbeit dort in der Sägemühle? Ich habe jetzt überhaupt nichts zu tun.«

»Ja, es gibt Arbeit dort«, sagte er. »Aber es ist Stückwerk. Sie bezahlen dir die einzelnen Lattenkisten.«

»Das macht nichts. Wenn es nur irgendeine Arbeit ist.«

»Komm morgen vorbei«, sagte er zu mir. »Aber bring deinen eigenen Hammer mit. Die Arbeiter haben alle Hämmer gestohlen, die dem Besitzer gehörten, und es sind keine mehr da.«

»Wachchā.«

Am selben Nachmittag ging ich ins Café und lieh mir Mustafas Hammer. Ich schlief in der Nacht im Café, und am nächsten Morgen ging ich zur Sägemühle. Tsetsa brachte mich in ein Büro, wo ein Nasrāni saß. »Hier ist der Mann, der Lattenkisten stückweise machen will«, sagte er zu ihm.

Der Nasrāni sagte: »Das Holz und alles, was er braucht, ist dort. Alles, was er tun muß, ist, wie die anderen zu arbeiten. Bring ihn hinein und zeige ihm alles, und laß ihn dann allein. Wenn er arbeiten will, wird er arbeiten.«

Tsetsa brachte mich hinein. »Da sind Nägel, und dort ist das Holz.«

Und dann begann ich diese Arbeit zu machen. Ungefähr einen Monat lang hatte ich dort gearbeitet. Ich verdiente Geld und trug gute Kleider. Und ich ging dann und wann nach Hauma Beni Ider, ging nur von einem Haus zum anderen und sprach mit den Mädchen. Sonst nichts. Dann fand ich ein Mädchen, das mir besser gefiel als die anderen. Eines Tages kam Mustafa in das Hurenhaus, wo ich saß und mit Mekrāya sprach. So hieß sie.

»Was machst du hier?« fragte er mich.

»Nichts. Nur dasitzen.«

»Ich dachte, du wolltest nie wieder hierher kommen.«

»Warum nicht?« sagte ich. »Dies ist nicht dasselbe Haus. Und ich habe mit keiner von ihnen etwas gemacht. Ich stehle nicht mehr und tue auch sonst nichts Schlechtes.«

»Mach, wie du willst. Du hast gesagt, du wollest nicht wiederkommen. Wenn du nur ein wenig Verstand hättest, würdest du nicht mehr hierher gehen. Hier hast du nichts zu suchen. Du bist zu jung. Ich weiß nicht. Tu, was dir gefällt. Ich sage dir das nur, aber mach, was du willst.«

»Ich bin kein Junge mehr«, sagte ich zu ihm. »Wenn ich Lust habe zu kommen, dann komme ich. Das ist nichts Böses. Ich habe keine Schlägereien oder so was. Das ist ein Hurenhaus, und es ist offen für jeden, der kommen will.«

»Wie du willst«, sagte er. »Das ist deine Sache.«

Er ging hinaus. Ich blieb da. Nach einer Weile sagte ich zu Mekrāya: »Jetzt muß ich gehen.«

»Du mußt gehen? Willst du morgen wiederkommen?«

»Ja. Ich weiß nicht. Vielleicht komme ich. Vielleicht auch nicht.«

»Wenn du kommen willst«, sagte sie, »morgen ist Sonntag. Komm früh am Morgen, und wir gehen zum Strand und bleiben den ganzen Tag da und kommen am späten Nachmittag zurück.«

»Ja, aber ich bin pleite. Ich habe keinen Franc.«

»Komm trotzdem«, sagte sie. »Denk nicht an Geld.«

»Gut«, sagte ich. »Danke.«

»Komm am Morgen«, sagte sie zu mir.

»Wachchā.« Ich sagte auf Wiedersehen und ging nach Hause zu meiner Mutter. Ich schlief und stand früh auf. »Hör mal«, sagte ich zu meiner Mutter. »Wenn du zwei frische Brote hast, gib sie mir, dann kann ich sie mitnehmen.«

»Wohin?«

»Ich muß mit einem Freund zum Strand gehen.«

Sie gab mir zwei schöne Brotlaibe, und ich nahm sie und ging zu dem Hurenhaus. Dort waren vier Mädchen, die wollten zum Strand gehen, und alle hatten Essen zum Mitnehmen. Wir gingen die Stufen hinunter zur Gerberei, wo der Taxistand ist, und stiegen in ein Taxi. Dann fuhren wir hinaus, den Strand entlang, bis Villa Harris. Wir nahmen alles aus dem Taxi und gingen hinüber zum Strand. Nahe am Wasser steckten wir Rohrstöcke in den Sand und hingen die Hāiks der Mädchen darüber und machten ein Zelt. Wir legten das ganze Essen in das Zelt, und die Mädchen begannen sich auszuziehen. Sie hatten schon im Hurenhaus ihre Badeanzüge angezogen. Als sie ihre Kleider ausgezogen hatten, gingen sie ins Wasser.

»Willst du nicht schwimmen?« fragten sie mich.

»Nein«, sagte ich. »Ich will nicht.« Ich saß bei ihren Kleidern, und sie schwammen lange Zeit. Dann liefen sie am Strand hin und her und spielten. Später kamen sie zum Zelt zurück. »Wir haben Hunger.« »Gut«, sagte ich. »Essen wir.« Wir holten das Essen heraus. Eine hatte Fisch mitgebracht, eine andere Kartoffeln. Eine andere hatte etwas Fleisch mit. »Was hast du mitgebracht?« fragten sie.

»Ich habe nur Brot mit. Das ist alles, was ich hatte.«

»Gut. Essen wir jetzt«, sagten sie. Wir aßen also, und wir saßen dort den ganzen Nachmittag. Dann nahmen wir unsere Sachen und gingen zur Bushaltestelle an der Straße. Der Bus kam, wir stiegen ein, und wir fuhren zurück in die Stadt. Als wir zum Sūq el-Berra kamen, verabschiedete ich mich von ihnen und ging nach Hause.

Ich arbeitete weiter in der Sägemühle. Ich arbeitete und arbeitete, bis eines Tages einer der Männer sich seine Hand an der Kreissäge verletzte. Der Nasrāni kam zu mir. »Ahmed«, sagte er. »Du arbeitest jetzt an der Säge mit dem Ma'allem, bis der andere aus dem Krankenhaus zurückkommt.«

»Wachchā.« Und ich begann mit dem Ma'allem an der Säge zu arbeiten. Die Säge war in der Mitte zwischen uns. Der Ma'allem stand an einer Seite und schob mir die Bretter zu. Nachdem sie durchgeschnitten waren, zog ich sie heraus und stapelte sie. Die erste Woche verging, und ich ging nicht nach Hauma Beni Ider. Und in der zweiten Woche ging ich auch nicht. In der dritten Woche ging ich wieder hin.

Als ich in das Hurenhaus kam, begannen alle zu reden. »Ah, wie geht es dir? Wie stehts? Du bist einen Monat lang nicht hier gewesen.«

»Ich fühlte mich nicht wohl«, sagte ich zu ihnen.

»Wir wollen jetzt Abendbrot essen. Willst du mit uns essen?«

»Nein. Jetzt nicht. Eßt ihr, ich werde zusehen.« Sie holten den Tisch und deckten die Schüsseln auf. »Komm«, sagten sie. »Iß mit uns.«

»Nein, ich kann nicht. Ich habe schon zu Hause gegessen. Eßt mit gutem Appetit.«

»Tu, was du willst«, sagten sie. »Das Essen steht hier vor dir. Wenn du willst, iß. Wenn nicht, mußt du es wissen.«

»Gut.«

Und sie aßen, und ich sah ihnen zu. »Ihr kennt mich«, sagte ich. »Wenn ich Hunger habe, esse ich.«

Sie aßen weiter. Als sie fast fertig waren, kam ein Mädchen von der Straße in den Hof. Es war Chemu, die Hellhaarige, bei der ich früher gelebt hatte. Sie sah mich an, als sie herein kam. Ich wandte meinen Kopf in die andere Richtung. Sie kam herüber und setzte sich auf die Matte zu den anderen und begann zu reden. Sie sah mich nicht mehr an.

»Gehst du heute abend ins Kino?« fragte sie eines der Mädchen.

»Ja«, sagte sie.

»Und du? Gehst du auch, Mekrāya?« fragte sie.

»Wenn mein Freund Ahmed mit mir geht«, sagte sie zu ihr.

»Ja«, sagte ich. »Ins Kino. Gut. Wenn du hingehen willst, werde ich für dich zahlen. Es ist neun Uhr. Ich will jetzt gehen und die Karten besorgen, und um zehn gehen wir los.« Ich stand auf.

»Gut.«

Ich ging zum Kino und kaufte zwei Karten und ging damit wieder zum Hurenhaus. Als ich ankam, war Chemu gegangen, und ich fragte Mekrāya: »Geht Chemu nicht mit uns?«

»Doch, sie geht mit.«

»Wenn sie geht, gehe ich nicht.«

»Was macht es, ob sie mitgeht oder nicht? Du brauchst nicht mit ihr zu sprechen. Weiter nichts. Du gehst mit uns, nicht mit ihr.«

»Wenn du willst«, sagte ich.

Wir saßen im Hof und unterhielten uns bis zehn Uhr. Dann stand ich auf. »Gehen wir jetzt.« Chemu stand mit den anderen an der Tür. Als der Film vorüber war, standen wir vor dem Kino. »Ich muß nach Hause gehen«, sagte ich. Und ich wandte mich in diese Richtung. »Ihr müßt dorthin gehen. Das ist eure Straße.«

»Aber komm mal wieder und besuch uns«, sagte Mekrāya.

»Inschallāh. Ich werde mal kommen.«

Und ein paar Tage vergingen, bis es wieder Samstag war. Ich bekam meinen Lohn in der Sägemühle. Ich ging nach

Hause und zog mich um und ging nach Hauma Beni Ider in das Haus, wo Mekrāya wohnte.

»Salāam alaikum«, sagte ich zu den Mädchen.

»Ah, Ahmed! Wie geht es dir? Warum hast du dich nicht sehen lassen? Du tauchst einmal im Monat auf. Wie der Mond.« Es war noch nicht einmal eine Woche vergangen, aber Huren reden immer so.

»Das Leben ist nun einmal anders«, sagte ich. »Man hat nicht genug Zeit, jeden Tag hierherzukommen. Macht ihr das Essen fertig?«

»Ah! Heute hast du wohl Lust zu Abend zu essen, ja?«

»Ja. Heute abend habe ich Hunger.«

Ich vergaß, daß ich nicht mit ihnen essen wollte.

»Wir machen es fertig«, sagte Mekrāya.

»Gut.« Ich ging hinaus in einen Laden an der Straße und kaufte ein halbes Pfund Bananen.

Als ich wieder ins Hurenhaus kam, sagte ich: »Ist das Abendessen fertig?«

«Ja«, sagten sie. »Fast.« Und es war nicht fertig. Wir saßen lange da und unterhielten uns. Dann kam die Patrona herein und sagte: »Wenn ihr essen wollt, kommt. Das Essen steht auf dem Tisch.« Wir gingen hinüber in den anderen Raum, setzten uns auf die Matten und fingen an zu essen. Wir schwatzten und lachten. Ich hatte Essen in meinen Mund getan und etwa fünf oder sechs Bissen hinuntergeschluckt, als ich fühlte, wie drinnen in meinem Bauch etwas zu rumoren begann. Dann hatte ich das Gefühl, als ob meine Eingeweide einander in Stücke schnitten.

»Was ist los mit mir?« dachte ich. »Kein Essen hat je so etwas in meinem Bauch angerichtet.«

»Iß, Ahmed«, sagte eines der Mädchen.

»Nein«, sagte ich. »Das war genug.« Dann wandte ich mich an Mekrāya.

»Kannst du nicht nachsehen, ob ihr etwas Bikarbonat dahabt?«

»Ja«, sagten sie. »Bring ihm Bikarbonat, Mekrāya. Hast du welches?«

»Warte«, sagte sie. »Ich will gehen und welches beim Baqqāl holen.«

Das waren die letzten Worte, die ich hörte. Als ich wieder zu mir kam und meine Augen öffnete, blickte ich auf einen Fußboden mit schwarzen und weißen Kacheln, der sich drehte und drehte. Vor meiner Nase war eine Flasche, aus der Geruch wie Feuer kam. Ich hing mit dem Kopf nach unten, und meine Füße waren zusammengebunden. Und ich erbrach unaufhörlich. Während ich erbrach, kam mein Bewußtsein zurück, und ich wußte allmählich wieder, was los war. Als sie sahen, daß ich wach war, nahmen sie mich herunter und setzten mich auf einen Stuhl.

Der Arzt sagte: »Was hast du gegessen?«

»Nichts«, sagte ich. »Ich habe Abendbrot gegessen; das war alles.«

»Wo?«

»Irgendwo in einem Haus.«

»Wo?«

»In Hauma Beni Ider. Wo bin ich jetzt?«

»Dies ist das Unfallkrankenhaus. Das Cruz Verde.«

»Wer hat mich hierher gebracht?«

»Das war ein großes Durcheinander. Am Telefon wurde uns mitgeteilt, ein Mann sei gestorben. Wir haben die Ambulanz zu dir geschickt.«

Ich sagte zu ihm: »Das ist alles, was ich gegessen habe. Sonst nichts.«

»Wenn es dir wieder gutgeht, dann gehst du am besten zur Comisaría«, sagte er. Dann rief er die Polizei an und sagte ihnen Bescheid, und als ich ging, gab er mir ein Schriftstück, das ich ihnen geben sollte. Bald darauf ging ich zur Comisaría. Ich sprach dort mit einem Inspektor, einem Nasrāni. Er fragte mich, in welchem Haus ich gewesen sei, und ich sagte es ihm. Dann schickten sie ein paar Polizisten in das Hurenhaus, und sie kamen wieder mit allen Mädchen, auch mit der Patrona. Er rief mich in das Zimmer, wo sie alle waren.

»Wer hat mit dir gegessen?« fragte er mich.

»Diese und diese und diese und diese«, sagte ich. »Vier von ihnen.«

»Die Patrona. Hat sie mit dir gegessen?«

»Nein.«

»Und diese da? Und diese?«

»Nein. Nur die vier. Und ich war der fünfte.«

Der Inspektor ging auf eines der Mädchen zu, die mit mir gegessen hatten. Er holte mit seiner Hand aus und schlug sie fest. Sie fiel gegen die Wand.

»Was habt ihr zu Abend gegessen?« fragte er.

»Wir haben nur Kifta mit Eiern und gebratenen Fisch gegessen«, sagte das Mädchen.

»Hast du das auch gegessen?« fragte er mich.

»Ja.«

Dann schlug er sie wieder. »Warum sagst du mir nicht die Wahrheit? Ich werde euch alle in die Berge schicken, wenn ihr es nicht sagt. Ich werde alle Hurenhäuser schließen. Ihr habt diesen Jungen töten wollen, stimmts?«

Er redete nur. Er hätte niemals die Hurenhäuser geschlossen, weil er Geld an ihnen verdiente. Jeden Tag kommen Huren auf die Polizeiwache, und sie bezahlen die Polizei, damit sie sie freiläßt.

Das Mädchen weinte und sagte: »Nein! Nein! Ich habe gar nichts getan! Ich kenne den Jungen nicht einmal! Ich weiß gar nichts!«

»Nichts«, sagte der Inspektor. »Steckt sie alle in den Keller.« Sie brachten sie nach unten und schlossen sie ein. Der Inspektor sagte zu mir: »Geh nach Hause und komm morgen früh um neun Uhr wieder.«

Ich ging nach Hause und schlief. Am nächsten Morgen ging ich wieder in die Comisaría. Als ich dort ankam, führte ein anderer Inspektor das Kommando. Er ließ seine Männer die Mädchen nach oben bringen.

»Was hast du mit diesen Huren getrieben?« fragte er mich.

»Gar nichts«, sagte ich zu ihm. »Ich arbeite in der Sägemühle in Bū Khăch Khăch, und ab und zu gehe ich herüber nach Hauma Beni Ider in dieses Haus und sitze da und unterhalte mich. Ein Hurenhaus ist ein Ort, wo jeder hinkommen und sitzen kann. Also saß ich da.«

»Ist das alles?«

»Das ist alles. Ich schlafe mit keiner von ihnen, und ich hatte auch keinen Streit mit ihnen. Es hat keinen Ärger gegeben.«

»Hört!« schrien die Mädchen. »Hört, was es sagt. Er sagt, er habe nicht in unserem Haus gegessen und gar nichts. Wir haben ihn noch nie gesehen. Nie. Wer ist das?«

Der Inspektor fragte sie: »Wo hat die Polizei ihn gefunden?«

»Auf der Straße vor der Tür. Er hatte einen Krampf oder sowas und fiel gegen die Tür.«

Ich sagte zu ihm: »Nein! Sie lügen. Ich habe mit ihnen gegessen. Ich bin umgefallen. Ich bin im Krankenhaus wieder zu mir gekommen, an den Füßen aufgehängt und mit dem Gesicht am Boden.«

»Ich werde dich ins Gefängnis werfen müssen«, sagte der Inspektor zu mir. »Sieh dich an! Du bist nur ein Junge. Und hier bist du und hast mit Huren und solchem Pack zu tun.«

Der Nasrāni beschimpfte mich so weiter. Er sagte alles. Dann brüllte er: »Mach, daß du hier raus kommst! Aber morgen werde ich die Polizei nach Hauma Beni Ider schicken. Wenn sie dich wieder da finden, sollen sie dich zu mir bringen. Und ich werde dich ins Gefängnis schicken.«

»Wachchā«, sagte ich. »Ich gehe.«

»Warte einen Augenblick«, sagte er. »Vergibst du diesen Huren?«

»Sie sagen, sie hätten nichts getan. Ich vergebe ihnen. Was kann ich anderes tun? Ich will ihnen nichts antun.«

Ich ging hinaus. Ich dachte, daß die eine, die das Gift für mich gemacht hatte, noch nicht einmal in der Comisaría gewesen war.

Aber die anderen Mädchen und die Patrona hatten ihr geholfen. Huren halten immer zusammen. »Jetzt weiß ich über Hauma Beni Ider Bescheid«, dachte ich, »und was da los ist. Warum gehe ich da überhaupt hin?«

Ich beschloß, nicht wieder hinzugehen. Ich dachte: »Ich will mir ein Mädchen auf der Straße suchen oder eine Frau«, und dann dachte ich, wie es sei, zu heiraten oder mit ihr zu leben oder mit ihr in ein Zimmer oder irgendwohin zu gehen. Und ich lief mit diesen Gedanken in meinem Kopf vier oder fünf Monate herum, und in dieser ganzen Zeit ging ich nicht wieder zu den Huren. Ich arbeitete fleißig in der Sägemühle.

Eines Tages schnitt ich mir mit der Säge in die Hand. Ich wartete drei Tage auf die Erlaubnis, zum Arzt zu gehen. Meine Hand schwoll an. Dann ging ich selbst zu dem Spanier, der die Sägemühle leitete und sagte: »Sieh! Vor drei Tagen habe ich meine Hand verletzt, und jetzt ist sie geschwollen und du willst mir keine Bescheinigung für den Arzt geben. Und ich kann nicht arbeiten und gar nichts.«

»Nein«, sagte er. »Ich habe dich als Stückarbeiter angestellt, und die sind nicht versichert wie die anderen.«

»Aber der Mann, der vor mir an der Säge arbeitete, war versichert«, sagte ich. »Ich habe keine Stückarbeit gemacht, als ich verletzt wurde. Ich habe an der Säge gearbeitet!«

»Darüber gibt es nichts mehr zu sagen. So ist es nun einmal.«

Er ging wieder in sein Büro und schloß die Tür.

Ich sagte zu mir selbst: »Ich kann nie irgendwohin gehen, wenn ich mit diesem Nasrāni spreche.« An der Wand neben der Tür stand ein dicker Holzbalken. »Damit werde ich ihn drankriegen«, dachte ich. »Ich nehme ihn und warte draußen vor seiner Tür. Wenn er mir nicht die Bescheinigung fürs Krankenhaus gibt, werde ich es ihm geben.« Und dann ging ich hin und stellte mich an die Tür mit dem Stück Holz in der Hand. Als er die Tür öffnete, sah er mich, und er rief nach drinnen einem Jungen, der Aziz hieß.

»Gib ihm eine Bescheinigung, Aziz«, sagte er, »dann kann er zum Arzt gehen. Seine Hand ist schlimm. Sie ist ganz aufgetrieben.« Dann rief er mich: »Komm herein. Entra.«

»Aquí estoy«, sagte ich. Er gab mir eine Bescheinigung, und ich ging zum Arzt. Der Arzt verband meine Hand. Drei Wochen lang ging ich in seine Praxis. Dann gab er mir eine andere Bescheinigung und sagte: »Du bist jetzt wieder gesund. Nimm diese Bescheinigung mit zu deiner Arbeitsstelle.«

Ich ging wieder in die Sägemühle und sagte zu dem Spanier: »Jetzt bin ich geheilt. Ich bin wiedergekommen, um zu arbeiten.«

»Es gibt jetzt nichts mehr für dich zu tun«, sagte er. »Wir haben jemand anderen, der deine Arbeit macht.«

So hatte ich keine Arbeit mehr. Heute und morgen, ohne Arbeit, heute und morgen suchte ich überall etwas zu tun. Der Mann meiner Mutter sagte immer zu mir: »Da bist du wieder und liegst herum und arbeitest nichts.«

»Herumliegen!« sagte ich. »Na gut. Willst du, daß ich hingehe und etwas stehle, damit ich ins Gefängnis komme? Wäre dir das recht?«

Es war ihm gleich, wo ich war, wenn ich nur nicht in seinem Hause war.

Ich dachte: »Ich werde von hier fortgehen. Ich werde in Mustafas Café gehen und dort wohnen.« Ich ging also hin und wohnte von da an im Café. Ich hatte nichts zu essen und kein Geld, und das Gift war immer noch in meinem Magen, so daß ich keinen Hunger hatte. Ab und zu gab Mustafa mir zehn Rial, manchmal auch zwanzig.

Der Mann meiner Mutter hatte einen Sohn, der immer zur Schule ging. Eines Tages traf ich ihn auf der Straße. Wir sprachen miteinander, und er erzählte mir, daß hinter Charf, wo die Eisenbahnbrücke über den Fluß geht, eine neue Sägemühle sei. Ich dachte über die neue Sägemühle nach. Ich wollte sie sehen, und eines Morgens machte ich mich auf den Weg. Ich war froh, als ich zurückkam, denn sie hatten mir gesagt, ich könne für sie arbeiten.

Ich hatte keine Lust, noch länger in Mustafas Café auf dem Fußboden zu schlafen. Aber ich wohnte noch ein paar Monate dort. Dann hatte ich genug Geld, um mir ein eigenes Zimmer zu nehmen. Ich zog aus dem Café aus und mietete ein Mahal in Dschenān el-Kaptan.

MALABATA

ملبتة

Ich arbeitete in der Sägemühle in Charf. Eines Donnerstags sagte ich zu mir selbst: »Morgen ist Freitag, und ich werde nicht arbeiten. Ich werde nach Tanger el-Balia gehen und Hamadi in seinem Obstgarten besuchen.«

Am Nachmittag zahlten sie uns aus. Ich ging zum Markt, um Essen zu kaufen. Dann ging ich wieder in mein Zimmer und kochte mein Abendessen. Gleichzeitig briet ich mir auch etwas Fisch, den ich am nächsten Tag mitnehmen wollte.

»Ich werde den Fisch bis morgen aufheben, und ich werde ein paar Tomaten kaufen und alles zu Hamadi mitnehmen, und wir werden zu Mittag essen.«

Ich machte alles fertig, aß Abendbrot und ging schlafen. Am Morgen tat ich das Essen in meine Kuffa und ging damit hinaus nach Sūq el-Berra. Dort nahm ich einen Bus und fuhr weiter. In Tanger el-Balia stieg ich aus und ging, bis ich zu dem Elektrizitätswerk kam. Dahinter lag Hamadis Obstgarten. Ich ging den Weg entlang bis zum Gartentor.

Ich begann zu rufen: »Hamadi! Hamadi! He, Hamadi!« Dreimal.

»Was willst du? Wer ist da?«

»Ich! Ahmed!«

»Ah, Ahmed!« Er kam zum Gartentor. »Es ist lange her, seit du mich hier besucht hast.«

»Ich hatte nicht genug Zeit zu kommen. Aber heute bin ich nun da.«

»Komm rein.« Er öffnete das Tor, und ich ging hinein. Wir gingen unter den Bäumen. »Wie ist die Stadt?« fragte er.

»Du kennst die Stadt. Ich brauche dir nichts darüber zu erzählen.«

»Ja. Was hast du zu essen mit, in deiner Kuffa?«

»Nichts als Brot und gebratenen Fisch und grüne Tomaten.«

»Gut. Gib es mir. Wir kochen die Tomaten und geben sie zu dem Fisch.«

Wir setzten uns. Er brachte sein Mottoui und sein Sebri, und wir rauchten eine Pfeife nach der anderen, mit Kif. Die Tomaten wurden gekocht, und wir gaben sie zu dem Fisch. »Komm und iß«, sagte Hamadi. Wir setzten uns und aßen. Als wir fast fertig waren, hörten wir die Stimme eines Mannes rufen, unten am Tor. Er rief: »Mohammed! Mohammed!«, denn er wußte nicht Hamadis richtigen Namen.

»Was ist los?«

»Komm her. Ich möchte mit dir sprechen.«

Hamadi stand auf und ging hinunter zum Tor. Der Mann, der dort stand, sagte: »Wenn du Kif kaufen willst, ich habe welchen bei mir.«

»Ich kaufe niemals Kif«, sagte Hamadi zu ihm. »Ich baue hier selbst welchen an. Aber wart einen Augenblick. Ein Freund von mir ist hier, er kommt aus der Stadt. Und er geht wieder zurück. Ich will ihn fragen, ob er welchen kaufen will.«

Hamadi kam zurück. »Ahmed«, sagte er. »Da ist ein Mann, der verkauft Kif. Wenn du welchen kaufen willst, gibt er ihn dir billig.«

»Wirklich?«

»Ich schwöre es. Ich kann ihn billig bekommen.«

»Ruf ihn«, sagte ich. »Sag ihm, ich komme.«

Er rief: »Komm hier herauf!« Und der Mann kam durch den Obstgarten zu uns.

»Salaam alaikum.«

»Alaikum salaam. Hier ist der Junge, der dir etwas abkaufen will«, sagte Hamadi. »Wo ist der Kif?«

Der Mann nahm den Sack, den er über seiner Schulter hatte, und stellte ihn auf den Boden. »Hier ist er«, sagte er. »Hier ist Kif.«

Ich sagte zu Hamadi: »Sprich mit ihm über den Preis.«

»Wieviel willst du dafür haben?«

»Das hier sind drei Kilo. Gib mir zweihundert Rial dafür.«

»Zweihundert Rial sind eine Menge«, sagte Hamadi zu ihm. »Ich werde dir Hundert geben.«

»Nein. Ich kann nicht drei Kilo für hundert Rial verkaufen.«

»Wenn du ihn verkaufen willst, gut«, sagte Hamadi. »Wenn nicht, ist es gleich.«

»Nein. Nicht zu dem Preis.«

Er ging wieder auf das Tor zu. Dann machte er kehrt und kam zurück.

»Gut. Gib mir das Geld.«

Ich nahm hundert Rial heraus und gab sie ihm. »Aber du kennst mich nicht«, sagte ich zu ihm. »Und ich kenne dich auch nicht.«

»Wir sind Männer«, sagte er. »Keine Jungen.«

»Das stimmt.«

Er ging fort, und wir blieben da. Wir kochten eine Kanne Tee, und Hamadi nahm drei oder vier Bündel Kif und zerkleinerte sie. Wir rauchten, und es war guter Kif.

»Allāh, Allāh«, sagte ich. »Der ist wirklich gut.«

»Ja, er ist gut. Aber nur, wenn ich ihn kleinschneide.«

»Wir werden den jetzt rauchen«, sagte ich zu ihm. »Und ich werde dir etwas dalassen, damit du ihn schneiden kannst. Und am nächsten Freitag, Inschallāh, werde ich wiederkommen und dich besuchen.«

»Wachchā.«

Wir tranken den Tee und rauchten den Kif. Dann sagte ich: »Jetzt gehe ich, Hamadi. Es wird spät.«

»Gut.«

»Allāh ihennik.« Ich nahm den Sack über meine Schulter und ging den Hügel hinunter. Ich trug meine Kuffa in der Hand und ging weiter. Ich ging und ging, bis ich zur Bushaltestelle kam. Dort wartete ich. Der Bus kam, und ich stieg ein und setzte mich hin.

Als der Schaffner kam, sagte er: »Was hast du da in dem Sack? Wenn es mehr als zehn Kilo wiegt, mußt du dafür bezahlen.«

Ich hob ihn hoch und schwang ihn vor ihm hin und her. »Nein. Es ist nur ein wenig Stroh«, sagte ich zu ihm.

»Gut.«

Ich bezahlte für meinen Platz und gab ihm nichts für den Sack. Wir kamen nach Sūq-el-Berra, und ich stieg aus.

»Hier bin ich mitten im Sūq mit einem Sack voll Kif«, dachte ich. »Ich habe Glück, wenn nichts passiert. Ich will ins Café Rhali gehen und sehen, ob da jemand ist, den ich kenne. Wenn jemand da ist, will ich mit ihm darüber sprechen.«

Ich ging ins Café und setzte mich. Ich bestellte ein Glas Tee, und dann sah ich einen Mann, den ich kannte, er hieß Cherif und saß in der Ecke. Er arbeitete im Hafen. Immer wenn er mit mir sprach, nannte er mich nicht bei meinem Namen, sondern nur: Freund.

»Cherif!« rief ich. »Setz dich ein wenig näher zu mir.«

Er kam herüber. »Ah, Freund. Wie geht es dir?«

»Ich habe Kif bei mir«, erzählte ich ihm. »Wenn du ihn an jemanden hier verkaufen kannst, gebe ich dir eine gute Provision.«

»Wachchā«, sagte er. »Du bleibst hier, und ich will gehen und sehen, ob ich jemand finden kann.«

»Ja, geh. Ich bleibe hier, du kommst dann zu mir.«

Er ging hinaus. Ich saß da und dachte: »Ich weiß nicht. Dieser Cherif. Der könnte mir einen Streich spielen. Ich weiß nicht. Allāh yahfud!«

Ich ließ den Sack unter dem Tisch und ging hinaus, um ihm nachzusehen. Er ging den Hügel hinauf. Ich ging herüber zur Tür der Joteya und blieb dort stehen.

Nach einer Weile sah ich Cherif auf der Straße vom Boulevard zum Café zurückkommen. Er war allein.

»Nein! Cherif ist in Ordnung«, sagte ich zu mir selbst. »Er ist ein guter Mann.«

Ich ging wieder ins Café und setzte mich hin. Cherif kam herein. Er setzte sich neben mich und sagte: »Ich habe jemanden gefunden, der ihn dir abkaufen will.«

»Ja?«

»Tatsache.«

»Wieviel?«

»Er will dir vierzig Rial für das Kilo geben.«

»Wachchā«, sagte ich. »Wo ist der Mann?«

»Er wird in einer Minute hier sein. Er holt sein Geld.«

»Bestell dir ein Glas Tee, wenn du willst«, sagte ich zu ihm.

»Mach mir ein Glas Tee«, sagte er zu dem Qahwadschī.

Der Qahwadschī machte den Tee. In dem Augenblick, in dem er ihn auf den Tisch stellte, sah ich zwei Männer im Türeingang stehen. Einer hieß El-Maati, und der andere wurde der Sohn der Französin genannt. Beide arbeiteten für die Geheimpolizei. Sie kamen ins Café. El-Maati kam an unseren Tisch und sagte: »Ah Cherif, was machst du hier?« Und zu mir sagte er: »Und du? Was machst du hier?«

»Nichts«, sagte ich. »Ich trinke nur ein Glas Tee.«

»Und der Sack da? Wem gehört der?«

»Ich weiß es nicht«, sagte ich.

»Cherif, ist das dein Sack?« fragte er ihn.

»Nein, Sidī. Das ist nicht mein Sack. Er gehört meinem Freund hier.«

»Allāh Ya'uddu mir?«

»Als ich an deinen Tisch kam, stand er auf dem Fußboden neben dir«, sagte er zu mir.

»Nāl alīk Schaitān, Cherif! Dieser Sack da gehört nicht mir!«

Die zwei Männer wandten sich an Cherif. »Du lügst also. Er gehört dir. Kommt beide mit.«

Sie banden uns mit Handschellen zusammen, Cherif und mich, und Cherif nahm den Sack und trug ihn. Wir gingen mit den zwei Männern die Stufen hinauf zur Comisaría. Sie taten mich in ein Zimmer und Cherif in ein anderes. Nach kurzer Zeit hörte ich, daß sie ihn riefen, und ich guckte durch die Tür und sah, wie sie ihn aus dem Zimmer führten. Ich wußte nicht, wohin sie mit ihm gingen, oder was sie zu ihm sagten. Dann, etwas später, kamen sie und riefen mich. »Komm her«, sagten sie. Sie brachten mich in ein anderes

Zimmer, wo ein Inspektor an einem Pult saß. Der Sack war dort und auch Cherif, und die zwei Polizisten ebenfalls.

»Gehört der Kif dir?«

»Sidi, er gehört mir nicht, dieser Kif. Ich ging ins Café und sah den Sack da und bestellte ein Glas Tee. Dann sah ich Cherif in einer Ecke, und ich fragte ihn, ob er auch ein Glas wolle.«

»Nein«, sagte Cherif. »So war es nicht. Der Kif gehört dir. Du hast ihn mitgebracht und mich gerufen und mich gebeten, jemanden zu suchen, der ihn dir abkauft.«

»Allāh Ya'uddu, Cherif! Das habe ich dich gebeten?«

»Ja«, sagte er zu mir.

Da schlug mich El-Maati ins Gesicht. »Du Hurensohn!« sagte er. »Du willst nicht die Wahrheit sagen? Ganz bald wirst du sie sagen.«

Der Inspektor sagte zu Cherif: »Du kannst gehen.« Und sie führten mich wieder in den Raum, wo ich vorher gewesen war. Ich blieb dort zwei Tage und zwei Nächte, und niemand sprach mit mir.

Am dritten Tag nachmittags kamen sie und holten die Gefangenen aus den anderen Zimmern und führten sie fort, aber mich ließen sie als einzigen dort.

»Allāh! So ist das!« dachte ich. »Sie haben mich hier gelassen. Heute abend werden sie mich töten, diese Polizisten. Aber was sie auch tun, ich werde nichts anderes sagen. Der Kif gehört nicht mir, und ich habe ihn von niemand gekauft. Ich bin ins Café gegangen und hab ihn da gefunden. Und das und nichts anderes werde ich ihnen erzählen.« Und sie ließen mich dort bis zum Abend. Als es schon spät war, öffneten sie die Tür. »Komm heraus«, sagten sie. Mein Herz schlug schnell. Ich hatte Angst und sagte zu mir selbst: »Allāh! Allāh!«

Ich ging aus dem Zimmer in den Hof. »Stell dich dahin«, befahlen sie mir. Sie brachten einen Eimer Wasser, in dem zwei Stücke Seil lagen.

»Komm«, sagten sie. »Zieh deine Kleider aus.«

Ich zog meine Jacke aus, mein Hemd und mein Unterhemd.

»Setz dich auf den Tisch.«

Ich setzte mich.

»Zieh deine Sandalen aus.«

Sie banden meine Füße zusammen und banden einen Holzstock über meine Knöchel. Dann hoben sie meine Füße in die Luft und schlugen mich mit den nassen Seilen auf die Fußsohlen.

»Der Kif gehört dir!«

»Nein! Er gehört nicht mir!«

Bald konnte ich nicht mehr sprechen. Meine Füße waren geschwollen, und das Blut tropfte von ihnen herab.

Ein Mann sagte: »Das reicht. Laßt ihn nun in Ruhe bis ein andermal.«

Sie hörten auf, mich zu schlagen, und banden meine Füße los.

Dann sagten sie: »Jetzt steh auf und geh.«

Ich versuchte es, aber ich fiel hin. Dann schob ich mich auf den Händen zurück ins Zimmer. Sie kamen und warfen meine Kleider über mich. »Hier«, sagten sie. Und ich blieb so liegen, wie ich war. Der Boden war naß und mit Schlamm bedeckt, und ich lag darauf, und meine Füße taten weh. »Das ist wirkliches Elend«, dachte ich. Am Morgen schmerzten meine Füße noch viel mehr. Sie brachten mir eine Zinnkanne mit Tee und einen halben Laib Brot. Ich trank den Tee nicht und aß das Brot nicht. Ich blieb dort liegen, bis zehn Uhr. Dann kamen sie und riefen mich. »Komm heraus!«

Ich konnte nicht gehen, aber sie zogen mich mit sich und brachten mich wieder zu demselben Inspektor.

»Der Kif gehört dir!«

»Nein.«

Und ich sagte, was ich vorher schon gesagt hatte.

Sie stießen mich auf einen Stuhl, und der Inspektor begann zu schreiben. Mittags ging der Polizist essen, und nachmittags brachten sie mich mit einigen anderen Gefangenen vor das Gericht. Wir gingen in ein Büro. Ein Mann saß an einem Schreibtisch.

»Der Kif gehört dir?«

»Er gehört nicht mir.« Und dann erzählte ich ihnen wieder dieselbe Geschichte.

»Da ist ein Zeuge, der sagt, du habest ihn gebeten, einen Käufer zu suchen«, sagte er zu mir.

»Nein, Sidi. Das ist eine Lüge«, sagte ich. Ich zeigte ihm meine Füße. »Sieh, was die Polizei mit mir gemacht hat.«

»Es ist ein Arzt im Gefängnis«, sagte er. »Das ist alles für heute.«

Als jeder Gefangene vor dem Beamten gewesen war, ließen sie uns alle in den Polizeiwagen steigen und brachten uns in das Gefängnis von Malabata. Als wir dort ankamen, gingen wir hinein, und ein Mann sagte zu uns: »Wer Geld hat oder eine Uhr oder einen Ring, der kann es bei mir abgeben. Und wer Kif hat, muß ihn mir jetzt geben. Niemand kann Kif mit ins Gefängnis nehmen.«

Keiner von uns hatte Kif bei sich. Wir wußten, daß wir im Gefängnis Kif bekommen konnten. Wenn ein Mann raucht, vergißt er, daß er im Gefängnis ist. Er vergißt alles. Ein Päckchen Kif kostet ein Päckchen Zigaretten. Sie brachten uns alle hinein, nahmen uns unsere Gürtel ab und gaben jedem Mann zwei Decken.

»Geht weiter hinein«, sagten sie. Es waren ungefähr dreißig Mann in dem Zimmer, in das sie uns brachten. Wir hatten den ganzen Tag nichts zu essen bekommen, und nun sahen wir, daß das Essen schon fast vorbei war. Ich fragte einen Gefangenen, wie das Essen hier sei. »Sie geben uns mittags Brot und Suppe und abends wieder«, sagte er. »Ihr habt das Essen verpaßt, weil ihr so lange beim Gericht gewesen seid.«

Das Gefängnis von Malabata war von Europäern gebaut worden, so hatten die Zellen noch Betten und Matten. Ich breitete eine Decke auf den Matten aus, legte mich hin und deckte mich mit der anderen Decke zu. An diesem Abend kannte ich noch niemand dort. Ich lag auf meinem Bett und beobachtete die anderen. Sie saßen in Gruppen zu dritt, viert oder fünft, rauchten Zigaretten und Kif und sprachen über die Regierung. Ich hatte Lust zu rauchen, aber ich hatte keine Zigaretten. Ich lag allein in meinem Bett. Ein Aufseher kam herein und knipste die Lichter dreimal an und aus. »Schlafen gehen!« rief er. Zehn Minuten später gingen alle Lichter aus. Nachdem es dunkel war und einige Gefangene einschliefen, hörte ich irgendwo im Gefängnis einen Mann singen. Ich sagte zu dem Jungen, der im Bett neben mir lag: »Wer ist das?«

»Das ist El-Mernissi.«

»Ach! Der, der alle die Juden und Nasrāni getötet hat?«

»Ja.«

»Wie lange ist er schon hier?«

»Es ist ungefähr sieben oder acht Monate her, seit sie ihn gebracht haben.«

»Ist er allein?«

»Ja. Sie haben ihn allein eingesperrt.«

»Spricht niemand mit ihm?«

»Wir alle sprechen mit ihm. Aber er nimmt weder Zigaretten noch sonst etwas von den Aufsehern.«

»Warum nicht?«

»Ich weiß nicht«, sagte er. »Er haßt alle, außer den Gefangenen.«

»Singt er jede Nacht?« fragte ich ihn.

»Er singt drei oder vier Lieder, und dann hört er auf und geht schlafen.«

»Sonst nichts?«

»Das ist alles.«

»Und sein Zimmer? Was hat er da drinnen?«

»Du wirst staunen, wenn du sein Zimmer gesehen hast«, sagte er zu mir. »Er hat alle möglichen Bilder an die Wände gezeichnet. Tanks, Flugzeuge, Pistolen, Maschinengewehre, Unterseeboote, alles.«

»Kann er zeichnen?« fragte ich.

»Ja.«

»Hör mal! Er singt ein Lied von Umm Kulthūm.«

»Er kennt einige schöne Lieder. Aber nur die von Umm Kulthūm und Abd al-Wahāb. Morgen, wenn du in den Hof kommst, wirst du ihn sehen. Er steckt immer den Kopf zum Fenster hinaus und spricht mit uns.«

Jeder kennt die Geschichte El-Mernissis. Er ging in Sūq N'Dachel von einem Café ins andere mit einem Tablett Kuchen, den er verkaufte. Als wir Krieg gegen die Franzosen führten, sagten viele Leute, er liefere ihnen Informationen. Als er das jemanden sagen hörte, wurde er sehr böse. Eines Tages kaufte er zwei lange Messer, wie die Metzger sie zum Fleischschneiden gebrauchen, und er ging in die Moschee. Als er gebetet hatte, ging er hinaus. Seine Freunde sahen die Messer und lachten. »Also sogar El-Mernissi will ein Opfer für das Id schlachten?« sagten sie. »Ihr werdet mein Opfer sehen«, sagte er zu ihnen, und er rannte die Straße hinab. In Hauma Beni Ider begann er Juden und Nasrāni mit den Messern zu stechen, in jeder Hand eines. Er tötete sogar einen englischen Touristen, der gerade vom Schiff gekommen war. Acht dieser Leute starben in fünf Minuten. Die anderen kamen ins Krankenhaus. Er dachte, die Leute würden jetzt nicht mehr sagen, er sei ein Spion, nachdem er das getan hatte. Aber die Polizei steckte ihn ins Gefängnis.

Ich dachte an El-Mernissi und war sehr hungrig. Aber ich schlief ein. Am Morgen riefen sie uns neue Gefangene ins Büro. Jeder mußte seine Kleider ausziehen und Overalls anziehen, die von der Regierung geschickt worden waren, und Sandalen und einen Strohhut. Die eigenen Kleider der Gefangenen banden sie zusammen und legten sie weg. Dann schickten sie uns in den Hof, und wir gingen umher. Ich suchte den Jungen, der sein Bett neben meinem hatte und mir über El-Mernissi erzählt hatte.

»Wo ist El-Mernissis Zimmer?« fragte ich ihn.

»Dort drüben«, sagte er. »Die Tür dort drüben, die verschlossen ist. Das ist sein Zimmer.«

»Lassen sie ihn nie heraus und im Hof umhergehen?«

»Jetzt nicht«, sagte er. »Sie behalten ihn drinnen, bis wir hineingegangen sind. Dann lassen sie ihn heraus, und er geht alleine umher.«

»Machen sie ihm nicht einmal das Fenster auf?«

»Doch, wenn die Aufseher die Gefangenen draußen zur Arbeit rufen. Danach öffnen sie sein Fenster.«

Ein paar Minuten später kamen die Aufseher, um die Gefangenen zu rufen, die in den Gärten arbeiten sollten. Ungefähr dreißig Männer gingen hinaus, und etwa sechzig blieben zurück.

»Sieh!« sagte er. »Der spanische Aufseher wird jetzt das Fenster öffnen. Warte. Du kannst hereinschauen und die Bilder an der Wand sehen.«

Der Spanier öffnete das Fenster und ging fort. Wir gingen hinüber und gingen auf jener Seite des Hofes umher. Als wir an das Fenster kamen, steckte El-Mernissi seinen Kopf aus dem Fenster. Er hatte einen langen Bart. Er sprach zu einem Gefangenen. »Guten Morgen, Chaib«, sagte er. »Hast du eine Zigarette für mich, Chaib?«

»Ich will dir eine holen gehen«, sagte der Gefangene.

El-Mernissi sah, daß ich neu war, und er rief mich an. »Wann haben sie dich gebracht, Bruder?« sagte er.

»Gestern.«

»Was hast du getan?«

»Nichts. Sie haben mich nur mit Kif geschnappt, das ist alles.«

»Warte, warte«, sagte er zu mir. »Allāh wird sich für dich um alles kümmern. Hast du ein Stück Bleistift bei dir?«

»Was willst du mit einem Stück Bleistift?«

»Nur ein paar Bilder machen«, sagte er.

»Wo willst du die Bilder machen?«

»Hier.«

Er wies mit dem Kopf ins Innere des Zimmers und sagte: »Sieh! Sieh hier ins Zimmer. Steck deinen Kopf herein und sieh, wenn du willst.«

Ich wollte meinen Kopf hineinstecken, aber der Junge, der neben mir stand, stieß mich an und schüttelte den Kopf. Ich wußte, das sollte heißen: Steck deinen Kopf nicht hinein.

»Sieh herein«, sagte El-Mernissi.

»Ich kann sie von hier aus sehen«, sagte ich. »Da ist ein Schiff, da ist ein Gewehr. Ich kann es sehen. Es sind sehr gute Bilder. Aber am besten von allen gefällt mir der Flugzeugträger.«

»Weißt du, was für ein Schiff das ist?« sagte er. »Es ist ein englisches Schiff, das Franklin Roosevelt hieß. Es ist einmal hier gewesen, und die Flugzeuge flogen von ihm auf und schrieben Wörter an den Himmel. Das habe ich an die Wand meines Zimmers gemacht.«

»Wachchā«, sagte ich. »Ich werde irgendwo einen Bleistift finden.«

Wir gingen wieder in unsere Zelle. Der Aufseher kam und sagte: »Jeder auf seinen Platz.« Wir mußten also drinnen bleiben, und ich konnte El-Mernissi nicht den Bleistift bringen. Dann brachten sie das Essen aus der Stadt in einem Lieferwagen und stellten es in den Hof. In Malabata gab es keine Küche. Kurz darauf kamen die Arbeiter aus den Gärten und gingen auf ihre Zimmer. Die Aufseher brachten Brot und teilten es den Gefangenen aus. Dann brachten sie Suppe. Und wir aßen. Einige der Leute schliefen hinterher. Ich rief den Jungen, der das Bett neben mir hatte. Er saß woanders, und ich bat ihn, herüberzukommen. »Warum hast du mir Zeichen gemacht und mir gesagt, ich solle meinen Kopf nicht in El-Mernissis Fenster stecken?«

»Einmal hat einer der Aufseher seinen Kopf hineingesteckt und mit ihm gesprochen, und El-Mernissi packte seinen Kopf und würgte ihn und schlug ihn und versuchte, ihn zu töten. Wenn die anderen Aufseher nicht schnell herbeigekommen wären, hätte er es getan. Du mußt dich vor ihm in acht nehmen. Wenn du deinen Kopf in sein Fenster hineinsteckst, wird er ihn eines Tages festhalten. Du mußt auch vorsichtig sein mit dem, was du zu ihm sagst. Wenn er denkt, du machst dich lustig über ihn, wird er wütend. Sei vorsichtig.«

Um drei Uhr kam der Aufseher und öffnete die Tür. »In den Hof«, sagte er. Wir gingen hinaus und gingen wieder umher. Ich sagte: »Wenn El-Mernissi mich ruft, gehe ich zu ihm, wenn nicht, dann nicht.«

Ich ging umher. Bald darauf kam ein Aufseher und öffnete El-Mernissis Fenster. Er streckte seinen Kopf heraus und begann zu singen. Er sang, und wir gingen umher. Um fünf Uhr befahlen sie uns: »Kommt. Jeder wieder in seine Zelle.«

Und so verbrachten wir jeden Tag, heute und morgen und noch zehn Tage mehr. Eines Nachmittags kamen sie, um die Gefangenen zu holen, die in die Stadt vor Gericht kommen mußten.

Sie brachten uns paarweise, jeder mit Handschellen an einen anderen gefesselt, zum Polizeiwagen, und wir gingen hinein und setzten uns. Sie riefen unsere Namen, einen nach dem anderen, bis sie zu mir kamen.

»Ahmed ben Said!«

»Hier«, sagte ich.

»Komm her«, befahlen sie mir.

»Setz dich.«

Dann riefen sie Cherifs Namen und befahlen ihm, den Saal zu verlassen. Er ging hinaus, und dann sagte der Richter zu mir: »Gehörte der Kif dir?«

Ich erzählte ihm dieselbe Geschichte, die ich jedesmal erzählt hatte. Als ich fertig war, sagte er: »So war das also?«

Ich sagte: »So war es.«

»Gut. Setz dich.« Er ließ Cherif holen, und sie brachten ihn herunter. Der Richter sagte zu ihm: »Hebe deine rechte Hand und schwöre, daß du die Wahrheit sagen wirst.« Cherif hob seine Hand und sagte, er werde die Wahrheit sagen. »Wem gehört der Kif?« fragte der Richter.

Cherif deutete auf mich. »Sidi, der Kif gehörte diesem Mann. Er kam damit von der Straße herein. Dann setzte er sich an einen Tisch und legte ihn auf den Boden. Er sah mich und lud mich zu einem Glas Tee ein. Als ich mich zu ihm setzte, bat er mich, ich solle versuchen, jemanden zu finden, der den Kif kaufen wolle. Ich sagte ja. Dann ging ich zur Polizei und erzählte es ihnen.«

Der Richter sah ihn an und sah, daß er schlecht angezogen war und kein Jackett anhatte, und er sagte zu ihm: »Warum erzählst du der Polizei, was die Leute tun?«

»Sidi, das ist meine Arbeit.«

Er wollte, daß der Polizist dächte, er sei ein richtiger Polizeispitzel, aber ich wußte, daß er oft eingesperrt und ins Gefängnis gebracht worden war, wie jeder andere.

»Aha«, sagte der Richter. Dann ließ er ihn hinausbringen, und er rief den Rechtsvertreter für das Tabakmonopol der Regierung. Der Rechtsanwalt begann zu reden: »Dieser Mann hatte Kif«, sagte er. »Das ist schlimm. Die Leute sollten statt dessen Tabak rauchen. Wir müssen ein Ende damit machen.« Er meinte, daß die Regierung mit Kif kein Geld verdient, sondern nur mit Tabak.

Als er gesprochen hatte, dankte ihm der Richter. Dann rief er den Chef des Regierungsmonopols und fragte ihn, wie hoch die Geldstrafe sei, mit der er den Kif belegen würde, den ich gekauft hatte. Der Mann sprach mit dem Rechtsanwalt.

»Wir verlangen eine halbe Million Francs für drei Kilo«, sagte er.

Der Richter fragte mich: »Hast du eine halbe Million Francs?«

»Sidī, ich habe noch nicht einmal genug Geld, um mein Abendessen zu bezahlen. Woher soll ich eine halbe Million Francs nehmen?«

»Gut. Setz dich.«

Dann standen sie alle zusammen und redeten. Dann trennten sie sich, und der Richter sagte zu mir: »Steh auf.«

Ich stand auf, und er sagte: »Die Regierung verurteilt dich zu zehn Monaten Gefängnis. Oder, wenn du willst, kannst du eine halbe Million Francs bezahlen und bist frei.«

»Sidī«, sagte ich, »ich habe keine halbe Million Francs. Aber zehn Monate gehen von selbst vorüber, wenn Allāh will.«

Und ich kam zurück nach Malabata, und sie öffneten die Tür und ließen mich ein. Sie brachten mich in dieselbe Zelle, wo ich vorher gewesen war. Die Gefangenen fragten mich: »Wieviel haben sie dir gegeben? Was ist passiert?«

»Ha!« sagte ich. »Wir haben eine windige Regierung! Es gibt keine Gerechtigkeit in diesem Land. Zehn Monate für ein bißchen Kif. Zehn Monate Gefängnis. Dabei gehört der Kif noch nicht einmal mir!«

»Du hast Glück, daß du nur zehn Monate kriegst«, sagten sie. »Siehst du den Rhamari da? Dem haben sie ein Jahr gegeben, weil er welchen bei sich hatte. Und sie haben nur ein Kilo gefunden.«

»Der verkauft ihn«, sagte ich. »Ich verkaufe keinen.«

»Aber du hast Glück. Zehn Monate gehen vorüber wie gar nichts.«

»Wenn sie vorübergehen wollen, gehen sie vorüber. Wenn nicht, was kann ich dagegen machen? Was Allāh beschlossen hat, das wird geschehen und sonst nichts. Ich habe gearbeitet und ging meinen Freund besuchen, jetzt seht, was passiert ist! Und jemand brachte Kif, und jetzt zehn Monate Gefängnis. Jetzt habe ich keine Arbeit, keinen Kif und kein Geld. Nichts.«

»Warte ab«, sagten sie.

»Ich warte ab.«

An diesem Abend brachten sie Suppe und gaben sie uns, und wir aßen. Dann spielten die Gefangenen Parchesi und Dame und Domino und Karten. Jeder hatte seine Art, sich die Zeit zu vertreiben. Ich setzte mich zu ein paar Jungen, die Domino spielten. Und ich machte mir meine Gedanken. Einer von ihnen sagte: »Du bist verrückt, hier zu sitzen und dich wegen zehn Monaten Gefängnis zu grämen. Das ist gar nichts. Manche von uns haben zwei Jahre, manche drei, manche fünf. Du hast zehn Monate und grämst dich.«

»Jeder Mensch ist anders«, sagte ich zu ihm. »Der eine grämt sich, der andere macht sich nichts draus. Jeder tut das, wonach ihm zumute ist.«

»Sitz nur da und warte«, sagte er. »Es ist dir nun einmal passiert. Daß du dich darüber grämst, ändert überhaupt nichts, du wirst nur krank davon. Was Allāh geschickt hat, das hat er geschickt.«

»Zehn Monate Gefängnis, das hat er geschickt«, sagte ich. »Sie werden vorübergehen.«

Der Aufseher knipste das Licht dreimal an und aus. »Schlafen!« schrie er. Alle Männer breiteten ihre Decken aus und gingen ins Bett. Sie knipsten die Lichter aus, und wir unterhielten uns weiter. Der Aufseher kam. »Ruhe!« sagte er.

»Sprecht nicht so laut. Jetzt ist Zeit zum Schlafen, nicht zum Sprechen.«

»Ach, Mrrakschī«, sagte einer. »Du mußt uns jetzt eine Geschichte erzählen.«

»Wachchā. Wenn ihr wollt, werde ich euch eine erzählen. Aber ihr müßt alle ruhig sein. Niemand darf sprechen außer mir.«

Wir hörten alle auf zu sprechen. Der Mrrakschī begann eine Geschichte zu erzählen von Sidī Ali, aus alter Zeit, als Krieg war. Wir hörten alle zu. Dann schliefen alle ein, während er immer noch erzählte. Als der Mrrakschī sah, daß fast alle schliefen, legte er sich auch schlafen.

Und am Morgen kam der Aufseher und sagte: »Kommt! Hinaus.« Wir gingen hinaus. Manche von uns badeten sich in Kübeln mit Wasser, andere wuschen ihre Kleider, andere sprachen miteinander. Um zehn Uhr schickten sie uns zur Arbeit. Einige arbeiteten in den Gemüsegärten, und andere halfen, eine neue Mauer zu bauen. Bei der Arbeit unterhielten wir uns miteinander. Wenn ein Mann lange im Gefängnis bleiben muß, schicken sie ihn nach Dār el-Beidā. Dort ist es schlimm, weil die Arbeit sehr schwer ist und sehr viel zu tun. Ich sagte: »Ich habe nur zehn Monate. Für zehn Monate werden sie mich doch nicht dahin schicken, oder?«

Einer sagte zu mir: »Sie schicken dich hin, auch wenn du nur sechs Monate hast. Und du glaubst, mit zehn Monaten schicken sie dich nicht hin?«

»Allāh! Allāh!« dachte ich. »Ich bin nie in Dār el-Beidā gewesen, und jetzt muß ich unter diesen Umständen hin. Wenn sie mich da hinbringen, weiß ich nicht, was passiert.«

Und das war unser Leben dort. Jeden Morgen um zehn gingen wir hinaus zur Arbeit und jeden Nachmittag um drei noch einmal. Und nun würde bald der Ramadān beginnen. Donnerstags und samstags konnten die Angehörigen kommen, um die Gefangenen zu besuchen und ihnen Essen zu bringen. Da war ein Mädchen, das kam jede Woche und besuchte mich. Manchmal kam sie mit Aischa, ihrer Mutter, und manchmal kam sie allein.

Eines Donnerstags besuchte sie mich wieder. Ich sagte zu ihr: »Jetzt kommt der Ramadān. Sieh zu, ob du mir ein wenig Butter und ein paar Oliven und etwas Öl bringen kannst, damit ich etwas zu essen habe, wenn es Mitternacht ist und sie die Trommeln schlagen.«

»Wachchā«, sagte sie. »Ich bring es dir bald. Am nächsten Donnerstag werde ich dir alles mitbringen.«

Wir sprachen ein wenig miteinander, und sie ging fort. Am nächsten Donnerstag brachte sie mir alles, worum ich sie gebeten hatte. Der Ramadān kam. Wir würden nachmittags in die Zelle gehen, und auf die Kanonenschüsse warten, unser Abendbrot essen und zu Bett gehen. Die Aufseher würden uns um drei Uhr wecken und das Essen bringen, und wir würden essen. Danach würden wir wieder bis zum Morgen schlafen und dann aufstehen und den ganzen Morgen arbeiten. Dann würden wir hineingehen und wieder schlafen, bis drei Uhr nachmittags.

Eines Tages hörte ich, wie ein Mann namens Chaib mit einem anderen im Hof sprach. Er sagte: »Also, du hast zwei Jahre gekriegt, und dieser da drei. Jeder von uns muß lange Zeit im Gefängnis bleiben. Der Sultan kommt zum Fest in die Stadt, und wir werden ihn nicht sehen und nichts.«

Der andere sagte: »Und was sollen wir dagegen tun, hier im Gefängnis?«

»Wir können nur eins tun«, sagte Chaib.

»Und was?«

»Ausbrechen.«

»Ausbrechen? Wie sollen wir das machen?«

»Wir können die Aufseher fassen und fesseln. Es sind nicht viele Aufseher hier. Nur fünf. Das ist gar nichts. Sieh, wie viele wir sind. Wenn jeder mitmacht, können wir alle ausbrechen.«

Der andere sagte: »Ja. Aber wir müssen alle hier fragen, ob sie mitmachen.«

Und sie begannen darüber zu sprechen. Jedesmal, wenn wir im Hof spazieren gingen, sprachen diese beiden Männer mit den Gefangenen, die lange Freiheitsstrafen zu verbüßen hatten. Chaib sagte zu ihnen: »Willst du hier raus?« Und sie sagten dann: »Ja, wenn ich jemand finde, der mir hilft.« Und dann sagte Chaib zu ihnen: »Du hast diesen und jenen und die anderen.« Und dann sagte er ihnen die Namen aller Männer, mit denen er schon gesprochen hatte und die einverstanden gewesen waren.

»Dies müssen wir tun, und so müssen wir es machen«, sagte er zu ihnen. »Wachchā«, sagten sie dann. Und Chaib sprach mit allen Gefangenen, und alle sagten: »Ja, ja.« Dann sagte er zu ihnen: »Hier sind noch zwei Nasrāni, die lange im Gefängnis bleiben müssen. Ich werde sie auch fragen. Wenn sie mit uns raus wollen, dann gut.«

Chaib konnte in den Hof gelangen, wo die gefangenen Nasrāni waren, weil der Direktor ihm vertraute und ihn innerhalb des Gefängnisses überallhin gehen ließ. Wir anderen sahen die Nasrāni nur, wenn sie zum Baden kamen. Die anderen sagten, es sei gut, wenn die beiden Nasrāni mit ihnen gehen wollten. Chaib ging in den Hof, wo sie waren, und er sprach mit den beiden Männern. Einer war ein Galizier, der acht Jahre hatte, der andere war ein Deutscher und hatte zwanzig.

Eines Nachts sprachen wir alle zusammen in der Zelle. »Chaib«, sagte ich, »wer ist der große Nasrāni?«

»Das ist der Deutsche. Das ist der, der seine Frau in El-Aaqaba el-Hamra getötet hat.«

»Ja«, sagte ich. »Und wer war die Frau?«

»Sie kam mit ihm aus Deutschland, um mit ihm hier politisch tätig zu sein.«

»Und warum hat er sie getötet?«

»Weil sie sich in einen anderen verliebte. Sie wollte nicht mehr mit ihm gehen. Sie wollte noch nicht einmal mehr mit ihm sprechen.«

»Wie kann man eine Frau wegen nichts töten?« sagte ich. »Das ist nichts, was sie getan hat.«

»So sind die Nasrāni«, sagte er. »Wenn eine Frau einen Mann nicht mehr mag oder so, dann kann er sie töten, nur deswegen.«

»Wie hat er sie getötet?« fragte ich ihn.

»Nur mit Steinen. Er nahm sie in seinem Auto hinaus in die Berge. Sie stiegen aus und sprachen miteinander. Er hob einen Stein auf und sagte zu ihr: ›Weißt du, wieviel dieser Stein wiegt?‹ Sie sagte: ›Wieviel?‹ ›Sechs oder sieben Kilo‹, sagte er zu ihr. ›Nimm ihn in die Hand und sieh.‹ Sie nahm den Stein in ihre Hand. ›Er ist schwer‹, sagte sie zu ihm. Dann gab sie ihn ihm zurück. Er nahm ihn und schlug ihn ihr auf den Kopf. Sie fiel hin. Dann nahm er andere Steine und warf sie auf sie. Er warf so viele, bis sie ganz von ihnen bedeckt war. Als nichts mehr von ihr unter dem Steinhaufen zu sehen war, stieg er ins Auto und fuhr zurück ins Hotel Rif. Und sie schnappten ihn und brachten ihn hierher. Und er hat zwanzig Jahre bekommen.«

»Er verdient sie«, sagte ich. »Denn diese Frau hat ihm nichts Böses getan. Er hatte kein Recht, sie auf diese Art zu töten.«

Und Chaib ging in den Hof der Nasrāni und sprach mit dem Deutschen. »Wir wollen fliehen«, sagte er zu ihm. »Und wenn du mit uns willst, gut. Wir werden erst alles vorbereiten und alle zusammen ausbrechen. Willst du mitkommen?«

»Ja«, sagte der Deutsche. »Ich will mit euch gehen, jeden schlagen, wen du willst, und alles tun, was du sagst.«

»Gut«, sagte Chaib. »Aber wir müssen es Miguel dem Galizier sagen.«

»Sag dem lieber nichts«, sagte der Deutsche. »Er wird sowieso nicht fliehen können.«

»Wachchā«, sagte Chaib.

»Wann wollt ihr das alles machen?« fragte der Deutsche.

»Warte. In etwa zwei Tagen werde ich es dir sagen.«

Der Tag verging. Am nächsten Tag sprach Chaib mit allen. »Ihr wißt«, sagte er, »morgen ist Donnerstag, Besuchstag. Jeder von euch, der morgen Besuch hat, muß ihn bitten, ihm am Samstag ein paar Kleider mitzubringen.«

Und jeder von uns bat seine Freunde und Angehörigen, ihm Straßenkleider mitzubringen, damit niemand nach der Flucht Gefängniskleidung tragen müsse. Aischa kam mit ihrer Tochter, und ich bat sie, mir Sandalen und eine Hose mitzubringen. Sie sagte, das wolle sie tun. »Aber du mußt sie am Samstag bringen.«

»Warum willst du sie am Samstag? Du hast doch Sandalen an!«

»Ja, aber sie sind kaputt. Jedenfalls, bitte bring sie am Samstag.«

Und sie brachte alles und gab es dem Aufseher. Er rief mich. »Ahmed! Hier. Nimm das Paket. Es ist für dich.« In dieser Nacht, als wir alle in unserer Zelle waren, machten wir zusammen die Stunde aus, in der wir am nächsten Tag ausbrechen wollten. Wir mußten sicher sein, daß jeder Gefangene die genaue Zeit erfuhr, wann es geschehen sollte. »Morgen ist Sonntag«, sagten sie, »und die Aufseher, die Dienst haben, sind Cherif el-Abbar, er ist ein alter Mann, und Bba Miloud, der Algerier, und zwei Nasrāni. Und noch einer draußen, sind fünf. Sie sind alle alt und verheiratet, mit Familien, sie werden deshalb Angst haben, wenn wir sie fassen.«

»Aber wie sollen wir es tun?« fragten sie,

»Hapot und Amar Riffi werden im Hof zu raufen anfangen, der Aufseher wird sie anschreien und versuchen, sie zu trennen, und dann werden wir ihn fassen.«

»Wachcha, Wachchā«, sagten sie.

»Jetzt werden wir kein Essen mehr aufbewahren«, sagte Chaib. »Wir werden heute abend alles essen.« Jeder holte die Butter und das Öl, das er aufbewahrt hatte, und wir rollten Lappen zusammen und tauchten sie in Öl und Butter. Dann zündeten wir die Lappen an und kochten unser Essen darüber. Wer Tee oder Zucker oder Milch hatte, holte es. Und wenn einer nichts hatte, gaben die anderen ihm, was sie hatten. Wir wollten nichts dort zurücklassen. Die ganze Nacht kochten und aßen wir und rauchten Kif im Dunkeln, bis eine Stunde vor Sonnenaufgang die Kanone losging. Dann gingen wir alle zu Bett, bevor es hell wurde. Etwas später kamen die Aufseher und klopften an die Tür: »Aufstehen! Aufstehen!«

Und wir standen auf. Jeder zog seine Straßenkleider unter dem Overall an. Um neun Uhr gingen wir hinaus in den Hof und gingen spazieren, so wie jeden Tag. Und bald begannen Hapot und Amar Riffi miteinander zu raufen. Der alte Aufseher Cherif el-Abbar ging hin, um sie zu trennen, aber als er in ihre Nähe kam, ergriffen ihn alle Gefangenen. Einer von ihnen schlug ihm mit einem Stein auf den Kopf. Wenn er ihn etwas fester geschlagen hätte, dann hätte er ihn getötet. Sie zerrten ihn in eine Zelle und warfen ihn auf den Boden und schlossen die Tür ab. Dann rannten sie ins Büro und sahen dort Bba Miloud. Da bekamen einige der Männer Angst und liefen zurück, aber die anderen schrien: »Los! Los, ihr Juden! Habt ihr Angst?« Da liefen alle wieder vorwärts.

Bba Miloud lief hinaus in den anderen Hof. Einer der spanischen Aufseher stand dort. Als der Spanier ihn sah und alle Gefangenen hinter ihm herlaufen, ging er in die nächste Zelle und schloß die Tür ab. Ich war im Büro, und ich sah den Deutschen, wie er gelaufen kam, mit dem Telefon in der Hand. Er zog den Draht aus der Wand und warf das Telefon auf den Boden. Ein anderer Gefangener schlug den Hals einer Flasche ab und wollte Bba Miloud damit verletzen. Ich packte seinen Arm und hielt ihn fest. »Nein! Nein! Er ist der beste Aufseher im Gefängnis«, sagte ich zu ihm. »Sieh dich vor! Wenn du ihn tötest, wird es schlimm für dich werden. Laß ihn in Ruhe, und machen wir uns fort.« Da nahm Bba Miloud einen großen Schlüsselbund aus seiner Tasche und warf ihn über die Mauer in den Garten hinaus.

Der Deutsche fand die Leiter und stieg damit auf die Mauer und sprang hinüber. Dann nahmen einige Männer einen Balken und fingen an, ihn gegen die Tür zu rammen. Beim dritten Stoß brach sie auf. Die Hälfte der Gefangenen lief hinaus. Die anderen blieben noch im Büro und suchten Geld und andere Sachen, die sie stehlen konnten.

Zwischen den Höfen der Männer und der Frauen war eine Mauer mit einem Gitter. Eine der Aufseherinnen begann zu rufen: »Macht nichts kaputt! Nichts kaputtmachen! Verschwindet schnell! Lauft, lauft!«

Und sie zerstörten alle Fenster und Tische und warfen Medizinflaschen und Bücher und Schreibmaschinen auf den Boden. Und sie zerrissen alle Schriftstücke und warfen sie in die Luft. Alles. Es sah aus wie im Krieg.

Ein Aufseher war draußen beim elektrischen Generator. Als er sah, was passierte, versuchte er, seine Pistole aus der Tasche zu holen, aber bevor er sie herausholen konnte, warfen die Gefangenen Steine nach ihm, und er fiel um. Alle warfen Steine auf ihn, und dann zertrümmerten sie den Generator. Chaib rief: »Kommt! Die Tür ist offen! Hinaus!« Er ging zu El-Mernissis Fenster und sagte: »Warte. Ich werde den Schlüssel holen und dich hinauslassen.« Aber El-Mernissi sagte zu ihm: »Nein! Nein! Ich will nicht hinaus. Geht ihr nur.«

Die Frau schrie immer noch: »Nein! Verletzt niemanden! Lauft! Lauft!« Dann brachen die Gefangenen die andere Tür auf, die auf die Landstraße führt, und begannen in dieser Richtung hinauszulaufen.

Der Aufseher, der draußen stand, hielt seinen Kopf, auf den sie ihn geschlagen hatten, und schrie: »Ay, yimma el-habība!« Alle liefen, und ich lief mit den anderen zur Tür hinaus. Es regnete sehr, und überall war tiefer Schlamm. Ich beschloß, auf die Landstraße zu gehen. Ich vergaß, meinen Overall auszuziehen, und hatte ihn noch an, als ich lief. Kurz darauf sah ich den Lastwagen, der aus der Stadt kam, um Wasser ins Gefängnis zu bringen. »Allāh!« dachte ich. »Jetzt werden sie uns alle schnappen! Der Lastwagen wird zum Gefängnis kommen, und sie werden sehen, was passiert ist, und zurückfahren und es der Polizei sagen. Ich werde über den Fluß gehen und nach Tanger el-Balia abbiegen. Dann komme ich nach Beni Makada.« Dort lebten Aischa und ihre Tochter.

Ich ging am Flußufer entlang. Ich wandte mich um, und sah den Deutschen hinter mir herlaufen. Ich machte ihm Zeichen mit der Hand: »Komm her!« Er hatte einen schlimmen Fuß. Er lief ein wenig und dann blieb er wieder stehen und ruhte aus. Er trug eine Ledertasche in der Hand. Ich wartete auf ihn. »Hier«, sagte er. »Nimm diese Tasche, bitte, und trag sie für mich.«

»Wachchā«, sagte ich. »Gib sie her.« Ich begann wieder zu laufen. Meine Füße sanken tief in Schlamm und Wasser, und ich wurde müde. Ich ging vom Fluß weg und rannte über die Felder, und er folgte mir. Dann kam ich an einen anderen Fluß, und ich dachte, er sei seicht und ich könne ihn überqueren, aber er hatte eine tiefe Stelle, und in die kam ich hinein. Das Wasser ging mir bis zum Hals.

»Yāh latīf!« dachte ich. »Das ist ein Elend! Wenn ich gewußt hätte, daß es so kommen würde, wäre ich im Gefängnis geblieben.« Der Deutsche reichte mir die Hand und zog mich aus dem Wasser, und wir begannen wieder zu laufen. Dann schrie ich ihn an: »Ich habe es satt! Hier ist deine Tasche! Trag sie doch selbst!«

Ich warf die Tasche in ein Dornengestrüpp und lief allein weiter. Ich lief und lief, bis ich auf die Straße kam. Dort sah ich einen anderen Gefangenen namens Hamouda, der auch geflohen war. Er schrie: »Lauf! Lauf! Die Soldaten kommen!«

Ich war sehr müde vom Laufen. Wir kamen zu den Ruinen des Portugiesischen Forts an der Straße, die nach Tanger el-Balia führt. Wir versteckten uns in den Ruinen, und die Soldaten zogen vorbei. Es regnete sehr, aber von dort, wo wir waren, konnten wir die Straße bis zurück zum Gefängnis überblicken. Dort draußen gibt es keine Bäume und Häuser. Die Lastwagen hielten vor dem Gefängnis, und die Soldaten begannen in alle Richtungen durch die Felder und über die dahinterliegenden Hügel zu gehen und suchten nach den Gefangenen. Und sie fanden viele von ihnen und brachten sie ins Gefängnis zurück.

Wir gingen in das Dorf Tanger el-Balia und kamen hinter dem Kraftwerk heraus. Dann gingen wir direkt zum Schlachthaus hinüber, kletterten um den Berghang herum und kamen bei der Stierkampfarena heraus. Es regnete nicht mehr. Von dort gingen Hamouda und ich nach Beni Makada, zu Aischas Haus. Ich klopfte an die Tür, und sie rief:

»Wer ist da?«

»Ich!« sagte ich.

Sie kam an die Tür. »Was ist passiert? Haben sie dich freigelassen?«

»Nein. Wir sind ausgebrochen.«

»Kommt herein! Kommt herein, schnell!«

Ich ging hinein und sagte zu Hamouda, er solle mitkommen.

»Seid ihr hungrig?« fragte sie.

»Nein. Es ist Ramadān.«

»Das macht nichts«, sagte sie zu mir. »Ihr müßt essen, alle beide.« Und sie kochte uns ein paar Eier, und wir aßen sie. Dann stand Hamouda auf und sagte zu mir: »Mein Freund, jetzt muß ich zu meiner Frau. Ich muß jetzt unbedingt gehen.«

»Wo wohnst du?« fragte ich ihn.

»In Et-Tnine Sidi Yamani«, sagte er. »Es ist noch ein weiter Weg.«

»Aber du kannst jetzt nicht hinausgehen«, sagte ich zu ihm. »Setz dich.« Wir rauchten, und es war Ramadān. Dann sagte ich zu Aischa:

»Geh hinaus und geh ums Viertel. Sieh, was los ist, und wenn du irgend etwas erfährst, komm wieder und erzähle es uns.«

»Wachchā«, sagte sie, und sie ging hinaus und ging umher und horchte, was die Leute sagten. Sie hörte die Radios laufen, die allen mitteilten, daß sechzig Gefangene aus Malabata ausgebrochen seien. Dann kam sie wieder und erzählte uns, was sie gehört hatte.

»Siehst du?« sagte ich zu Hamouda. »Du darfst jetzt nirgendwo hingehen. Warte hier bis zum Nachmittag. Ich habe eine Dschellabah, die werde ich dir geben, und du ziehst sie an. Dann kannst du gehen.«

Er sagte: »Wachchā.« Und er blieb bei mir bis zum Abend. Dann sagte ich: »Jetzt ist's Zeit für dich zu gehen. Da. Nimm die Dschellabah. Wieviel kostet der Bus bis Et-Tnine Sidi Yamani?«

»Man kann für vier Rial fahren«, sagte er.

Aischa nahm das Geld heraus und gab es ihm. »Jetzt hast du genug, um mit dem Bus zu fahren«, sagte sie zu ihm. »Geh.«

Und ich sagte: »Leb wohl.« Und er sagte: »Leb wohl.« Und er ging fort, und ich blieb im Haus. Nachdem die Kanone abgefeuert worden war und wir unsere Harira gegessen hatten, ging Aischa zu meiner Mutter und sagte zu ihr: »Dein Sohn ist gekommen.« Meine Mutter tat ein großes Tuch um ihren Kopf und kam schnell in Aischas Haus in Beni Makada.

»Walīdi!« sagte sie. »Du bist frei!«

»Nein, ich bin nicht frei«, sagte ich. »Ich bin ausgebrochen.«

»Also bist du mit den anderen fortgelaufen? Du auch? Heute morgen hat das Radio die Nachricht durchgegeben.«

»Ja, ich bin mit ihnen gegangen.«

»Jetzt geh ich wieder nach Hause und hole dir eine Dschellabah«, sagte sie zu mir. »Vielleicht willst du hinausgehen und einen Spaziergang im Viertel machen, und du hast nichts, worin du dich verstecken kannst. Ich bring dir die Dschellabah deines Bruders.«

»Gut«, sagte ich.

Und die arme Frau ging in die Nacht hinaus und ging nach Souani und holte mir die Dschellabah und brachte sie nach Beni Makada. Als sie sie mir gab, sagte sie: »Jetzt sei sehr vorsichtig. Am besten gehst du überhaupt nicht hinaus. Aber sei sehr vorsichtig.«

Dann sagte Aischa zu uns: »Jetzt habt ihr genug geredet, kommt und eßt euer Abendbrot.« Und wir setzten uns und aßen. Danach sagte meine Mutter: »Jetzt muß ich gehen. Möge Allāh mit dir sein, Walīdi. Sei vorsichtig.«

»Allāh ihennik«, sagte ich zu ihr. »Hab keine Angst. Es wird nichts passieren.«

Sie ging nach Hause. Ich blieb noch ein wenig sitzen. Dann sagte ich zu Aischa: »Ich gehe hinaus. Ich möchte in ein Café gehen und dort ein wenig sitzen.«

»Du mußt es wissen«, sagte sie. »Mach was du willst.« Sie holte zwanzig Rial und sagte: »Hier.« Ich zog die Dschellabah an und ging hinaus.

Ich ging die Straße hinunter zur Bushaltestelle. Dort stand ich eine Zeitlang. Dann kam der Bus. »Allāh«, dachte ich. »Ich werde in die Stadt fahren und sehen, was dort los ist.« Ich stieg in den Bus und fuhr zur Stadt. Als ich auf der Straße war, zog ich die Kapuze meiner Dschellabah über den Kopf und begann umherzugehen, auf und ab. Dann dachte ich: »Ich werde zum Cine Fox gehen. Wenn da ein guter Film läuft, gehe ich hinein.« Ich ging also nach Sūq N'dachel. Ich sah eine Menge Geheimpolizisten in den Cafés sitzen, und zwei von ihnen standen am Eingang des spanischen Telegraphenamtes. »Aha«, sagte ich zu mir selbst. »Heute abend ist ja was los in der Stadt! Ich muß ins Kino gehen, ganz gleich, was passiert.« Ich kaufte eine Karte und ging ins Kino. Als der Film vorüber war und ich hinausging, sah ich, daß in jeder Ecke der Eingangstür ein Agent der Geheimpolizei stand und jedem Mann, der hinausging, ins Gesicht sah. Als ich das sah, dachte ich: »Jetzt werden sie unter die Kapuze meiner Dschellabah gucken und mich schnappen. Warte. Ich werde die Kapuze abnehmen.« Ich nahm die Kapuze ab und legte sie auf meine Schultern. Dann zog ich mein Taschentuch aus meiner Tasche und hielt es vor mein Gesicht, als ob ich mich vor Staub schützen wollte. Viele Leute tun das, wenn sie aus einem Gebäude auf die Straße treten. Als ich draußen war, tat ich mein Taschentuch weg und zog wieder die Kaputze über, denn es war kalt. Dann ging ich nach Hause.

»Wo bist du die ganze Zeit gewesen?« fragte Aischa.

»Ich war im Kino.«

»Was!«

»Jawohl.«

»Du bist wohl gerne im Gefängnis«, sagte sie. »Ich glaube fast, du möchtest so bald wie möglich wieder zurück.«

»Ich bin noch hier«, sagte ich.

Ich ging weiter aus, wann ich wollte. Die Polizei sah mich, aber sie wußte nicht, wer ich war, und niemand sagte etwas zu mir. »Das ist seltsam«, dachte ich. »Ich verstehe das nicht. Jetzt ist da El-Maati, derselbe Mann, der mich eingesperrt hat, weil ich Kif hatte. Warum sieht er mich nicht? Warum sperrt er mich nicht wieder ein? Vielleicht haben sie uns alle begnadigt oder sowas.«

Und nichts passierte. Es war fast die Zeit des Id es-Seghir, und ich ging überall in den Straßen herum, und niemand beachtete mich im geringsten.

Das Fest ging vorüber. Eines Tages saß ich in einem Café, und ich sah einen Polizeiwagen davor halten. Die Polizei kam an die Tür, und einer von ihnen sagte: »Steht auf! Steht alle auf!« Sie ließen alle hinausgehen und in den Lastwagen einsteigen, und sie brachten uns zur Comisaría im Sūq N'dachel. Sie nahmen jedem den Gürtel und das Geld ab und schlossen uns ein. Ich fragte einen der Gefangenen: »Warum haben sie uns alle mitgenommen?«

»Es ist nur eine Razzia«, sagte er. »Sie werden uns nachher gehen lassen. Es ist nichts.«

»Hamdullah«, dachte ich. »Wenn das alles ist, werden sie uns morgen in den Sūq az-Zra bringen und dann laufen lassen.«

Wir schliefen dort in der Nacht auf dem Boden, und am nächsten Tag riefen sie uns. »Kommt heraus«, sagten sie, und sie gaben uns all unsere Sachen zurück und ließen uns durch die Straßen hinausgehen, dort, wo der Lastwagen wartete. Sie fuhren uns in den Sūq az-Zra. Wir gingen hinein, und sie riefen uns, einen nach dem anderen, und fragten uns: »Warum bist du eingesperrt worden? Wo bist du eingesperrt worden? Was hast du getan?«

Sie hatten Leute aus der ganzen Stadt hergebracht. Einer sagte: »Ich saß in einem Café.« Ein anderer sagte: »Ich ging auf der Straße.« Ein anderer sagte zu ihnen: »Ich saß im Kino.« Als sie mich riefen, sagten sie: »Warum haben sie dich hergebracht?« Und ich sagte: »Sie fanden mich im Café mit vielen anderen Leuten und haben uns alle hierher gebracht.«

»Du kannst gehen«, sagten sie zu mir.

»Allāh!« dachte ich. »Jetzt werden sie mich nie mehr ins Gefängnis bringen. Sie haben mich begnadigt.« Ich ging zur

Tür. Da stand El Maati. »Aha!« rief er. »Du gehst ja schnell hinaus!«

»Ja«, sagte ich. »Sie sind fertig mit mir.«

»Komm her«, befahl er mir. »Komm her. Du bist einer von denen, die in Malabata ausgebrochen sind.«

»Allāh Ya'uddu! Der Inspektor hat zu mir gesagt, ich könne gehen!«

El-Maati ging zu dem Inspektor und sprach mit ihm. »Der da ist aus dem Gefängnis geflohen.«

»Ist das wahr?«

»Ich schwöre es!«

Der Inspektor schlug mich ins Gesicht. »Geh wieder hinein, du Hund!«

Ich ging wieder hinein und setzte mich hin. »Da hab ichs nun«, sagte ich zu mir selbst. »Jetzt komme ich wieder nach Malabata. Ich bin herausgekommen, und jetzt muß ich wieder hinein.«

Der Inspektor ging fort und kam wieder mit dem Buch, in dem alle Namen der Gefangenen standen, die geflohen waren. Er las die Namen durch, bis er zu meinem kam, und dann sagte er: »Dein Name ist Ahmed ben Said Haddari?«

»Ja.«

»Gut. Jetzt wirst du mir erzählen, was im Gefängnis passiert ist.« Er wollte wissen, wer die Aufseher geschlagen hatte, wer dies zerstört und das gestohlen hatte.

»Sidi, ich habe gar nichts gesehen. Ich tummelte mich im Hof. Als ich das Schreien in der Abteilung der Nasrāni hörte, ging ich hin und sah die Türen offen, und ich sagte zu mir selbst: ›Alle laufen hinaus. Also laufe ich auch.‹ Ich rannte zur Tür. Ich habe nichts zerstört und niemanden geschlagen. Wenn du jemanden kennst, der sagt, ich habe es getan, den bring her, damit ich ihn sehen kann.«

»Wachchā«, sagte er. »Ich will dir einen zeigen.« Er brachte mich in einen Jeep und fuhr mich hinaus nach Malabata. Er brachte mich hinein. Die Aufseher waren da und sahen mich an. Ich hatte Angst und dachte: »Allāh! Jetzt wird einer von ihnen sagen, ich hätte etwas getan.«

Bba Miloud sagte zu dem Polizisten: »Dieser da hat nichts zerstört und niemanden geschlagen. Einer der anderen wollte mich mit einer Flasche schlagen, und er hielt ihn fest. Er sagte zu ihm. Nein, Nein! Tu ihm nichts!«

»Hamdullah!« dachte ich. »Er ist ein guter Zeuge für mich. Jetzt wird nichts Schlimmes mehr passieren.«

Dann sagte der Vorsitzende des Gerichts zu mir: »Du hast nichts getan. Du bist ein guter Mann. Du mußt uns die Wahrheit erzählen. Wie ist das alles passiert?«

»Ich habe nichts gesehen. Wie kann ich es euch erzählen? Ich tummelte mich im Hof. Ich hörte den Lärm. Und als ich die Tür offen sah, lief ich hinaus.«

»Wachchā«, sagte er. Und er gab mir den Overall, die Sandalen, den Strohhut und die beiden Decken, genau wie früher, und ich kam wieder in dieselbe Zelle, die ich damals gehabt hatte. Und ich sah eine Menge Männer wieder, die mit mir zusammen gewesen waren. Aber diejenigen, die die Aufseher geschlagen hatten, hatten keine Decken und auch nichts zu essen. Nur wenn ihre Familien ihnen etwas brachten. Sie hielten sich nur in der Zelle auf und saßen auf dem Boden, Tag und Nacht. Acht Tage später rief die Regierung uns alle. Sie brachten uns in die Stadt und vor das Gericht. Dann riefen sie unsere Namen, einen nach dem anderen. Der erste Name war der Chaibs, und sie sagten zu ihm: »Du hast dies und das und das getan.« Chaib sagte: »Ich habe gar nichts getan. Wenn jemand sagte, ich hätte etwas getan, der soll herkommen und es mir ins Gesicht sagen.«

Dann sprach Cherif el-Abbar, der Aufseher. »Dieser Mann und noch einer«, sagte er, »haben mich gepackt und in eine Zelle geworfen und eingeschlossen.«

»Hör, was der Aufseher sagt«, sagte der Richter. Dann rief er einen anderen Mann und sagte zu ihm: »Du hast Geld gestohlen und einen Ring aus dem Gefängnisbüro.« Der Mann sagte: »Ich habe kein Geld, keinen Ring und gar nichts gestohlen.«

»Setzt euch alle«, sagte der Richter zu ihnen.

Ich war der letzte, den er rief.

»Du hast die Aufseher geschlagen, den Apparat zerstört, eine Menge Regierungseigentum gestohlen«, sagte er zu mir.

»Ich habe gar nichts getan«, sagte ich. Dann erzählte ich ihm dieselbe Geschichte, die ich jedesmal erzählt hatte.

»Setz dich.« Die Richter kamen zusammen und begannen zu reden. Kurz darauf riefen sie wieder unsere Namen auf, einen nach dem anderen. »Chaib«, sagten sie. »Hattest du ein Jahr? Zwei Jahre jetzt.«

»Muchtar ben Mohammed. Achtzehn Monate? Drei Jahre.«

»Mustafa ben el-Hachmi. Ein Jahr? Zwei Jahre.«

Acht Männer erhielten die doppelte Freiheitsstrafe, aber als sie an den Deutschen kamen, gaben sie ihm zusätzlich sechs Monate. Ich war der letzte. Sie sagten zu mir: »Die Regierung begnadigt dich für diesmal. Wenn du nochmal Ärger machst, wirst du bestraft.«

»Wachchā«, sagte ich. Dann gingen wir die Treppe hinunter.

»Allāh sei Dank!« dachte ich. »Die Männer, die den Ärger gemacht haben, tragen die ganze Strafe. Sie haben viel Lärm gemacht, aber es ist ihnen noch nicht einmal gelungen, aus dem Gefängnis draußen zu bleiben.« So lebte ich weiter im Gefängnis. Drei Monate waren schon vergangen, und ich hatte noch sieben Monate. Nach einiger Zeit hatten sie Vertrauen zu mir und ließen mich hinaus in den Garten gehen, und später auf die Landstraße. Manchmal ließen sie mich allein zum Strand gehen und ein paar Minuten schwimmen. »Ah«, dachte ich. »Das ist überhaupt kein Gefängnis! Es ist fast wie der Fonduq en-Nedschār, wo die armen Leute leben.

Eines Nachts saßen wir alle in der Zelle und sprachen über den Deutschen. Ich fragte einen der Männer: »Hat er seine Tasche wiederbekommen?«

»Als sie ihn geschnappt hatten, wollte er nicht hierher kommen, bevor sie ihn zum Fluß zurückgehen ließen, um sie zu holen.«

»Ich dachte, er wollte sie gar nicht mitschleppen«, sagte ich. »Sie war sehr schwer.«

»Sie war voller Papier«, sagte er zu mir. »Jede Nacht, wenn er in sein Zimmer ging, schrieb er mehr Papier voll. Er erzählte, wie er seine Frau getötet hat und alles. Sie ließen ihn eine Schreibmaschine aus dem Büro mit in sein Zimmer nehmen. Er sagte, seine Papiere seien ein und eine halbe Million Francs wert. Eine Zeitung wollte sie kaufen. Er wollte sie nicht verkaufen, bevor er nicht die ganze Geschichte geschrieben hatte.«

Ich lebte weiter dort, heute und morgen, heute und morgen, bis die sieben Monate vorüber waren. Eines Tages riefen sie mich.

»Ahmed«, sagten sie.

»Ja.«

»Hast du etwas hier im Büro?«

»Ich habe einen Gürtel und eine Uhr«, sagte ich.

»Und Geld?«

»Kein Geld.«

»Hier ist dein Gürtel. Hier ist deine Uhr. Und hier sind deine Kleider.« Dann gaben sie mir ein Papier. »Nimm dies«, sagten sie, »wenn du damit zum Tor kommst, wird der Aufseher dich hinauslassen.«

Ich nahm das Schriftstück, ging zum Tor und gab es dem Aufseher. »Unterschreibe hier«, sagte er. Ich schrieb meinen Namen auf Arabisch, denn das hatte ich in der Schule gelernt.

»Gut«, sagte er. »Allāh ihennik.« Er öffnete die Tür, und ich ging hinaus.

Wenn ein Mann aus dem Gefängnis kommt, ist das der glücklichste Tag seines Lebens. Sein Herz ist offen, und er fürchtet sich vor nichts. So fühlte ich mich. Und das beste von allem, es war Sommer.

»Ich werde zum Strand gehen und schwimmen«, dachte ich. »Es ist warm.« Ich ging hinunter zur Küste und schwamm im Meer, solange ich wollte. Dann sagte ich zu mir selbst: »Ich werde nach Hause zu meiner Mutter gehen.«

Als ich dort ankam, sagte sie: »Wie geht es dir, Walidi? Hast du jetzt wirklich deine Zeit hinter dir? Bist du nicht ausgebrochen?«

»Hamdullah«, sagte ich. »Diesmal habe ich es hinter mir.«

»Wirst du noch einmal versuchen, Kif zu verkaufen?«

»Nie wieder im Leben!« sagte ich zu ihr.

IN MUSTAFAS CAFE

في قهوة مصطفى

Der Mann meiner Mutter wollte nicht, daß ich zu Hause wohnte, und da ging ich wieder in Mustafas Café und wohnte dort. Und eines Tages hörten wir, der Sultan würde wieder zu uns zurückkehren. »Hast du die Nachrichten gehört?« sagten sie. »Nein, ich habe nichts gehört.« »Der Sultan kommt zurück, und die Franzosen werden uns unsere Freiheit geben. Und am Tag nach seiner Ankunft in Tanger ist das Fest des Throns! Ach, was für ein Tag wird das sein! Der größte Tag des Jahres!«

»Tatsächlich?« sagte ich.

Ich arbeitete damals nicht. Meine Kleider waren zerschlissen und zerlumpt und sehr schmutzig. Eines Nachmittags ging ich nach Hause, nach Souani, um meine Mutter zu besuchen. Als ich dort ankam, war ich hungrig, und sie gab mir etwas zu essen. Wenn ihr Mann dagewesen wäre, hätte sie mir nichts geben können. Aber er war nicht zu Hause. Als ich mit Essen fertig war, sagte ich zu ihr: »Hör mal. Wenn mein Bruder noch eine zweite Hose und ein Hemd hat, möchte ich es gern für ein paar Tage haben. Bis das Fest vorüber ist. Dann kann ich die Sachen zurückgeben.«

Sie brachte mir die Sachen. »Hier ist die Hose und das Hemd. Aber wenn das Fest vorüber ist, gib sie mir wieder zurück.«

»Ich fürchte, dein Mann wird Ärger machen«, sagte ich. »Es sind die Kleider seines Sohnes.«

»Nein. Nimm sie nur. Mach dir keine Sorgen. Es wird schon gutgehen. Wenn er etwas sagt, werde ich ihm sagen, ich hätte sie genommen.«

»Wachchā«, sagte ich. Ich zog das Hemd und die Hose an, und sie gab mir einen halben Laib Brot. »Geh jetzt.«

Ich ging fort. Alle Leute in der Stadt waren fröhlich, überall in den Straßen. Sie sollten ihre Freiheit bekommen. Ein Mann sagte: »Die Nasrāni gehen fort. Ich werde ein großes Haus auf dem Boulevard haben, und das wird mir allein gehören. Mir!« Ein anderer sagte: »Ich werde Kommissar werden!« Und sie erzählten einander alle, daß sie reich sein würden und niemand müsse je wieder auf der Straße um Almosen bitten. Sie redeten alle. Aber keiner von ihnen konnte lesen und schreiben.

Die Männer aus allen Vierteln der Stadt waren unterwegs und sammelten Geld für das Fest. In jedem Viertel suchten sie ein großes Haus, in dem sie Musik und Tanz veranstalten konnten. Sie füllten die Häuser mit Matten und Teppichen und schmückten sie mit Palmzweigen und Blumen. Überall Blumen. In Souani baute ein Mann ein großes neues Haus, aber es war noch nicht fertig, und niemand wohnte darin. Die Leute in diesem Teil der Stadt baten ihn, ob sie sein Haus für das Fest benutzen durften. »Ja, gut«, sagte er. Sie könnten es haben. Jede Familie im Viertel gab etwas für das Fest. Einer gab einen Teppich, der andere eine Matte, ein anderer Kissen oder Haitis, um sie an die Wände zu hängen, oder nur Geld, um Essen und Tee zu kaufen.

Das Fest dauerte drei Tage. Am ersten Tag saßen die Männer alle auf einer Seite des großen Raumes und die Jungen an der anderen Seite. Die Frauen waren auf der Straße vor der Tür, denn sie durften nicht hinein. Aber es standen fünf oder sechs Stühle vor der Tür auf der Straße, und wenn die Frauen vorüberkamen, sagten sie zu den Männern: »Was ist das? Wir haben hier das Fest des Thrones, und ihr seid alle drinnen und eßt. Wollt ihr uns denn gar nichts geben?« Die Männer sagten: »Natürlich. Hier habt ihr etwas. Setzt euch.« Die Stühle waren immer besetzt. Wenn eine der Frauen aufstand, setzte sich eine andere. Auch spanische Frauen kamen vorbei, setzten sich und tranken ein Glas Tee.

Ich war mit den anderen Jungen drinnen, aß und lachte und trank Tee. Wir aßen ununterbrochen. Es gab alles umsonst. Am Nachmittag kam der Mann meiner Mutter und suchte mich. »Habt ihr Ahmed gesehen, den Sohn meiner Frau?« Jemand sagte: »Er sitzt wohl drinnen, nehme ich an.«

»Geh und hole ihn«, sagte der Mann meiner Mutter. »Wenn er drinnen ist, sag ihm, daß ich ihn suche.«

Der Junge kam herein und sagte: »Ahmed. Der Mann deiner Mutter will dich sprechen.«

Ich ging hinaus.

Als ich ihn sah, sagte ich zu mir selbst: »Aha! Jetzt wird er etwas wegen dieser Kleider sagen.« Ich ging zu ihm, und er sagte: »Warum hast du das Hemd und die Hose deines Bruders angezogen?«

»Weil wir heute und morgen und übermorgen das Fest haben. Wenn es vorüber ist, werde ich euch die Sachen wieder zurückbringen. Ich werde sie nicht beschädigen.«

»Du wirst sie sofort hergeben. Geh und zieh' deine eigene schmutzige Hose an.«

»Wachchā«, sagte ich. Ich konnte nicht sagen, daß meine Mutter mir die Kleider gegeben hatte. Sie mußte ihm das selbst sagen. Und ich ging nach Hause und zog das Hemd und die Hose aus und zog meine eigenen Kleider an, die zerrissen und steif von Schmutz waren. Als ich mich angezogen hatte, ging ich wieder in das große Haus, wo das Fest weiterging. Ich setzte mich wieder hin. Die Jungen um mich herum begannen zu flüstern: »Seht euch Laraichis Sohn an. Seht, was der für Kleider anhat. Vor kurzem hat er noch eine gute Hose und ein neues Hemd getragen. Was ist mit ihm geschehen?« Und einer der Jungen sagte zu mir: »Warum hast du deine Kleider gewechselt? Hast du gedacht, das Fest sei vorüber?«

»Nein«, sagte ich. »Ich habe mich umgezogen, weil ich die ganze Nacht hierbleiben will. Bis morgen früh. Und ich wollte nicht, daß die andere Hose schmutzig wird.«

Ein anderer Junge sagte: »Sieh dir die Kleider an, die ich trage. Sie sind ganz neu. Alles. Sieh!«

»Ja«, sagte ich. »Trag sie bei guter Gesundheit.«

Die drei Tage des Festes gingen vorüber, und ich trug weiter meine alten Kleider. Und die Leute begannen das große Haus auszuräumen und nahmen alles mit, was sie für das Fest hergebracht hatten. Die Wandbehänge, die Teppiche, die Teekannen, die Öfen, alles. Nachdem alles fort war, sagte ich zu mir selbst: »Jetzt ist das Fest vorüber. Ich habe drei Tage hier in diesem großen Haus gegessen und geschlafen. Ich werde in Mustafas Café gehen und sehen, ob es etwas Neues gibt. Vielleicht gibt es Arbeit für mich. Vielleicht kann ich in der Calle de Italia jemanden finden, der einen Gepäckträger braucht, mit einem Schubkarren.«

Ich wohnte wieder im Café. An manchen Tagen fand ich einen Mann, der einen Karren brauchte, und ich arbeitete. Und an manchen Tagen fand ich nichts. Aber Mustafa gab mir jeden Nachmittag zwei oder drei Rial. Um ihm zu helfen, stand ich jeden Morgen früh auf und machte das Feuer für den Qahwadschī. Ich stellte die Stühle hinaus und stellte sie auf die Straße, wenn ich den Boden fegte. Dann besprengte ich den Boden mit Wasser, drinnen und draußen.

Ich blieb dort sechs oder sieben Monate und arbeitete, und ich lernte alle Männer kennen, die in das Café kamen. Da waren Diebe, Taschendiebe, Männer aller Art. Ich hörte ihnen zu, wenn sie sprachen. Eines Tages sagte ich zu einem von ihnen: »Willst du mich nicht einmal mitnehmen?«

»Nein. Du kannst nichts. Du verstehst nichts vom Stehlen.«

»Warum läßt du es mich nicht einmal versuchen?« fragte ich. Aber sie hörten nicht auf mich.

Eines Tages hatte ich Hunger. Ich ging nach Hause und klopfte an die Tür. Mein Bruder öffnete. Als ich hineinkam, fand ich nur ihn und meine Mutter zu Hause. Ich begrüßte meine Mutter.

»Hast du Hunger?« fragte sie mich.

»Ja.«

Sie gab mir ein wenig Essen und etwas Brot. »Hier hast du. Iß.« Als ich fertig war, sagte sie: »Hör mal, mein Sohn. Hier ist ein Nasrāni, der Schweine hält, und er braucht jemanden, der bei ihm arbeitet. Du wohnst in der Stadt. Manchmal ißt du, manchmal nicht. Wärest du nicht besser dran, wenn du für ihn arbeiten und immer in seinem Hause essen könntest? Du würdest auch dort schlafen, und das wäre besser, als da, wo du jetzt bist.«

»Ja«, sagte ich. »Wo ist er, der Nasrāni?«

»Er wohnt in Wādi Bahrain.«

»Kennst du ihn?«

»Ja. Dein Stiefvater hat ihn getroffen und ihm erzählt, daß du in der Stadt arbeitest. Und er sagte, du könntest hier bei seinen Schweinen arbeiten.«

»Wachchā. Wer wird mich zu ihm bringen?«

»Warte, bis dein Stiefvater nach Hause kommt. Er wird dich zu ihm bringen.«

Wir saßen und sprachen miteinander, alle drei, und bald kam der Mann meiner Mutter nach Hause.

»Labbᵉs«, sagte er. »Wie ist es dir ergangen?«

Meine Mutter sagte zu ihm: »Er ist gekommen, damit du ihn zu dem Spanier bringen kannst.«

Ich war nach Hause gekommen, weil ich hungrig war, aber das erzählte sie ihm nicht.

»Der da will arbeiten?« sagte der Mann meiner Mutter. »Er arbeitet nie.«

Ich sagte zu ihm: »Du bist es nicht, der die Arbeit tun soll. Ich bin es. Bring mich nur hin. Kümmere dich nicht darum, ob ich arbeite oder nicht.«

»Gut. Morgen früh. Ich werde dich zu ihm bringen.«

Ich schlief also in dieser Nacht zu Hause. Und am Morgen stand ich auf und frühstückte. Dann brachen er und ich auf und gingen zu der Farm des Nasrāni. Als wir zu dem Obstgarten kamen, rief der Mann meiner Mutter: »Pépe! Pépe!« Darauf antwortete ein Mann: »Yahodiya?« Der Nasrāni konnte Maghrebinisch sprechen.

»Hier ist der Junge, von dem ich dir erzählt habe«, sagte der Mann meiner Mutter.

Der Nasrāni war jung und klein und dick. »Hast du schon einmal mit Abfällen zu tun gehabt?« fragte er mich.

»Ja. Ich sammelte einmal welche in Monopolio an der Küste.«

»Gut. Ich werde dir zwei Rial täglich und dein Essen geben, und du kannst hier schlafen.«

»Wachchā«, sagte ich.

»Du mußt jeden Morgen mit dem Esel in die Stadt gehen und die Tragkörbe mit Abfällen füllen und zurückbringen.« Der Mann meiner Mutter sagte: »Gut. Ich werde jetzt gehen. Auf Wiedersehen. Du bleibst hier.«

»Wachchā.« Und er ging fort. Und ich blieb bei dem Spanier. Er wohnte mit seinem Vater, seiner Mutter, seinem Bruder und seiner Schwester in diesem Haus. Sie wohnten zu fünft zusammen.

Ich schlief in dem Stall, in dem das Stroh aufbewahrt wurde. Am nächsten Morgen klopfte der Nasrāni an meine Tür. »Yāh, Ahmed!« sagte er. »Buenos dias.«

»Buenos dias«, sagte ich.

»Geh in die Küche. Der Kaffee für dich ist fertig. Ich werde den Esel anschirren, während du frühstückst.«

»Wachchā.« Ich ging mein Gesicht waschen. Dann ging ich in die Küche. »Buenos dias, Maria«, sagte ich.

»Buenos dias, hijo.«

Ich setzte mich auf einen Stuhl. Sie gab mir eine Tasse Kaffee mit Milch und etwas Brot und Butter. Dann ging ich hinaus. Ich schnitt einen Zweig von einem Baum und schwenkte ihn über dem Esel. »Los!« rief ich. Ich wollte neben dem Esel hergehen.

Pépe sagte: »Nó, hombre! Reite jetzt auf ihm. Aber wenn er die Abfälle trägt, gehst du neben ihm her.«

So brach ich auf zur Stadt und ritt auf dem Esel. Ich ritt und ritt, bis ich auf dem Boulevard ankam. Dann band ich den Esel in einer abgelegenen Straße an einen Baum, nahm den Korb herunter und begann, Abfälle zu suchen.

Ich paßte auch auf, ob ich keinen Polizisten sah, denn ich wußte, daß es verboten war, Abfälle von der Straße aufzulesen. Die Polizei sagte, der Abfall gehöre der Stadt. Wenn sie jemanden erwischten, der ihn stahl, um ihn mitzunehmen, mußte er eine Geldstrafe bezahlen und sein Esel kam ins Schlachthaus. Aber ich wußte das schon. Ich befreundete mich mit den Abfallsammlern, und manchmal half ich ihnen, den Abfall auf ihre Karren zu tragen. Ich hatte keine Schwierigkeiten.

Wenn ich einen Abfallhaufen vor einer Tür fand, schüttete ich ihn in den Korb. Dann sah ich alles durch und holte das Papier und Blechdosen und alles, was die Schweine nicht fressen konnten, heraus und legte es zurück auf den Gehsteig. Was im Korb blieb, war alles eßbar: Kartoffelschalen, Bananenschalen, altes Brot, Salatblätter und ähnliches. Wenn der Korb voll Eßbarem war, trug ich ihn wieder zu dem Esel und leerte ihn in einen der Tragkörbe. Dann ging ich wieder neue Abfälle suchen, und das tat ich so lange, bis beide Tragkörbe voll waren. Ich füllte auch den Korb und stellte ihn oben auf den Sattel. Dann band ich den Esel los und machte mich wieder auf den Weg zur Farm. Wenn ich ankam, stellte ich die Tragkörbe auf den Boden. Ich nahm dem Esel das Geschirr ab und hing es auf. Dann führte ich ihn in den Obstgarten und ließ ihn unter einem Baum stehen, wo er Blumen fressen konnte. Es war der größte und schönste Obstgarten der ganzen Umgebung. Er hatte viele große Bäume, und überall wuchsen unter den Bäumen Blumen aus der Erde.

Am ersten Tag ging ich, nachdem ich den Esel an einen Baum im Obstgarten gebunden hatte, in den Schweinestall. Ich wollte den Schweinen die Abfälle geben, aber der Nasrāni rief: »Nein! Zuerst mußt du den Stall ausfegen.« Ich fegte den ganzen Mist in eine Ecke und schüttete die Abfälle auf die saubere Seite. Während die Schweine fraßen, trug ich den Mist auf einem Schubkarren hinaus auf den Düngerhaufen.

Jeden Morgen ging Pépes Mutter fort, um Milch zu verkaufen, und seine Schwester ging in die Stadt zur Arbeit. Manchmal ging ich mit ihnen zusammen fort. Dann stellten sie die Milchkannen in die Tragkörbe zu beiden Seiten des Esels. Die zwei Brüder und der Vater blieben zu Hause, fütterten das Vieh und machten die Ställe sauber. Morgens fütterten sie die Schweine mit Weizenspreu, und nachmittags fütterten sie ihnen die Abfälle, die ich mitgebracht hatte.

Ich blieb dort eineinhalb oder zwei Monate, und dann ging ich in die Stadt und kaufte mir neue Kleider. Die Arbeit auf der Farm begann mir zu gefallen. Ich dachte: »Das ist besser, als in der Stadt zu leben, so wie ich es bisher getan habe. In dem Café, wo ich die eine Nacht auf dem Boden, die nächste Nacht auf einem Stuhl geschlafen habe, und ich habe nie gut geschlafen. Jetzt schlafe ich gut und esse auch gut, und es geht mir besser.«

Heute und morgen, heute und morgen. Eines Tages sagte der Nasrāni zu mir: »Ich werde die Schweine verkaufen. Die Regierung sagt, ich darf hier keine Schweine mehr halten. Die Leute mögen den Geruch nicht. Wir werden fort von hier ziehen, nach El-Azib. Dort wollen wir einen neuen Obstgarten pflanzen.«

»Wenn du willst, daß ich mit euch komme, komme ich mit«, sagte ich.

»Nein. Wir verkaufen die Schweine. Es ist zu nahe an der Straße. Die Abfälle riechen. Wir wollen dort keine Schweine mehr haben.«

»Wachchā. Du mußt es wissen.«

»Aber wir werden die Schweine nicht vor dem nächsten Monat verkaufen«, sagte er.

Und ich blieb dort bis zum Ende des Monats und arbeitete für sie. Dann holten sie einen Lastwagen und taten alle Schweine hinein. Bevor Pépe abfuhr, sagte er: »Ahmed, fege den Stall aus, damit wir alle Pfosten und Bretter abreißen können, wenn wir zurückkommen. Wir wollen kein Holz zurücklassen.« Dann brachte er die Schweine zum Schlachthaus am Fluß. Als er gegangen war, ging ich in den Schweinestall und fegte ihn sauber. Dann ging ich in den Obstgarten und setzte mich unter einen Baum, und bald kam Pépe zurück.

»Ahmed, komm her«, sagte er.

Ich ging zu ihm. »Was ist?«

»Sieh, wir schulden dir einen Monat. Hier ist das Geld für

den Monat, den wir dir schulden. Und hier ist noch ein Monatslohn, den geben wir dir als Geschenk.«

»Danke.«

Ich aß mit ihnen zu Mittag. Nachdem wir gegessen hatten, sagte ich zu Pépe: »Allāh ihennik! Wenn du mal jemanden brauchen solltest, der für dich arbeitet – du kennst mich jetzt. Und du weißt, wo du mich finden kannst.«

Und seine Mutter sagte: »Adios, mi hijo. Buena suerte!«

Ich ging zum Haus meiner Mutter. Dort traf ich den Mann meiner Mutter und meine Mutter an.

»Was ist los?« fragte der Mann meiner Mutter.

»Nichts«, sagte ich. »Der Nasrāni hat seine Schweine verkauft. Er hat keine Arbeit mehr für mich.«

»Hat er dich bezahlt?«

»Ja. Er hat mich bezahlt. Einen Monatslohn und noch einen als Geschenk. Hundertzwanzig Rial.«

»Gib mir das Geld«, sagte er.

Ich gab ihm hundert Rial. »Diese zwanzig Rial will ich behalten«, sagte ich zu ihm. »Ich will zur Stadt und ein wenig spazierengehen.«

»Gib mir alles. Du brauchst kein Geld. Was willst du mit Geld tun?«

»Nein. Ich habe dir hundert Rial gegeben. Das ist genug für dich. Ich brauche die zwanzig selbst.«

»Du wirst ja doch nicht arbeiten«, sagte er. »Du wirst hier zu Hause wohnen und hier essen und schlafen und den ganzen Tag herumliegen. Was willst du also mit Geld?«

Da gab ich ihm die übrigen zwanzig Rial und ging in die Stadt, ohne jedes Geld. Ich ging herum, aber ich konnte nichts tun und nichts kaufen.

Jetzt hatte ich kein Geld und keine Arbeit, und wenn ich in die Stadt ging, konnte ich mir nur ansehen, was auf der Straße los war. Und zu Hause schrie der Mann meiner Mutter ständig meine Mutter an und erzählte ihr, daß ich nichts tauge. Ich dachte: »Ich gehe jetzt in die Stadt und bleibe da. Ich werde nicht mehr nach Hause kommen. Ich werde schon irgendwie leben können. Wenn ich ab und zu fünfundzwanzig

Francs ergattern und mich hinsetzen und ein Glas Tee trinken kann, wird das Leben sehr viel besser sein. Ich will hier heraus und nicht mehr zurück. Ich kann nicht hören, wie er den ganzen Tag meine Mutter anbrüllt.«

Eines Tages sagte ich zu ihr: »Hör mal. Ich gehe jetzt in die Stadt und finde irgendeine Arbeit und bleibe da. Ab und zu komme ich wieder und besuche dich.«

»Aber warum, Walīdi?«

»Du und dein Mann, ihr habt jeden Tag Streit meinetwegen. Es wird besser sein, wenn du mit ihm allein bist. Wenn Allāh es will, wird es überall gut sein, wohin ich gehe.«

»Du mußt es wissen«, sagte sie. »Aber versuche ab und zu, deinen Bruder auf der Straße zu treffen. Morgens, wenn er auf dem Weg zur Schule ist. Er wird ein kleines Extra-Brot bei sich haben, das wird er dir geben.«

»Wachchā.« Und ich ging in die Stadt und wohnte wieder in Mustafas Café. Jeden Tag ging ich jetzt zum Bahnhof. Manchmal trug ich den Leuten das Handgepäck. Manchmal schob ich einen Karren mit Koffern und Gepäckstücken durch die Stadt. Und so verdiente ich mir ein wenig Geld. Jeden Nachmittag spät ging ich wieder ins Café, bestellte ein Glas Tee und saß lange da und trank es. Ich saß den ganzen Abend dort und unterhielt mich, bis zwölf Uhr, und dann schloß ich das Café. Die Männer dort nannten mich die Café-Katze, weil ich so viel Thunfisch aß. In der Ecke war eine Plattform, die mit einer Schilfmatte bedeckt war, darauf schlief ich. Noch zwei Jungen wohnten dort, und sie schliefen auf Stühlen oder auf dem Boden. Ich hatte den besten Platz. Manchmal schlossen wir das Café nicht vor zwei, drei Uhr morgens, weil die Gäste so lange dablieben, Kif rauchten und Karten spielten.

Da war ein Junge namens Buhum, der kam immer ins Café und blieb dort den ganzen Nachmittag und Abend. Eines Abends fragte er, ob er hier bei mir und den beiden anderen Jungen schlafen könne, und Mustafa sagte ja. Aber nachdem er sich Buhum eine Weile angesehen hatte, kam er zu mir und sagte: »Jetzt seid ihr vier, die hier wohnen. Du mußt aufpassen, daß keiner von ihnen etwas stiehlt. Es ist deine Aufgabe, alles zu bewachen. Das ist ein Auftrag.«

»Mach dir keine Sorgen«, sagte ich.

»Und wenn du niemanden außer dir hier haben willst, kannst du die anderen rauswerfen«, sagte er.

»Gut.«

Jetzt verbrachten wir alle vier den ganzen Tag auf der Straße und suchten Arbeit. Immer trafen wir uns am späten Nachmittag wieder im Café und tranken Tee und sprachen miteinander.

Eines Abends hatte Buhum etwas Geld in seiner Tasche. Er sagte nicht, wie er dazugekommen war. Er ging ins Café Yasmin und spielte Karten, und die anderen gewannen sein ganzes Geld. Als er alles verloren hatte, kam er zurück in Mustafas Café. Es war spät. Das Café war geschlossen, und wir schliefen. Er klopfte an die Tür. »Wer ist da?« fragte ich.

»Buhum.«

Ich öffnete die Tür. Er sah mich nicht an. »Willst du schlafen?« fragte ich ihn. Ich wollte mich wieder schlafen legen.

»Ja.«

Ich schloß die Tür ab und ging in meine Ecke und legte den Schlüssel unter das Kopfende meiner Matte. Dann legte ich mich schlafen.

Am Morgen kam Mustafa und klopfte an die Tür. Taf! Taf! Taf! »Aufmachen!«

»Wer ist da?«

Ich stand auf und suchte den Schlüssel unter meiner Matte. Er war nicht da. Dann sah ich, daß er in der Tür steckte. Ich suchte das Radio und sah, daß es weg war. »So ist das«, dachte ich. »Buhum hat es getan. Jetzt wird Mustafa sagen, es sei meine Schuld. Vielleicht wird er uns alle rauswerfen und die Polizei rufen. Und die Polizei wird sagen, wir hätten es getan.«

Mustafa hämmerte immer noch gegen die Tür. Er dachte, sie sei abgeschlossen, so wie immer. Ich ging und öffnete sie.

»Guten Morgen«, sagte er.

»Guten Morgen.«

»Stell die Stühle hinaus und kehre jetzt, bevor der Qahwadschī kommt.«

»Wachchā.«

Ich trug die Stühle hinaus, als ich hörte, wie Mustafa sagte: »Wo ist das Radio?«

»Ich weiß es nicht«, sagte ich. »Ist es weg?«

»Und wo ist mein Jackett und meine Dschellabah? Sie waren hier.«

»Ich habe sie nicht gesehen.«

»Du hast hier geschlafen und du weißt nicht, was mit allem passiert ist?«

Ich sagte: »Es war alles hier. Buhum kam spät. Ich öffnete die Tür und ließ ihn ein, und er ging schlafen. Als du mich wecktest, war er schon fort.«

»Was denkst du, wo er jetzt sein könnte?«

»Ich weiß nicht«, sagte ich.

Er begann mich anzuschreien: »Warum läßt du diese Jungen hier herein, mitten in der Nacht? Ich habe dir gesagt, du könntest hier allein schlafen, wenn du willst, und sie rauswerfen. Niemand kann dich zwingen, die Tür zu öffnen. Es ist deine Schuld. Ich bin der Besitzer dieses Cafés, und ich habe dir gesagt, das sei ein Auftrag.«

»Hör zu, Mustafa. Es hat keinen Zweck, mich anzuschreien. Das Radio ist weg, und deine Kleider sind auch weg. Warte ein wenig. Ich arbeite, und ich gebe dir jeden Tag etwas und zahle es dir zurück.«

»Ich will nichts von dir«, sagte Mustafa. »Geh raus hier und komm nicht mehr wieder! Wenn ich dich noch einmal hier im Café sehe, breche ich dir den Hals!«

Ich sagte gar nichts.

Dann kam Mustafas Bruder und sagte: »Laß den armen Jungen doch bleiben. Er hat nichts getan. Wenn er gewußt hätte, daß der andere stehlen würde, hätte er ihm nicht die Tür geöffnet. Er hat keine Schlafstelle. Laß ihn hierbleiben.«

»Nein«, sagte Mustafa.

»Was er getan hat, war nicht so schlimm«, sagte sein Bruder. »Er ist den ganzen Tag auf der Straße und kommt nur abends zum Schlafen her.«

»Nein«, sagte Mustafa. »Ich will ihn nicht mehr in meinem Café haben. Und der mich bestohlen hat, den werde ich finden! Ganz gleich, wo er ist!«

»Das Radio und die Kleider«, sagte Mustafas Bruder. »Vergiß sie. Es ist alles gleich. Allāh bringt am Ende alles in Ordnung. Laß den armen Jungen hier. Er kann nirgends hin außer in das Haus seines Stiefvaters, und du weißt, wie sein Stiefvater ist.«

Mustafa sagte: »Gut. Gut.« Er verließ wütend das Café, und sein Bruder sagte zu mir: »Mach dir nichts draus. Er hat seine Sachen verloren und ist wütend. Jeder Mensch hat schlechte Laune, wenn er etwas verliert. Geh wieder hinaus und arbeite, so wie immer. Und am Abend kommst du wieder und schläfst hier. Ich will deinetwegen mit ihm reden.«

Ich ging hinaus, aber an diesem Tag hatte ich Pech. Ich verdiente nicht einen Franc. Ich dachte: »Ich gehe nach Souani und sehe, ob ich nicht irgendwo meinen Bruder auf der Straße finde, wo er immer spielt, und ich schicke ihn nach Hause, um mir ein wenig Brot zu holen.«

Ich ging nach Souani und fand ihn auf der Straße, wo er mit den anderen spielte. »Mohammed«, sagte ich. »Geh nach Hause und hol mir ein Stück Brot.«

Er ging nach Hause und sagte zu meiner Mutter: »Ahmed ist draußen auf der Straße. Er möchte Brot. Wenn du etwas hast, gib es mir, und ich bringe es ihm.«

Meine Mutter fand einen halben Laib Brot, schnitt ihn ein und strich ein wenig Butter hinein und gab ihm einen Rial. »Gib ihm das«, sagte sie zu ihm.

Er kam zurück und gab es mir. Ich fand ein Stück Zeitung und wickelte das Brot hinein und ging zurück in Mustafas Café. Ich sagte zu dem Qahwadschī: »Mach mir ein Glas Tee.« Und ich bezahlte ihm den Rial, und er gab mir die Hälfte heraus. Während ich aß, kam Mustafa herein. Er sah zu mir herüber, aber er sprach nicht mit mir. Das Café war voller Leute.

Als es Zeit war zu schlafen, ging ich zu Mustafa und sagte: »Bruder, laß mich hier schlafen. Ich weiß nicht, wo ich sonst hingehen soll.«

»Ich überlasse es dem Qahwadschī«, sagte er. »Amar ist jetzt der Chef hier. Wenn er will, daß du bleibst, kannst du bleiben.«

Ich sagte: »Du bist der Besitzer des Cafés. Du mußt deine Erlaubnis geben. Wenn du sie nicht gibst, wird Amar mich nicht bleiben lassen. Was passiert ist, das ist passiert. Es hilft nichts, noch daran zu denken.«

»Ihr Leute seid zu nichts gut«, sagte er. »Ihr könnt noch nicht einmal auf anderer Leute Sachen aufpassen.«

Er ließ mich bleiben, und ich lebte wieder wie bisher, heute und morgen. Ich wollte mich tagsüber so gut als möglich versorgen und abends zurück ins Café gehen, um zu schlafen. Und die Zeit der Hindiyāts kam. Die Leute auf dem Lande pflückten sie von den Kakteen und brachten sie zum Verkauf in die Stadt. Amar, der Qahwadschī, kam zu mir und sagte: »Hör mal, Ahmed. Warum kaufst du dir nicht ein paar Hindiyāts und verkaufst sie? Kauf für sechs oder sieben Rial und verkaufe sie. Du wirst damit mehr Geld verdienen als am Bahnhof. Und du wirst den ganzen Tag auf dem Gehsteig sitzen, statt hin und her zu laufen.«

»Aber ich habe keine sechs Rial«, sagte ich.

»Bitte Mustafa, sie dir zu leihen. Er wird es tun, wenn du ihn darum bittest.«

»Warten wir, bis er heute Nachmittag kommt«, sagte ich. »Ich will ihn fragen, und wir werden sehen, ob er es tut.«

Am späten Nachmittag kam Mustafa ins Café. »Bruder«, sagte ich. »Ich möchte fragen, ob du mir sechs oder sieben Rial leihen kannst, um Hindiyāts zu kaufen. Du würdest mir damit einen großen Gefallen tun.«

»Wo willst du sie verkaufen?«

»Vor dem Café, hier auf der Straße.«

»Was ist das hier, ein Café oder ein Markt?«

»Ich will sie weiter weg vom Café aufstellen, wenn du willst, und sie an die Juden verkaufen, die hier im Viertel wohnen. Ich kenne alle Juden hier.«

»Aber du mußt mir jeden Tag sechs Hindiyāts geben«, sagte er.

»Du kannst so viele davon essen, wie du willst«, sagte ich zu ihm.

Er gab mir sechs Rial. Da war noch ein anderes Café in der Straße, das gehörte einem alten Mann, der hieß Sī Abdeslam. Ich ging zu ihm. »In deinem Garten steht eine Kiste«, sagte ich zu ihm. »Kannst du sie mir leihen?«

»Wofür?«

»Ich will sie mit Hindiyāts füllen und sie auf der Straße verkaufen.«

»Nimm sie«, sagte er.

Ich ging hinaus und holte die Kiste und trug sie an den Platz neben der spanischen Kirche, wo sie die Früchte verkauften. Ich wartete, bis die Busse vom Land ankamen. Auf dem Dach jedes Busses standen viele Körbe mit Hindiyāts. Sie hoben die Körbe herunter, und die Landfrauen verkauften dann die Früchte. Ich kaufte so viele, wie in die Kiste gingen. Und ich hob sie auf meinen Kopf und trug sie zur Calle de Italia, wo das Café war. Auf dem Weg fielen mir die Kaktusnadeln ständig in den Nacken hinunter, aber ich merkte es nicht, bevor ich im Café ankam. Dann merkte ich, daß eine Menge Kaktusnadeln in meiner Rückenhaut steckten. Ich brachte die Kiste zu der Pumpe auf der Straße und ließ das Wasser über die Früchte laufen. So wurden einige der Nadeln weggewaschen und die Hindiyāts würden kühler sein für die Leute, die sie kaufen wollten. Als ich sie gesäubert hatte, ging ich zur Mauer und wusch den Gehsteig. Dann legte ich die Früchte in Haufen auf den Gehsteig. Als die Juden aus dem Viertel sahen, daß ich Hindiyāts verkaufte, kamen sie alle und kauften sie mir ab, weil sie mich kannten und lieber mochten als die anderen Früchteverkäufer. Ich verkaufte bessere Hindiyāts als die meisten anderen. Stein-Hindiyāts werden sie genannt. Die anderen Jungen gaben acht oder sogar zehn von ihren Früchten für eine Peseta, aber ich gab nur sechs. Und ich verkaufte meine immer vor den anderen. Die Juden sagten: »Der Terrah verkauft die besten Hindiyāts.« Sie kannten mich noch aus der Zeit, als ich ein Terrah gewesen war und ihnen ihr Brot zur Backstube getragen hatte.

Und ich verkaufte weiter die Früchte. An manchen Tagen machte ich vier Rial, an anderen vielleicht drei oder fünf. Und ich war glücklich. Das einzig schwere war, die Kiste voller Früchte auf meinem Kopf von der spanischen Kirche in die Calle de Italia zu tragen. Aber ich gewöhnte mich daran.

Als Amar, der Qahwadschī, sah, daß ich Geld verdiente mit dem, was er mir geraten hatte, sagte er: »Warum nimmst du dir jetzt nicht einen Karren? Füll ihn mit Hindiyāts und schiebe ihn durch die Straßen und verkaufe sie. Du wirst so noch mehr Geld verdienen.«

»Nein«, sagte ich. »Ich bin zufrieden hier. Ich mache soviel Geld, wie ich brauche. Es ist besser, ich bleibe hier.«

»Wie du willst«, sagte er.

Und ich blieb dort und verkaufte Früchte, bis die Zeit zu Ende war und es keine Früchte mehr zu kaufen gab. Dann war ich wieder im Café, ohne Arbeit und ohne Geld. Manchmal hatte ich Arbeit, wenn ich half, die Kisten mit Kachir-Wein von Meknes für die Juden auszupacken.

Ich saß allein im Café und dachte: »Wieviel verschiedene Arten von Arbeit habe ich schon getan. Und doch habe ich noch immer keine Arbeit, bei der ich bleiben kann. Ich kann nicht mein Leben lang Koffer und Pakete schleppen. Ich muß etwas tun! Ich werde mich umsehen und mir etwas suchen. Manches ist leicht zu bekommen. Dann werde ich es verkaufen, und ich kann ein Paar Schuhe und ein Hemd kaufen.« Und ich begann aufmerksam auf die Worte der Gäste zu hören, die sie zueinander sagten, wenn sie kamen, um Tee zu trinken, und ihre Kif-Pfeifen zu rauchen. Ich sprach mit ihnen, und ich sagte: »Warum gehen wir beide nicht irgendwohin und suchen uns etwas?«

Und der Mann antwortete dann immer: »Nein, nein. Du weißt nicht, wie.«

»Mach dir keine Sorgen meinetwegen. Nimm mich mit.«

Aber niemand wollte mich mitnehmen. Wenn sie stehlen gingen, gingen sie allein. Manche kamen mit Brieftaschen voller Geld. Vielleicht hatten sie es von den Touristen genommen.

Einer der Männer, der immer ins Café kam, wurde Abd el-Wahid genannt. Ich wollte mit ihm gehen, und ich sagte zu ihm: »Wollen wir nicht gehen und uns etwas suchen?‹ Ich dachte, er würde mich mitnehmen. »Ahmed«, sagte er. »Du verstehst das nicht. Wenn wir losgehen, dann haben wir dabei unsere ganz spezielle Art und Weise. Niemand kann mit uns gehen, weil niemand weiß, wie wir es machen.«

»Nimm mich nur einmal mit«, sagte ich.

»Wenn du nur einmal mit mir kämest«, sagte er zu mir, »würden wir beide bald im Gefängnis sein.«

»Es ist besser im Gefängnis zu sein, als so wie jetzt auf der Straße«, sagte ich.

»Du hast die Verantwortung für dein eigenes Leben«, sagte Abd el-Wahid. »Aber wenn du stehlen willst, geh allein.«

Ich blieb im Café. Ich dachte nach, und ich sprach mit ihnen, und jeden Tag bemühte ich mich weniger, Arbeit zu finden. Und schließlich blieb ich die ganze Zeit im Café und suchte überhaupt keine Arbeit mehr.

Da war ein Mann, jünger als die anderen, der saß immer im Café und spielte Karten. Er war ein Rifbewohner und hieß Moreno. Wenn er kein Geld hatte, saß er da, und ich sprach mit ihm. »Wo arbeitest du?« fragte ich. Er sprach nie über irgend etwas. Was seine Arbeit sei oder sonst etwas. Ich sagte zu mir selbst: »Der sitzt hier den ganzen Tag. Aber nachts geht er immer fort. Ich werde noch einmal mit ihm sprechen.«

Eines Morgens saß er wieder im Café. »Hier sitzt du nun, ohne einen Franc«, sagte ich zu ihm. »Und ich bin auch pleite. Komm! Laß uns spazierengehen und sehen, ob wir etwas finden.«

»Gut«, sagte er. Wir gingen zusammen fort und suchten den ganzen Tag, aber es gab nichts. Nichts zum Stehlen.

Wir gingen noch oft zusammen fort. Wir fanden nie etwas, aber wenn wir ins Café zurückkamen, erzählten wir, was wir getan hatten und was wir noch zusammen tun würden. Aber Moreno erzählte nie etwas über die Nächte, in denen er allein losging.

DER DRAHT

سلك الحديد

Eines Tages im Monat Ramadān gingen Moreno und ich nach Mogoga. Wir kamen an ein Lagerhaus. Eine französische Gesellschaft hatte dort gearbeitet. Sie war nun fort, und das Haus war geschlossen. Wir gingen vor dem Lagerhaus auf und ab, und ich sagte: »Wir müssen sehen, was drinnen ist.«

Und er sagte: »Gehen wir hinein.« Und wir gingen hinüber und polterten an die Tür. Wir stemmten uns dagegen und brachen sie auf. Als die Tür aufgebrochen war, ging ich zuerst hinein, und er folgte mir.

»Was ist das?«

»Draht.«

»Wofür?« fragte ich.

»Wir nehmen ihn mit. Dann werden wir herauskriegen, wofür er ist.«

Ich hob ein Stück davon auf und sah es mir an. Es war Kupfer. Und ich sagte: »Wenn wir ihn verkaufen wollen, gehen wir jetzt. Wir werden einen Käufer finden. Dann können wir zurückkommen und ihn holen.«

»Gut.«

Wir verließen das Lagerhaus mit einem Stück von dem Draht und brachten es zum Fonduq Waller. Wir zeigten es einem Mann dort im Fonduq. Er besah es und sagte, er wolle uns den Draht abkaufen. »Gut«, sagte er. »Bringt ihn morgen.« Wir sagten, das wollten wir tun.

Am nächsten Morgen gingen wir um halb elf fort. Wir gingen zu dem Lagerhaus und holten uns einige Rollen von dem Draht. Dann brachten wir sie hinüber und verkauften sie und bekamen das Geld.

Und dann kam ein anderer Tag. Wir gingen wieder in das

Lagerhaus in Mogoga und füllten einige Säcke mit Drahtrollen und trugen sie hinaus. Moreno nahm ein Taxi, und wir luden es voll und schickten es zum Fonduq Waller. Und wir holten noch mehr Draht heraus und stapelten ihn vor dem Tor. Wir holten soviel heraus, wie wir an diesem Tag brauchten. Ich ging über die Straße zum Brunnen und wusch mir die Hände. Wir warteten, bis das Taxi wiederkam, damit wir es wieder volladen konnten. Als ich am Brunnen war, guckte ein Mädchen aus dem Fenster des Hauses über mir. Sie guckte lange heraus, dann rief sie mir zu.

»Was machst du da?«

»Nichts. Nur die Hände waschen.«

Sie kam herunter an die Tür. Moreno sah sie dort stehen, und er drehte sich um und lief fort. Als er das tat, ging sie hinein und rief ihren Vater. Er wurde von der Gesellschaft bezahlt, um das Lagerhaus zu bewachen. Er kam herunter.

»Was tust du hier?« fragte er mich.

»Nichts. Ich tu gar nichts. Ich stehe nur hier.«

»Wer hat das alles aus dem Lagerhaus geholt?«

»Ich weiß es nicht.«

Das Mädchen sagte: »Da war noch einer bei ihm! Er ist dort hinunter gelaufen!«

Als der Vater das hörte, begann er zu laufen, wohin sie zeigte. Ich blieb, wo ich war. Viele Leute kamen vorbei, denn es war Ramadān. Wenn Moreno nur bei mir geblieben wäre, wäre nichts geschehen. Aber er rannte auf der Straße, morgens um halb elf. Und der Mann faßte ihn und brachte ihn wieder dorthin, wo ich stand. Eine Menge Leute sahen zu. Dann rief der Mann einen Polizisten, und sie kamen und brachten uns beide in einem Auto zu der Comisaría, Moreno und mich. Wir hatten dem Taxifahrer gesagt, er solle zurück zum Lagerhaus kommen, und er kam. Aber alles, was er vorfand, war eine Menschenmenge, die auf der Straße stand und schwatzte. Das Mädchen sah ihn und rief: »Das ist der Mann, der mit ihnen hier war.« Und die Polizisten brachten den Fahrer auch zur Comisaría und ließen mich mit ihm sprechen. Dann ließen sie ihn gehen.

In der ersten Nacht war ich allein in einem Zimmer, und Moreno war in einem anderen Zimmer. Man weiß in der Comisaría nie, wie spät es ist. Alle waren nach Hause gegangen, bis auf den Aufseher. Ich glaube, es war ungefähr neun Uhr. Ich rief den Aufseher, und wir sprachen ein wenig miteinander. Dann sagte ich zu ihm: »Es ist kalt hier. Wäre es nicht besser, wenn ich in das Zimmer zu meinem Freund ginge und bei ihm bliebe?«

Kurz darauf kam er und öffnete die Tür. »Komm«, sagte er. »Geh zu deinem Freund.«

Ich ging hinein: »Ahlan, Moreno! Hast du eine Zigarette?«

Er sagte: »Nein. Ich habe Kif, wenn du welchen haben willst.«

Aber er hatte kein Papier, keine Pfeife.

»Warte«, sagte ich zu ihm. »Ich kenne den Aufseher. Er kann uns vielleicht etwas geben.« Ich ging an die Tür und sagte: »Agi, Sī Mohammed, bei deinen gesegneten Eltern. Ich möchte mit dir sprechen. Ich brauche eine Zigarette.«

»Du weißt wohl nicht, daß es verboten ist zu rauchen?« sagte er.

»Entweder du hast eine, oder du hast keine. Das ist gleich. Ich kann dich nicht zwingen, mir eine zu geben.«

Er sagte: »Hier sind zwei. Du kannst nicht sagen, ich wolle dir keinen Tabak geben.«

Ich dankte ihm. Dann sagte ich: »Sieh mal, Sī Mohammed. Jetzt habe ich Zigaretten, aber keine Streichhölzer.« Und er sagte zu mir: »Nimm auch die Streichhölzer, aber ruf mich heute Nacht nicht noch einmal.«

Ich setzte mich im Dunkeln neben Moreno, mit den Zigaretten und den Streichhölzern. Er gab mir den Kif. Ich leerte den Tabak aus einer der Zigaretten und füllte sie mit Kif. Ich zündete sie an und rauchte. Nach einer Weile gab ich sie ihm. Als er fertig war, sagte er: »Meine Mutter liegt krank in Tetuān und ich bin hier im Gefängnis.«

Ich sagte: »Wenn ich dich hier herausbringe, wirst du dich um mich kümmern?«

»Wie ein Bruder.«

Er wußte, ich wollte, daß er mir dann und wann Essen ins Gefängnis brächte. Doch ich bat ihn nur um eins. Ich wollte, daß er einige Kleider abholte, die ich im Café Mizmizi hatte, und sie meiner Mutter brächte und ihr sagte, er wisse nicht, wo ich sei. Er sagte, das wolle er tun.

»Morgen früh, wenn sie kommen«, sagte ich zu ihm, »wenn sie uns hinausbringen, um uns wieder zu verprügeln, will ich das für dich tun. Sie werden dich laufen lassen.«

Er sagte: »Gut.« Wir legten uns schlafen.

Früh am Morgen kam die Polizei. Sie stießen uns hinaus in den Korridor und hämmerten mit ihren Fäusten auf uns ein.

»Vielleicht wird diesmal ein Stückchen Wahrheit herausfallen!«

»Gut! Gut!« schrie ich. »Wartet!«

Sie hielten inne. Ich sagte: »Dieser Draht. Ich habe ihn gestohlen. Und dieser Mann kam und arbeitete für mich. Er weiß gar nichts. Ich wollte ihn für seine Arbeit bezahlen, das war alles.«

Sie ließen ihn laufen. Nach diesem Tag sah ich ihn nie mehr wieder.

Und ich blieb noch vier Tage in der Comisaría. Sie füllten ihre Papiere aus und brachten mich zuerst aufs Gericht vor den Richter und dann ins Gefängnis nach Malabata. Ich ging mit ein paar anderen Gefangenen hinein. Sie durchsuchten uns und nahmen uns unsere Gürtel und unser Geld ab und steckten uns in einen Raum zu etwa fünfzig anderen. »Setzt euch«, sagten sie.

Drei Monate später rief der Richter mich wieder vor das Gericht. Sie lasen meinen Namen vor. Ich sagte, hier sei ich. »Setz dich«, sagten sie.

Sie riefen den Aufseher des Lagerhauses und einige andere Männer.

Und als der Richter wieder meinen Namen verlas, sagte ich, ich sei da, und er sagte: »Steh auf. Hast du das gestohlen?« Ich sagte: »Ja.«

»Wozu? Warum hast du es gestohlen?«

»Ich habe es gestohlen, weil niemand mir Arbeit geben will. Ich bin ein Tangawi, und deshalb hassen mich alle.«

»Du mußt Arbeit suchen, wenn du welche finden willst«, sagte er zu mir.

»Ich habe viel gesucht, aber sie sagen immer, komm morgen wieder. Und morgen, da ist gar nichts.«

Und er sagte: »Gut. Du hast gestohlen. Hat niemand mit dir zusammengearbeitet?«

»Nein«, sagte ich.

»Setz dich.« Er rief den Aufseher des Lagerhauses. »Dieser Mann hat bei dir gestohlen. Wieviel ist der Draht wert?«

Der Aufseher sagte: »Etwa fünfzigtausend Pesetas.« Der Richter befahl ihm, sich zu setzen. Es waren drei Kātibs da und drei andere Richter, und sie begannen miteinander zu sprechen. Als sie fertig waren, riefen sie meinen Namen und sagten, ich solle wieder aufstehen. »Die Regierung verurteilt dich zu drei Jahren wegen Raub.« Weil ich ein wenig Draht genommen hatte. Sie sagten mir, ich könne ein weiteres Verfahren in Rabat fordern, und das tat ich.

Und später schickten sie mich und neun andere nach Rabat zu einem zweiten Verfahren. Wir kamen dort ins Gefängnis und blieben da heute und morgen, heute und morgen, bis sie uns eines Tages riefen. Sie sagten zu uns: »Die Tangawīn sollen ihre Kleider zusammenpacken. Morgen geht ihr alle zurück nach Tanger. Ihr bekommt kein zweites Verfahren.«

Was konnten wir sagen? Wir schliefen in dieser Nacht dort, und am Morgen nahmen wir unsere Sachen und gingen die Treppe hinunter in eine andere Zelle des Gefängnisses. Wir blieben dort mehrere Tage und warteten, und unsere Papiere kamen nicht.

Eines Tages kam ein Aufseher und sagte: »Tangawīn, steht auf und geht hinaus in den Hof zum Rübenschälen.« Wir gingen hinaus, und danach schälten wir jeden Tag Rüben und Kartoffeln und Karotten und brachten sie in die Küche. Das Essen war dort sehr mager. Nie genug. Aber wir lernten die Köche kennen, und sie ließen uns Brotstücke mitnehmen.

In diesem Gefängnis herrschte Hunger. Einmal ging ich hinauf in die Krankenstube, um jemand zu besuchen, der krank war, und auch ein Tangawi, ein Freund von mir. Ich ging hinein und sagte zu ihm: »Allāh, du hast genug Brot hier und alle anderen hier auch. Was übrig ist, das laßt hier bei der Tür liegen, und ich komme herauf und hole es.«

Am nächsten Tag ging ich hinauf in die Krankenstube und holte das Brot herunter. Da war ein Aufseher mit zwei Streifen auf der Schulter, den sie die ›Schildkröte‹ nannten. Er sah das Brot in meiner Hand.

»Wo soll das Brot hin?« fragte er.

»Ich habe es aus der Küche geholt.«

»Wer hat es dir gegeben?«

»Irgendeiner. Ich weiß nicht, wie er heißt.«

Er schlug mich ins Gesicht und begann mich zu treten. »Sag die Wahrheit!« Dann kam ein anderer Aufseher, der hieß El-Kebir, und sie schlugen mich beide. Ich sagte: »Das ist ein Stück Brot, das habe ich bei mir und möchte es essen. Sonst nichts.«

»Kein Wort!« sagte die ›Schildkröte‹. »Ich werde dich in den Silon stecken.«

»Du hast hier die Macht. Du kannst tun, was du willst.«

»Kein Wort! Geh zurück in deinen Käfig!« Ich ging wieder in die Zelle zu den anderen Tangawin. Sie ließen uns nicht wieder hinaus.

Eines Tages riefen sie mich vor das Gericht. Sie hatten die Papiere fertig gemacht, so daß ich das zweite Verfahren in Rabat haben konnte. Ich ging zum Gericht und erzählte, wie ich den Draht gestohlen hatte. Sie schickten mich wieder ins Gefängnis und sagten, sie würden mich wieder rufen.

Es war ungefähr sieben Monate später, als sie kamen und befahlen, alle Tangawin sollten ihre Kleider nehmen, weil sie in ein anderes Gefängnis kommen sollten. Ich wollte wissen, wo das sei. Sie sagten, es sei in Dār el-Beidā. Sie brachten uns ins Gefängnis in Dār el-Beidā. Wir gingen hinein. Wir kannten dort niemand. Zehn aus Tanger und wir kamen in die Zelle. Sie befahlen, wir sollten uns setzen, dann warfen sie jedem von uns zwei alte Lumpen zu. Sie sagten, das seien Decken. Er war nicht genug Platz in der Zelle, um die Lumpen auszubreiten und zu schlafen. Jeder lag auf einem anderen.

Jede Zelle hatte einen Cabran, der dort das Kommando hatte. Unser Cabran hatte einen anderen Gefangenen getötet. Er mußte viele Jahre im Gefängnis bleiben, und deshalb gab der Chef ihm das Kommando über die achtzig Mann in der Zelle. Aber er hatte die Hälfte des Raumes ganz für sich allein. Nur er und seine Freunde durften über den Strich gehen, den er auf dem Boden gezogen hatte. Die anderen hatten nichts, keinen Platz zum Schlafen. Nachdem wir uns hingesetzt hatten, begannen wir miteinander zu sprechen. Er befahl uns, ruhig zu sein. Niemand durfte sprechen in dieser Zelle. Wir blieben dort sieben Tage. Am Ende dieser Zeit kamen wir wieder für neun Tage nach Rabat. Das war, als sie mir mein Urteil verkündeten. Sie zogen ein Jahr von meiner Freiheitsstrafe ab. Nur zwei Jahre statt drei. Am Nachmittag gingen wir nach Ain Mu'men.

Ain Mu'men ist rosa. Es sieht aus wie ein Schloß am Hang des Hügels. Innen sieht es anders aus. Sie nahmen uns die Kleider weg und durchsuchten sie. Sie gaben uns Arbeitskleider und stießen uns in eine Zelle. Nachdem wir drinnen waren, fragten sie uns: »Wer von euch kann eine bestimmte Arbeit?« Ich sagte: »Ich. Ich habe ein Handwerk. Ich bin Tischler.« Das war nicht wahr. Aber ich wollte arbeiten. Ein anderer sagte, er sei Mechaniker, und ein anderer Elektriker. Das waren nur drei von uns.

Sie schickten uns in die Werkstatt, und dort blieben wir und arbeiteten. Lange Zeit arbeiteten wir dort. Es können acht Monate oder mehr gewesen sein. Eines Tages besuchte der Regierungsinspektor aller Gefängnisse, Beddou, das Gefängnis. Er kam in unsere Zelle. Wir saßen da. Er sah mich an. Ich trug ein schmutziges Hemd, und er fragte mich: »Warum ist dein Hemd so schmutzig?«

Ich sagte: »Das kann ich dir sagen. Sie geben uns nicht genug Seife.«

»Gut. Wie heißt du?« Ich sagte ihm meinen Namen. »Sehr gut, sehr gut«, sagte er.

Nachdem er hinausgegangen war und sie die Tür verschlossen hatten, kam ein Aufseher, der Baidawi hieß, herein und sah mich an. »Das ist sehr nett, was du getan hast. He, Tangawi?«

Ich sagte: »Er fragte mich, und ich sagte ihm, wie es ist, das ist alles. Es gibt nicht genug Seife für uns alle. Es ist nicht falsch, ihm das zu sagen, oder?«

»Warte ein wenig. Wenn er gegangen ist, wirst du es erfahren.«

In der Werkstatt las ich immer kleine Stückchen Holz auf. Ich machte Holzkohle daraus, damit konnten wir in der Zelle Tee kochen. An diesem Nachmittag brachte ich einen großen Topf voll Holzstückchen mit. Die Cabrans kamen mit Riemen aus Automotoren. Sie hielten sie in den Händen. Auf der Treppe kam ein Cabran von hinten auf mich zu und schlug mich mit seinem Riemen.

»Warum? Was habe ich getan?«

Er fuhr fort, mich zu prügeln, und ich schrie: »Das ist nicht richtig! Das ist gemein, was du da tust. Ich habe nur über Seife gesprochen.«

»Ich scheiße auf deinen Vater und deine Mutter! Bist du den ganzen Weg von Tanger hierhergekommen, um uns zu sagen, du wollest mehr Seife?«

»Es war böse, vergib mir.« Ich bat ihn, mir zu vergeben, und er schlug mich noch fester. An diesem Abend aß ich nichts. Ich war die ganze Nacht wach, und ich weinte. Am Morgen riefen sie mich. Sie sagten mir, ich müsse jetzt im Steinbruch arbeiten. Nicht mehr in der Werkstatt.

»Aber ich bin siebzehn. Und ich habe einen Beruf. Warum steckt ihr mich in den Steinbruch? Ich werde dort sterben. Ich kann das nicht schaffen.«

»Das ist gut«, sagten sie. »Du mußt gehen.«

Ich ging in den Steinbruch und begann zu arbeiten. Heute und morgen, heute und morgen, bis sie mich in ein anderes Gefängnis schickten, das Kafaili hieß, zwanzig Kilometer weiter südlich in Richtung Marrakesch. Sie schickten zwölf von uns. Kafaili ist ein noch schlimmerer Ort, wo sie die Gefangenen hinschicken, die sie nicht mehr wiedersehen wollen. Das Essen war noch viel dünner. Es ist besser zu sterben, als nach Kafaili zu kommen. Am Morgen bekommt man Wasser, in das etwas Mehl gestreut ist, und das ein wenig angewärmt wurde. Sonst nichts. Mittags Erbsenbrei und Wasser oder manchmal Kichererbsen und Wasser. Das Gesetz sagt nichts davon, daß ein Gefangener immer so etwas essen muß.

Am ersten Abend aßen wir unser Abendessen und gingen ins Bett. Als ich am Morgen aufwachte, hatte ich überall rote Flecken. Ich kratzte mich den ganzen Tag.

»Was habt ihr denn hier?« fragte ich sie.

»Nur Wanzen.«

»Und ihr könnt sie nicht töten?«

Die anderen lachten.

Und in den Raum, wo sie das Essen machten, würde noch nicht einmal ein Hund gehen. Aber wir waren so hungrig, daß wir alles aßen, mit dem Schmutz, der darin war. Es gab kein Brot. Ich hatte ein wenig von Ain Mu'men mitgebracht. Aber das war bald alle.

Jeden Tag standen wir um fünf Uhr auf, um auf dem Feld zu arbeiten. Zwischen Schlafen und Arbeiten hatten wir keine Zeit, uns zu waschen. Es gab kein Wasser, das wir draußen trinken konnten, und wir arbeiteten durch bis elf Uhr. Wir waren immer müde. Um zwei Uhr nachmittags mußten wir wieder aufstehen. Es war schwer, sich noch zu bewegen. Aber wir gingen hinaus und arbeiteten bis fünf.

Eines Tages wachte ich auf und fühlte mich krank. Ich sagte zu dem Aufseher: »Ich fühle mich nicht wohl. Ich kann heute nicht arbeiten gehen.« Ich bat ihn, mir einen Arzt zu holen.

Er sagte zu mir: »So, mein Freund! Ihr Tangawin kommt hierher, mit nichts als Politik und Ideen. Nicht mit Arbeit in euren Köpfen.«

»Ich habe gearbeitet, bis ich hierher kam. Ich habe nie

einen Tag gefehlt. Aber jetzt bin ich krank. Ich kann nicht arbeiten. Wie soll ich arbeiten?«

»Das alles ist nichts«, sagte er. »Du wirst arbeiten, ob du kannst oder nicht.« Er rief einen Cabran. Der Cabran kam herein und sagte:

»Steh auf und geh zur Arbeit.« Und er schlug mich mit seinem Riemen.

»Ich bin krank.«

»Steh auf!«

Nichts. Ich konnte nicht aufstehen.

Drei Tage lang kam er jeden Morgen, nachdem die anderen Gefangenen zur Arbeit gegangen waren, und schlug mich.

»Ich bin krank.«

»Steh auf.«

Ein Mann, der in der Krankenstube arbeitete, kam herein. Einer der Aufseher hatte ihm erzählt, daß da ein Tangawi war, der nicht aufstehen und arbeiten wollte. Er bat ihn, nachzusehen, ob ich log oder ob ich wirklich krank sei.

Der Mann, der in der Krankenstube arbeitete, sagte zu mir: »Was ist los mit dir, Tangawi?«

»Ich bin krank«, sagte ich. »Ich kann mich nicht rühren.«

Er sah mich an und sagte zu ihnen, ich sei krank. Er sagte zu einem Aufseher, der Bu Jendal hieß: »Bring ihn hier heraus, Bu Jendal. Schick ihn in die Krankenstube nach Ain Mu'men. Du kannst ihn nicht hierlassen. Wenn du es tust, wird er dir sterben.« Der Aufseher sagte: »Gut.«

Am Nachmittag kam ein Lastwagen. Bu Jendal sagte zu mir: »Du kommst jetzt fort.« Sie brachten mich zurück nach Ain Mu'men. Sie trugen mich ins Krankenhaus. Der Arzt kam und verschrieb mir sieben Tage Ruhe.

Eines Tages kam ein Paket von meiner Familie. Tabak, zehn Päckchen, drei Paar Schuhe, und zwei Hemden und zwei Taguias, die ich auf dem Kopf tragen konnte. Es war auch Zucker und Kaffee dabei. Jeden Tag nahm ich ein wenig von dem, was ich hatte, und gab es einem der Cabrans. Sie waren dort schon viele Jahre, deshalb hatten sie das Kommando über uns. Ich gab ihnen meine Sachen. Danach ging es eine

Zeitlang besser. Bis zu dem Tag, an dem wir Heuschober machen mußten.

Ein Mann trug zwei Säcke mit Stroh, und er lief von einer Seite des Feldes zur anderen. Es war nicht schwer, aber er mußte laufen. Ein Sack vorn, einer hinten, und ein Aufseher zu Pferd rief: »Lauf! Du wirst sonst nie fertig! Du mußt laufen!«

Wie kann ein Gefangener laufen, mit zwei Säcken, einem vorn, einem hinten, und ein Mann zu Pferd neben ihm? Wie soll er arbeiten? Ich hatte zwei Strohsäcke und trug sie. Ein Aufseher ritt hinter mir auf seinem Pferd.

»Paß auf!« sagte ich. »Ich falle sonst hin! Du wirst über mich hinwegreiten.«

Er schlug mich mit dem Riemen und schrie: »Lauf! Lauf! Arbeite!«

»Mit den Pferdehufen dicht auf den Fersen, wie kann ich arbeiten?« Ich lief, und das Pferd hinter mir her. Ich dachte: »Es ist besser, ich falle hin und mache dem ein Ende.« Ich fiel hin, und das Pferd hörte auf zu laufen. Abd el-Krim, der Direktor, war auf dem Feld und beaufsichtigte die Arbeit. Er sah mich fallen, und er rief den Aufseher und befahl ihm, mich dort liegen zu lassen. Ich stand auf. »Ich schwöre es bei Allāh«, sagte ich. »Eines Tages werde ich denen da draußen erzählen, wie es hier zugeht.« Ich arbeitete weiter, ohne Pferde hinter mir. Wir liefen bis zum Mittag. Dann konnte ich kaum bis zum Gefängnis zurückgehen.

Am Nachmittag gingen wir hinaus, um Bohnen aufzulesen. Derselbe Cabran kam herbei und nahm ein paar Bohnen aus meinem Korb und warf sie auf die Erde. Dann rief er einen Aufseher auf einem Pferd und zeigte ihm die fünf Bohnen. »Sieh, was der Tangawi mit dem Regierungseigentum macht! Hunde wie du schämen sich nicht. Du läßt Bohnen liegen.«

Ich sagte: »Sieh meine Reihe an. Sie ist sauber.« Der Cabran kam und begann mich mit einem Rohrstock zu schlagen. Der Aufseher saß auf seinem Pferd und sah zu. Ich rief ihm zu: »Siehst du das? Ich habe nichts getan. Wie ist das möglich?«

»Warum sprichst du mit dem Cabran«, rief er. »Du sollst nicht sprechen! Es ist verboten, zu sprechen.« Der Cabran fuhr fort, mich zu schlagen. Ich weinte lange auf dem Feld, während ich arbeitete. Ich konnte nichts tun, als mich von ihm schlagen lassen.

Heute und morgen, heute und morgen, bis meine Zeit der Entlassung fast gekommen war. Noch etwa zwei Monate. Meine Mutter schickte mir ein Paket mit zwanzig Päckchen Zigaretten und zweitausend Francs darin. Ich nahm zwei Päckchen und tausend Francs und gab sie dem Aufseher. Und ich sagte zu ihm: »Jetzt habe ich es bald hinter mir, und ich möchte mich ein wenig ausruhen, bevor ich nach Hause gehe.«

Er sagte: »Gut. Morgen kannst du im Haus bleiben und hier arbeiten.«

Jeden Morgen, wenn die Gefangenen hinausgingen, begann ich zu arbeiten. Ich nahm einen Besen und fegte den Raum aus, wo wir schliefen. Zelle Nr. 16. Darin waren etwa siebzig Männer. Ich schrubbte den Boden und trug die schmutzigen Schüsseln in die Küche und wusch sie ab. Ich brachte das Brot aus der Küche in das Zimmer. Am Morgen brachte ich die Harīra und mittags brachte ich das Essen, und wieder am Nachmittag. Das war meine Arbeit.

Eines Tages saß ich im Zimmer. Die Gefangenen waren draußen auf dem Feld, und ich war allein. Ein Cabran kam herein und rief mich. »Du«, sagte er. »Komm her.« Ich ging die Treppe hinunter. Ein paar Gefangene aus Marrakesch waren in Ain Mu'men angekommen. Der Cabran übergab mir drei von ihnen. »Bring diese drei in das Zimmer«, befahl er mir. Sie gingen mit mir und setzten sich hin. Am Nachmittag, als der Cabran von Nr. 16 kam, gab er ihnen ihre Plätze. Ich trug das Mittagessen herein, und wir aßen. Nach dem Essen machten die Männer, die Tee und Zucker hatten, Tee, und ihre Freunde tranken mit ihnen.

Und ich beobachtete einen Mann, der alleine saß, einer der drei aus Marrakesch, die heute gekommen waren. Er trank keinen Tee und tat gar nichts. Alle tranken Tee, und er sah nur zu. Ich stand auf und ging hinüber und setzte mich neben ihn. Ich sagte: »Salaam alaikum.«

»Alaikum salaam«, sagte er.

»Wer bist du?«

»Ich bin ein Jude«, sagte er.

»Du bist ein Jude!«

»Ja.«

»Trinkst du Tee?«

»Ja, ich trinke Tee. Aber es ist lange her, seit ich welchen gesehen habe.«

»Gut«, sagte ich. »Ich bringe dir ein Glas, und du kannst trinken.«

»Danke.«

Ich ging und machte ein Feuer in meinem Mijmah und machte Tee und füllte ein Glas und gab es ihm. »Hier«, sagte ich. »Hier, Ma'allem, trink das. Wenn du fertig bist, ruf mich, und ich hole das Glas.« Und er trank den Tee. Als er fertig war, rief er mich. »Hier ist dein Glas. Danke.«

Am Morgen, nachdem die Gefangenen zur Arbeit gegangen waren, blieben die Männer von Marrakesch zurück, weil sie keine Arbeitskleider bekommen hatten. Beim Frühstück hatte dieser Jude keinen Zucker und gar nichts. Ich machte ihm ein Glas Tee und gab es ihm. Danach bekam er seine Kleider und ging hinaus zur Arbeit. Als er am Mittag zurückkam, sagte er zu mir: »Diese Arbeit, die ich tue, ist zu viel für mich. Sie wird mich töten.« Ich sagte zu ihm: »Hab Geduld. Wo haben sie dich hingesteckt?«

»In den Steinbruch, wo Messaud ist«, sagte er.

»Ich werde mit ihm sprechen, wenn ich ihn sehe, und ein Wort für dich einlegen. Ich werde ihm ein oder zwei Päckchen geben. Vielleicht wird er dich in Ruhe lassen.«

»Vielen Dank«, sagte er. »Möge Allāh es dir vergelten.«

»Iß, und denk nicht mehr daran«, sagte ich zu ihm. »Ich will tun, was ich kann.«

»Ich habe keine Lust zu essen«, sagte er.

Ich ging und machte ihm etwas Tee, und dann blieb ich bei ihm und sprach mit ihm und versuchte, ihn zum Essen zu bringen. Es machte mich traurig, ihn zu sehen. Ein armer Mann, sehr still. Nachdem ich lange geredet hatte, begann er zu essen. Und als er gegessen hatte, schlief er ein wenig.

Als die erste Sirene heulte, standen alle auf und machten sich fertig, um zur Arbeit zu gehen. Ich ging Messaud suchen und fand ihn. Ich sagte zu ihm: »Messaud, möge Allāh mit dir sein. Er ist nur ein Jude. Aber er ist ein alter Mann. Er kann nicht arbeiten. Gib ihm nicht soviel zu tun. Er kann nicht. Du siehst es ja. Ein Mann, der Arbeiten gewohnt ist, ja. Aber er ist zu alt, um zu arbeiten. Wenn du siehst, daß es ihm schwerfällt, laß ihn ein wenig in Ruhe.«

Messaud sagte: »Gut, Tangawi. Ich will das für dich tun.« Messaud war ein guter Mann. Er schlug uns nie. »Hier sind zwei Päckchen Zigaretten für dich«, sagte ich zu ihm.

»Nein, nein!« sagte er.

»Doch. Nimm sie.«

Er nahm sie. Als die zweite Sirene heulte, gingen die Männer in den Steinbruch. Und der Jude ging mit ihnen. Dann behandelte ihn Messaud sehr gut, weil ich mit ihm gesprochen hatte. An diesem ersten Tag, als der Abend kam, fragte ich den Juden: »Wie ist die Arbeit jetzt?«

»Viel besser«, sagte er. »Vielen Dank.«

Drei oder vier Tage später ging ich zu dem Juden und fragte ihn, ob er die Plätze tauschen und neben mir liegen wolle. Ich sagte zu dem Moslem neben mir: »Willst du mit dem Juden tauschen«, und er sagte ja. Und der Jude lag nun neben mir. Ich sagte zu ihm: »Du bist aus Marrakesch, und ich bin aus Tanger. Alle diese Leute hier verstehe ich nicht gut. Ich komme nicht mit ihnen aus. Jetzt sind wir hier zusammen. Du nicht für lange. Einen Monat, hast du gesagt. Du kannst bei mir bleiben, bis du entlassen wirst.«

»Gut«, sagte er. »Ich bin einverstanden.«

So blieb er dort bei mir, und wir aßen unsere Mahlzeiten zusammen. Wir schliefen nebeneinander, und was wir taten, taten wir gemeinsam.

Eines Tages kamen seine Frau und sein Sohn ihn besuchen. Sie brachten ihm Zigaretten, sie brachten ihm Zucker und

Tee und alles, was er wollte. Als sie gegangen waren, rief er mich und sagte: »Ahmed. Nimm alle diese Sachen. Du weißt, wie man sie verwahrt. Steck die Zigaretten in den Karton zu deinen eigenen. Wir rauchen beide. Wenn wir Zigaretten wollen, wissen wir, wo sie sind. So werden wir nichts vermissen.« Ich sagte, das sei recht. Und ich sagte: »Wenn du mir vertraust und willst, daß ich dir das alles für später aufbewahre, will ich es tun.«

»Das ist nicht zum Aufbewahren für später«, sagte er. »Es ist für uns beide, um es jetzt zu verwenden. Du bist immer gut zu mir gewesen. Wir wollen es so machen.«

»Gut«, sagte ich.

Wir blieben noch eine Zeitlang zusammen, heute und morgen, heute und morgen, bis zu dem Tag, an dem der Ärger begann.

Messaud war ein Gefangener mit sehr viel Macht. Die anderen gaben ihm Kleider und Zigaretten. Dann mußten sie nicht so schwer arbeiten. Er war ein guter Mann, weil er nie jemanden schlug, der ihm etwas gab. Die anderen schlugen uns trotzdem. Eines Tages, als ich im Zimmer arbeitete, kam Messaud herein. Er war sehr wütend.

Ich sah ihn an. »Messaud, was ist los?«

»Nichts«, sagte er. »Gar nichts.«

»Doch. Irgend etwas ist passiert.«

»Laß mich nur in Ruhe«, sagte er. Also tat ich es. Und am Nachmittag, als die Gefangenen hinausgingen zur Arbeit, kamen zwei Aufseher und sagten zu ihm: »Nimm deine Kleider. Du gehst jetzt sofort in den Silon.«

»Und meine anderen Sachen?«

»Nein«, sagten sie zu ihm. »Du läßt alles hier. Dir gehört hier nichts mehr.«

»Ich bin krank«, sagte er. »Der Arzt hat mir eine Bescheinigung gegeben, darauf steht daß ich nicht im Silon sein darf.«

»Das gilt nicht«, sagten sie. Sie packten ihn und schlugen ihn auf den Kopf und warfen ihn mit zwei Decken in den Silon.

In der Nacht fragte ich einen anderen Gefangenen: »Was war los mit Messaud? Was hat er getan?«

»Er hatte einen Streit mit Monsieur Joubert«, erzählte er mir. »Monsieur Joubert nahm einen Jungen mit in sein Quartier, um mit ihm zu schlafen. Messaud versuchte, ihn daran zu hindern.«

Monsieur Joubert steckte Messaud in den Silon und erzählte jedem, Messaud nähme allen Gefangenen Essen und Zigaretten weg.

Als Abd el-Krim, der Direktor, davon hörte, ging er zu Monsieur Joubert und sagte: »Was bedeutet das?«

»Messaud nimmt immer Zigaretten von den Männern«, sagte Monsieur Joubert. Der Direktor ging hinunter in den Silon zu Messaud. »Du hast zuviel von den Männern genommen«, sagte er zu ihm.

Messaud sagte: »Ich bin hier, weil Monsieur Joubert jede Nacht einen anderen Jungen mit in sein Zimmer nimmt. Er macht mit jedem im Gefängnis, was er will. Und du bist der Direktor und siehst es nicht. Du weißt nichts von dem, was hier vorgeht.«

Abd el-Krim nahm Messaud mit und ging mit ihm zu Monsieur Joubert in sein Büro, um ihn wegen dieser Sache zu fragen. »Das ist eine Lüge«, sagte Monsieur Joubert. Und er rief sechs oder sieben Männer, und jeder sagte, er habe Messaud etwas gegeben. Einer sagte: »Fünf Päckchen Zigaretten.« Ein anderer sagte, ein Hemd, ein anderer, tausend Francs. Jeder sagte: »Ja, ich habe es Messaud gegeben.« Monsieur Joubert sagte zu Abd el-Krim: »Hörst du? Du bist der Direktor. Du mußt das hören. Was Messaud sagt, ist eine Lüge, daß ich Jungen in mein Zimmer mitnehme. Ich würde so etwas nicht tun.«

Messaud schrie: »Du hast Jungens! Dieser da ist bei dir gewesen!«

Aber der Junge hatte Angst. Er konnte nicht sagen, daß er in Monsieur Jouberts Bett gewesen war. Messaud kam wieder in den Silon.

Er blieb dort neun Tage, und er wollte nichts von dem

essen, was sie ihm brachten. Aber er aß, was ich ihm gab, wenn alle anderen draußen bei der Arbeit waren. Jeden Tag füllte ich eine Kanne mit Kaffee und band Brot und Butter oben auf die Kanne. Wenn er seinen Spaziergang draußen im Hof machte, ließ ich die Kanne an einem Seil vom Fenster hinunter. Am Ende der neun Tage, als sie ihn herausholten, war er krank. Sie brachten ihn in die Krankenstube. Und der Jude und ich lebten zusammen.

Eines Tages kam ein Gefangener zu mir und sagte, er ginge nach Hause. Aber er schuldete Messaud vier Päckchen Zigaretten. Er gab sie mir. »Hier sind sie«, sagte er. »Wenn du ihn siehst, gib sie ihm.«

Ich tat sie in den Karton zu den anderen Päckchen. Jeder wußte, daß der Karton voll von Zigaretten war, die Messaud, mir und dem Juden gehörten. Und eines Morgens um fünf Uhr war ich in der Küche, um Harira für sie zu holen. Sie öffneten den Karton und nahmen alle Zigaretten, bis auf drei Päckchen. Als ich die Harīra hereinbrachte, bat mich der Jude, ihm ein Päckchen zu geben. Ich öffnete den Karton und sah, daß er fast leer war.

Ich sagte zu dem Juden: »Sieh! Er ist leer.« Und ich ging zu dem Cabran und sagte zu ihm: »Sie haben meine Zigaretten genommen, und auch die von Messaud und dem Juden.«

Er sagte: »Schließ die Tür ab. Niemand kann hinaus, bis wir gesehen haben, wer sie hat.« Wir suchten überall. Wir fanden sie im Klo unter einem Lumpen. »Ay, Yimma habiba!« sagte ich. »So ein Glück! Messaud hätte nichts zu rauchen gehabt.«

Ein Cabran war in der Latrine, und er hörte mich. »Oh, du hast Zigaretten für Messaud? Messaud ben Hammou? Monsieur Joubert nimmt ihm die Zigaretten ab. Und du versteckst sie und gibst sie ihm hinter seinem Rücken?«

»Ich habe Zigaretten«, sagte ich. »Ich verstecke sie nicht.« Und ich erzählte ihm, wie es war.

»Gut, warte ein wenig. Du wirst schon sehen.«

Er ging zu Monsieur Joubert. Er sagte zu ihm: »Der Tangawi gibt Messaud Zigaretten.« Monsieur Joubert sagte:

»Rufe ihn!« Als ich vor ihm stand, ließ er mich alle Zigaretten holen, die ich hatte. Ich trug den ganzen Karton herein und stellte ihn vor ihm hin. Da waren einundzwanzig Päckchen Zigaretten, zwei Kilo Zucker, vier Stück Seife, drei Unterhemden und zwei Shorts. Und er nahm alles heraus und verteilte es unter die Männer, die dort waren und sagte dem Aufseher, er solle mich in den Silon bringen.

Ich sagte zu Monsieur Joubert: »Sie schicken mich in den Silon und hier ist der Mann, dem die Zigaretten gehören. Er ist im Gefängnis, und er wird nichts zu rauchen haben. Er ist ein Jude. Niemand wird ihm auch nur eine Zigarette geben. Was Sie da tun, ist nicht richtig. Wenn Sie den Gefangenen Zigaretten geben müssen, geben Sie ihnen meine. Geben Sie ihnen auch die von Messaud. Wenn Sie gegen ihn sind, geben Sie ihnen seine. Das ist Ihre Sache. Aber geben Sie ihnen nicht die des Juden!«

Er wollte mich nicht anhören.

Ich blieb elf Tage im Silon. Freitags kam der Qādi, um mit den Gefangenen zu beten. Und der Direktor des Gefängnisses kam mit ihm. Sie waren draußen im Hof. Ich kletterte hinauf und rief durch ein Loch über der Tür, während sie beteten. Ich sagte: »Das ist also die Gerechtigkeit, die ihr hier habt! Ihr nehmt meine Zigaretten und gebt sie den anderen, und ich bin im Silon, und ihr schickt sie, um mich zu schlagen! Ich bin elf Tage im Silon gewesen! So stelle ich mir die Gerechtigkeit vor.«

Sie sagten zueinander: »Laßt den da drin. Er ist ein Hund. Er kann gar nichts sagen.« Und sie ließen mich drinnen.

Jeden Morgen um zehn Uhr ließen sie mich im Hof umhergehen. Eines Tages sah ich den Juden, und er sagte mir, er käme nach Hause. Ich sagte zu ihm: »Also, auf Wiedersehen, Ma'allem. Du hast alles gesehen, was hier passiert ist. Vergib alles, was vergeben sein muß. Du weißt, es war nicht meine Schuld. Sie haben die Macht. Sie tun, was sie wollen.«

»Sieh, mein Sohn«, sagte er. »Es ist nichts. Du warst gut zu mir, lange bevor meine Frau mir die Zigaretten gebracht hat. Es ist nicht deine Schuld.«

»Auf Wiedersehen. Geh mit Allāh!«

Er ging fort, und ich blieb da. Ich hatte eine Decke. Ich zerriß sie in Streifen und machte ein Seil daraus. Ich hing es über die Tür mit einer Schlinge am Ende. Jemand sah von oben herunter und begann zu schreien: »Seht her! Der Tangawi hängt sich auf!«

Ich steckte meinen Kopf hinein. Sie kamen und schnitten mich ab. Später wachte ich in der Krankenstube auf. Sie taten etwas in meine Nase.

Als es mir besser ging, sagte ein alter Mann eines Tages zu mir: »Wenn du solche Sachen machst, verlierst du nur dein Leben. Wie viele andere Männer haben vor dir dasselbe getan! Und es hat ihnen nichts genützt! Sie sind nur gestorben. Denkst du, es wird jemandem leid um dich tun? Nein. Du stirbst nur. Das ist alles.«

Ich sagte zu ihm: »Allāh sei Dank, es ist nichts passiert. Ich bin am Leben. Aber ich möchte nicht sprechen, bitte.«

Als ich aus dem Bett aufstehen konnte, schickten sie mich wieder in den Silon. Und ich blieb dort. Und eines Tages dachte ich: »Wenn ich nicht etwas tue, komme ich hier nie wieder heraus.« So beschloß ich, nichts mehr zu essen, bis sie mich hinausbrächten. Im Silon bekam man nur Brot. Man kann sich Wasser aus der Latrine holen. Das ist alles, was man hat. Das und Kif. Ich hatte immer Kif. Am ersten Tag ließ ich das Brot liegen, das sie mir brachten. Am zweiten Tag ließ ich es liegen, und am dritten. Ich aß nichts.

Als der Aufseher kam, sah er drei Brotlaibe, und er sagte: »Warum ißt du nicht, Tangawi?«

»Ich sehe nichts zu essen«, sagte ich zu ihm.

»Iß, du Hurensohn!«

»Ich rührte es nicht an. Ich bleibe hier, bis ich sterbe, und werde es doch nicht essen, das schwöre ich bei Allāh!«

Er rief die Cabrans. »Der da will nicht essen.«

»Er wird essen.«

Er trat mich. »Ich bin schon tot«, sagte ich. »Es macht mir nichts mehr aus.«

Noch einmal gingen drei Tage vorbei, und ich ließ das

Brot liegen. Dann ließ der Direktor mich in sein Büro bringen. Ich konnte nicht allein gehen.

»Du bist vor langer Zeit hierhergekommen«, sagte er. »Du hast nichts getan, als uns Scherereien zu machen.«

»Scherereien? Sie haben mir meine Zigaretten genommen und sie an alle verteilt, und ich habe nichts gesagt. Sie haben mich ohne Grund in den Silon geschickt, und jetzt sagen sie, ich mache Scherereien.«

»Wie lange hast du noch hier?« fragte er mich.

»Noch achtzehn Tage.«

»Ich lasse dich arbeiten. Wo willst du arbeiten, bis du herauskommst?«

»Achtzehn Tage arbeiten? Ich bin zwei Jahre hier gewesen, und die ganze Zeit war schlimm. Das reicht. Ich brauche diese achtzehn Tage, um mich zu erholen. Sei vorsichtig, oder ich werde tot sein, bevor ich herauskomme.«

»Gut. Arbeite im Garten, bis deine Zeit herum ist«, sagte er zu mir.

»Danke, danke, yāh Sa'ada Mudīr!« Und ich ging hinaus aus seinem Büro.

Als die achtzehn Tage vorüber waren, riefen sie mich. »Nimm deine Kleider. Du mußt jetzt gehen.«

DIE FAHRT NACH TANGER

السفر الى طنجة

Am nächsten Tag gaben sie mir fünftausend Francs und ein Papier, auf dem stand, daß ich frei sei. Es waren sieben von uns, die an diesem Tag herauskamen. Wir zeigten unsere Papiere einem Aufseher am großen Tor. Der sah sie an und ließ uns hinaus.

Ich hatte einen Freund, der hieß Dschilali, ein Gefangener, dem sie vertrauten. Er arbeitete draußen und durfte gehen, wohin er wollte. Am Tag vorher hatte ich zu ihm gesagt: »Dschilali, dies ist meine letzte Nacht hier. Kauf mir doch etwas Fleisch und etwas Kif, und wir machen heute abend ein kleines Fest. Gib tausend Francs aus, und ich werde sie dir morgen zurückzahlen.«

Dschilali konnte kein gutes Fleisch finden und brachte statt dessen zwei Hühner und Gemüse und eine Menge Kif. Wir hatten ein schönes Fest.

Als wir sieben draußen vor dem Tor waren, sagte ich zu einem von ihnen: »Hör mal. Kannst du mir tausend Francs leihen? Ich werde sie dir in Settat zurückgeben.«

»Was willst du hier mit tausend Francs?«

»Ich schulde sie Dschilali«, sagte ich. »Ich will ihm nur bezahlen, was ich ihm schulde. Ich gebe dir meine fünftausend Francs zum Aufbewahren, bis wir in Settat sind. Dort wechsele ich und gebe dir das Geld wieder.«

»Wachchā.« Er gab mir tausend Francs, und ich gab ihm fünftausend.

Ich ging in das Haus eines der Aufseher, da ich wußte, daß Dschilali dort arbeitete, und gab ihm sein Geld. »Danke. Möge Allāh deine Eltern segnen.« Dann sagte ich auf Wiedersehen, und wir sieben gingen auf der Landstraße in Richtung

Settat. Es war nur sieben Kilometer weit entfernt. Als wir dort ankamen, nahm ich meine Fünftausendfrancnote zurück und wechselte sie und bezahlte die tausend Francs dem Freund, der sie mir geliehen hatte. Dann verabschiedete ich mich von ihm. Die anderen waren schon gegangen. Ich hatte noch viertausend Francs in meiner Tasche. An meinen Füßen hatte ich nur ein Paar kaputte Sandalen. Und ich ging und kaufte mir ein Paar Schuhe. Ich zog sie an und warf die Sandalen auf die Straße. Ein Mann, der vorbeikam, hob sie auf und zog sie an. Seine eigenen Sandalen waren noch kaputter als meine. Dann ging er fort und hielt seine Sandalen in der Hand.

Ich ging weiter. Ich hielt einen Mann an. »Wo fahren die Busse nach El-Beidā ab?«

»Siehst du, wo die Busse sind, dort oben auf der Straße? Der eine, der voller Leute ist, fährt in ein paar Minuten nach Dār el-Beidā. Wenn du mitwillst, beeil dich, daß du ihn kriegst.«

Ich rannte den ganzen Weg bis zum Bus. Da war ein Mann, der trug einen Lederbeutel um seinen Hals. Er stand vor der Tür.

»Bruder«, sagte ich zu ihm. »Ist dies der Bus, der nach Dār el-Beidā geht?«

»Ja«, sagte er. Ich stieg ein und fand einen leeren Platz im hinteren Teil des Wagens. Ich setzte mich und sah die Leute an, die im Bus saßen. Der Mann mit dem Beutel kam und fragte mich, wohin ich wolle.

»Nach Dār el-Beidā. Wieviel?« »Vierundvierzig Rial«, sagte er. »Zweihundertzwanzig Francs.« Ich bezahlte meine Fahrkarte.

Noch mehr Leute stiegen ein, und er ging in den vorderen Teil des Busses, um ihnen ihre Fahrkarten zu verkaufen.

Ich sah mich im Bus näher um. Nach einer Weile hörte ich vorne sprechen. Da waren zwei Frauen. Eine war ungefähr achtzehn, und die andere war zehn Jahre älter. Der Schaffner sprach mit ihnen. Sie gaben ihm ihr Geld. Er sah sie an. Dann sagte er. »Nein. Es kostet mehr, wenn ihr hier vorn sitzen wollt. Was ihr mir gegeben habt, reicht nur für die zweite Klasse. Wollt ihr jetzt bitte nach hinten gehen und euch dort hinsetzen?«

»Nein«, sagten sie. »Wenn wir hinten sitzen, werden wir krank. Wir wollen hier sitzen.«

»Nein! Nein! Ihr könnt hier nicht bleiben.«

Ich hörte zu. Ich stand auf und ging vorn in den Bus. »Was ist los?« fragte ich ihn. »Was wollen sie?«

»Wenn sie hier sitzen wollen, muß jede von ihnen noch vier Rial mehr bezahlen«, sagte er.

»Hier!« sagte ich zu ihm. »Hier sind acht Rial. Ich bezahle für sie. Laß sie hierbleiben.«

»Setzt euch«, sagte er zu ihnen. »Ihr könnt bleiben. Der Junge dort hinten hat für euch bezahlt. Er hat mir acht Rial gegeben.«

Als der Bus abfahren wollte, kam der Schaffner nach hinten, wo ich saß. »Wenn du bei ihnen sitzen willst, neben ihnen ist ein leerer Platz«, sagte er zu mir.

»Ist das in Ordnung?«

»Ja. Geh nur.«

Ich stand auf und ging nach vorn. Ich setzte mich neben die ältere. Sie sprach mich an. »Woher bist du, Bruder?«

»Ich bin aus Tanger.«

»Wo bist du gewesen?«

»Ich komme gerade aus dem Gefängnis. Ich war in Ain Mu'men.«

»Armer Mann«, sagte die jüngere der beiden.

»Ich war nicht der einzige dort. Es sind noch eine Menge drin. Die meisten von ihnen gehören dorthin.«

»Ich hoffe, du mußt nie wieder zurück«, sagte sie.

»Danke.«

»Willst du heute noch bis Tanger?«

»Ja, wenn es geht«, sagte ich. »Ich weiß es nicht.«

»Wir wohnen in Dār el-Beidā. Wenn du dort bei uns essen willst, kannst du mitkommen.«

»Ja! Ja!« sagte ich. »Danke. Ich komme sehr gern.«

Ich war sehr glücklich. Zwei Jahre im Gefängnis. Und am

ersten Tag, noch bevor ich in meiner Stadt war, von einer Frau eingeladen! Denn wenn eine Frau einen Mann einlädt, hat es etwas zu bedeuten. Ich war sicher, daß ich eine der beiden haben würde. Entweder die jüngere oder die ältere. Die junge war gerade richtig für mich, aber ich hätte auch die andere genommen und wäre glücklich gewesen.

Der Bus fuhr nach Dār el-Beidā und hielt, und wir stiegen aus. Wir gingen, und ich fragte die ältere: »Wo wohnt ihr?«

»Wir wohnen am Bab Mrraksch«, sagte sie. Ich kannte weder die Stadteile, noch die Straßen, noch sonst etwas.

»Ist es weit bis zum Bab Mrraksch?«

»Ein wenig.«

»Nehmen wir ein Taxi.«

Ein Taxi kam, und ich rief den Fahrer. Wir stiegen ein und fuhren zum Bab Mrraksch. Entlang der Straße saßen viele Leute auf dem Bürgersteig, die verkauften Minze. Ich bezahlte den Taxifahrer. Wir stiegen aus und kauften einen Strauß Minze. Dann gingen wir zu ihrem Haus. Als sie die Tür geöffnet hatten, gingen wir hinein und legten unsere Dschellabahs ab. Die ältere Frau ging hinaus auf die Straße, um Kifta für das Essen zu kaufen. Während sie fort war, füllte das Mädchen den Mijmah mit Holzkohlen und machte ein Feuer. Die Frau kam zurück mit Eiern, Brot und Kifta, und die beiden begannen, das Essen zu kochen. Dann aßen wir.

Als wir fertig waren, brachten sie das Tablett mit allen Sachen darauf, und wir tranken Tee. Und wir sprachen über das Gefängnis, und ich erzählte ihnen, wie es drinnen zuging, weil noch keine von ihnen dort gewesen war. Jetzt, nachdem wir gegessen hatten, sprach ich nur mit dem Mädchen, außer wenn die Ältere mich ansprach. Wir sprachen weiter, und wir sprachen über Tanger.

»Wie ist Tanger?« fragte sie mich.

»Es ist eine gute Stadt«, sagte ich. »Und die Leute, die dort leben, sind die besten Leute, die es gibt.«

»Ach, Bruder! Wie gerne würde ich nach Tanger gehen! Es ist zu schade, daß ich niemanden dort kenne.«

»Wenn du nach Tanger kommen willst, gebe ich dir meine Adresse, und wenn du kommst, werde ich dich überall hinführen und dir alles zeigen.«

»Danke, Bruder.«

»Wie spät ist es?« fragte ich sie.

»Es ist drei Uhr.«

»Ich muß jetzt zum Bahnhof«, sagte ich.

»Wir gehen mit dir.«

Wir gingen hinaus und gingen zusammen zum Bahnhof, alle drei. Ich ging zum Fahrkartenschalter und versuchte, eine Fahrkarte zu bekommen, aber sie wollten mir keine verkaufen. »Es geht jetzt kein Zug«, sagten sie. »Der Dreiuhrzug ist weg. Es gibt keinen anderen mehr vor zehn Uhr abends.«

»Wachchā«, sagte ich. Dann sagte ich zu den beiden: »Hört, ich werde hier auf dem Bahnhof bleiben und den Zehnuhrzug nehmen.«

»Es ist noch früh«, sagte das Mädchen. »Wollen wir nicht einen Spaziergang machen und uns etwas umsehen? Du hast die Stadt noch nicht gesehen.«

Und wir gingen hinaus und gingen durch die Straßen. Bald kam ein Junge vorbei, und ich sah, daß er das Mädchen ansah. Sie sah ihn auch und fing an zu lachen. »Aha!« sagte ich zu mir selbst. »Das sind also die Huren von Dār el-Beidā.« Da wußte ich, daß sie Huren waren.

»Kennst du den Jungen?« fragte ich das Mädchen.

»Nein. Er ist ein Nachbar von uns.«

»Warum hast du nicht mit ihm gesprochen? Sieh, da ist er noch. Geh hin, und sag ihm guten Tag.«

Sie ging hin und sprach ein wenig mit ihm. Ich weiß nicht, was sie zueinander gesagt haben. Dann verabschiedete er sich von ihr und ging weiter. Als sie wieder zu mir kam, sagte ich: »Was hat er zu dir gesagt?«

»Nichts«, sagte sie. »Er wollte nur wissen, wie es mir geht.«

»Gut. Und heute nacht, werde ich dich da sehen?«

»Oh«, sagte sie. »Ich weiß nicht.«

»Wenn du an Geld denkst, mach dir keine Sorgen. Ich habe Geld. Ich werde dich bezahlen, genauso wie jede andere.«

»Wir sind noch nicht so weit.«

»Chlass! Versuch das nicht mit mir!« sagte ich zu ihr.

Die beiden lachten miteinander.

»Der Zug geht nicht vor zehn«, sagte das Mädchen. »Wir haben viel Zeit.«

»Nein. Ich nehme den Zug nicht«, sagte ich. »Ich bleibe heute Nacht bei dir.«

»Gut«. Ich hatte mehr als zweitausend Francs in meiner Tasche, und ich dachte, das sei eine Menge Geld. Wir gingen zum Markt, um etwas Fleisch zu kaufen. Wir brachten es zu ihr nach Hause. Bevor sie das Essen kochten, machten sie einen Topf Tee, und wir setzten uns hin und tranken. Die ältere hatte am Morgen nicht geraucht, aber nun tat sie es. Sie und ich saßen zusammen und unterhielten uns, während das Mädchen das Essen kochte. Wir sprachen über alles und über die Leute in Tanger und wieso sie besser seien als die Leute in Dār el-Beidā.

»Ich hoffe, eines Tages kann ich dorthin kommen«, sagte sie.

Wir aßen unser Abendessen. Dann sagte die ältere zu mir: »Und nun wirst du heute Nacht hierbleiben, oder nicht?«

»Ja. Ich schlafe hier bis morgen und dann gehe ich.«

Sie ging in ein anderes Zimmer und machte dort das Bett. Dann kam sie zurück und sagte: »Jetzt gehe ich dort schlafen, und du kannst hier schlafen.« Das Mädchen fing an zu lachen und zu kichern. Ich zog meine Kleider aus und legte mich ins Bett. Die Frau drehte dann das Licht aus, und das Mädchen kam und legte sich zu mir.

»Siehst du?« sagte ich. »Jetzt liegst du neben mir. Ist das nicht besser, als weit weg von mir auf den Kissen zu sitzen, und du tust nichts als lachen? Jetzt werden wir Spaß haben. Und nachher werden wir uns wohlfühlen und glücklich sein.«

Und wir blieben da die ganze Nacht. Am Morgen stand die andere Frau auf und machte Frühstück. Als sie in unser Zimmer kam, um uns zu wecken, wünschte ich, es wäre noch Nacht, damit ich noch länger mit dem Mädchen im Bett bleiben könnte. Nach so langer Zeit im Gefängnis ist eine Nacht nicht genug.

Ich stand auf und ging mir das Gesicht waschen. Als ich wiederkam, war das Frühstück fertig. Dann fragte ich die Frau, wie spät es sei.

»Neun Uhr.«

»Ich muß zum Bahnhof gehen. Wollt ihr mit mir kommen?«

»Ja«, sagten sie. »Wir kommen mit dir.«

Wir gingen auf der Straße und sprachen. Ich sprach über die Welt, und sie sprachen über etwas anderes. Was ich auch sagte, sie sprachen über Geld. Als wir am Bahnhof ankamen, sagte das Mädchen zu mir: »Bruder, bitte. Hast du gar nichts für mich?«

»Wieviel willst du, daß ich dir gebe?«

»Soviel du willst.«

»Ich gebe dir tausend Francs.«

»Das ist genug für mich«, sagte sie.

Ich nahm tausend Francs heraus und gab sie ihr. »Da hast du sie«, sagte ich. »Nun, leb wohl. Was zwischen uns gewesen ist, ist vorbei. Allāh ihennik. Gott sei mit dir.«

Ich ging in den Bahnhof. Am Schalter fragte ich den Mann dahinter: »Geht hier ein Zug nach Kenitra?«

»Ja«, sagte er. »Es geht einer um elf.«

»Wieviel kostet es, bis nach Tanger zu fahren?«

»Eintausendsiebenhundert Francs.«

Und ich hatte noch nicht einmal tausend. Ich kaufte eine Fahrkarte nach Kenitra. Ich dachte: »Ich werde bis dahin fahren, und dann gehe ich dort in die Amalat und zeige ihnen das Papier. Sie werden mir helfen, heim nach Tanger zu kommen.«

Ich fuhr also nach Kenitra. Es war Nacht, als ich aus dem Zug stieg. Ich begann, auf der Straße umherzugehen. Ich dachte: »Heute nacht bleibe ich hier in Kenitra.«

Ich ging weiter. Dann ging ich ins Kino. Als ich herauskam, war es nach Mitternacht. Ich war noch nie in Kenitra gewesen. Ich kannte nichts. Ich ging weiter umher, eine Straße hinauf, die andere herab, bis vier Uhr morgens.

Schließlich hielt ich einen Mann an und fragte ihn, wie ich zum Bahnhof zurückkäme.

»Du gehst diese Straße weiter bis zum Ende. An der Ecke steht ein Polizist, der wird dir sagen, wie es weitergeht.«

Ich ging und ging. Ich fand den Polizisten. »Salaam alaikum.« »Alaikum salaam.« »Kannst du mir sagen, wo der Bahnhof ist?«

»Geh diesen Weg hinunter, und geh immer weiter, dann siehst du ihn vor dir.«

Ich ging weiter. Vier Autos kamen die Straße herunter, eines nach dem anderen. Als sie näher kamen, sah ich, daß es Jeeps waren. Sie hielten vor mir. Darinnen saßen Polizisten, und sie sprangen alle heraus und kamen auf mich zu. Sie hatten Stahlhelme auf den Köpfen. Sie kamen von allen Seiten, und schwangen ihre Knüppel. »Allāh!« dachte ich. »Die werden mich hier töten, heute Nacht!«

»Halt! Komm her! Was machst du?«

»Nichts. Ich bin auf dem Weg zum Bahnhof.«

»Bahnhof! Ha! Vor ein paar Minuten warst du bei den anderen, und jetzt bist du auf dem Weg zum Bahnhof!«

»Ich bin gestern aus dem Gefängnis gekommen, und ich bin auf dem Weg nach Hause, das ist alles.«

»Zeig mir deine Papiere.«

Ich nahm das Papier heraus, das sie mir in Ain Mu'men gegeben hatten, und zeigte es ihm.

»Geh zum Bahnhof«, sagte er. »Geh weg von hier. Und paß auf, daß wir dich hier in der Gegend nicht mehr treffen.«

Ich ging weiter, bis ich zum Bahnhof kam. Ich ging hinein. Der Fahrkartenschalter war geschlossen. Ein paar Leute schliefen auf den Bänken und auf dem Boden. Drei oder vier sprachen. Ein Mann machte Kaffee auf einem Ofen in der Ecke. Ich ging zu ihm.

»Mach mir eine Tasse Kaffee, bitte«, sagte ich.

Ich setzte mich und trank den Kaffee. Es wurde hell. Die Bäume draußen vor dem Fenster wurden langsam sichtbar.

»Jetzt ist es Tag«, dachte ich. »Ich gehe wieder in die Stadt und frühstücke. Dann suche ich die Amalat.«

Ich ging wieder den Weg zurück in die Stadt. Die Läden wurden geöffnet, als ich dort ankam. Ich kaufte etwas Brot, eine Dose Thunfisch und zwei Bananen, und dann suchte ich mir einen guten Platz zum Frühstücken. Dort war ein Park mit einigen Palmen, nicht weit, und ich ging hin und setzte mich dorthin und aß. Am Ende des Parks sah ich eine lange Reihe von Baracken. Die Leute gingen dort ein und aus. »Ich möchte wissen, was da los ist«, dachte ich die ganze Zeit. Ich hörte auf zu essen und zündete mir eine Zigarette an. Dann stand ich auf und ging zu den Baracken und sah, daß es ein Gebrauchtwarenmarkt war. Ich schüttelte meine Schuhe ab und nahm sie in die Hand. Ich ging zu einem Mann, der auf der Erde saß.

»Willst du diese Schuhe kaufen?« fragte ich ihn. »Und mir etwas geben, das ich statt ihrer an den Füßen tragen kann?«

»Die Schuhe da, die du in der Hand hast? Wo hast du die her? Du hast sie gestohlen, nicht wahr?«

»Nein. Ich habe sie vorgestern in Settat gekauft. Ich bin gerade aus dem Gefängnis gekommen und habe kein Geld, um nach Hause zu fahren. Deshalb muß ich sie verkaufen.«

»Ich gebe dir hundert Rial und diese alten Sandalen.«

»Was sagst du, hundert Rial?« sagte ich. »Ich habe sie für dreihundert gekauft, und du willst mir hundert geben?«

»Gut. Ich gebe dir zweihundert.«

Er sah sich die Schuhe an. »Aber wenn du die Sandalen haben willst«, sagte er, »mußt du mir die Socken geben, die du anhast.«

»Gut.«

Ich zog die Socken aus und gab sie ihm, zusammen mit den Schuhen. Er gab mir tausend Francs und die Sandalen. Ich zog sie an. »Leb wohl.«

Ich verbrachte den Morgen mit Spazierengehen und sah mir die Stadt an. Dort waren eine Menge Leute, die standen auf der Straße und warteten. Ich war neugierig, worauf sie warteten. Ich bekam Hunger und suchte ein Restaurant. Ich fand eines in dem Viertel, das sie Douar ed-Dum nennen.

»Was habt ihr zu essen?« Ich sah mir das Essen in der

Küche an und bat um ein paar Kartoffeln und ein wenig Fleisch.

»Wachchā«, sagte der Koch.

Ich aß zu Mittag, bezahlte zweihundert Francs und ging wieder hinaus. Ich begann durch die Straße zu gehen. Da liefen Hunderte von Leuten, die machten viel Lärm. Ich wandte mich an einen Mann, der vorüberging. »Was ist passiert? Was ist los?«

»Hast du nicht die Nachrichten gehört?«

»Nien. Ich habe nichts gehört. Was ist los?«

»Es ist eine Demonstration der Ben Barka-Leute. Sie haben die Schaufenster zerschlagen. Wohnst du nicht in Kenitra?«

»Nein. Ich wohne in Tanger.«

Ich dachte: »Deshalb hat mich die Polizei letzte Nacht angehalten.« »Wo kann ich die Amalat finden?« fragte ich ihn.

»Siehst du das große Gebäude am Ende der Straße? Das ist sie.«

Ich ging bis zum Ende der Straße und ging in das Gebäude. Innen fragte ich jeden: »Wo ist der Wakīl ed-Daula?« Niemand wußte es, aber als ich mich umsah, entdeckte ich drei Jungen, die ich in Tanger gekannt hatte. »Was macht ihr hier?« fragte ich sie.

»Die Regierung schickt uns hier zur Schule,« sagten sie. »Sie zahlt alles.«

Ich erzählte ihnen, was ich suchte.

»Geh die Treppe hinauf und die erste Tür hinein. Sie werden dir eine Fahrkarte nach Tanger geben«, sagten sie zu mir.

Ich sah einen Aufseher vor der Tür.

»Bitte. Ich möchte den Wakil ed-Daula sprechen.«

»Warum willst du ihn sprechen?«

»Laß mich nur hinein, ich werde es ihm erklären.«

»Wenn du hinein willst, mußt du mir erzählen, was du ihm sagen willst.«

»Ich bin gerade aus dem Gefängnis gekommen und habe kein Geld mehr bei mir, und ich will fragen, ob er mir eine Fahrkarte nach Tanger geben will.«

»Wir geben hier keine Fahrkarten aus«, sagte er zu mir. »Du mußt zur Polizeiwache gehen. Geh dahin und höre, was sie sagen.«

»Gut.«

Ich ging wieder auf die Straße und fragte die Leute, wo die Polizeiwache sei. Endlich fand ich sie. Ich ging hinein.

»Was willst du?«

Ich sagte es ihnen.

»Hast du deine Bescheinigung vom Gefängnis?«

»Ja.«

»Zeig sie mir.«

Ich gab sie ihm.

»Da steht, sie gaben dir fünftausend Francs, als du herauskamst.«

»Ja. Sie haben mir fünftausend Francs gegeben. Aber es ist zwei Tage her, und ich habe sie ausgegeben.«

»Mach, daß du rauskommst!« sagten sie. »Sieh zu, wie du heimkommst. Geh! Raus!«

Ich ging hinaus. »Was für Leute!« dachte ich. »Genauso gut konnten sie zu mir sagen, ich solle wieder stehlen gehen. Sieh zu, wie du heimkommst. Ich gehe zum Bahnhof und kaufe eine Fahrkarte nach Sidi Qasem und werde sehen, was es dort gibt.«

Ich ging wieder zum Bahnhof und kaufte die Fahrkarte. Ich wartete draußen auf dem Bahnsteig, und nach einer Weile kam der Zug. Ich stieg ein und fuhr nach Sidi Qasem.

Als ich dort ankam, sagte ich zu mir selbst: »Es ist noch früh. Ich werde mir die Stadt ansehen.« Ich ging auf der Straße vom Bahnhof in die Stadt. Dort waren eine Menge Cafés und ein Kino. Und dort standen mehrere Leute in Kreisen, die Geschichten und Musik anhörten. Ich ging hinüber zu einem Stand hinter der Menge. Es war ein Friseurgeschäft. Drinnen war Platz für einen Stuhl.

»Bruder«, sagte ich zu dem Friseur. »Kannst du mir einen Schluck Wasser geben?«

Er hob die Berrāda und kehrte sie das unterste zu oberst. »Es ist kein Wasser drin«, sagte er.

Ich ging weiter. Dann fragte ich eine Frau auf der Straße: »Gibt es hier kein Wasser in der Gegend?«

»Nein. Wir haben hier kein Wasser«, sagte sie. »Sie bringen es von anderswo. Ich weiß nicht, wo es herkommt. Von weit her.«

Ich dachte bei mir selbst: »Kein Wasser im Ort. So etwas habe ich noch nie gehört. Ich gehe hinüber, wo die Cafés und Kinos sind. Dort muß es Wasser geben. Ich werde in einem der Cafés fragen.«

Ich ging hinüber und sah mich suchend um. Dann ging ich in das größte Café und sagte: »Kann ich einen Schluck Wasser haben?«

Sie gaben mir eine Flasche mit Wasser, aber ich konnte es kaum trinken. Es war schmutzig und fast heiß. Der Geschmack war noch schlimmer. Das schlechteste Wasser, das ich je getrunken hatte.

»Yāh latīf«, dachte ich. »Was für eine Stadt. Nennt sich Sidi Qasem und hat Cafés und ein Kino. Und doch hat sie kein Wasser. Wie können die Menschen hier leben?«

Ich ging wieder zum Bahnhof. Ich hatte noch sieben- oder achthundert Francs. Ich war hungrig. Im Bahnhof kaufte ich ein paar hartgekochte Eier und etwas Brot. Ich ging im Bahnhof auf und ab, während ich aß. Dann ging ich an den Fahrkartenschalter und fragte, wann der Zug nach Tanger abfuhr.

»Da geht einer um halb drei Uhr morgens«, sagte er. »Er kommt morgen Mittag in Tanger an.«

»Wieviel kostet die Fahrkarte?«

»Elfhundert Francs.«

»Danke.«

Ich sagte zu mir selbst: »Ay! Vor einer Stunde hatte ich noch sieben- oder achthundert Francs, und jetzt habe ich gegessen und Zigaretten gekauft, wie soll ich dorthin kommen? Sieh, wieviel sie mir gegeben haben, und jetzt habe ich noch nicht einmal genug, um eine Fahrkarte zu kaufen. Alles, was ich tun kann ist, in den Zug steigen, und wenn der Schaffner mich nach meiner Fahrkarte fragt, zeige ich ihm die Bescheinigung, die sie mir im Gefängnis gegeben haben, und sage ihm, ich hätte kein Geld. Vielleicht läßt er mich weiterfahren.«

Ich ging weiter im Bahnhof umher, bis morgens um halb drei.

Der Zug kam an, und der Mann rief: »Wer fährt nach Tanger, Asilah, El-Ksar, Sūq al-Arba'a? Antreten! Reisende in einer Reihe aufstellen.«

Die Leute gingen aus dem Bahnhof hinaus, einer nach dem anderen. Jeder zeigte seine Fahrkarte dem Aufseher am Ausgang, bevor er durchging. Ich hatte keine Fahrkarte. Aber ich hatte noch die alte Fahrkarte von Dār el-Beidā nach Kenitra in meiner Tasche. Ich stellte mich an, und als ich bei dem Aufseher ankam, zog ich die alte Fahrkarte heraus und zeigte sie ihm. Er ließ mich durch.

Als wir alle im Zug saßen, begann er zu fahren. Der Schaffner kam durch den Wagen, in dem ich war, und sah alle Fahrkarten an. Er kam zu mir.

»Deine Fahrkarte«, sagte er.

»Ich habe keine.«

»Das kostet elfhundert Francs.«

Ich hatte nichts. Selbst wenn ich mein Hemd und mein Jackett gegeben hätte, wäre es nicht genug gewesen.

»Warum bist du in den Zug gestiegen, wenn du kein Geld hast?« sagte er.

»Kann ich den Zugführer sprechen?« fragte ich ihn.

»Der Zugführer ist ein Nasrāni«, sagte er.

»Ich möchte ihn sprechen.«

»Du kannst ihn nicht sprechen. Wenn du mir jetzt nichts bezahlst, rufe ich die Soldaten.«

Die Soldaten waren da. Sie sind immer in den Zügen, wie die Polizisten.

»Bitte, bring mich zu dem Zugführer«, sagte ich ihm. »Später kannst du mich den Soldaten übergeben.«

»Du wirst nicht zahlen?« Dann rief er einen Soldaten: »Komm her!« rief er.

Der Soldat kam durch den Mittelgang des Wagens. »Sieh

dir diesen da an!« sagte der Schaffner. »Er ist hier im Zug, und er will nicht zahlen.«

»Was ist los mit dir?« schrie der Soldat. »Warum zahlst du nicht?«

»Laß mich zuerst sprechen«, sagte ich zu ihm. »Wenn es eine Frage des Geldes ist, sprechen wir nachher darüber.«

»Wir sprechen über gar nichts«, sagte er. »Bezahle den Mann jetzt oder ich bringe dich in die Kabine.«

In jedem Zug gibt es einen Wagen mit einer Kabine darin, in den die Soldaten Gefangene bringen und sie dort behalten, bis der Zug in eine Stadt kommt, wo sie sie der Polizei übergeben können.

»Ich habe kein Geld zum Bezahlen. Wenn wir nach Arbaoua kommen, kannst du mich der Polizei ausliefern, wenn du willst. Aber wenn ein Zugführer im Zug ist, ruf ihn zuerst oder bring mich zu ihm, und höre, was er sagt.«

Er sah mich an. »Wo bist du her?« fragte er mich.

»Ich bin aus Tanger«, sagte ich.

»Aha! Ihr Tangawīn seid immer voller phantastischer Ideen. Es ist auch zu schade, daß du noch nicht einmal Geld hast.«

Es ist eine Frage des Schicksals«, sagte ich. »Jeder Mann hat sein eigenes Leben und sein eigenes Schicksal.«

»Nun, gut. Ich bringe dich zum Zugführer, und wir werden hören, was er zu sagen hat.«

»Möge Allāh deine Eltern segnen«, sagte ich zu ihm. »Damit tust du mir wirklich einen Gefallen!«

»Steh auf!« sagte er. Ich folgte ihm durch den Zug, bis wir den Zugführer fanden.

Er saß da mit ein paar Freunden.

Der Nasrāni sagte: »Was ist los?«

Ich nahm das Papier heraus, das sie mir in Ain Mu'men gegeben hatten, und zeigte es ihm. »Ich bin vor drei Tagen herausgekommen«, sagte ich zu ihm, »und ich habe kein Geld mehr.«

Er nahm das Papier und las es. »Aber sie haben dir im Gefängnis fünftausend Francs gegeben«, sagte er zu mir.

»Ja, sie haben mir fünftausend Francs gegeben, aber ich habe drei Tage gebraucht, um so weit zu kommen, und das ist alles, was ich übrig habe.«

Ich zeigte ihm das Wechselgeld in meiner Tasche.

Ich sagte: »Ich habe eine Fahrkarte bei mir. Ich zeigte ihm die Fahrkarte von Dār el-Beidā nach Kenitra, damit er nicht dächte, ich sei den ganzen Weg ohne zu bezahlen gefahren.

»Aber diesmal hatte ich nicht genug Geld übrig«, sagte ich.

Er gab mir das Papier. »Behalte das Papier«, sagte er zu mir. »Ich habe nichts dagegen, wenn du mitfährst. Aber ich fürchte, wenn du in Tanger ankommst, wirst du Ärger haben. Du mußt deine Fahrkarte dem Aufseher geben, wenn du durch die Sperre gehst. Sie werden dich zur Polizeiwache bringen. Du mußt dir selbst helfen, wenn du nach Tanger kommst.«

»Danke«, sagte ich. »Laß mich nur nach Tanger kommen, und alles wird gut sein. Mach dir keine Sorgen um mich. Ich werde nicht durch die Sperre gehen, wo sie die Fahrkarten einsammeln.«

Der Soldat hörte zu. »Ach«, sagte er zu mir. »Du kommst gerade aus dem Gefängnis! Deshalb ist dein Kopf voll verrückter Ideen.«

»Was für Ideen? Wenn ich Geld gehabt hätte, dann hätte ich längst bezahlt, bevor du gekommen bist und mir Ärger gemacht hast. Aber ihr Soldaten macht zwischen den Menschen keine Unterschiede.«

Ich hätte nicht gewagt, so mit dem Soldaten zu sprechen, bevor der Zugführer dagewesen war.

»Du hast erreicht, was du wolltest«, sagte er zu mir. »Der Zugführer läßt dich frei fahren.«

Wir gingen zurück in den anderen Wagen. Ich war in guter Stimmung wegen dem, was der Zugführer zu mir gesagt hatte. Ich sprach weiter mit dem Soldaten und setzte mich neben ihn.

»Seht ihn an!« sagte der Soldat. »Der Zugführer läßt ihn frei fahren, und jetzt denkt er, er sei etwas wert. Aber seine Taschen sind leer!«

»Ja, Bruder«, sagte ich. »Hättest du Geld, wenn du nicht arbeiten würdest? Ich möchte sehen, wieviel du hättest, wenn die Regierung dir nichts bezahlte.«

»Du hast jetzt genug geredet«, sagte er. »Ihr Tangawīn, ihr denkt alle, ihr wäret was Besseres als die anderen. Und alles, was ihr habt, ist ein großes Maul.«

»Du hast recht«, sagte ich. Ich stand auf und ging in einen anderen Wagen und fand eine Holzbank, auf der ich schlafen konnte. Schlafen, schlafen, während der Zug auf dem Weg nach Tanger war.

Als ich aufwachte, war es Tag, und wir waren in Hadschra den Nhal. Wir fuhren weiter. »Da«, dachte ich. »Ich bin fast in Tanger. Wenn wir zum Strand kommen, werde ich abspringen in den Sand, wie es die Schmuggler machen. Ich kann nicht hierbleiben, bis wir in den Bahnhof kommen, und mich von der Polizei fassen lassen.«

Der Zug fuhr dahin, und wir kamen zum Rand von Tanger, wo die Schienen entlang der Küste verlaufen. Ich sagte zu dem Mann, der neben mir stand: »Allāh ihennik, Bruder.« Dann wickelte ich mein Jackett eng um meinen Bauch und sprang hinaus. Ich landete im Sand. Der Zug fuhr weiter. Hinten auf dem letzten Wagen stand der Zugführer. Er lächelte, und er winkte mir zu.

Ich rief ihm zu: »Gracias, señor!« Dann ging ich vom Strand nach Bū Khăch Khăch und machte mich auf den Weg in unser Viertel. Ich ging und ging durch Tanger, bis ich beim Haus meiner Mutter ankam.

MERKALA

مركلة

»Walīdī, Walīdī! Allāh sei Dank, daß du da bist! Möge er dich nie mehr dorthin zurückkommen lassen!«

Meine Mutter sprach weiter, ein Wort nach dem anderen, und sie war glücklich.

»Es war alles geplant und geschrieben vor langer Zeit«, sagte ich zu ihr. »Alles, was zuvor geschrieben wurde, das muß in Erfüllung gehen.«

»Du mußt tun, was recht ist, wenn du leben willst, wie die anderen Leute«, sagte sie.

»Ich will wie andere Leute leben, ja. Ich will heiraten und Söhne haben. Ich will essen, trinken und mich kleiden, wie andere Leute. Der Tag, an dem ich das tun kann, wird der größte meines Lebens sein. Aber wie?«

»Warte, warte nur ein wenig. Allāh wird dir helfen. Du mußt nur Geduld haben«, sagte sie.

»Hamdullah.«

»Hamdullah.«

Ich blieb und lebte im Haus meiner Mutter, heute und morgen.

Zuerst tat ich nichts. Der Mann meiner Mutter war damit beschäftigt, Schafe zu kaufen und zu verkaufen, für das Opfer am Id el-Kbīr. Eines Tages sagte meine Mutter zu mir: »Du tust überhaupt nichts, diese ganze Zeit. Warum kümmerst du dich nicht um die Schafe deines Stiefvaters? Gleichzeitig könntest du für andere Leute die Schafe hüten. Bald ist Id el-Kbīr, und du wirst gerne ein wenig Geld haben wollen, um Kleider zu kaufen. Sei für eine Zeitlang wieder Hirt. Das wird dir genug einbringen, um Zigaretten zu kaufen. Du kannst hier essen. Und jeder Mann, dessen Schafe du hütest, wird dir ein wenig Geld geben, wenn das Fest kommt.«

»Wachchā.«

Und ich begann, die Schafe zu versorgen, die dem Mann meiner Mutter gehörten. Jeden Donnerstag und Sonntag war Schafmarkt. Wenn die Leute ihre Schafe kauften, brachten sie sie hinaus zu mir, damit ich sie versorgte, bis zum Tag des Opfers. Ich saß und hütete sie, und mittags trieb ich sie jeden Tag auf ein Feld bei der Wasserleitung von Val Florida. Ich füllte ein großes Becken mit Wasser aus der Zisterne und stellte es vor sie, und sie hörten auf zu fressen und gingen hin und tranken.

Ich saß in der Sonne und hütete sie, und ich dachte nach. Und oft dachte ich an den Juden. Ich habe viele Menschen gekannt, Nasrāni, Juden und Moslems, aber sie waren nicht wie dieser Jude. »Wenn ich lang genug lebe, will ich ihn eines Tages besuchen gehen«, dachte ich. »Und wenn ich ihn finde, können wir über die Zeit sprechen, als wir zusammen in Ain Mu'men gelebt haben.«

Eines Nachts hatte ich einen Traum. Ich war mitten in einem Krieg und kämpfte. Überall um mich herum waren Leute. Wir kämpften Seite an Seite. Ich sah sie an, und ich sah, daß alle Juden waren. Ich konnte nicht verstehen, warum ich auf der Seite der Juden kämpfte. Und ich wußte nicht, wer die waren, gegen die wir kämpften. Ich hatte ein Maschinengewehr, und ich tötete überall Soldaten. Ich wußte nicht, wer sie waren. Ich wachte auf und dachte über den Traum nach. Ich konnte ihn nicht verstehen.

Und ich lebte weiter wie bisher. An manchen Tagen gab mir der Mann meiner Mutter zwei Rial, an manchen Tagen drei. Ich kaufte Zigaretten, und ich aß und schlief zu Hause. Und die Leute brachten weiter ihre Schafe vom Markt zu mir, damit ich sie versorgte. Ein Mann gab mir fünf Rial, und ein anderer drei oder vier oder was er gerade hatte.

Eines Tages, als es nur noch zwei Tage bis zum Id el-Kbīr waren, sagte ich zu dem Mann meiner Mutter: »Jetzt ist der Tag bald gekommen. Wenn du mir ein wenig Geld geben kannst, werde ich in die Stadt gehen und mir ein paar Kleider kaufen.«

»Gut«, sagte er. »Hier sind vierzig Rial. Und geh jetzt in alle Häuser der Männer, deren Schafe du gehütet hast und sag ihnen, sie sollen dich auch bezahlen.«

»Wachchā.« Ich brachte meiner Mutter die vierzig Rial und sagte: »Willst du die für mich aufbewahren, bis ich fertig bin, um fortzugehen und mir die Kleider zu kaufen? Und willst du heute nachmittag mit mir kommen und die Schafe hüten, während ich zu den Leuten gehe, um das Geld einzusammeln?«

»Ja«, sagte sie.

Ich brachte die Schafe hinaus. Am Nachmittag sah ich, wie meine Mutter durch das Feld den Hügel heraufkam, um mich zu treffen.

»Jetzt bin ich da«, sagte sie. »Wenn du jetzt gehen willst, geh. Ich hüte die Schafe.«

»Paß auf, daß sie nicht mit allen anderen durcheinandergeraten.«

»Mach dir keine Sorgen«, sagte sie. »Ich passe auf sie auf. Geh du nur.«

Ich kannte alle Männer, die mir ihre Schafe gegeben hatten, und ich ging zu jedem ins Haus. Wenn ich einen zu Hause antraf, sagte ich: »Sieh. Es ist jetzt bald Id und ich brauche Geld, damit ich mir Kleider zum Fest kaufen kann.« Wenn der Mann zu Hause war, gab er mir etwas, und wenn nicht, dann sagte seine Frau: »Komm morgen wieder und er wird dich bezahlen.«

Ich bekam ein wenig Geld zusammen. Nach einer Weile ging ich wieder auf den Hügel, wo meine Mutter saß. Als sie mich sah, sagte sie: »Was war los? Hast du etwas bekommen oder nicht?«

»Ja, ein wenig«, sagte ich. «Aber noch nicht alles. Einige der Männer waren nicht zu Hause. Morgen werden sie es mir geben.«

»Die Sonne geht jetzt unter. Wir müssen die Schafe wieder ins Haus bringen«, sagte meine Mutter.

Wir trieben sie zusammen, indem wir Steine nach ihnen warfen. Dann trieb ich sie vor mir her. Sie blieb zurück und riß Pflanzen aus, die die Schafe in der Nacht fressen sollten. Nach einer Weile, es war fast dunkel, kam sie nach Hause.

»Es ist kein Wasser hier«, sagte sie. »Du mußt hinausgehen zur Quelle und zwei Eimer voll holen.«

Ich nahm die Eimer und füllte sie. Als ich zurück zum Haus kam, war ihr Mann gerade gekommen.

»Aischa«, sagte er. »Gibt es etwas zum Abendessen?«

»Du bist früh fortgegangen. Du hast kein Geld dagelassen.«

»Warum hast du mir nicht gesagt, du hättest kein Essen im Haus, als ich fortging? Hier, Ahmed«, sagte er. »Nimm dies. Geh und kaufe Eier und Tomaten.«

Ich kaufte ein halbes Kilo Tomaten und zehn Eier und brachte sie nach Hause.

»Hast du Geld von den anderen bekommen?« fragte mich der Mann meiner Mutter.

»Ja. Aber nicht von allen. Nicht vor morgen. Willst du morgen auf die Schafe aufpassen, während ich gehe und es hole? Und wenn ich mir die Kleider kaufen gehe?«

»Ja. Ich werde sie hüten.«

Wir aßen unser Abendessen und schliefen. Meine Mutter war immer die erste, die morgens aufstand. An diesem Tag machte sie Harīra, und jeder von uns nahm eine Schale voll und ein Stück Brot.

Ich sagte zu dem Mann meiner Mutter: »Laß uns die Schafe jetzt holen, damit sie fressen können. Und du kannst sie hüten, während ich gehe und das Geld einsammle.«

Wir hielten die Schafe in einem Raum unseres Hauses. Ich öffnete die Tür des Raumes, in dem sie waren, und ließ sie hinauslaufen. Dann brachte ich sie hinauf zu dem Platz, wo sie gerne fraßen. Nach einer Weile kam der Mann meiner Mutter. »Hier bin ich«, sagte er. »Du kannst jetzt gehen. wenn du willst.«

Ich ging den Hügel hinab und klopfte an die Tür jedes Hauses, wo man mir Geld schuldete.

Die meisten gaben es mir, und einige sagten, sie würden

nichts geben vor dem Tag des Festes. Ich steckte das Geld in meine Tasche und brachte es nach Hause.

»Mutter«, sagte ich. »Ich habe jetzt das Geld.«

»Leg es hier hin«, sagte sie zu mir. »Und wir zählen es und sehen, wieviel du hast.«

Ich nahm das Geld aus meiner Tasche und legte es auf den Boden. Meine Mutter holte unter ihrem Bett das Tuch hervor, in das sie meine vierzig Rial eingewickelt hatte, und brachte es mir. »Hier ist der Rest«, sagte sie zu mir.

Ich zählte es.

»Das ist aber eine Menge. Weißt du, wieviel?«

»Nein«, sagte sie.

»Das sind hundertzwanzig Rial. Ich habe genug, um mir Kleider zu kaufen. Ich gehe jetzt.«

Ich ging hinunter zur Stadt und kaufte ein Paar Schuhe und ein Hemd und eine Hose. Dann brachte ich die Kleider nach Hause und zeigte sie meiner Mutter.

»Trage sie bei guter Gesundheit«, sagte sie.

Am nächsten Tag war Id el-Kbīr. An diesem Morgen hatte ich nur sieben Schafe zu versorgen. Zwei davon gehörten den Männern, die neben uns wohnten. Sie beide kamen und führten ihre Schafe fort und opferten sie. Ich nahm die fünf, die dem Mann meiner Mutter gehörten, und trieb sie hinaus aufs Feld und setzte mich dazu. Er hatte schon das Schaf genommen, das er opfern wollte, und hatte es im Haus eingeschlossen. Er wollte nicht, daß die anderen Schafe dabei waren, wenn er das eine tötete, weil es schlimm für sie ist, das zu sehen. Ich wartete mit ihnen, bis die Kanone abgefeuert worden war. Etwa um zehn Uhr morgens ist die Zeit, wenn die Männer in die Moschee gehen und beten. Dann gehen sie nach Hause und töten ihre Tiere.

Als ich wieder ins Haus kam, hatte der Mann meiner Mutter schon dem Schaf die Kehle durchgeschnitten. Wir brieten die Leber auf Spießen mit Knoblauch und Öl. Es war ein gutes Essen und war das beste vom ganzen Fest.

Nach dem Essen sagte ich: »Ich gehe jetzt hinunter zur Stadt und gehe ein wenig spazieren.«

Der Mann meiner Mutter sah mich an: »Du gehst in die Stadt? Und die Schafe sollen nicht fressen?«

»Ich habe sie heute morgen hinausgetrieben, um den Nachmittag frei zu haben. Heute ist das Fest!«

Er sagte nichts. Ich zog meine neuen Kleider an und ging fort. In der Stadt ging ich spazieren. Ich war nervös. Es war noch früh, als ich nach Hause kam. Ich saß eine Weile da. Dann ging ich fort in ein Café im Viertel und trank ein Glas Tee und rauchte etwas Kif. Später ging ich nach Hause und ins Bett. Das war das Ende des Festes.

Und ich versorgte noch ein Zeitlang die Schafe. Der Mann meiner Mutter verdiente damals nicht viel Geld, und er sagte wieder die gleichen Sachen, die er immer sagte: »Dein Sohn arbeitet nicht. Aber er ißt. Er muß hinausgehen und Arbeit suchen.«

Einmal sagte meine Mutter zu ihm: »Sieh. Er ist gerade aus dem Gefängnis gekommen. Wenn du ihn jetzt anschreist, wird er wieder gehen und auf der Straße leben und wieder anfangen zu stehlen. Dann kommt er wieder ins Gefängnis.«

Ich hörte nicht, wie sie das sagte. Sie erzählte es mir später. Aber sie hatte recht. Oft, wenn ich nach Hause kam, sah ich, daß ihr Mann wütend war und nicht mit mir sprechen, mich noch nicht mal ansehen wollte. Ich sagte zu mir selbst: »Ich weiß nicht, wie ich es diesem Mann recht machen soll. Wenn ich arbeiten würde, könnte ich ihm Geld geben. Aber ich arbeite nicht. Was kann ich tun, um ihm zu helfen? Da bin ich gerade aus dem Gefängnis zurückgekommen, und schon schreit er mich an. Es ist nur Pech, sonst nichts. Ich werde wieder in der Stadt leben und sehen, ob das nicht besser ist. Ich werde auf der Straße nach Arbeit suchen, genau wie früher, und sehen, wie es wird.«

Ich sagte nichts zu meiner Mutter. Ich ging in die Stadt in Mustafas Café und wohnte wieder dort. Ich suchte überall nach Arbeit, aber ich fand keine. Da waren viele, die auch Arbeit suchten. Ungefähr einmal in der Woche besuchte ich meine Mutter. Ich blieb jedesmal nur ein paar Minuten, und dann ging ich wieder ins Café.

Heute und morgen, heute und morgen lebte ich dort und suchte immer nach Arbeit. Eines Tages sagte Mustafa: »Sieh. Du jagst nach Arbeit. Aber es gibt keine. Und du bist erst seit kurzer Zeit aus dem Gefängnis. Ich habe eine Idee, und die könnte das richtige für dich sein. Mein Café am Strand von Merkala. Es ist jetzt geschlossen, wegen der Regenzeit. Willst du nicht dort draußen wohnen? Du könntest dort der Wächter sein. Ich würde dir dreitausend Francs im Monat geben, und du könntest dein Mittagessen jeden Tag in meinem Haus in Dradeb bekommen. Das wäre besser für dich als hier. Wie hört sich das an?«

»Ja. Gut«, sagte ich. »Möge Allāh deine Eltern segnen. Das klingt nach einer guten Stelle.«

»Aber gib acht, daß nichts von dort verschwindet«, sagte er zu mir. Er dachte an das Radio, das Buhum gestohlen hatte.

»Ich werde nichts anrühren«, sagte ich.

»Es gibt Wein und Bier dort, verstehst du. Und das läßt du in Ruhe.«

»Wie viele Jahre kennst du mich schon? Du weißt, daß ich keinen Wein und kein Bier trinke.«

»Gut. Morgen bringen wir deine Sachen hinaus.«

In dieser Nacht schlief ich in seinem Café in der Stadt. Es schliefen dort noch zwei andere Jungen. Dies war meine letzte Nacht dort, und ich sagte zu ihnen: »Ich habe heute vier Rial verdient, weil ich eine Kiste in ein Lagerhaus getragen habe. Ich kaufe etwas ein, dann können wir alle essen.«

Ich ging und kaufte Thunfisch und Brot und Orangen. »Nun laßt uns essen«, sagte ich. »Von heute bis morgen ist ein weiter Weg, und niemand kann wissen, was passiert.«

Nachdem wir mit Essen fertig waren, lagen wir auf dem Boden und rauchten. Einer der Jungen sagte zu mir: »Du wirst also hinaus nach Merkala gehen, um dort Wächter zu sein?«

»Ja«, sagte ich. »Es wird dort etwas besser sein. Es ist außerhalb der Stadt. Wenn man nicht ißt, sieht einen niemand. Auf dem Land weiß niemand, ob man ißt oder nicht.

In der Stadt beobachten einen alle. Wenn man nichts zu essen hat, wird man ausgelacht.«

»Ja. Das klingt nach einer guten Stelle«, sagte er.

»Al Allāh«, sagte ich. »Es ist besser, da hinaus zu gehen, als ins Gefängnis. Wenn ich hier bleibe, werde ich in kurzer Zeit wieder im Gefängnis sein. Ich gehe dort an den Strand mit nur einem einzigen Gedanken im Kopf, daß Merkala und das Gefängnis fast ein und dasselbe sind. Ich bin im Gefängnis gewesen. Ich kann es aushalten am Strand.«

Ich wußte, daß Merkala hundertmal besser war, als das Gefängnis, aber das sagte ich ihnen nicht. Wir gingen schlafen.

Es war Morgen. Als Mustafa kam, sagte er: »Ahmed, hast du alles fertig, kannst du gehen?«

Er hatte sein Motorrad draußen. Ich trug meine Sachen hinaus, und wir stiegen auf und fuhren fort.

Es war Winter, und die Sonne war sehr hell an diesem Tag. Als wir zur Küste von Merkala kamen, saß ein Wächter im Café. Mustafa sagte zu ihm: »Azuz. Dies ist der neue Wächter, den ich an deiner Stelle hierlasse. Gib ihm die Schlüssel, und zeige ihm, wo er seine Sachen hintun kann. Und du holst jetzt alles heraus, was dir gehört.«

Ich ging hinein, und dann zeigte Mustafa mir alles. »Dies ist voll, und das ist leer.« Der andere Wächter war damit beschäftigt, seine Kleider und Kästen zusammenzusuchen.

Und Mustafa sagte: »Gut. Ich gehe jetzt.«

»Ich gehe jetzt auch«, sagte der Wächter. »Ich komme wieder mit einem Karren und hole meine Sachen ab.«

Ich verabschiedete mich von ihnen, und dann ging ich wieder hinein und begann mich umzusehen. »Was für ein Café!« dachte ich. »Alles ist alt und schmutzig.«

Ich ging hinaus und sah das Meer. Die Wellen brachen sich am Strand vor dem Café. Der Strand war schmal, und an jedem Ende waren hohe Klippen und große Felsen. Ich fand eine Leiter, die aufs Dach hinaufführte. Ich kletterte hinauf. Das Dach war voll von Papier und Abfall und Holzstücken und zerbrochenen Stühlen und Tischen. Alles, was nichts taugte, war aufs Dach gebracht und dort liegengelassen worden. Ich sah über den ganzen Strand. Nirgends war ein Mensch. Nur die großen Felsen und Klippen.

Und ich blieb dort. Manchmal blies der Wind. Ich lag dort nachts, wenn der Cherqī blies, und hörte ihm zu. Dem Wind, dem Meer und dem Regen. Ich lag auf meinem Bett und rauchte eine Zigarette, und ich horchte, wie das Meer an die Klippen von Merkala schlug. Brromm! Dann war es eine Minute still, und dann schlug es wieder. Brromm!

Und ich dachte bei mir selbst: »Ah! Deshalb also kann er niemand außer mir bekommen, der hier bleibt.« Ich hörte diesen Regen und Wind und das Stampfen des Meeres. Und ich dachte daran, wie wenig Geld ich bekam. Aber ich dachte: »Die Leute sagen, wenn du Honig bekommen willst, darfst du dich nicht vor den Bienen fürchten. Hier ist es, wo Allāh mich hingestellt hat. Ich werde hier bleiben. Etwas anderes wird geschehen. Ich werde später bessere Arbeit bekommen, wenn er es so wünscht.«

Manchmal war der Mond hell und das Meer war ruhig. Und nur die Frösche riefen im Dunkeln. Qrrr! Qrrr! Sie lebten im Sumpf hinter dem Café. Sonst war alles still. Und der Mond war so hell, daß man ein weißes Schiff weit draußen auf dem Meer sehen konnte. Ich hatte eine Matte und eine Decke. Ich kletterte hinauf aufs Dach und breitete sie aus. Und ich machte Tee und brachte ihn hinauf und trank ihn dort. Dann legte ich mich hin und rauchte eine Zigarette und sah zwischen den Geländerstangen hindurch auf den Strand im Mondschein. Ich dachte, wie Merkala war im Regen und Wind und wie anders es war, wenn das Meer ruhig war und der Mond schien. Ich dachte: »Wenn der Wind bläst, ist er so stark, daß man nicht hier auf das Dach steigen kann. Man kann noch nicht einmal aus dem Café herausgehen.«

Als der Cherqī zu blasen begann, schloß ich alle Läden an den Fenstern. Danach war es dunkel drinnen. Es war wie das Ende der Welt, drinnen und draußen.

Anfangs hatte ich keine Freunde in Merkala. Niemand kannte mich. Manchmal gingen Männer am Strand entlang, auf dem Weg zum Fischen, aber ich sprach sie nicht an, und sie kamen nicht in die Nähe des Cafés. Mittags ging ich jeden Tag zu Mustafas Haus in Dradeb und aß. Seine Frau gab mir das Essen. Er war nicht da. Ich aß und ging wieder zum Strand.

In Ain Mu'men hatte ich einen Jungen aus Tanger getroffen, der hieß Rubio. Ich hatte ihn gekannt, seit wir beide klein gewesen waren. Eines Tages kam er den Strand entlang, und ich sah ihn.

Wir sprachen ein wenig.

»Ich komme jeden Tag vorbei«, sagte er. Jeden Morgen war Rubio am Café vorbeigekommen, um fischen zu gehen und Holz zu suchen, und ich hatte ihn nicht gesehen.

Danach sah ich ihn jeden Tag. Am Nachmittag trug er oft einen Stapel Holz auf seinem Rücken. Manchmal hatte er ein paar Fische in seinem Korb.

Eines Tages sagte ich zu ihm: »Wo bringst du das Holz her, Rubio?«

»Vom Wald in Agla«, sagte er. »Willst du nicht einmal mit mir kommen? Alles, was du tust, ist hier sitzen. Du kannst es den Bäckern für ihre Öfen verkaufen. Komm morgens früh, wenn ich fortgehe, und lies es auf. Mache einen ordentlichen Stapel davon und bring es her. Der Bäcker bei der Garage in Dradeb wird es kaufen. So kannst du ein wenig Geld verdienen.«

»Ja. Morgen früh, wenn du vorbeikommst. Inschallāh, ruf mich, und ich gehe mit dir.«

Am nächsten Morgen, etwa um halb sieben, kam Rubio an den Strand und rief:

»Yāh, Ahmed!«

Ich war schon auf. Ich stand immer bei Tagesanbruch auf, weil ich den Geruch der Luft dort sehr früh morgens liebte. Er war am besten, wenn das Meer ruhig war.

»Bist du fertig? Gehen wir«, sagte er.

»Warte. Ich muß ein Seil holen.« Drinnen war ein Eimer, den ich benutzte, um Wasser aus dem Brunnen heraufzuziehen. Ich hatte ein Seil an seinen Henkel gebunden. Ich nahm ihn ab und hängte ihn über meinen Arm. »Gut«, sagte ich. »Ich habe eine Axt hier, sollen wir sie mitnehmen?«

»Wir nehmen kein großes Holz mit. Du brauchst sie nicht. Wir können es abbrechen. Es ist trocken.«

Wir gingen an den Felsen entlang, oberhalb des Wassers, am Fuße der Klippen. Es war ein langer Weg. Wir kamen zu der Stelle, wo er immer das Holz holte.

»Ich bleibe hier und fische«, sagte Rubio. »Geh du weiter, und hol dein Holz.«

»Wohin soll ich gehen?«

»Hinter dem Zaun dort drüben. Steig den Berg hinauf, hinter diesen Häusern der Nasrāni droben auf dem Felsen. Du kannst sehen, wo der Wald anfängt. Da drin ist das Holz. Du gehst nur rein und hebst es auf. Wenn ich keinen Fisch fange, komme ich vielleicht später hinauf.«

»Wachchā.« Ich kletterte durch den Zaun und begann, den Berghang hinaufzugehen. Als ich hoch oben war, sah ich hinunter und sah Rubio unten auf einem Felsen sitzen. Ich ging weiter. Da waren einige Frauen vom Land, die saßen am Waldrand, als ich dort ankam. Ich ging hinein, wo die hohen Bäume sind, und begann, Stöcke und Zweige aufzulesen, bis ich einen Stapel hatte. Er war groß, aber nicht so groß wie die, welche die Frauen zum Markt trugen. Ich band die Ladung zusammen, legte sie auf meinen Kopf und ging wieder den Berghang hinunter.

Als ich zu den Felsen am Wasser kam, wo Rubio saß, besah er sich den Holzstapel.

»Ich habe es gebracht«, sagte ich zu ihm.

»Das ist nicht viel Holz. Du hast gesehen, wieviel ich mitgebracht habe.«

»Ja, aber ich fange erst an. Dies ist der erste Tag. Ich werde es lernen, und später bin ich imstande, mehr zu bringen. Gehst du jetzt zurück?«

»Ja.«

»Hast du etwas gefangen?«

Er öffnete den Korb. Da lagen zwei, drei kleine Fische auf dem Boden. »Nichts«, sagte er. »Das Meer taugt heute nichts.«

»Wenn du gegangen wärest und hättest Holz geholt, hättest du ein wenig Geld verdienen können«, sagte ich zu ihm. »Es wäre besser gewesen, als zu fischen.«

»Ja. Es wäre besser gewesen.«

Wir begannen, über die Felsen zurückzugehen, bis wir nach Merkala kamen. Wir gingen ins Café. Ich legte das Holz auf den Boden und setzte mich hin.

»Ich bin müde«, sagte ich. »Ich warte ein wenig, ehe ich das Holz zum Bäcker bringe.«

»Ich zeige dir, wie du es sortierst und gerade stapelst, damit der Bäcker es kauft«, sagte Rubio. Er band die Äste so zusammen, daß es ein hübscher Stapel wurde. Danach band er den Stapel mit dem Strick zusammen, band die Enden des Stricks um seine Schultern und steckte seinen Kopf durch eine Schlinge, die er gemacht hatte. Er versuchte, mit der Last vom Boden aufzustehen.

»Hilf mir aufzustehen.«

Ich zog ihn vom Boden auf, mit dem Holz auf seinem Rücken. Dann nahm er es ab und stellte es wieder auf den Boden.

»Jetzt mach du es so, wie ich es gemacht habe«, sagte er zu mir.

»Nein. Später«, sagte ich und setzte mich wieder hin.

Wir sprachen eine Weile, und dann hob ich das Holz auf und legte es auf meinen Kopf.

»Mach es, wie ich es gemacht habe«, sagte er zu mir.

»Jetzt nicht«, sagte ich zu ihm.

Und wir brachen auf nach Dradeb, mit dem Holz. Als wir zum Bäcker kamen, sagte Rubio zu ihm: »Willst du einen Stapel Holz kaufen?«

»Wer verkauft es?«

Rubio zeigte über die Straße auf mich.

»Wieviel, Junge?«

»Was du immer bezahlst«, sagte ich.

»Zweieinhalb Rial.«

»Für so ein großes Bündel?« sagte ich. »Ist das alles?«

Ich legte es auf den Boden, und er gab mir das Geld. Ich

legte den Strick über meinen Arm und gab Rubio einen halben Rial. Er hatte kein Geld, um Zigaretten zu kaufen. Mit den anderen zwei Rial ging ich zum Laden des Sussi und kaufte Butter, Zucker, Tee und einen halben Laib Brot. Dann ging ich zurück ins Café und zündete mit etwas Holz, das ich aus dem Bündel zurückbehalten hatte, ein Feuer an. Ich machte Tee und aß zu Abend.

Ich hatte ein Stück Segeltuch, auf dem ich schlief und ein Stück von einer alten Decke, um mich zuzudecken. Ich hatte sie aus dem Café in der Stadt mitgebracht.

Und ich holte nun jeden Tag Holz aus dem Wald. Ich lernte, es auf dem Rücken zu tragen, wie andere Leute, anstatt auf meinem Kopf. So war es leichter. Ich hatte hinterher keine Schmerzen in meinem Hals. Nur ein wenig Schmerzen im Rücken.

Eines Tages kam Mustafa ins Café und sagte: »Ahmed, wir müssen diese Mauer oben auf dem Dach abreißen und eine neue bauen.«

Ich kannte diese Mauer. Sie war einen halben Meter stark und um ein eisernes Gerüst herum gebaut. »Wir brauchen Männer, die es gewohnt sind, in einem Steinbruch zu arbeiten«, sagte ich zu ihm. »Diese Mauer ist dick. Wir können keine gewöhnlichen Arbeiter gebrauchen.«

»Du hast in einem Steinbruch in Ain Mu'men gearbeitet«, sagte er.

»Ja, mit einem Gewehr auf mich gerichtet.«

Dann sagte ich: »Wenn du jemanden holen willst, der mir helfen soll, nimm Rubio. Er hat auch im Steinbruch in Ain Mu'men gearbeitet.«

»Gut. Bring ihn her, und laß ihn arbeiten.«

»Er kommt heute Abend vorbei. Ich werde es ihm sagen.«

Mustafa ging zurück in die Stadt. Die Sonne war hinter dem Berg verschwunden, als ich Rubio sah, der am Fuße der Klippen auftauchte und auf dem Weg nach Hause war. Er trug einen Stapel Holz auf dem Rücken und hatte in jeder Hand einen Korb.

»Ahlan, Rubio!« rief ich. »Hast du Fische gefangen?«

»Nein. Einen oder zwei.«

Er kam herüber zum Café.

»Es gibt hier Arbeit für dich.«

»Ist das wahr?«

»Wenn du arbeiten willst, komm morgen und hilf mir, die Mauer oben abreißen.«

»Ich werde hier sein.«

Früh am anderen Morgen kam Rubio. Wir nahmen zwei Vorschlaghämmer und gingen hinauf auf das Dach. Dann fingen wir an, die Mauer einzuschlagen. Als die Essenszeit kam, gingen wir hinunter, und Rubio packte einen halben Laib Brot aus. Ich kochte einige Kartoffeln und Tomaten. Und wir aßen. Wir blieben danach sitzen und rauchten jeder zwei Zigaretten. Dann gingen wir wieder an die Arbeit und hämmerten an der Mauer bis fünf Uhr. Ein wenig später kam Mustafa.

»Nun seht euch diese Arbeit an!« sagte er. »Ihr habt den ganzen Tag gebraucht, um dieses kleine Stückchen Mauer abzubrechen?«

»Wenn du denkst, das ist leicht, hier ist der Hammer. Versuchs«, sagte ich. »Du wirst sehen, wie das geht.«

»Nein, nein. Es ist schon gut. Hast du Geld?«

»Nein. Ich habe keins. Nichts. Ich brauche welches.«

»Was? Dies ist der erste Tag, an dem du arbeitest, und du willst schon bezahlt werden?«

»Was ist? Denkst du, ich habe Geld versteckt? Denkst du, so kann ich essen? Vielleicht gehe ich und bekomme jeden Tag ein wenig? Nein«, sagte ich, »so ist es nicht. Wenn zur Frühstückszeit etwas zu essen da ist, esse ich. Wenn nichts da ist, dann nicht. Und genauso ist es am Abend.«

»Wachchā.« Er gab jedem von uns sieben Rial. Als ich sie in meiner Hand sah, sagte ich zu mir selbst: »Aha! Diese Arbeit ist besser als Holztragen. Sie ist leichter. Man bekommt keine Schmerzen im Rücken davon oder Dornen in die Füße. Und man schwitzt auch nicht so viel. Jetzt hat Allāh mir eine gute Arbeit gegeben. Ich werde hierbleiben und sie tun, und vielleicht wird er mir eines Tages noch etwas Besseres geben.«

ZOHRA

زهرة

Wir fuhren fort, die Mauer niederzureißen, noch viele Tage lang. Wir schlugen und schlugen, bis es fast Sommer war. Eines Tages kam Mustafa und sagte zu mir: »Jetzt haben wir den Sommeranfang. Ich werde das Café jetzt eröffnen. Wir müssen den Rest der Arbeit bis zum nächsten Winter liegen lassen. Ich werde einen Nasrāni mit seiner Frau hier herausschicken, die das Essen kochen und die Getränke servieren sollen. Sie kommen jeden Morgen und gehen nach Hause, wenn die Sonne untergeht.«

Er schickte einen Mann, der hieß Antonio. Und seine Frau wurde Inez genannt. Sie waren schon viele Jahre verheiratet. Wir sprachen oft miteinander. Sie waren gute Leute.

Die Sonne war jetzt sehr heiß, und die Leute begannen, an den Strand zu kommen. Das Café war geöffnet. Sie kamen und setzten sich auf die Terrasse in den Schatten und tranken Pepsi Cola oder Kaffee oder Tee. Viele von ihnen wollten Wasser, um sich zu waschen, nachdem sie am Strand gewesen waren. Mustafa sagte dann zu ihnen: »Wir haben kein Wasser da.« Aber ich holte ihnen Wasser vom Brunnen. Und ich lernte viele Leute kennen.

Da war ein Mädchen, die kam jeden Tag zum Schwimmen. Manchmal kam sie mit ihrer Familie, und manchmal kam sie allein. Ich wollte sie kennenlernen, aber ich wußte nicht, wie ich es anfangen sollte, mit ihr zu sprechen. Schließlich sagte ich eines Tages: »Guten Tag.« Sie sah mich an. Das war alles. Von da an ging ich jeden Tag, wenn ich sie kommen sah, hinaus und sagte etwas zu ihr. »Ein schöner Tag. Gehst du schwimmen?«

Sie antwortete nie.

Wenn man ein Mädchen lange genug anspricht, wird sie eines Tages antworten. Und eines Tages sprach sie mit mir. Jeden Tag sprachen wir ein wenig mehr. Sie fragte mich, wo ich wohnte und was für eine Arbeit ich hätte, und ich erzählte es ihr.

»Ich esse und wohne und arbeite hier in diesem Café.«

»Du bleibst hier allein, die ganze Nacht?« fragte sie mich.

»Ja«, sagte ich. »Bist du verheiratet?«

»Nein. Ich bin nicht verheiratet. Ich bin geschieden.«

»Nun hör dir das an!« sagte ich. »Hier bist du, ganz jung, und bist schon geschieden. Warum bist du von deinem Mann geschieden worden?«

»Wir haben uns immer gestritten«, sagte sie. »Er war nie glücklich, und ich war es auch nicht. Also wurden wir geschieden.«

»Aha. Und wann gehen wir spazieren oder ins Kino oder sonstwohin?«

»Ich kann nicht. Meine Mutter könnte es herausbekommen.«

»Wie ist deine Mutter zu erkennen? Ist sie blonder als du?«

»Manchmal, vielleicht«, sagte sie.

»Du weißt, wo ich bin«, sagte ich zu ihr. »Ich bin der Wächter von Merkala, Tag und Nacht. Du weißt, wo ich wohne. Aber wenn du mich anderswo treffen willst, sag es mir, und ich werde dich treffen, wo du sagst.«

»Eines Tages sage ich dir, wo«, sagte sie. »Und jetzt muß ich gehen. Auf Wiedersehen.«

Am nächsten Tag kam sie früher als gewöhnlich zum Strand.

»Guten Morgen«, sagte sie.

»Du bist früh gekommen, heute.«

»Es ist die beste Zeit des Tages.«

»Willst du Kaffee? Ich habe meinen noch nicht getrunken.«

»Nein, danke.«

»Du mußt welchen trinken! Wenn jemand dir früh am Morgen etwas anbietet, kannst du es nicht ablehnen.«

»Wachchā. Gib mir ein Glas Kaffee.«

»Aber weißt du was? Ein Glas Kaffee kostet hier fünfzig Francs.«

Sie lachte. Ich gab ihr einen Stuhl, und sie setzte sich auf der Terrasse in den Schatten. Ich ging hinein in die Küche. Dort stand ein Glas Kaffee für mich bereit. Ich sagte: »Señora Inez, willst du mir bitte noch ein Glas machen?«

»Noch ein Glas? Für wen?«

»Für ein Mädchen, draußen.«

Sie lachte. »Ah, Ahmed! Du interessierst dich also jetzt für ein Mädchen, ja?«

»Das ist der Lauf der Welt, oder nicht? Das Mädchen ist für den Mann da und der Mann für das Mädchen.«

Sie machte noch ein Glas Kaffee. Sie strich Butter auf ein paar Stücke Brot und gab sie mir.

Ich trug das Tablett hinaus durch den Garten in das Zimmer, in dem ich schlief. Dann ging ich zu dem Mädchen und sagte: »Zohra, komm hier herein.«

»Nein. Es ist peinlich, da hineinzugehen«, sagte sie. »Ich kann nicht.«

»Ich bin kein Löwe. Ich will dich nicht fressen.«

Nach einer Weile kam sie herein und setzte sich. »Da ist der Kaffee. Da ist Brot.«

Sie aß ein kleines Stück. »Das genügt mir. Ich bin satt.«

»Wie du willst. Ich kann dich nicht zum Essen zwingen, wenn du nicht magst.«

Dann sagte sie: »Jetzt gehe ich hinaus und setze mich an den Strand.«

»Willst du heute nicht schwimmen?«

»Nein. Ich mag nicht schwimmen, wenn Leute im Wasser sind.«

»Dann mußt du am Montag oder Dienstag kommen«, sagte ich zu ihr. »Du weißt, an welchen Tagen der Strand voller Leute ist. Gut. Geh, und setz dich an den Strand. Aber wenn du mit mir zu Mittag essen willst, sag es mir jetzt, dann kann ich es vorbereiten.«

»Nein. Ich muß zum Essen nach Hause gehen.«

Sie ging hinaus an den Strand und setzte sich bei den großen Felsen nieder. Alle paar Minuten ging ich hinaus, um zu sehen, ob sie noch da war. Zur Essenszeit kam sie am Café vorbei. »Ich gehe jetzt«, sagte sie. »Auf Wiedersehen.«

Am nächsten Tag kam sie, statt am Morgen, am späten Nachmittag. Die Sonne war schon untergegangen. Es waren nicht mehr viele Leute am Strand geblieben. Ich sagte zu mir selbst: »Ich möchte wissen, warum sie so spät kommt.« Ich ging hinaus, und sie kam herüber.

»Guten Tag«, sagte sie. »Kannst du mir ein Glas Wasser geben?«

»Ich habe hier den ganzen Tag gewartet, um dich zu sehen, und jetzt, wenn du endlich da bist, glaubst du, ich würde dir kein Glas Wasser geben?«

Ich sah sie an.

»Gut, gib es mir«, sagte sie.

Ich nahm ein Glas und füllte es. »Hier. Trink. Warum bist du heute so spät gekommen?«

»Ich hatte eben Lust, jetzt zu kommen, das ist alles.«

»Willst du spazierengehen oder vielleicht ins Kino?«

»Ich habe Angst, meine Mutter entdeckt es.«

»Ist es schlimm, wenn sie weiß, daß wir ins Kino gegangen sind?«

»Ja.«

»Gut. Dann gehen wir nicht ins Kino. Wir gehen spazieren.«

»Gut.«

»Warte. Ich trage die Tische und Stühle hinein und schließe das Café ab. Dann gehen wir.«

»Wollen wir gehen?« sagte ich.

Wir gingen das Tal hinauf, auf die Landstraße. Dann gingen wir unter den großen Bäumen zu dem spanischen Friedhof und stiegen hinauf in den Park von Sidi Buchari. Dann war es Nacht. »Das ist ein schöner Garten«, sagte ich.

»Es ist zu schade, daß wir keine Zeit dafür haben«, sagte Zohra.

»Ein andermal vielleicht.«

»Ich muß jetzt nach Hause gehen«, sagte sie.

»Ja. Ich muß auch zurück. Es ist niemand da, der das Café bewacht.«

Wir gingen weiter, am spanischen Konsulat vorbei und dann hinter der italienischen Schule, bis wir oben auf dem Marschan waren, in der Nähe von Zohras Haus. Wir standen dort auf der Straße.

»Wie viele Leute wohnen in deinem Haus?« fragte ich sie.

»Ich, die Frau meines Vaters und mein Vater.«

»Also geht es dir wie mir!« sagte ich. »Die Frau deines Vaters ist nicht deine Mutter?«

»Ja, so ist es.«

»Wann treffen wir uns wieder?«

»Wenn ich das nächste Mal zum Strand komme, sage ich es dir.«

»Auf Wiedersehen. Ich gehe jetzt«, sagte ich.

»Auf Wiedersehen.«

Ich ging hinunter zum Strand, zündete das Feuer an und kochte Tee. Dann kochte ich mein Abendessen und ging zu Bett. Am Morgen machte ich meine Arbeit. Ich wartete auf Zohra, aber sie kam weder am Morgen noch am Nachmittag. Vier Tage vergingen, und ich sah sie nicht. »Etwas stimmt nicht mit Zohra«, dachte ich. »Ich möchte wissen, was los ist. Vielleicht hat ihre Familie sie mit mir gesehen und sie geschlagen.«

Der fünfte Tag verging, und sie kam immer noch nicht. Als die Dämmerung gekommen war, schloß ich das Café und stieg hinauf zum Marschan auf die Straße, wo Zohras Haus war. Ich ging nicht am Haus vorbei, sondern blieb immer dort, wo ich es sehen konnte. Es hatte ein Fenster zur Straße. Ich ging hin und her, länger als eine Stunde, aber es war niemand zu sehen. Dann guckte ich einmal hinüber und sah, daß Zohra sich aus dem Fenster lehnte. Ich blieb, wo ich war. Sie machte Zeichen mit ihren Händen, und ich machte es genauso.

»Was ist los?« sagte ich zu ihr. »Warum bist du nicht gekommen? Was ist passiert?«

Sie machte Zeichen. »Ich werde dich am Strand sehen und es dir erzählen. Geh jetzt fort. Geh.«

»Komm aber auch bestimmt.«

»Ja, ja.«

Ich ging zurück zum Café. »Sie wird bald kommen«, sagte ich zu mir selbst.

Ich dachte in dieser Nacht an Zohra. Ich war allein, und da war nur das Geräusch des Ozeans, draußen. Und ich dachte immer noch an sie, als ich aufstand. Ich stellte die Stühle und Tische hinaus auf die Terrasse. Dann zog ich Wasser aus dem Brunnen und gab es allen Pflanzen. Als ich mit meiner Arbeit fertig war, war die Sonne aufgegangen. Ich machte Tee und brachte ihn hinaus und setzte mich auf den Boden unter dem Feigenbaum und trank ihn. Ich trank den Tee und sah auf den Ozean, und dann sah ich Zohra, die alleine die Straße daherkam.

Ich stand auf und ging auf sie zu. Diesmal hatte sie keine Angst, in mein Zimmer zu kommen. Sie setzte sich auf einen Stuhl neben der Tür. Es war noch weit vor der Zeit, wenn Antonio und Inez zu erwarten waren.

»Warum bist du so lange weggeblieben?« fragte ich sie.

»Du mußt mir etwas sagen«, sagte sie.

»Was soll ich dir sagen? Sag es.«

»Liebst du mich?«

»Natürlich«, sagte ich. »Natürlich liebe ich dich.«

»Aber warum? Weshalb?«

»Weshalb du willst. Wegen allem.«

»Willst du mich heiraten?«

»Ja«, sagte ich. »Wenn es dich nicht stört, wie ich lebe.«

»Mal sehen. Später.«

»Ja. Denk darüber nach«, sagte ich zu ihr.

»Das werde ich tun.«

»Und werde ich dich heute noch sehen? Oder heute abend?«

Sie fing an zu lachen. »Still!« sagte sie.

»Chlass! Lach nicht. Mein Herz hat jetzt schon lange Zeit auf dich gewartet. Was willst du tun? Willst du jetzt nach Hause gehen oder später?«

»Warum?«

»Du weißt nicht, warum ich frage? Ich habe es dir einmal gesagt. Ich muß es dir nicht noch einmal sagen, oder?«

Sie lachte. »Ich gehe hinüber zum Strand und setze mich ein wenig hin. Dann gehe ich nach Hause.«

»Du gehst nach Hause? Dann vergiß nicht, später wiederzukommen.«

»Wenn ich wiederkomme, was werden wir dann tun?«

»Was alle tun.«

»Wachchā.«

»Aber belüge mich nicht. Komm wieder. Wenn du kommst, werde ich das Abendessen für uns beide besorgen. Später bringe ich dich nach Hause.«

»Ich kann abends nicht allein hierherkommen«, sagte sie.

»Gut. Wenn du nicht kannst, dann werde ich, wenn die Dämmerung gekommen ist, das Café schließen und hinaufkommen und dich holen. Ich warte, bis du aus deinem Haus kommst, und dann folge ich dir. Es gibt nichts, wovor du Angst haben mußt.«

»Gut.«

»Sei vorsichtig bei deiner Familie«, sagte ich zu ihr.

»Ja.«

Sie ging über den Strand und setzte sich hin. Antonio und Inez kamen und fingen mit ihrer Arbeit an. Kurz vor dem Mittagessen ging ich ins Café und bat Antonio um eine Zitronensoda. Ich nahm die Flasche und ein Glas hinaus zu Zohra an den Strand. Die Sonne war wie Gift, und der Sand war sehr heiß.

»Hast du Durst? Hier ist etwas zu trinken.«

Ich ging wieder ins Café. Bald darauf ging sie an der Terrasse vorbei.

»Auf Wiedersehen«, sagte sie.

»Vergiß nicht«, sagte ich zu ihr. »Ich werde dort auf der Straße sein.«

»Ja.«

Am Nachmittag ging ich zum Laden des Sussi und kaufte eine Menge Brot, sechs Eier, ein halbes Kilo Bananen, ein

Kilo Orangen und ein halbes Kilo Tomaten. Ich trug alles nach Hause und brachte es in mein Zimmer.

Beim Sonnenuntergang sagte Antonio zu mir: »Bring jetzt die Stühle und Tische herein. Wir müssen gehen.«

»Warum geht ihr nicht gleich?« fragte ich. »Ich bringe alles hinein, nachdem ihr gegangen seid.«

Sie gingen nach Hause. Ich brachte die Möbel herein und fegte die Terrasse.

»Jetzt gehe ich hinauf und hole Zohra ab.«

Es war schon halb dunkel. Ich schloß das Café und ging hinaus. Dann dachte ich: »Hier bin ich, auf dem Weg zu Zohra. Und ich habe noch nicht einmal angefangen, Essen zu kochen. Ich lasse es und koche es, wenn sie bei mir ist. So wird es mehr Spaß machen.«

Ich stieg die Stufen hinauf durch das Dorf. In diesem Viertel gibt es keine Beleuchtung. Ich konnte nicht gut sehen. Dort oben war ein Mädchen, das kam die Stufen herunter auf mich zu. Ich war nicht sicher, ob es Zohra war oder nicht. Ich sah hin, und ich dachte, sie ist es.

»Ich will hier stehen bleiben und warten, bis sie herunterkommt.« Sie kam näher, bis sie unten bei mir angekommen war.

»Ah, Zohra.«

»Ay!« schrie sie. »Du hast mich erschreckt.«

»Warum?« sagte ich. »Du bist gerade zur rechten Zeit gekommen.«

»Bist du allein im Café?«

»Ich bin immer allein dort. Du weißt es.«

»Ich dachte, es könnte vielleicht noch ein Mann dort sein. Ein Freund. Irgend jemand.«

»Du weißt, daß ich dir das nicht antun würde.«

Das war das erste Mal, daß ich meinen Arm um sie legte. Wir gingen den Weg die Stufen hinunter, bis wir ins Tal kamen. Und wir gingen denselben Weg die Straße entlang zum Strand. Es war kein Mond da. Es war sehr dunkel, aber ich kannte jeden Stein am Weg. Als wir am Brunnen vorbeikamen, sagte sie: »Ich fürchte mich in dem Haus, wo du lebst.«

Der Ozean schlug an die Felsen.

»Nein«, sagte ich. »Für mich ist es besser als jedes andere Haus. Es gibt hier nichts, wovor man sich fürchten muß.«

Wir kamen an die Tür meines Zimmers, beim Garten. »Geh hinein«, sagte ich.

»Es ist dunkel da drinnen.«

»Hab keine Angst. Geh hinein. Ich werde die Lampe anzünden.«

Ich mußte zuerst Spiritus einfüllen. Nach einer Weile brannte sie.

»Leg deine Dschellabah ab«, sagte ich zu ihr. »Geniere dich nicht.«

»Nein. Ich behalte sie an.«

»Nein, nein. Nimm sie ab. Wir werden jetzt Essen machen, du und ich.«

Sie nahm ihre Dschellabah ab und hängte sie auf. Ich sah sie an und sah sie an. Ich ging auf sie zu. Ich hielt sie fest und küßte sie.

»Du weißt, was wir jetzt tun werden? Wir machen ein Glas Tee und kommen wieder hierher und legen uns ein wenig hin. Dann machen wir ein gutes Essen.«

»Wachchā. Wenn ein Mann und eine Frau zusammen im Bett liegen, macht nichts etwas aus. Noch nicht einmal der Hunger«, sagte sie.

»Nun kannst du das Geschirr abwaschen«, sagte ich zu ihr. »Ich hole etwas frisches Wasser vom Brunnen für den Tee.«

Ich füllte einen Eimer und brachte ihn herein. Ich zündete den Spiritusofen an und machte das Wasser heiß. Sie saß auf dem Bett.

Während wir warteten, bis das Wasser kochte, setzte ich mich neben sie und küßte sie. Dann machte ich den Tee, und wir saßen nebeneinander und küßten uns, während wir tranken.

»Du weißt«, sagte ich, »wenn ein Mann stirbt, wird das Furzen ihn nicht retten. Das ist zu wenig für jeden von uns. Laß uns die Decke zurückschlagen und ins Bett gehen. Danach werden wir Essen machen.«

»Alles wie du willst«, sagte sie.

Aber sie wollte noch viel mehr als ich.

»Steh auf und setz dich auf den Stuhl, während ich das Bett mache«, sagte ich zu ihr.

Ich machte das Bett fertig und zog mein Hemd und meine Hose aus. Dann legte ich mich ins Bett.

»Zieh deine Kleider aus«, sagte ich.

»Nein. Ich geniere mich.«

»Du brauchst dich nicht zu genieren. Nur du und ich sind hier.«

Sie zog alles aus, bis auf ihre Sirwāl, und kam ins Bett, und ich küßte sie.

»Was?« sagte ich. »Du hast noch deine Sirwāl an?«

Da zog sie sie auch aus.

»Mach es dir bequem«, sagte ich zu ihr. »Leg dich hin. So.«

»Hier bin ich«, sagte sie. »Alles gehört dir.«

»Dich so zu sehen, habe ich mir gewünscht«, sagte ich.

Nach etwa fünf Minuten standen wir auf und wuschen uns. Dann kochten wir Essen. Danach machten wir Tee.

Während wir Tee tranken, sagte Zohra: »Es ist spät. Ich muß nach Hause gehen.«

»Bevor du gehst«, sagte ich zu ihr, »laß uns noch ein wenig ins Bett gehen. Und dann bringe ich dich nach Hause.«

»Wachchā«, sagte sie.

Nachdem wir fertig waren, stand sie auf und wusch sich. Dann zog sie sich an und nahm ihren Schleier und ihre Dschellabah um. Und wir gingen zurück, hinauf in das Dorf auf dem Marschan. Als wir bei ihrem Haus ankamen, sagte ich zu ihr: »Vergiß nicht, was du gesagt hast.«

»Ich werde daran denken.«

»Gut. Ich gehe jetzt. Später werden wir darüber reden.«

Ich ging zurück nach Merkala.

Fünf Tage später kam sie hinunter zum Strand.

»Ich habe darüber mit der Frau meines Vaters gesprochen«, sagte sie. »Und sie sagte, ich müsse meinen Vater fragen. Ihr ist es gleich, ob ich heirate oder nicht.«

»Hast du deinen Vater gefragt?«

»Ja. Ich habe ihm von dir erzählt. Er sagte, er wisse nicht, wer du bist. Er sagte, du seiest nur ein Wächter am Strand. Er sagte, du taugst nichts. Und ich sagte: Woher weißt du, daß er nichts taugt? Wie kannst du das wissen, bevor du mit ihm gelebt hast? Was soll ich tun?«

»Ich weiß nicht«, sagte ich. »Ich habe dir gesagt, wie ich lebe und wieviel ich verdiene. Ich habe nichts vor dir verborgen.«

»Geld spielt keine Rolle. Was zählt, ist zusammen zu leben, wir beide«, sagte sie. »Wir können beide arbeiten. Wenn nur mein Vater uns läßt.«

»Wir werden sehen, was geschieht.«

»Ich gehe nach Hause. Ich mag jetzt nicht sprechen«, sagte sie zu mir.

»Auf Wiedersehen.«

Einige Tage vergingen. Eines Tages kam ein kleines Mädchen ins Café und fragte nach mir.

»Wer ist der Wächter hier, der Ahmed heißt? Ich möchte mit ihm sprechen.«

»Was willst du von ihm?« fragte ich sie.

»Da ist eine Frau, die will ihn sehen. Er soll zu ihr nach Hause kommen.«

»Wo ist das Haus?«

»Oben im Dorf auf dem Marschan«, sagte sie.

Da wußte ich, es war Zohra. Ich dachte, etwas müsse passiert sein. Ich sagte zu dem kleinen Mädchen: »Soll ich jetzt mit dir kommen?«

»Ja.«

Ich zog meine Jacke an, und wir gingen zu Zohras Haus. Als wir ankamen, sagte das kleine Mädchen: »Warte hier.« Dann ging sie an die Tür und klopfte an.

»Hier ist der Mann, der Ahmed heißt«, sagte sie. »Er ist gekommen.«

Jemand sagte etwas zu ihr, und sie kam und sagte: »Komm.«

Ich ging zur Tür. Zohra stand da.

»Ah, Zohra! Was ist los?«

»Komm herein. Komm herein«, sagte sie.

Ich ging ins Haus. Sie war da mit der Frau ihres Vaters. Die Frau machte ein böses Gesicht. Ich streckte meine Hand aus, und sie wollte sie nicht nehmen. Sie setzte sich weit weg von mir, und niemand sprach.

»Was ist los mit ihr?« dachte ich.

Dann sagte Zohra: »Das ist der Mann, von dem ich dir erzählt habe.«

»Ja?« sagte die Frau. »Gut. Das ist nett.«

Ich dachte: »Sie spricht wie eine Nasrāni. Sie sagt nur etwas, weil sie muß. Sie meint nicht, was sie sagt.«

»Ich muß jetzt gehen«, sagte ich zu ihr. »Danke.«

»Mein Sohn, wenn du gehen willst, dann geh«, sagte sie. »Und überhaupt, wir alle wissen, wer du bist. Du arbeitest für Mustafa. Du bist der Wächter von Merkala. Du bist gar nichts.«

»Ja, vielleicht«, sagte ich.

Ich ging zurück, hinunter zum Strand. Aber jetzt konnte ich nicht mehr so arbeiten wie vorher. Ich dachte: »Ich weiß nicht, wie das alles enden soll. Ich habe jede Nacht geträumt. Gutes und Schlechtes. Manchmal, wenn ich aufwachte, habe ich geweint. Aber niemand hörte mich. Da war nur das Meer.«

Eines Tages saß ich auf dem Boden in der Sonne vor der Tür meines Zimmers. Plötzlich kam eine Frau auf mich zu. Es war die Frau von Zohras Vater.

»Suchst du mich?« fragte ich sie.

»Bist du nicht der Mann, der vorige Woche zu uns nach Hause gekommen ist?«

»Ja, der bin ich. Was ist?«

»Willst du heute Abend zum Abendbrot zu uns heraufkommen?«

»Lädst du mich ein?«

»Ja.«

»Wachchā. Wenn Leute mich einladen«, sagte ich, »selbst wenn ich den ganzen Weg bis Bagdad laufen muß, ist es eine kurze Strecke.«

»Wenn du mit deiner Arbeit fertig bist, wenn der Muezzin das 'Eschā ausruft, dann komm herauf.«

»Ja, wenn ich fertig bin, komme ich.«

»Auf Wiedersehen.«

Als sie gegangen war, war ich sehr glücklich. »Jetzt werden sie mir Zohra geben! Etwas Schönes, das ich immer ansehen kann! Wir können hier im Café zusammen leben. Ich kann ein Zimmer anbauen. Wir werden uns zusammen ein gutes Leben machen.«

An diesem Abend zog ich meine besten Kleider an und ging auf den Marschan. Ich kam zu dem Haus und klopfte an die Tür.

»Wer ist da?«

»Ahmed.«

»Komm herein.« Sie öffneten die Tür. Drinnen waren Zohra, ihr Vater, die Frau ihres Vaters und ein junger Mann. Ich gab allen die Hand. Dann setzte sich die Frau, und ich setzte mich neben sie. Zohras Vater saß auf der anderen Seite, neben dem jungen Mann. Zohra machte den Tee am Ende des Zimmers. Der junge Mann war gekleidet wie ein Nasrāni. Seine Kleider waren teuer.

Nachdem jeder ein Glas Tee in der Hand hatte, begannen wir zu reden. Wir redeten über alles mögliche. Dann sagte der Mann, der wie ein Nasrāni gekleidet war, zu Zohra: »Ist das der Mann, den du heiraten willst?«

»Ja. Er ist es, wenn es so geschrieben steht«, sagte sie.

»Ich hoffe, du wirst glücklich sein«, sagte er zu ihr.

Ich wandte mich ihm zu: »Ja«, sagte ich, »Inschallāh!«

Da zeigte die Frau gegenüber auf den jungen Mann und sagte zu mir: »Jetzt siehst du, was für einen guten Mann Zohra haben wird! Hast du gedacht, sie würde den Wächter von Merkala heiraten?«

Vor ihrer Tochter sagte sie: »Jetzt siehst du, wen meine Tochter heiraten wird, und was für ein Mann das ist. Ein Professor, ein Lehrer. Er lehrt die Leute, wie man liest. Und weißt du, was ich zu dir sagen werde?«

»Nein. Was?« sagte ich.

»Du wirst Zohra nicht mehr wiedersehen. Und du wirst ihr auch nicht mehr auf der Straße nachlaufen.«

»Ist das alles?« sagte ich. »Hast du mich deshalb eingeladen, um mir das zu sagen?«

Ich stand auf. »Auf Wiedersehen«, sagte ich. »Entschuldigung.« Ich verabschiedete mich von allen und ging hinaus.

Ich ging direkt zum Café und schlief in meinen Kleidern. Als ich aufwachte, war es Morgen, und ich sah, daß ich mich nicht ausgezogen hatte. Ich zog meinen Anzug aus und vertauschte ihn mit meiner Arbeitskleidung. Dann stellte ich die Stühle und Tische hinaus und fegte das Café, so wie immer.

Ich sah immer zur Tür hinaus, um zu sehen, ob Zohra käme. Niemand. Während ich arbeitete, kamen Antonio und Inez mit dem Essen vom Markt. Wir tranken zusammen Kaffee. Allmählich kamen Leute ins Café und bestellten Getränke. Ich dachte: »Ich gehe hinauf ins Dorf und gehe durch Zohras Straße. Vielleicht sehe ich sie irgendwo.«

Etwas später ging ich hinauf und lief vor ihrem Haus hin und her. Ich sah sie nirgends. Ich ging wieder hinunter ins Café. Mustafa war da.

»Wo bist du gewesen?« fragte er.

»Nur die Straße hinauf.«

»Du solltest lieber hierbleiben und deine Arbeit tun.«

»Ich weiß nicht, was ich tue.«

»Wieso nicht? Was ist los mit dir?«

»Nichts. Nichts.«

»Tu deine Arbeit. Das ist alles. Hör auf, an die Huren zu denken. Du wirst sehen. Eines Tages treiben sie dich zum Wahnsinn.«

»Du bist selbst immer hinter den Frauen her. Ich bin nicht anders als du.«

»Du bist schlimmer«, sagte er. »Paß auf deine Arbeit auf.«

»Ich tue, was ich kann. Kümmere dich nicht um meine Arbeit.«

Jeden Tag stieg ich hinauf zum Dorf, aber nie sah ich Zohra.

Eines Tages sagte Mustafa zu mir: »Hör mal. Ich hab dich hierher geschickt, um zu arbeiten, und du tust nichts. Du arbeitest morgens ein bißchen. Sobald Antonio kommt, gehst du weg und läßt ihn hier allein.«

»Tut mir leid. Ich weiß nicht, was ich tue.«

»Wenn du deine Arbeit tun willst, dann tu sie. Wenn du nicht willst, dann sag es mir gleich. Ich möchte es wissen. Wenn du nicht arbeiten willst, kannst du gehen.«

»Ich will arbeiten«, sagte ich.

Aber jeden Tag mußte ich gehen und ihr Haus ansehen. Ich mußte, gleich, was passierte. Ich dachte immer, sie würde ans Fenster kommen. »Sieh nur, wie weit es mit mir gekommen ist«, dachte ich. »Ich weiß noch nicht einmal, was ich tue, bis ich es schon getan habe.«

Mustafa schalt weiter mit mir, daß ich jeden Tag fortginge und Antonio und Inez allein ließe. Er kam ins Café und sah, wie ich mit mir selbst redete. »Mit wem sprichst du?« sagte er. »Was ist los mit dir?« Und ich sagte zu ihm: »Ich rede mit niemandem.«

»Ich glaube, du hast wieder Tseuheur gegessen«, sagte er. »Irgend so eine Hure hat dich verhext.«

Eines Tages sagte er: »Nun, es ist gut. Du hast zum letzten Mal bei mir gearbeitet. Pack deine Sachen zusammen, und verschwinde.«

Es stimmte, daß ich nicht wußte, was ich tat. Ich packte meine Sachen. Ich konnte nirgendwo hingehen als zurück in das Haus meiner Mutter. Ich ging hin und schlief wieder dort. Jeden Morgen ging ich in das Dorf auf dem Marschan und setzte mich bei dem Haus, wo Zohra wohnte, gegenüber auf die Stufen. Ich dachte, wenn ich sie nur eine Minute am Fenster sehen könnte, würde ich nach Hause gehen und glücklich sein. Aber ich sah sie nicht.

Ich ging jeden Morgen fort, ohne etwas zu essen. »Warum gehst du, bevor du etwas gegessen hast?« sagte meine Mutter.

»Ich habe keinen Hunger.«

Am Nachmittag, wenn ich nach Hause kam, fragte sie mich: »Willst du etwas essen?«

»Nein. Ich habe gegessen«, sagte ich zu ihr. Aber ich hatte nicht gegessen. Manchmal brachte sie mich dazu, ein großes Stück Brot mitzunehmen. An manchen Tagen konnte ich überhaupt nichts essen. Ich rauchte Zigaretten und trank Tee. Nachts, wenn ich schlief, redete ich laut.

»Warum redest du mitten in der Nacht?« fragte mich meine Mutter.

»Reden? Ich rede nicht.«

Eines Tages kam eine alte Frau, eine Freundin meiner Mutter, und besuchte sie. Meine Mutter sagte zu ihr: »Mein Sohn spricht mit sich selber im Schlaf. Und er geht immer auf die Straße, ohne etwas gegessen zu haben. Ich weiß nicht, was ihm fehlt. Ich weiß nicht, ob er auf der Straße ißt oder nicht.«

Die alte Frau sagte: »Er hat wahrscheinlich Kummer wegen einer Frau.«

»Ich weiß nicht«, sagte meine Mutter.

»Ja«, sagte die alte Frau. »Bring deinen Sohn zum Sidi Hassein. Kaufe zwei schwarze Hähne und gib sie dem Fqih, der am Eingang der Grabkammer sitzt. Er wird sie für dich töten. Und du wirst sehen, was passiert.«

Als ich an jenem Tag wieder nach Hause kam, sagte meine Mutter: »Du mußt mit mir zum Sidi Hassein gehen.« Sie erzählte mir nichts über die alte Frau.

»Geh du allein«, sagte ich zu ihr. »Es ist besser, wenn ich nicht mit dir komme.«

»Jeden Tag verbringst du deine ganze Zeit mit Herumlaufen auf der Straße und tust nichts. Und dann bitte ich dich nur, mit mir zum Sidi Hassein zu gehen, und du willst nicht. Noch nicht einmal so viel willst du für mich tun.«

»Naja«, sagte ich. »Ich gehe mit dir.«

Am nächsten Morgen machten wir ein Mittagessen, das wir auf dem Lande essen wollten. Dann nahmen wir einen Zeriah-Bus, der hinaus zum Fuße des Sidi Hassein fuhr. Meine Mutter trug die zwei schwarzen Hähne an den Klauen. Manchmal gaben sie Laute von sich. Ich wunderte mich nicht einmal, daß sie sie mitnahm. Ich sah nur aus dem Fenster.

Als der Bus hielt, kletterten wir hinauf, zwischen den großen Felsen und den Kakteen, bis wir oben auf dem Hügel waren. Dann machten wir ein Zelt aus dem Hāik meiner Mutter und setzten uns hinein. Nach einer Weile stand meine Mutter auf. Sie nahm die zwei Hähne und ging hinaus.

»Wo gehst du hin?« fragte ich sie.

»Ich gehe hinüber zum Grab«, sagte sie. »Während ich dort bin, suche etwas Holz, um ein Feuer zu machen. Dann können wir, wenn ich zurückkomme, essen.«

Ich holte das Holz und machte das Feuer. Meine Mutter kam zurück. Nachdem wir gegessen hatten, machten wir Tee. Wir saßen dort, bis es spät war. Die Luft roch gut dort oben. Es ging ein starker Wind.

Am nächsten Morgen schlief ich sehr lange. Als ich aufwachte, sprang ich aus dem Bett. Ich sah die Sonne am Himmel. »Was ist los mit mir? Ich habe noch nie so lange geschlafen.« Ich zog mich an und ging in das Zimmer nebenan.

»Willst du Frühstück?« fragte meine Mutter mich.

»Ja. Ich habe Hunger.«

Sie machte mir ein Glas Kaffee und gab mir einen Laib Brot. »Hier. Nimm das.«

Nachdem ich gegessen hatte, wollte ich hinunter zur Stadt gehen. »Wenn du hundert Francs hast«, sagte ich zu meiner Mutter, »gib sie mir.«

»Hier hast du sie.« Ich nahm die hundert Francs und ging in die Stadt. Den ganzen Tag ging ich durch die Straßen, bis spät am Nachmittag. Dann ging ich ins Kino.

Danach, als ich hinaus kam, ging ich in Mustafas Café in der Stadt.

»Ahlan, Ahmed!« sagte Mustafa. »Wie geht es dir? Arbeitest du oder tust du nichts?«

»Nichts.«

»Wie fühlst du dich? Wie wär's, wenn du wieder nach Merkala kämest und arbeitetest?«

»Ja, ich würde schon zurückkommen. Du mußt wissen, ob du mich haben willst oder nicht«, sagte ich zu ihm.

»Gut. Morgen, wenn du willst, bring deine Kleider hinunter. Ich werde dort sein.«

Es waren drei Monate, bevor der Sommer anfing. Ich ging zurück nach Merkala. Mustafa bezahlte mir das gleiche wie früher, und ich aß jeden Tag in seinem Haus.

»Wir müssen noch eine Menge Arbeit im Café fertigmachen«, sagte Mustafa. »Ich möchte eine Theke für die Bar machen und ein paar Badekabinen auf dem Dach bauen. Und das soll fertig sein, bevor der Sommer kommt.«

Eines Tages regnete es sehr heftig. Ich saß drinnen im Café. Ein Lastwagen fuhr oben auf der Straße und hielt. Er war voller Ziegel und Zement. Die Männer in dem Lastwagen warfen alles hinaus auf die Straße, auf der anderen Seite des Sumpfes. Sechs Arbeiter waren mit ihnen gekommen, um bei der Arbeit im Café zu helfen. Ich half ihnen, alles tragen. Für jede Ladung mußten wir das Ufer hinunter in den Sumpf gehen. Wir mußten hindurchwaten und wieder hinaufklettern. Der Tag war schwarz, und es regnete die ganze Zeit. Der Schlamm war tief und weich, überall. Hinauf und herunter, hinauf und herunter, durch Schlamm und Wasser, bis wir alles im Café hatten.

Am nächsten Tag kam Mustafa mit dem Baumeister, und sie sprachen darüber, was sie tun wollten. Ich begann mit all den anderen zu arbeiten.

Mustafa bezahlte uns allen das gleiche. Als wir das Café fertig hatten, war es fast Sommer.

Eines Tages ging ich nach Hause, um meine Mutter zu besuchen. Ich sah eine alte Frau bei ihr sitzen. Als ich hineinkam, sprachen sie über mich. Die alte Frau sagte: »Und was geschah nach Sidi Hassein? Wie geht es deinem Sohn jetzt?«

»Es geht ihm viel besser«, sagte meine Mutter. »Er arbeitet an derselben Stelle wie letztes Jahr.«

Sie hörten auf zu reden, als ich ins Zimmer kam. Erst da wußte ich, was geschehen war. »Ja!« dachte ich. »Da war es, als ich Zohra vergaß. Als der Fqih die zwei Hähne tötete.«

Der Sommer kam, und Mustafa öffnete das Café. Die Tage waren heiß. Es waren mehr Leute am Strand als im vorigen

Jahr. Eines Tages sah ich Zohra vorbeigehen, die zum Strand ging, um im Sand zu sitzen. Ich wandte mein Gesicht ab, damit ich sie nicht sähe. Sie kam nun jeden Tag. Sie kam sogar ins Café, um etwas zu trinken. Ich steckte meine Hände in die Taschen und ging jedesmal hinaus, wenn sie kam. Und ich kam erst wieder herein, nachdem sie gegangen war. Ich sprach nie wieder mit ihr.

ZNAGUI

ازنكي

Eines Tages kam Mustafa ins Café. »Ahmed«, sagte er. »Meine Frau ist krank. Ich brauche ein Mädchen, das eine Zeitlang in mein Haus kommt und arbeitet.«

»Ich kenne keine Mädchen«, sagte ich. »Warum suchst du dir keins? Wenn du willst, helfe ich dir dabei. Und vielleicht finden wir beide ein Mädchen für dich.«

»Suchen wir also.«

»Wenn ich eine Frau treffe, von der ich weiß, daß sie eine Tochter hat, werde ich mit ihr sprechen«, sagte ich.

»Wachchā.«

Dann ging Mustafa in die Stadt, und er sprach nicht mehr darüber.

Als er das Café umgebaut hatte, arbeiteten dort jeden Tag sechs Männer. Einer von ihnen war ein alter Mann, der hieß Scherif Bu Ralem. Er wohnte in Mstachusche und hatte eine große Familie. Ich hätte nicht gedacht, daß er imstande sei, die Arbeit zu tun, weil er so alt war, aber er war noch kräftig.

Eines Morgens früh, als ich noch schlief, klopfte jemand an die Tür des Cafés. Daf! Daf!

Ich stand auf: »Wer ist da?«

Ich öffnete die Tür. Ich sah einen Nasrāni dort stehen. Er war in meinem Alter.

»Sbāch'l-chīr«, sagte er. »Guten Morgen.«

»Nanu«, dachte ich. »Wieso kann ein Nasrāni so gut Arabisch sprechen?«

»Guten Morgen«, sagte ich.

»Wer bist du?«

»Ich bin der Sohn des Scherif Bu Ralem«, sagte er.

»Was? Das ist eine Überraschung. Du bist der Sohn des Scherif Bu Ralem? Sieh ihn an und dann sieh dich an. Du siehst ihm überhaupt nicht ähnlich.«

»Es ist aber so«, sagte er. »Er ist mein Vater.«

»Gut. Ich war überzeugt, daß du ein Nasrāni seiest. Komm herein.«

Ich bot ihm einen Stuhl an, und er setzte sich. Und ich ging in die Küche und zündete das Feuer an. Dann setzte ich Wasser zum Kochen auf. Ich machte Tee und trug es zu ihm herein, mit einer Schüssel Oliven.

»Hier ist dein Frühstück«, sagte ich zu ihm. Wir saßen lange zusammen und sprachen miteinander. Sein Name war Farid. Als Antonio und Inez kamen, ging er hinaus an den Strand zum Schwimmen. Später kamen seine Mutter und eine seiner Schwestern mit dem Essen. Das Mädchen war etwa vierzehn Jahre alt. Sie aßen zusammen und saßen im Sand. Nachdem seine Mutter und Schwester wieder nach Hause gegangen waren, spielte Farid mit einigen anderen Ball am Strand. Bei Sonnenuntergang kam er ins Café und trank ein Glas Tee mit mir.

»Deine Schwester ist jung, aber sie ist schon sehr hübsch«, sagte ich zu ihm.

»Alle Mädchen sind hübsch in diesem Alter«, sagte er.

»Arbeitet sie?«

»Nein. Meine ältere Schwester arbeitet in der Stadt.«

»Weißt du«, sagte ich. »Mustafa sucht ein Mädchen, das in seinem Haus arbeitet. Seine Frau ist krank. Willst du, daß deine Schwester dort arbeitet?«

»Ja.«

»Wollen wir nicht Mustafa fragen, ob er sie haben möchte?«

»Ja. Es wäre besser für sie, als den ganzen Tag zu Hause zu sitzen.«

»Ich werde Mustafa fragen. Und du sprichst mit deiner Mutter darüber.«

»Wachchā«, sagte Farid.

Wir ließen es dabei. Ich sprach mit Mustafa. Er sagte, er brauche noch immer ein Mädchen in seinem Haus. Ein paar

Tage später brachte Farid seine Schwester nach Dradeb, und sie fing an, bei Mustafas Frau zu arbeiten.

Eines Tages sagte Mustafa zu mir: »Ich habe einen Maler gefunden, der das Café streichen will.«

»Wer ist es?« fragte ich ihn.

»Ein Mann namens Znagui. Er war Boxer. Jetzt streicht er Häuser an.«

»Kommt er heute?«

»Ja. Um fünf Uhr am Nachmittag.«

Znagui kam. »Salaam alaikum.«

»Alaikum salaam«, sagte Mustafa. Sie gingen hinein. Mustafa zeigte ihm all die Arbeit, die getan werden mußte. Er sollte die Wände weißen und die Türen und Tische und Stühle streichen. Nachdem sie eine Weile gesprochen hatten, kamen sie heraus und gingen hinauf aufs Dach. Dann setzten sie sich an den Rand der Terrasse und sprachen über das Geld. Mustafa sagte: »Ich gebe dir dreißigtausend Francs.«

»Vierzigtausend«, sagte Znagui.

»Nein. Ich kann nicht mehr als dreißig zahlen.«

»Gut. Aber gib mir jetzt die Hälfte und die andere Hälfte, wenn ich fertig bin.«

»Nein. Ich gebe dir jetzt zehn und zwanzig, wenn du fertig bist.«

»Wachchā«, sagte Znagui.

»Ich habe kein Geld bei mir«, sagte Mustafa. »Komm jetzt mit mir nach Hause. Und ich gebe es dir.« Dann sagte er: »Allāh ihennik, Ahmed. Znagui wird Tünche kaufen. Er wird sie morgen mitbringen und mit der Arbeit anfangen.«

Mustafa nahm Znagui auf seinem Motorrad mit sich fort.

Am nächsten Morgen stand ich früher auf als gewöhnlich. Ich dachte: »Ich will jetzt meine ganze Arbeit machen, um fertig zu sein, wenn Znagui kommt.« Als ich meine Arbeit getan hatte, frühstückte ich. Dann brachte ich einen Stuhl hinauf aufs Dach und setzte mich dort hin und wartete auf ihn. Ich saß und saß, und Znagui kam nicht. Um halb drei nachmittags war ich hungrig. »Ich gehe jetzt hinauf nach Dradeb in Mustafas Haus und esse zu Mittag.«

Ich ging in Mustafas Haus. Die Tür war immer offen, weil seine Frau mich erwartete. Ich ging hinein und setzte mich hin.

Ich rief nach Mustafas Frau. »Hier bin ich!« Sie kam herein und gab mir die Hand. Dann ging sie hinauf aufs Dach. Farids Schwester wusch droben in der Küche Kleider.

»Saadiya, bring Ahmed das Essen hinunter.«

Saadiya brachte das Essen und stellte es auf den Tisch.

»Willst du nicht mit mir essen?« fragte ich sie. »Setz dich her und iß.«

»Nein, danke«, sagte sie. »Ich habe gegessen. Iß mit gutem Appetit.«

Sie ging hinaus.

Dann rief ich Mustafas Frau. »Das Mädchen ist sehr hübsch«, sagte ich zu ihr.

»Nun, heirate sie«, sagte sie.

»Ich würde es tun, wenn sie es wollte.«

»Aber sie ist jung.«

»Sie wird älter werden. Wir leben in der Welt. Alles ändert sich.«

Ich aß und ging zurück zum Strand. Ich saß dort den ganzen Nachmittag, und Znagui kam nicht mit der Tünche.

Als die Nacht kam, machte ich ein Feuer in einem Becken, das ich in meinem Zimmer hatte, und ließ es draußen, bis die Holzkohle brannte. Ich hielt Ausschau nach dem Licht von Mustafas Motorrad auf der Straße. Ich brachte das Becken hinein und stellte den Kessel darüber. Später trank ich lange Tee. Znagui kam nicht und auch nicht Mustafa.

Am nächsten Tag stand ich wieder früh auf. »Heute wird Znagui sicher kommen«, dachte ich. Und ich fing wieder an, auf ihn zu warten. Zur Mittagszeit war er immer noch nicht gekommen. Etwas später hörte ich Mustafas Motorrad oben auf der Straße.

»Wo ist er?« fragte Mustafa. »Wo ist Znagui?«

»Ich habe ihn nicht gesehen. Du hast gesagt, er würde gestern kommen. Ich habe gestern den ganzen Tag gewartet und heute den halben, und er ist immer noch nicht da.«

»Was!«

»So ist es.«

»Der Hurensohn! Er hat das Geld genommen und ist hingegangen und hat sich betrunken.«

»Kennst du ihn? Betrinkt er sich?«

Mustafa antwortete nicht. »Ich habe einen Räuber angestellt. Der Hurensohn!«

»Ich kenne ihn nicht«, sagte ich.

»Ich werde ihn suchen«, sagte Mustafa zu mir. »Willst du mit mir kommen?«

»Ja. Gehen wir.«

Wir stiegen auf das Motorrad und fuhren in die Stadt. Hinter der Avenida de España am Strand war die Fabrik, wo sie den Thunfisch in Dosen verpackten. Wir ließen das Motorrad vor der Fabrik stehen und gingen hinter das Gebäude zu den Dünen. Bei gutem Wetter lagen da immer viele Männer im Sand und tranken Wein aus der Flasche. Mustafa kannte viele von ihnen, und er sprach sie alle an: »Hast du Znagui gesehen?« Endlich sagte einer von ihnen: »Ja. Ich habe ihn gestern in einer Cantina gesehen. Er war betrunken.«

Wir gingen zurück zum Motorrad. Mustafa sagte: »Gehen wir in den Fonduq esch-Schidschra und suchen dort.« Wir fuhren zum Tor des Fonduq und gingen hinein, aber Znagui war nicht da.

Mehrere Tage gingen Mustafa und ich durch die Stadt und suchten ihn. In Cantinas, in Hurenhäusern, in Cafés, in Bars. Dann traf Mustafa einen Freund, der kannte Znagui. »Er ist nach Sebta gegangen«, sagte er.

»Ja. Er ist da hingegangen und hat sich mit meinem Geld betrunken. Wenn er zurückkommt, werden wir ein Wörtchen miteinander zu reden haben.«

Eines Nachmittags, ein paar Tage später, saß ich in Merkala im Café mit Mustafas Familie und Freunden von ihnen. Wir warteten, daß Mustafa aus der Stadt käme. Die Frauen hatten ihre Kinder mitgebracht, und die Kinder spielten im Sand. Wir lachten und tranken Tee und Pepsi Cola. Bald hörten wir Mustafas Motorrad auf der Straße herankommen.

Wir guckten und sahen jemand auf dem Sitz hinter ihm hocken. Mustafas Bruder stand auf und ging auf die andere Seite des Cafés. Dann rief er mich.

»Ahmed! Komm her!«

»Was ist?«

»Komm her!«

»Komm her! Sieh! Mustafa hat Znagui mitgebracht. Er hat sich ihn geschnappt.«

Nach ein paar Minuten kam Mustafa mit Znagui herein. Znagui hinkte ein wenig. »Salaam alaikum.« Alle sagten guten Tag.

»Wie gehts dir?« fragte ich Znagui. »Du bist ja früh gekommen, um das Café zu streichen. Nach zehn Tagen. Zehn Tage haben wir nach dir gesucht.«

Mustafa sagte zu seiner Familie: »Seht ihr? Seht ihr, was er uns angetan hat? Es ist Sommer. Wir wollten das Café schnell gestrichen haben. Und seht es euch an. Es ist noch nicht einmal damit angefangen worden.«

Mustafas Bruder sprach mit Znagui. »Es ist wirklich schlimm, daß du das getan hast. Das Café könnte jetzt schon ganz fertig sein.«

Znagui sagte: »Aber ich war in Sebta, und ich hatte dort zu tun, und jemand hat meine Werkzeugtasche gestohlen, und alles war ganz schlimm.«

»Und warum bist du dann nicht zurückgekommen und hast es mir gesagt«, sagte Mustafa. »Wir hätten doch arbeiten können, statt die ganze Zeit nach dir zu suchen.«

»Das ist jetzt alles vorbei«, sagte Znagui.

»Und was wirst du jetzt tun?« fragte Mustafa. »Wirst du das Café streichen oder nicht?«

»Ja. Ich werde es streichen. Ich werde schnell machen. Aber du mußt mir noch einmal zehntausend Francs geben. Ich habe kein Geld.«

Mustafa schrie: »Ich schwöre, du wirst keinen Gersch mehr bekommen! Und wenn du das Café nicht streichst, werde ich dich hinauf zur Comisaría bringen und deine Familie wird auf der Straße sitzen.«

»Wachchā«, sagte Znagui. »Ich will mir etwas Geld besorgen und die Tünche kaufen und morgen kommen.«

»Wirst du morgen hier sein?« fragte Mustafa.

»Morgen früh.«

Mustafa sagte zu den anderen: »Ihr habt gehört, was er gesagt hat.« Und wir alle sagten zu Znagui: »Ja. Benimm dich nicht wie ein Kind. Komm und streiche das Café und mach, daß du damit fertig wirst.«

Znagui sagte: »Ich gebe euch mein Wort. Ich komme und fange morgen früh mit der Arbeit an.«

Mustafa und Znagui fuhren mit dem Motorrad fort. Und die Leute blieben noch ein wenig auf der Terrasse und unterhielten sich. Dann nahmen sie ihre Körbe und ihre Kleider und gingen nach Hause.

»Allāh ihennikum.«

»Allāh ihennikum!«

Ich aß mein Abendbrot und ging schlafen. Mitten in der Nacht wachte ich auf. Jemand schlug gegen die Tür. Daf! Daf! Daf! Daf! Und ich war sehr schläfrig und wußte noch nicht einmal, welche Tür es war. Ich stand auf und sah aus dem Fenster. Alles, was ich sehen konnte, war das Licht einer Taschenlampe draußen. Ich sagte zu mir selbst: Ich weiß nicht, wer hier ist, mit einer Taschenlampe. Und ich werde die Tür nicht aufmachen.« Dann hörte ich Stimmen sagen: »Es ist niemand da. Gehen wir.«

Nachdem sie gegangen waren, öffnete ich meine Tür einen Spalt und sah hinaus. Ich sah einen Jeep oben auf der Straße. Ich sah die Männer nicht. »Das ist ein Polizeijeep«, dachte ich. »Was wollen die von mir? Jemand ist wahrscheinlich zur Polizei gegangen und hat ihnen erzählt, daß die Schmuggler wieder Merkala benutzen. Sie wollen das Café durchsuchen und sehen, ob etwas hier ist. Ich habe nichts zu verbergen. Sie können gucken, wenn sie wollen.«

Ich ging wieder ins Bett und schlief bis zum Morgen. Antonio und Inez kamen, und wir tranken unseren Kaffee und taten unsere Arbeit. Etwas später kam Mustafa.

»Ist Znagui noch nicht gekommen?« fragte er.

»Ich habe ihn nicht gesehen.«

Wir sprachen ein wenig. Während wir sprachen, kam ein Polizeijeep die Straße herunter und stoppte. Ein Inspektor und ein Polizist und ein Fahrer kamen herunter zum Café.

»Salaam alaikum.«

»Mustafa, kommst du mit uns zur Comisaría?«

»Ja«, sagte er. »Ja, wenn ihr mich braucht. Warum?«

»Ein Mann dort sagt, du und dein Wächter hättet ihn hierher gebracht. Er sagt, ihr hättet ihn gefesselt und geschlagen.«

»Was? Ich hätte jemand gefesselt und geschlagen?«

»Ja«, sagte der Inspektor.

»Der Wächter auch.« Dann sagte er zu mir: »Schau. Sag mir die Wahrheit, und es wird dir nichts geschehen. Wir werden dich nicht einmal ins Gefängnis stecken. Sag nur die Wahrheit.«

»Ja«, sagte ich. »Alles, was ich gesehen habe, will ich euch sagen. Warum nicht? Warum fragt ihr mich das alles?«

Er sagte: »Letzte Nacht hast du und Mustafa einen Mann hier ins Café gebracht. Dann habt ihr ihn gefesselt und geschlagen. Er ist böse zerschlagen. Er kann kaum gehen.«

»Gestern ist ein Mann namens Znagui hierher gekommen«, sagte ich. »Aber es war nicht in der Nacht. Viele Leute haben hier gesessen. Sie haben ihn gesehen. Er ging vor ihnen fort.«

»Gut. Wir fahren jetzt zur Comisaría.«

Sie brachten uns im Jeep. Als wir dort ankamen, begannen sie, Mustafa viele Fragen zu stellen, und er erzählte ihnen die Geschichte, wie er Znagui das Geld gegeben hatte, und wie wir ihn überall gesucht hatten.

»Und als ich ihn gefunden hatte, brachte ich ihn ins Café«, sagte Mustafa. »Und ich sprach mit ihm. Ich sagte: ›Meinst du nicht auch, es ist eine Schande für einen Mann, zu tun, was du getan hast?‹ Meine Familie war da, und sie sprachen auch mit ihm. Und er sagte, er würde die Tünche kaufen und sie heute morgen bringen und mit der Arbeit anfangen. Und ich sagte zu ihm, wenn er fertig sei, wolle ich ihm die anderen zwanzigtausend Francs geben. Er kam mit mir auf dem Motorrad ins Café, und er hinkte schon. Alle haben es gesehen.«

Der Polizist sagte: »Er hinkte nicht, als du ihn nach Merkala gebracht hast. Ihr habt ihn gefesselt, ihr beide. Einer von euch hatte einen Knüppel und der andere ein Messer. Und ihr habt ihn geschlagen.«

Einer der Polizisten sagte zu mir: »Du wirst dafür bezahlen, du Hurensohn! Da hast du es!«

Er schlug mir zweimal mit der Faust ins Gesicht.

»Ihr entführt also Leute und schleppt sie nach Merkala, wo niemand ist, der ihnen hilft? Ihr schlagt sie? Ihr tötet sie? Verbrecher!«

Ich sagte: »Ja. Du hast recht. Wir töten gerne Menschen. Wir sind Verbrecher. Ein Mann gibt einem anderen Mann zehntausend Francs, und der geht fort und gibt sie aus, um sich zu betrinken. Dann bitten wir ihn, seine Arbeit zu tun. Natürlich, wir sind Verbrecher. Er hat das Geld genommen, und jetzt sagt er, wir hätten ihn geschlagen.«

»Komm, und sieh ihn dir an«, sagte der Inspektor. »Willst du ihn sehen? Wir wollen sehen, ob du danach noch lügen kannst.«

Ich ging mit ihm in ein anderes Zimmer. Znagui war da. Sein Gesicht war schwarz von Blutergüssen, und ein Fuß war verbunden. Ich sah ihn an. »Allāh!« dachte ich. »Wir haben das nicht getan. Aber niemand wird uns glauben. Ich versuche, Unannehmlichkeiten aus dem Weg zu gehen. Und die Unannehmlichkeiten verfolgen mich, suchen mich. Und jetzt haben sie mich erwischt.«

Der Inspektor sagte zu Znagui: »Ist das einer der Männer, die es getan haben?«

»Ja. Er hat mich gefesselt. Und der andere, Mustafa, hat mich mit einem Knüppel geschlagen. Und während er mich schlug, hatte dieser ein Messer in der Hand. Und er sagte, wenn ich schreien würde, dann würde er mich töten.«

»Ich? Ich habe das getan?«

»Ja. Du hast mir das angetan«, sagte er.

Ich wurde weiß. Ich dachte: »Sieh, wie eine Lüge vom Himmel herunterkommen und dich treffen kann.«

»Gut«, sagte ich zu Znagui. »Sag, was du willst.«

Der Inspektor schlug mich ins Gesicht. »Du wirst aus der Sache nicht herauskommen, ganz gleich, was du uns erzählst«, sagte er.

»Das ist alles, was ich zu sagen habe, das, was ich dir schon erzählt habe. Ich kann nicht mehr als das sagen. Jetzt hör auf, mich zu schlagen. Ich bin schon geschlagen. Kannst du das nicht sehen? Ich tue alles, was ich kann, damit ich nicht hier in die Comisaría kommen muß und von euch geschlagen werde. Wenn ihr mich einen Verbrecher nennt, wäre es besser, ich gehe hinaus und stehle gleich. Dann hättet ihr wenigstens einen Grund, mich zu schlagen. Und ich müßte nicht Winter und Sommer allein in Merkala bleiben, für hundert Francs am Tag.«

Der Inspektor brachte mich in ein Badezimmer. Wir gingen hinein. »Gut. Zieh deine Kleider aus«, sagte er zu mir.

»Soll ich ein Bad nehmen?«

»Ja. Wir werden dir ein Bad geben.«

Ich zog meine Jacke, meine Hose und mein Hemd aus. Dann zog ich mein Unterhemd und meine Unterhose aus. Ich stand vor ihm so nackt, wie ich von meiner Mutter gekommen war.

»Hier bin ich!« rief ich. »Ich bin fertig für das Bad.« Ich wollte, daß es jemand anderes hörte. Der Inspektor sah den Korridor hinunter.

»Nein, nein! Zieh dein Unterzeug wieder an«, befahl er mir. »Nicht so ein Bad.«

»Du hast gesagt, ich soll meine Kleider ausziehen.«

Ein anderer Polizist kam herein. »Zieh deine Kleider an, Bruder«, sagte er. »Was ist los mit dir? Zieh dich an.«

Der Inspektor ging fort.

»Er sagte, ich solle mich ausziehen«, sagte ich.

»Schämst du dich nicht? Zieh deine Unterhose an.«

Wir stritten uns weiter. Dann kam Mustafa an die Tür. »Warum ziehst du dich nicht an, Ahmed?«

Ich zog meine Kleider an. Sie machten die Papiere fertig. Und sie schlossen uns in ein Zimmer ein. Als es Nacht wurde, schlug Mustafa gegen die Tür. Ein Polizist kam. »Was willst du?« »Ich will mit Azuz sprechen, dem Sohn der Französin«, sagte Mustafa. Der Sohn der Französin war einer der Polizisten, die mich vor vielen Jahren eingesperrt hatten, als ich den Kif bei mir hatte. Damals war er nur ein Polizist gewesen. Jetzt war er Inspektor.

Der Sohn der Französin kam an die Tür.

»Sieh«, sagte Mustafa. »Es ist sehr kalt hier. Wir müssen hierbleiben, ich weiß. Aber wir können nicht auf diesem nassen Betonboden schlafen, ohne eine Unterlage. Kannst du mir nicht eine Decke von zu Hause holen lassen?« Der Sohn der Französin kannte uns beide, und er sagte: »Ja. Das geht in Ordnung, Mustafa.«

Ein Junge, der Qahwadschi im Café über die Straße war, brachte Tee und Kaffee in die Comisaría, für die Polizei und für uns. Der Sohn der Französin schickte den Qahwadschi zu Mustafa hinein.

»Höre«, sagte Mustafa. »Willst du nach Dradeb gehen und nach meinem Haus fragen? Und wenn du es gefunden hast, sag meiner Frau, bitte, sie soll dir eine Decke für mich geben. Und sag ihr, sie soll mir etwas Kif und etwas zu essen schicken.« Der Junge sagte, er wolle es tun. Als er zurückkam, hatte er alles mitgebracht. Und mit ihm war auch Mustafas Mutter gekommen. Sie sagte zur Polizei: »Mein Sohn hat nichts getan! Und er hat seine zehntausend Francs verloren. Und zu allem Überfluß wird er jetzt ins Gefängnis geschickt! Alles für nichts!«

Mustafa redete ihr zu: »Mach dir deshalb keine Sorgen. Es ist nichts. Geh nach Hause und denk nicht dran.«

Die Decke, die der Junge aus Mustafas Haus mitgebracht hatte, war sehr groß. Sie bestand aus vielen Metern dicker Wolle. Er hatte sie in Marrakesch gekauft. Wir legten sie einmal zusammen und breiteten sie auf dem Boden aus. Dann legten wir uns darauf und fingen an, Kif zu rauchen. Nach einer Weile war der Raum auf der Polizeiwache ein anderer

Ort. Es war wie bei einer Hochzeit. Viele helle Lichter brannten, und es wurde Musik gespielt. Wir aßen unser Essen und rauchten unseren Kif und sprachen und lachten. Jeder füllte vier oder fünf Zigaretten mit Kif und rauchte. Und es war fast, als ob wir gar nicht dort wären. Nach einer Weile fingen wir an zu singen. Und wir vergaßen ganz die Comisaría.

Einmal sagte Mustafa: »Es gibt keine Gerechtigkeit auf der Welt.«

»Was macht das?« sagte ich. Ich hatte den Kif in mir. Ich war glücklich.

Und endlich schliefen wir. Am Morgen standen wir auf. Um neun Uhr riefen sie uns. Sie lasen uns die Berichte vor, die sie über uns geschrieben hatten. Nachdem sie alles gelesen hatten, fragten sie uns: »Stimmt ihr dem zu? Habt ihr das gesagt?«

Wir sagten: »Ja.« Und wir beide mußten unsere Namen auf Arabisch unten auf das Schriftstück setzen. Znagui unterschrieb sein Schriftstück auch. Dann sagten sie zu ihm: »Du gehst jetzt nach Hause, bis wir dich rufen.«

Sie setzten uns in einen Jeep und fuhren uns in die Mendūbīya. Ein Richter sprach uns an: »Ihr habt also einen Mann gefesselt und geschlagen«, sagte er.

Mustafa sagte zu ihm: »Nichts davon ist wahr, Sidī. Es ist das Gegenteil. Dieser Mann hat mein Geld genommen und ist damit fortgelaufen. Ich habe ihn überall gesucht. Dann, als ich ihn fand, hat er mir das angetan, damit er das Geld behalten könne und mir noch nicht einmal mein Café streichen müsse. Jetzt wird das Café geschlossen, und ich werde im Gefängnis sein, und kein Wächter ist da. Jemand kann einbrechen und alles stehlen. Wie kann ich das wissen?«

»Wir können nichts daran ändern«, sagte der Richter. »Wir können nur die Leute bestrafen, die dem Gesetz nicht gehorchen.«

»Tu, was du tun mußt«, sagte Mustafa.

Sie brachten uns ins Gefängnis der Kasbah. Als wir hereinkamen, sagte der Aufseher: »Nehmt alles aus euren Taschen und gebt mir alles.« Wir nahmen unser Geld und andere

Dinge heraus und gaben ihm alles. Ich hatte ein Päckchen Kif bei mir, und ich behielt es in meiner Hand, während ich ihm meine Sachen gab. Er machte eine Liste von allem und gab uns unsere Zigaretten zurück. Dann sah er auf meine Hand. »Was hast du da in deiner Hand? Öffne sie.«

Ich öffnete meine Hand. »Es ist nur gerade soviel Kif, wie in zwei Pfeifen geht«, sagte ich zu ihm.

»Warum hast du ihn mir nicht gegeben?« schrie er. »Ich müßte dich schlagen, aber es sehen zu viele Leute zu. Du Aas!« Er nahm mir den Kif weg und schickte uns hinauf zur Zelle Nr. 10. Dort waren ein paar Freunde von uns.

»Was macht ihr hier?« fragten sie.

»Nichts«, sagte Mustafa.

Sie hatten eine Menge Kif da, und so rauchten wir. Als der Aufseher kam, befahl er uns: »Tut das weg. Versteckt die Pfeife. Wo ist der Junge, der vorhin angekommen ist?«

Ich ging zur Tür. Er sagte: »Komm heraus.«

Er schloß die Tür, und wir standen im Korridor. »Hier«, sagte er. »Hier ist dein Kif. Ein andermal laß ihn in deiner Tasche. Versuch nicht, ihn in deiner Hand zu verstecken, so daß ich ihn sehen kann.«

»Danke. Möge Allāh deine Eltern segnen.«

Dann öffnete er die Tür, und ich ging wieder in die Zelle.

»Warum hat er dich gerufen?« fragte Mustafa. »Was wollte er?«

»Er wollte nur mit mir sprechen«, sagte ich. Ich konnte es ihm nicht vor den Gefangenen erzählen.

Ein paar Tage später kam ein Rechtsanwalt, um mit Mustafa zu sprechen und zu hören, ob er wolle, daß er für ihn vor Gericht sprechen solle.

»Ich brauche keinen Rechtsanwalt«, sagte Mustafa.

Der Rechtsanwalt sprach lange mit ihm. Dann sagte er: »Du willst mich also nicht haben?«

»Wenn du für mich sprechen würdest, wieviel würdest du verlangen?« fragte ihn Mustafa.

»Gib mir zwanzigtausend Francs, und der Fall wird ausgehen, wie du es willst.«

»Gut« sagte Mustafa zu ihm.

Wenn er das nicht gesagt hätte, wären wir lange dort im Gefängnis geblieben. Der Rechtsanwalt tat seine Arbeit bei den Richtern, und nach einer weiteren Woche etwa riefen sie uns vor Gericht.

Der Richter fragte mich: »Bist du der Wächter, der für diesen Mann arbeitet?«

»Ja.«

»Wieviel verdienst du im Monat?« fragte er.

Ich sagte zu ihm: »Dreitausend Francs und jeden Tag das Mittagessen.«

»Gut. Du hast diesen Mann also gefesselt und dein Arbeitgeber hat ihn geschlagen?«

Ich erklärte ihm alles, was geschehen war. Und ich sagte: »Jetzt ist das Café leer, wenn kein Wächter da ist, und wir sind im Gefängnis. Das ist die einzige Wahrheit.«

Der Richter sagte zu uns: »Ihr müßt in der deutschen Armee gekämpft haben, ihr beiden. Ihr habt diesen Mann sehr böse geschlagen. Ihr müßt das von den Deutschen gelernt haben.«

»Ja, ja, ja«, sagte Mustafa. »Wir müssen in der Armee bei den Deutschen gewesen sein. Vielleicht waren wir das.«

»Du kannst sehen, was in dem Bericht steht«, sagte der Richter zu ihm.

»Ich weiß. Er sagt, was er sagt, und wir sagen, was wir sagen.«

»Aber was ihr sagt, sind alles Lügen«, sagte der Richter. »Gut. Setz dich jetzt.«

Nach einer Weile sagte er zu mir: »Du kannst jetzt gehen und im Gefängnis warten. Dein Urteil ist noch nicht fertig. Wir rufen dich später.«

Wir fuhren wieder im Polizeiwagen zur Kasbah. Am nächsten Tag kam Mustafas Mutter und sagte: »Ihr kommt heraus. Morgen werdet ihr frei sein.«

Und am nächsten Tag riefen sie uns wieder vor Gericht. Sie gaben uns drei Monate Bewährung und jedem zwanzigtausend Francs Geldstrafe.

»Wenn ihr noch mehr Ärger macht, müßt ihr uns auch die drei Monate Gefängnis bezahlen«, sagten sie zu uns.

»Wachchā, Sidī.«

Sie brachten uns zurück ins Gefängnis, und wir suchten unsere Sachen zusammen und gingen hinaus. Mustafas Mutter war draußen am Tor und wartete auf ihn.

»Ich bringe meine Mutter da hinunter«, sagte Mustafa. »Du trägst die Sachen und triffst mich im Haus.«

Er ging mit seiner Mutter durch Bab Haha, und ich trug die Kleider und Sachen den kurzen Weg durch die Zanqa Tawīla.

Ich trug die Dschellabahs und Hosen und Jacken und einen großen Korb voll Eßtöpfe. Und ich hatte ein Schaffell über meiner Schulter. Mustafas Mutter hatte es ihm ins Gefängnis gebracht. Ich ging langsam. Als ich zur Medersa Gennūn kam, rief mich ein Mann an. Ich sah ihn an und wußte, er war von der Geheimpolizei.

»Komm her. Wo gehst du hin? Was hast du da?«

»Nur Kleider.«

»Leg alles auf den Boden«, befahl er mir.

Ich warf das Schaffell ab und häufte alles darauf. Eine Menge Staub flog auf in unsere Gesichter.

»Was ist los mit dir?« sagte er. »Mach langsam. Sieh, was für einen Staub du machst.« Er sah die Sachen an.

»Heute war ein guter Tag für dich«, sagte er. »Nimm das alles auf. Wir gehen zur Polizeiwache.«

Ich dachte: »Ich kann noch nicht einmal aus dem Gefängnis kommen, ohne zur Comisaría zu müssen!«

»Wo hast du das alles gestohlen?« fragte er.

»Im Gefängnis der Kasbah.«

»Ich frage dich etwas, und du lachst über mich?«

»Ich schwöre, ich bringe sie aus dem Gefängnis.«

»Wem gehören die Sachen?«

»Mir und Mustafa.«

»Welchem Mustafa?«

»Der das Café in der Calle de Italia hat. Wir waren zusammen im Gefängnis.«

»Mach daß du fortkommst«, sagte er zu mir. »Beeil dich!«

»Warum hast du das nicht eher gesagt?« dachte ich. Ich hob alles wieder auf und ging nach Dradeb. Ich ließ Mustafas Sachen dort. Dann ging ich zum Haus meiner Mutter.

»Allāh sei Dank, daß du heraus bist«, sagte sie.

»Siehst du? Und ich habe nur die Wahrheit gesagt.«

»Allāh gibt jedem Menschen, was er verdient«, sagte sie.

»Ich muß jetzt ins Café gehen. Gib mir meine Kleider.«

»Jetzt schon?«

»Ja.«

Ich nahm meine Sachen und brachte sie hinunter nach Merkala. Mustafas Bruder wohnte im Café. Er war dort Wächter gewesen, während ich im Gefängnis war.

»Ah Ahmed! Wie geht es dir? Ist alles vorbei?«

»Ja. Und wir sind heraus. Aber wir müssen jeder zwanzigtausend Francs bezahlen.«

»Mach dir deshalb keine Sorgen«, sagte er. »Mustafa kann das regeln. Du mußt nichts bezahlen.«

Wir mußten nichts bezahlen. Ein paar Tage später brachte Mustafa zwei Maler von Sidi Buknadel, die die Arbeit machen sollten. Sie strichen schnell alles an, und ich half ihnen. Wir waren bald damit fertig.

DAS HAUS
DER NASRANI

دار النصراني

Mustafas Frau ging es besser. Sie kam nun jeden Nachmittag herunter zum Strand. Saadiya arbeitete immer noch für sie, und sie kam mit ihr.

Ich sprach immer mit dem Mädchen. Ich erzählte ihr, wie hübsch sie sei, und darüber mußte sie lachen. Jeden Tag scherzte ich mit ihr und fragte sie, ob sie nicht meine Frau sein wolle.

Als der Sommer vorbei war, kam Mustafa und sagte zu mir: »Jetzt ist es Zeit für mich, Antonio und Inez loszuwerden. Aber du bleibst wie voriges Jahr. Und du ißt in meinem Haus in Dradeb, genau wie damals.«

»Wachchā.«

Ich blieb wieder allein in Merkala. Jeden Tag ging ich in Mustafas Haus, und Saadiya trug mir das Essen auf.

Eines Tages schien die Sonne sehr stark. Es war ein schöner Tag, wie im Frühling. Ich saß am Strand am Wasser bei den Arbeitern, die dort die Straße bauten. Wir aßen unser Mittagessen. Ein gelbes Auto kam die Straße herunter und hielt an. Ein Mann stieg aus. Er stellte sich hin und pißte. Er hatte einen Bart. Das Auto war voller Koffer und Gepäckstücke, und oben darauf waren Kisten gebunden.

Einer der Arbeiter sagte: »Ahmed! Sieh dir das Auto an! Sieh den Staub darauf. Der Fahrer kann noch nicht einmal herausgucken. Willst du nicht hingehen? Vielleicht läßt er dich den Wagen waschen? Ich glaube, das sind Ausländer!«

»Ich weiß nicht.«

»Geh! Geh hin! Vielleicht bekommst du etwas.«

»Gut.« Ich ging über den Strand und begann zur Straße hinaufzuklettern. Es saß noch jemand vorn im Auto. Der

Mann stieg ein. Dann fuhr er fort, bevor ich den Damm heraufgekommen war.

»Pech!« dachte ich.

Ich ging zurück zum Strand.

»Nichts«, sagte ich.

»Ein andermal wirst du etwas bekommen«, sagte der Arbeiter. Wir sprachen nicht mehr über das gelbe Auto.

Als es Nacht wurde, ging ich ins Café und machte Tee. Ich dachte: »Diese Nasrāni werden wohl hier wohnen. Wenn Allāh will, daß ich Arbeit bei ihnen bekomme, wird er sie wieder einmal hierherschicken.«

Drei oder vier Tage vergingen. Dann sah ich eines Nachmittags einen Nasrāni die Straße herunter zum Strand gehen. Er kletterte den Damm herunter, und vor dem Café bog er ab, um im Sand zu gehen. Ich saß auf dem Dach und sah zu ihm hinunter. Nach einer Weile drehte er sich um und kam zurück. Als er näherkam, dachte ich: »Ich möchte wissen, ob das der mit dem Auto ist. Ich gehe hinunter und frage ihn, wo er herkommt. Dieser Nasrāni ist nicht in diesem Land aufgewachsen, was der für einen Bart hat!«

Ich ging die Treppe hinunter und stellte mich auf die Terrasse. Dann sagte ich: »Hola!«

»Hola!«

»Sprichst du nicht Spanisch?«

»Ich spreche etwas Italienisch«, sagte er.

»Italienisch ist wie Spanisch, nicht wahr?«

Wir sprachen Spanisch. Manchmal verstand er, und manchmal nicht.

»Wo kommst du her?« fragte ich ihn.

»Aus Frankreich«, sagte er.

»Wo wohnst du?«

»Ich bin hier mit einem Freund. Wir haben ein Haus auf dem Berg hier. Dort oben. Wir haben es gerade gemietet. Wir wollen hier leben.«

Als er mir das gesagt hatte, sagte ich zu ihm: »Brauchst du niemand, der dort bei euch arbeitet? Vielleicht, um das Haus zu streichen oder irgendwas?«

»Wir haben einen Moslem, der dort arbeitet. Er hilft mir und meinem Freund das Haus streichen. Wir brauchen jetzt niemand.«

»Ich verstehe. Gut. Aber merke dir bitte, wenn du später jemand brauchst, ich würde gern für dich arbeiten. Du kannst mir bezahlen, was du willst.«

»Jetzt nicht. Aber später will ich mal sehen. Ich werde mit meinem Freund sprechen, und wir werden sehen. Auf Wiedersehen, für heute.«

»Auf Wiedersehen«, sagte ich. »Vergiß nicht. Wenn du jemand brauchst, ich bin immer hier. Du kannst mich finden.«

»Mal sehen.«

Er ging weiter. Ich ging ins Café.

Eines Tages, etwa eine Woche später, sah ich zum Fenster hinaus und sah zwei Männer die Straße herunter auf den Strand zukommen. Als sie näher kamen, sah ich, daß einer von ihnen der Franzose war, mit dem ich gesprochen hatte. Der andere war jünger und hatte keinen Bart.

»Das muß der Freund sein, von dem er gesprochen hat«, dachte ich. »Ich muß aufpassen, was sie jetzt tun werden.«

Als sie vor dem Café waren, sagte der ältere: »Hola!«

Ich rief ihm zu: »Komm hier herüber!«

Sie standen einen Augenblick zusammen und redeten. Dann kamen sie herüber und gaben mir die Hand.

»Wollt ihr Tee?« fragte ich sie. »Mögt ihr welchen?«

Der ältere sagte: »Ja. Das wäre sehr nett.«

»Kommt herein.« Und sie kamen ins Café. Es war geschlossen, weil Winter war, aber ich brachte ihnen Stühle heraus, und sie setzten sich. Ich bot ihnen Zigaretten an. Sie hatten ihre eigenen. Ich suchte einen Aschenbecher für sie und zündete das Feuer an. Dann machte ich Tee.

»Dieser Tee ist wunderbar.«

»Ja, ja!«

»Moslems trinken immer solchen Tee«, sagte ich zu ihnen.

Wir sprachen lange miteinander, wo sie gewesen waren und was sie arbeiteten und wie sie lebten. Der jüngere sagte: »Eines Tages wirst du sehen, was unsere Arbeit ist.«

»Inschallāh.«

Der ältere sagte zu seinem Freund: »Das ist der Junge, von dem ich dir erzählt habe.«

»Wir haben jetzt einen Mann da, der streicht«, sagte der jüngere. »Wenn er fertig ist, kommen wir und sagen es dir. Es könnte dann Arbeit für dich geben. Wir werden dich verständigen.«

»Danke.«

Dann sagten sie: »Wir müssen gehen.«

»Es ist jetzt dunkel«, sagte ich. »Ich gehe mit euch bis zur Landstraße. Bis zum Laden des Sussi.«

Ich ging mit ihnen das Tal hinauf bis zum Laden. Dann stiegen sie die Bergstraße hinauf zu ihrem Haus. Ich ging sehr glücklich zum Café zurück. »Jetzt hat Allāh mir gute Arbeit gegeben«, dachte ich, »und ich muß nicht für immer hierbleiben.«

Eines Nachmittags sah ich das gelbe Auto die Straße herab auf das Café zukommen. Als es anhielt, stiegen zwei Männer aus, und ich sah, daß es die zwei Franzosen waren. Da wußte ich, daß das gelbe Auto ihnen gehörte. Der jüngere lief herunter zum Café.

»Ahmed!«

»Ist das euer Auto?« fragte ich ihn.

»Ja. Es ist unseres.«

»Seid ihr einmal hier mit dem Auto zum Café gekommen, vor langer Zeit, und seid wieder fortgefahren, ohne auszusteigen?«

»Ja. Das war, als wir ein Haus suchten, in dem wir wohnen könnten«, sagte er. »Kannst du nun mit uns ins Auto kommen? Du kannst sehen, wo unser Haus ist. Dann kannst du morgen früh zur Arbeit kommen.«

Ich zog meine Jacke an und ging mit ihnen zum Auto. Der ältere saß drinnen.

»Hola!«

Und wir fuhren hinauf zu ihrem Haus auf dem Berg. Der ältere klopfte an die Tür. Ein Moslem kam und ließ uns ein. Er tünchte die Wände. In einem Zimmer war ein Bild, fast so groß wie das Zimmer, mit einer großen Menge Leute darauf. Es sah aus wie eine ganze Stadt. Der ältere Nasrāni sah, wie ich davorstand. »Es ist noch nicht fertig«, sagte er.

Der jüngere zeigte auf den Mann, der die Wände tünchte. »Er ist fast fertig. Jetzt kannst du kommen und arbeiten. Möchtest du hier essen oder zu Hause?«

»Wie ihr wollt«, sagte ich. »Wenn ihr wollt, esse ich hier.«

»Dann ißt du hier, und wir geben dir dreihundert Francs täglich. Du arbeitest von neun bis zwei.«

»Gut«, sagte ich. Ich wußte, ihr Essen würde besser sein als das bei Mustafa.

Ich ging am Abend zurück nach Merkala und schlief. Am Morgen ging ich hinauf zu ihrem Haus.

»Buenos días, Ahmed.«

Der Jüngere ließ mich ein.

»Buenos días.« Wir sprachen immer Spanisch. Die Nasrāni konnten kein Arabisch.

»Komm hinaus zur Werkstatt mit mir«, sagte er. Er führte mich durch den Garten in einen großen Raum, der war voll Holz und Möbel.

»Siehst du? Das ist unsere Arbeit. Wir machen Tische und Schränke und Wandverkleidungen für die Leute.«

Er gab mir ein kleines Stück Holz, auf das eine geschwungene Linie gezeichnet war. »Kannst du an dieser Linie entlang schnitzen?« fragte er mich.

»Nein. Ich verstehe nichts von dieser Arbeit«, sagte ich.

»Wir geben dir etwas anderes zu tun.« Er brachte ein Tablett mit vielen verschiedenen Arten von Scharnieren und Schrauben. »Lese alle gleichen zusammen, jede Sorte in einen anderen Kasten«, sagte er zu mir. »Später kannst du lernen, wie man Holz schnitzt.«

Ich arbeitete eine Zeitlang bei ihnen, und bald konnte ich Holz schnitzen, wie sie es von mir verlangten. Und ich lernte immer mehr.

Ich kochte ihnen jeden Tag ihr Essen. Jeden Morgen, wenn ich zum Haus kam, schliefen sie noch. Und sie schliefen im selben Bett. Einmal sagte ich zu ihnen: »Ist das eine gute Idee, daß zwei Männer immer in einem Bett schlafen?«

Sie lachten. Der jüngere, Marcel, sagte: »Ja. Willst du nicht auch mit uns schlafen? Dann sind wir drei.«

»Nein. Das ist besser für zwei«, sagte ich zu ihm.

Sie machten immer solche Scherze mit mir. Eines Tages kam Marcel in die Küche und sagte zu mir: »Hör mal. Heute werde ich das Essen machen. Du gehst hinauf und legst dich zu François ins Bett. Er wartet auf dich.«

»Nein«, sagte ich. »Es ist besser, du gehst hinauf.«

Ihr Haus war voll von Pflanzen und Bildern und Statuen. Sie aßen all ihr Essen von Holztellern. Alles, was sie hatten, war aus Holz gemacht. Ihre Tabletts und Schalen und Löffel und Gabeln und Schüsseln. Sie hatten ein großes Bett in einem Zimmer oben. Sie malten Bilder und hängten sie an die Wände im ganzen Zimmer. Dann konnten sie sie vom Bett aus sehen. Sie lagen gerne im Bett.

Heute und Morgen. Eines Nachts saß ich im Café und dachte: »Hier arbeite ich in Merkala, und immer gibt es Regen und Schlamm. Diese Nasrāni werden hierbleiben. Ich habe gute Arbeit bei ihnen. Ich sollte mir irgendwo ein Zimmer suchen und es mieten. Dann kann ich mit diesem Café für immer Schluß machen und mich ein wenig ausruhen. Es wäre besser, nicht mehr hierzubleiben.«

Und eines Nachmittags, als ich mit meiner Arbeit fertig war und hinunter zum Strand ging, traf ich Mustafa dort.

»Mustafa, ich möchte mit dir sprechen.«

»Was ist?«

»Ich arbeite für die Nasrāni, weißt du. Und das Geld, das ich bei ihnen verdiene, reicht mir. Ich werde mir ein Zimmer suchen und darin wohnen. Du mußt dir einen anderen Wächter für das Café suchen.«

»Wo soll ich einen guten finden?«

»Wir könnten Farids Bruder Abdallah fragen.«

»Kennst du ihn gut?«

»Nein. Ich habe ihn ein paarmal hier mit Farid zusammen gesehen«, sagte ich. »Aber du kannst mit ihm reden und sehen, ob er dir zusagt. Es ist dein Café. Wenn ich jemanden bringe, und der stiehlt oder tut etwas, wirst du mir die Schuld geben. Es ist besser, wenn du dir deinen Wächter selbst suchst.«

»Gut«, sagte er.

Ein paar Tage später brachte er Abdallah herunter nach Merkala.

»Ich will es mit ihm versuchen«, sagte er zu mir.

»Ja«, sagte ich. »Laß ihn hier eine Zeitlang bleiben. Ich muß jeden Nachmittag Zimmer suchen gehen.«

Ich besuchte meine Mutter. Ich dachte, sie wüßte vielleicht, wo ich ein Zimmer finden könnte.

»Mutter, ich brauche ein Zimmer, in dem ich allein wohnen kann. Jetzt arbeite ich, und ich kann ein wenig Geld sparen. Vielleicht habe ich später genug, um ein paar Kleider zu kaufen und zu heiraten.«

»Al Allāh! Es wäre besser für dich, wenn du das könntest.«

»Weißt du nicht, wo ich ein Zimmer finden kann?«

»Warte, bis dein Stiefvater kommt. Er weiß vielleicht eins.«

»Gut. Ich gehe ein wenig hinauf nach Mstachusche. Ich komme wieder.«

Ich wollte den Mann meiner Mutter nicht sehen. Ich hatte vor, nach Merkala zurückzugehen, nachdem ich in Mstachusche gewesen war, ohne noch einmal zu meiner Mutter zu gehen.

Ich stieg den Hügel hinauf und ging am Reservoir vorbei bis hinauf nach Mstachusche. Als ich da an einer Hütte vorbeikam, sah ich Farid darin sitzen. Er rief mich an.

»Ah, Farid!« sagte ich. »Was machst du da drin?«

»Wir sitzen nur hier. Sonst nichts.«

»Was ist das für eine Hütte?«

»Ein Café. Hast du es noch nie gesehen?«

»Nein. Ich sehe eine Hütte. Ich sehe kein Café.«

»Es ist ein Café! Komm rein und trink ein Glas Tee mit uns. Du bist eingeladen hereinzukommen.«

»Nein. Ich habe eine Menge zu tun. Danke. Du weißt nicht, ob es hier in der Gegend irgendwo einen Mahal gibt?«

»Dem Herrn dieses Cafés gehört das ganze Gebäude dort hinten. Der dritte Mahal ist leer. Ich glaube, er will es vermieten.«

»Wer ist das?«

»Ein alter Mann, er heißt El-Haddane.«

»Wieviel nimmt er dafür?«

»Zwanzig Rial im Monat.«

»Ja. Ich kann das bezahlen. Können wir hingehen und es uns ansehen?«

»Warte. Ich gehe hin und sehe nach, ob er zu Hause ist.«

Farid ging über die Straße und klopfte an die Tür des alten Mannes. Ich sah zu. Seine Frau kam und öffnete.

»Was willst du?«

»Ich möchte El-Haddane sprechen«, sagte er.

El-Haddane kam an die Tür.

»Da ist ein Junge, der möchte deinen Mahal mieten. Den, der leer steht.«

»Was hast du gesagt?«

»Ein Junge. Er möchte den Mahal mieten.«

»Was?«

Ich ging hinüber. »Was ist los?« fragte ich Farid.

»Er ist taub. Er hört nichts. Er hört nur das, was er will.«

»Ja. Ich kenne taube Leute«, sagte ich.

El-Haddane sagte: »Wo ist der Junge?«

»Hier ist er.«

»Ah!« sagte er. »Saalam alaikum!«

»Alaikum salaam.«

»So, mein Sohn. Du möchtest den Mahal mieten?«

»Ja, ich möchte ihn mieten. Kannst du ihn aufschließen, damit wir ihn sehen können?«

»Warte.« Er ging hinein und holte die Schlüssel. Dann gingen wir mit ihm zu dem Mahal, und er öffnete die Tür.

»Sieh«, sagte er.

Ich ging hinein. Er war so schmutzig, daß man nichts sehen konnte. »Wer hat hier drin gewohnt?« fragte ich. »Menschen oder Esel?«

»Menschen«, sagte er. »Menschen haben hier gelebt.«

»Das ist nicht möglich«, sagte ich zu ihm. »Hast du nie die Wände getüncht?«

»Warum soll ich sie tünchen, wenn jemand kommen wird, der sie sofort wieder schmutzig macht? Du kannst sie selber tünchen, wenn du willst.«

Ich sprach mit Farid. »Willst du es für mich tun?«

»Ja. Ich werde deine Wände tünchen.«

Ich nahm tausend Francs und gab sie El-Haddane. »Gib mir den Schlüssel«, sagte ich zu ihm. »Und gib mir eine Quittung.«

»Morgen gebe ich sie dir.«

Dann gab ich Farid zweihundert Francs. »Kauf ein wenig Tünche und streiche die Wände damit. So wird es besser aussehen. Aber vorher wollen wir etwas Sūdānī holen und verbrennen. Ich möchte einige von diesen Wanzen loswerden.«

Ich ging zum Baqqāl und kaufte fünfzig Gramm gemahlenen roten Pfeffer. Farids Haus war unten an der Straße. Er ging nach Hause und holte einen Mijmah voll heißer Kohlen. Als er zurückkam, bliesen wir das Feuer mit einem Blasebalg an, bis es sehr heiß war. Wir stopften Lumpen und Papier in alle Risse in den Wänden, daß der Rauch nicht hinaus konnte. Dann stellten wir den Mijmah in den Mahal und schütteten den roten Pfeffer auf die heißen Kohlen. Wir rannten aus dem Mahal und schlossen die Tür.

Eine halbe Stunde saßen wir im Café und unterhielten uns, und dann gingen wir zurück. Ich nahm einen Besen und begann die Wanzen in Häufchen zusammenzukehren. »Siehst du, wie viele da waren. Und ich hätte hier mitten unter ihnen gewohnt.«

»Alle diese Zimmer hier haben Wanzen«, sagte Farid.

»Warum tun die Leute das nicht?«

»Sie wissen noch nicht einmal, daß Wanzen da sind.«

»Sieh«, sagte ich. »Hier ist ein Schlüssel. Es ist spät. Ich muß gehen. Du tünchst den Mahal und morgen komme ich wieder.«

Am nächsten Tag ging ich hinauf und traf Farid bei der

Arbeit. Wir sprachen eine Weile. Dann trug er wieder Tünche auf. Und dann sagte er: »Sieh, wie es jetzt aussieht.«

»Es ist ein bißchen besser«, sagte ich. »Besser als der Dreck, der vorher da war.«

Ich gab ihm vierhundert Francs. »Entschuldige, daß ich dich gebeten habe, diese Arbeit zu machen«, sagte ich zu ihm.

»Ich möchte nicht bezahlt werden«, sagte Farid.

»Nein, nein. Nimm es. Du hast gearbeitet, und du mußt es nehmen.«

Ich steckte den Schlüssel in meine Tasche. »Willst du mit mir kommen? Ich will meine Sachen aus dem Café in Merkala holen und hierherbringen.«

»Gut.«

Wir gingen hinunter nach Merkala. Mustafa war da und saß am Strand.

»Ich bin gekommen, um meine Sachen zu holen. Ich habe einen Mahal gefunden.

»Gut. Wann du willst. Ich bin noch dein Freund, mußt du wissen, auch wenn du deine Arbeit aufgegeben hast.«

Dann ging ich zum Haus der beiden Nasrāni und sagte zu ihnen: »Ich habe ein Zimmer gemietet. Alle meine Sachen sind unten am Strand. Könnt ihr mit eurem Auto kommen und mir helfen, sie zu meiner Wohnung zu bringen?«

»Ja, natürlich, Ahmed«, sagte Marcel. »Ich muß zur Post. François, nimm Ahmed mit und hol seine Kleider. Triff mich später bei der Post.«

Und François fuhr mich hinunter zum Strand. Farid stand auf der Terrasse. »Ich helfe dir«, sagte er.

Wir begannen die Sachen vom Café hinauf zum Auto zu tragen. Da war eine Matratze und eine rote Matte und Kleider und Töpfe und Teller. Farid trug die Matratze auf seinem Kopf. François sah ihn an. Er sagte zu mir: »Wo wohnt er? Kennst du ihn schon lange? Arbeitet er?« Wo Farid auch hinging, sah François ihm nach.

Als wir alle Sachen ins Auto getan hatten, sagte François: »Ist das alles? Ist nichts mehr da?«

»Nein.«

»Will dein Freund mit uns kommen?«

»Steig ein«, sagte ich zu Farid. »Komm.« Ich zog ihn auf den mittleren Sitz, zwischen uns. Und wir fuhren hinauf nach Mstachusche. Der Wind blies. François sah ununterbrochen in den Spiegel während er fuhr und kämmte sein Haar. Und dann wehte der Wind es wieder durcheinander. Dann und wann sprach er mit Farid.

Wir fuhren bis zu der Hütte, die ein Café war. Dann brachten wir alles in den Mahal und ließen es dort.

»Wir sehen uns morgen«, sagte François zu mir.

Ich dankte ihm, daß er mir geholfen hatte. Er fuhr fort.

»Farid«, sagte ich. »Gehen wir in das Café nebenan und bestellen uns etwas. Ich habe kein Feuer in meinem Zimmer.«

Wir gingen ins Café. Farid sagte zu dem Qahwadschī: »Mach uns zwei Gläser Kaffee mit Milch.«

»Es ist keine Milch da«, sagte der Qahwadschī. »Das ist kein Stadt-Café! Ihr könnt Tee haben oder schwarzen Kaffee.«

»Tee«, sagte ich.

»Für mich auch.«

Ich ging hinaus und holte etwas Brot und Thunfisch, und wir aßen es zu dem Tee. Nach einer Weile war ich schläfrig.

»Ich gehe ins Bett.«

»Gute Nacht«, sagte Farid.

»Wenn du mit in meinen Mahal kommen willst, dann komm.«

»Ein andermal komme ich.«

Jeden Morgen ging ich den Berg hinauf zum Haus der Nasrāni. Ich klopfte an die Tür, und einer von ihnen öffnete. »Buenos días.«

»Buenos días.« Ich ging hinein. »Willst du deinen Kaffee im Eßzimmer?« Manchmal kamen sie herunter zum Frühstück, und manchmal brachte ich es ihnen hinauf ans Bett.

Sie zeigten mir dann meine Arbeit für diesen Tag und ließen mich allein, wenn ich sie tat. Sie zogen sich an und taten ihre eigene Arbeit. Zur Mittagszeit fragte ich sie, was sie essen wollten. Dann ging ich die Straße hinunter zum Laden des Sussi und kaufte ein und machte ihnen das Mittagessen. Sie waren beide gut zu mir. Es war, als ob ich in einer Familie lebte. Wir waren alle glücklich bei unserer Arbeit. Und wir aßen am selben Tisch und sprachen und lachten miteinander.

Eines Tages, als wir aßen, sagte Marcel zu mir: »Dieser große Tunnel hinter Merkala, wo das Wasser in den Ozean fließt. Warum gehen die Leute hinein? Was machen sie da drin?«

»Ich weiß nicht«, sagte ich. »Wahrscheinlich haben sie Spaß miteinander. Bist du noch nie dringewesen?«

»Doch. Ich bin einmal hineingegangen. Und ich traf einen sehr netten Jungen darin.«

»Hat er dir gefallen?«

»Ein bißchen«, sagte er.

»Das ist eure Sache.«

»Und du«, sagte er. »Magst du keine Jungen?«

»Nein, ich nicht. Mädchen sind besser.«

Wir sprachen immer so, während wir aßen.

Eines Tages bekamen sie einen großen Auftrag für Möbel. Wir hatten alle sehr viel in der Tischlerei zu tun. Und ich kaufte ein und kochte das Mittagessen und machte das Haus sauber und wusch die Kleider. Marcel kam zu mir und sagte: »Wir haben alle zuviel Arbeit in diesem Haus. Kannst du uns nicht ein Mädchen suchen? Sie kann all die anderen Dinge tun, dann kannst du deine ganze Zeit bei uns in der Werkstatt verbringen. Was denkst du, wieviel wir einem solchen Mädchen zahlen müßten?«

»Ich weiß nicht. Wenn ich eine für euch finde, müßt ihr mit ihr sprechen. Ich will sehen, ob ich ein Mädchen hierherbringen kann, und dann sprecht ihr mit ihr.«

Am selben Nachmittag ging ich zu meiner Mutter. »Mutter«, sagte ich. »Wir brauchen ein Mädchen da oben im Haus der Nasrāni. Aber ich weiß nicht, wo ich eins finden kann. Ein Mädchen, dem wir vertrauen können. Sie wohnen dort und arbeiten dort, und wir können keine brauchen, die Sachen mitnimmt.«

»Ja, du hast recht«, sagte sie. »Da ist ein Mädchen hier im Viertel. Armes Ding! Sie war verheiratet, aber jetzt ist sie geschieden. Und sie hat ein kleines Mädchen. Du kannst sie mitnehmen. Ich glaube, sie wird die Arbeit gut machen.«

»Kennst du sie?«

»Ja, ich kenne sie.«

»Morgen früh, Inschallāh, komme ich. Du bringst sie hierher, und ich nehme sie mit hinauf.«

Am nächsten Morgen ging ich zum Haus meiner Mutter und fand das Mädchen dort. »Hör mal«, sagte ich zu ihr, »du kommst und arbeitest dort, und sie werden dich bezahlen. Aber du darfst nichts anrühren. Wenn du etwas willst, dann fragst du danach. Und selbst wenn du irgendwo Geld findest, nimmst du es und legst es auf einen Tisch, wo die Nasrāni es finden.«

»Ja, ich weiß«, sagte sie.

»Wie heißt du?«

»Chaddūdsch.«

Wir gingen zusammen hinauf zum Haus auf dem Berg. Marcel öffnete die Tür und ging hinauf. Chaddūdsch wartete auf der Straße. Ich nahm sie mit in die Küche und machte den Kaffee für die Nasrāni. Dann brachte ich ihn hinauf an ihr Bett.

»Das Mädchen, das ihr wollt, ist unten in der Küche.«

»Gut«, sagten sie. »Wenn wir herunterkommen, werden wir mit ihr sprechen.«

Ich ging hinunter und begann in der Tischlerwerkstatt zu arbeiten. Nach einer Stunde etwa kamen sie herunter.

»Buenos días«, sagten sie zu Chaddūdsch. Sie sprach ein wenig Spanisch. Ich ging in die Küche. »Hör, was sie zu dir sagen«, sagte ich zu ihr. »Wieviel sie dir bezahlen werden und wann du kommst und wann du nach Hause gehst.«

Und ich sagte zu Marcel: »Sprich mit ihr. Sie versteht dich.«

Sie sprachen, und Chaddūdsch sagte: »Gut. Gut.«

Und wir arbeiteten zusammen in der Werkstatt, alle drei, und Chaddūdsch machte das Haus sauber und wusch die

Kleider. Die Arbeit ging gut, und alle waren glücklich. Wir vermißten nie etwas.

Eines Tages sagten die zwei Nasrāni zu mir. »Wir gehen heute auf eine Party. Du mußt allein essen. Hier ist Geld für Chaddūdsch. Iß zu Mittag, und geh nach Hause.«

Sie kamen bald wieder zurück, bevor ich gegangen war.

»Wie war die Party?« fragte ich.

»Es war wunderbar!« Sie waren sehr glücklich. Marcel gab mir an diesem Tag fünfhundert Francs.

Als ich nach Mstachusche kam, sah ich Farid vor der Hütte stehen, in der das Café war. Ich hatte fünfhundert Francs in meiner Tasche und lud ihn ein, mit mir ins Kino zu gehen.

»Komm mit in meinen Mahal«, sagte ich, »und iß zuerst etwas mit mir.«

»Gut.«

Ich machte ihm Eier, und wir gingen in die Stadt ins Kino. Hinterher gingen wir wieder hinauf nach Mstachusche.

»Willst du nicht heute Nacht bei mir bleiben?« fragte ich. »Mein Haus ist dein Haus. Wir sind jetzt Nachbarn.«

»Ja. Wir sind Nachbarn«, sagte Farid. »Gute Nacht.« Dann ging er nach Hause ins Bett.

FARIDS SCHWESTERN

أخوات فريد

Farids Tante wohnte in dem Mahal neben mir. Es war nur eine Wand zwischen uns.

Und außer Saadiya hatte er noch eine Schwester namens Aischa. Sie war zwei oder drei Jahre jünger als ich. Das Mädchen kam oft, um ihre Tante zu besuchen. Zuerst lernte ich Aischa kennen, und dann kannte ich die ganze Familie.

Eines Abends saßen wir im Mahal der Tante, tranken Tee und unterhielten uns. Farids Mutter war dort und seine Tante, sein Bruder Abdallah, Aischa und eine andere Schwester, die noch ein kleines Mädchen war. Saadiya wohnte noch in Mustafas Haus in Dradeb und arbeitete für ihn und seine Frau.

Ich wandte mich an Farids Mutter und sagte: »Scherifa, soll deine Tochter Aischa heiraten oder nicht?«

Als Aischa das hörte, fing sie an zu lachen.

»Ja«, sagte ihre Mutter. »Sie wird heiraten.«

»Mit wem willst du sie denn verheiraten?« fragte ich sie.

Sie antwortete nicht.

Ich sprach weiter. »Wenn du willst, heirate ich sie«, sagte ich.

Alle lachten.

»Ja«, sagte ihre Mutter. »Wenn du sie magst, gebe ich sie dir.«

»Gut«, sagte ich.

Wir sprachen eine Zeitlang. Dann sagte Abdallah: »Ich bin müde. Ich gehe nach Hause ins Bett.«

»Ja«, sagte ich. »Ich auch.«

Wir sagten gute Nacht, und ich ging in meinen Mahal. Während ich mich auszog, hörte ich Farids Tante sprechen.

Sie sagte zu Farids Mutter: »Warum nicht? Wenn er sie heiraten will! Warum soll er sie nicht haben? Du wirst keinen besseren jungen Mann für sie finden.«

Farids Mutter sagte: »Wir werden sehen. Wir wissen noch nicht, wie die Dinge stehen.«

Mehr konnte ich nicht hören. Ich ging ins Bett und schlief ein.

Eines Tages gingen Farid und ich zusammen in die Stadt. Ich kaufte eine Menge zu essen. Als wir auf dem Rückweg vom Markt waren, sagte ich zu ihm: »Sieh. Wenn du heute Abend zu mir in meinen Mahal zum Abendessen kommen und deine Familie mitbringen willst, seid ihr eingeladen.«

»Wirklich?«

»Ja. Ihr seid alle eingeladen. Ich mache das Essen und bringe es nach nebenan zu deiner Tante, und wir essen alle dort. Sag es deinem Bruder und deiner Mutter und den anderen.«

Der Scherif Bu Ralem war immer mit seinen Kühen auf dem Land bis spät am Abend.

»Wachchā. Ich gehe nach Hause und sag es ihnen. Ich bin gleich wieder zurück.«

Wir kamen nach Mstachusche. Ich ging in meinen Mahal und begann das Essen vorzubereiten. Etwas später kam Farid. Ich machte Tee, und wir saßen und sprachen, während das Essen kochte. Als alles fertig war, sagte ich: »Geh und hole die anderen. Ich klopfe an die Wand und sage deiner Tante, sie soll die Tür öffnen.«

Tan! Tan!

»Was ist?«

»Ich bin's. Mach dich fertig. Sie kommen.«

»Ich bin fertig«, sagte sie. »Sie können jederzeit kommen.«

Farid kam zurück. »Nimm die Schüsseln«, sagte ich zu ihm. »Ich trage das Tablett.«

Sie kamen alle herein. Die Mutter, Abdallah, Aischa, ihre Schwester und ein kleiner Junge, der im Viertel wohnte. Wir sagten: »Wie geht es dir, und wie geht es dir?« Wir waren acht Personen.

Während wir aßen, unterhielten wir uns. Farids Mutter sagte: »Denkt euch das! Ich habe zwei Töchter, und beide arbeiten. Und ich habe zwei Söhne, und keiner von ihnen arbeitet.«

»Eines Tages wird Allāh deinen Söhnen auch Arbeit geben«, sagte ich zu ihr. »Es eilt nicht.« Dann sagte ich zu Farid: »Wie ist es? Werden wir Schwäger?«

Er lachte.

»Worüber lachst du? Das ist keine Schande. Leute heiraten jeden Tag. Moslem und Nasrāni. Darüber gibt es nichts zu lachen. Es ist keine Sünde zu heiraten.«

»Ich verstehe nichts von all dem«, sagte er. »Meine Mutter ist da. Sprich mit ihr. Oder sprich mit meinem Vater.«

»Wir sprechen ja schon«, sagte ich zu ihm. »Wir sind bis jetzt noch nicht weitergekommen.«

»Das ist nicht meine Angelegenheit«, sagte Farid.

Ich wandte mich an Abdallah. »Und du, Abdallah? Was sagst du?«

»Das mußt du mit ihr besprechen«, sagte er. »Wenn sie will und du willst, warum nicht?«

»Hörst du, Farid?« sagte ich.

»Nein. Ich höre gar nichts. Du mußt mit meinem Vater sprechen«, sagte er zu mir.

Wir waren fertig mit dem Essen. Das Wasser kochte. Farids Tante machte den Tee, und wir tranken. Dann sagte ich: »Ich bin müde. Ich muß ins Bett gehen. Allāh ihennikum. Wir werden ein andermal wieder darüber sprechen.«

Ein paar Tage später war ich bei meiner Mutter und sprach mit ihr. »Weißt du, Mutter«, sagte ich. »Ich muß dir etwas sagen. Ich werde heiraten.«

»Was? Wer ist es?«

»Ein Mädchen in Mstachusche.«

»Wessen Tochter?«

»Vom Scherif Bu Ralem. Der Mann, der manchmal mit deinem Mann auf den Sūq el-Fhem geht. Es ist seine Tochter.«

»Ja. Er hat Töchter«, sagte sie.

»Kennst du sie? Hast du sie gesehen?«

»Ja. Ich habe sie gesehen. Ich kenne sie nicht. Aber wenn du eine von ihnen magst, mußt du es selbst entscheiden. Alles, was ich dir wünsche ist, daß du glücklich wirst.«

Heute und morgen ging ich in Scherif Bu Ralems Haus. Ich nahm Essen und Geld mit und gab es seiner Frau. Und Farid kam immer in meinen Mahal zum Tee. Wir waren alle Freunde.

Die zwei Nasrāni fuhren nach Portugal. Sie waren für zwei Wochen verreist. Ich schlief in ihrem Haus, während sie fort waren, damit niemand nachts einbrechen würde.

Es war Sonntag, und ich wartete, daß sie zurückkämen. Ich hatte kein Geld mehr. Ich sagte zu mir selbst: »Jetzt ist es Sonntag, und sie sind noch nicht zurück. Und ich habe kein Geld.« Ich brauchte Geld, um Essen zu kaufen. Und ich wollte Aischas Mutter etwas geben.

Ich ging zum Haus eines anderen Nasrāni, der weiter oben auf dem Berg wohnte. Er war ein Freund von Marcel. Ich bat ihn, mir zweitausend Francs zu leihen, bis Marcel von Portugal zurückkäme. Er gab sie mir und sagte: »Gib sie mir wieder, wenn du kannst.«

Ich dankte ihm. Ich ging in die Stadt und kaufte eine Menge auf dem Markt ein. Ich brachte es nach Hause und teilte es in zwei Teile. Einen Teil für mich, und einen Teil für die Scherīfa. Ich tat das Essen in einen Korb und ging zu ihrem Haus. Alle Männer der Familie und eine Menge andere von den Nachbarhäusern waren dort und gruben einen Graben.

Ich sah Farid. »Was macht ihr da?« fragte ich ihn.

»Wir legen ein Rohr, um die Scheiße fortzutragen«, sagte er.

»Ah, gut! Ist jemand im Haus?«

»Meine Mutter ist da. Klopf an die Tür.«

Ich pochte an die Tür, und die Scherīfa kam und öffnete.

»Wie geht es dir, Ahmed?«

Ich gab ihr den Korb mit dem Essen. »Ich muß gehen.«

»Danke. Danke.«

»Auf Wiedersehen, Farid«, sagte ich. »Möge Allāh euch bei dieser Arbeit helfen.«

Ich ging in den Mahal. Ich dachte: »Ich werde wieder in die Stadt gehen und mir einen Film ansehen. Dann geh ich hinauf zum Berg und sehe, ob das Haus in Ordnung ist.«

Ich wechselte meine Kleider und ging in die Stadt. Dort traf ich in der Calle San Francisco einen Freund, der in Mstachusche in einem Mahal nahe bei meinem wohnte. Er verkaufte Süßigkeiten.

»Wie gehts?« sagte er. »Nimm ein paar Süßigkeiten.«

»Nein. Das macht Zahnweh«, sagte ich zu ihm.

»Komm her und sprich wenigstens mit mir«, sagte er.

»Warum? Gibt es etwas Neues? Ist was passiert?«

»Komm her. Komm näher. Nimm einen Bonbon.«

»Nein. Nein. Ich kann nicht.«

»Wir haben heute Abend eine Hochzeit in unserem Viertel«, sagte er.

»Eine Hochzeit? Von wem?«

»Von Bu Ralems Tochter.«

Er wußte, daß ich Aischa heiraten wollte. Ich sagte: »Das reicht. Es ist nicht wahr. Ich weiß, es ist keine von seinen Mädchen. Welche heiratet?«

»Ich schwöre, heute Abend ist eine Hochzeit in Scherif Bu Ralems Haus.«

»Welche Tochter?«

»Die ältere. Sie heißt Aischa.«

»Das ist eine Lüge!«

»Du wirst es sehen. Heute Abend wirst du sehen, ob es eine Lüge ist.«

»Aber ich komme gerade von ihrem Haus. Sie sagten nichts davon. Es ist unmöglich. Ich habe sie alle gesehen und mit ihnen gesprochen. Sie haben es noch nicht einmal erwähnt.«

Ich glaubte es nicht. Der Mann behauptete weiter, es sei wahr. Ich sagte zu mir selbst: »Ich gehe nicht ins Kino. Ich gehe wieder nach Mstachusche und koche mein Essen und bleibe in meinem Mahal sitzen und warte, was passiert.«

Als ich wieder in den Mahal kam, sah ich die Tür nebenan offen. »Guten Tag«, sagte Farids Tante.

»Guten Tag«, sagte ich.

Niemand war gekommen. Ich hörte nichts.

Es war nichts los.

Ich trank meinen Tee.

Als es dunkel wurde, dachte ich: »Jetzt will ich das Essen machen und in das Haus der Nasrāni gehen. Es ist spät.«

Nachdem ich gegessen hatte, klopfte Farids Tante an meine Tür.

»Guten Abend, Ahmed«, sagte sie. »Willst du nicht zu meiner Schwester gehen und ein wenig mit den anderen Männern zusammensitzen?«

»Was ist los? Warum sitzen sie dort?«

»Aischa heiratet heute Abend«, sagte sie.

»Was?« schrie ich.

»Das ist wahr. Wenn du hingehen und bei den Männern sitzen willst, komm jetzt mit mir.«

»Welche Männer? Wo sind sie?« fragte ich sie.

»Mein Bruder ist vom Berg heruntergekommen, und da ist die ganze Familie und alle Nachbarn.«

»Ich habe keine Zeit, bei ihnen zu sitzen«, sagte ich. »Ich muß jetzt arbeiten gehen.«

»Setz dich doch ein wenig. Du kannst später gehen.«

»Nein. Nein. Danke. Ich kann nicht.«

Sie ging hinaus. Ich saß eine Weile und rauchte und trank Tee. Etwas später klopfte jemand an die Tür.

»Wer ist da?«

Es war Aischas Mutter. »Wie geht es dir, Ahmed?«

»Gut, danke.«

»Hier ist etwas Essen von der Feier.«

»Schau«, sagte ich. »Du kannst mit deinen eigenen Augen sehen, daß ich gerade gegessen habe.« Ich gab ihr das Essen zurück.

»Das ist ungehörig!« sagte sie zu mir. »Du kannst mir nicht mein Essen zurückgeben, wenn ich hier in deinem Mahal stehe.«

»Gut, Scherifa. Laß es hier.«

Sie stellte das Essen auf den Boden.

»Setz dich«, sagte ich zu ihr,

»Nein. Ich kann nicht. Mein Haus ist voller Leute.«

»Leute? Was ist los in deinem Haus?«

»Wir haben eine Hochzeit.«

»Wessen Hochzeit?«

»Meiner Tochter Aischa.«

»Ich dachte, wir hätten darüber längst gesprochen«, sagte ich. »Ich dachte, du sagtest, du würdest sie mir geben. Ich dachte, sie würde warten, bis ich ein wenig Geld hätte.«

»Du hast Pech gehabt. Das ist alles«, sagte sie zu mir.

Ich dachte: »Was für Leute sind das! Sie haben mir versprochen, daß ich Aischa heiraten könne. Es war alles besprochen. Aber es ist besser so ohne sie, wenn sie so sind. Ich habe Glück, daß ich nichts mit dieser Familie zu tun habe.«

Die Scherifa ging nach nebenan zu ihrer Schwester. Ich ging im Viertel umher und setzte mich dort ein wenig ins Café. Alle sprachen über die Hochzeit. »Seht, wie gemein die sind«, sagten sie. »Sie haben es wieder getan. Ahmed ist nicht der erste. Sie haben sie dem Abfallsammler versprochen, und dann wollten sie sie nicht heiraten lassen.«

Ich ging auf den Berg, zum Haus der Nasrāni. Als ich beim Laden an der Ecke ankam, am Ende der Straße, sagte der Sussi: »Diese Nasrāni sind zurückgekommen.«

Ich stieg hinauf zum Haus. Sie standen dort vor der Tür und warteten auf mich. Ich hatte den Schlüssel.

»Da kommt er!« sagte Marcel. Das Auto war voller Gepäck. Ich trug es hinein. Dann sagte ich zu Marcel: »Ich habe kein Geld.«

»Wir sind müde«, sagte er. »Morgen sprechen wir darüber.« Ich ging zurück nach Mstachusche und schlief.

Ein paar Wochen vergingen, und ich hörte auf, so viel daran zu denken, was die Bu Ralem-Familie mir angetan hatte. Aber wenn ich jemand von ihnen am Brunnen traf, sprachen sie nicht mit mir. Sogar Farid sah weg. Eines Tages traf ich ihn auf der Straße.

»Hör mal«, sagte ich zu ihm. »Warum will niemand von deiner Familie mit mir sprechen? Was ist los?«

»Nichts. Ich habe nichts gegen dich. Ich weiß nichts über meine Familie.«

»Seit der Hochzeit will niemand mehr mit mir sprechen. Was soll das? Deine Tante lebt Tür an Tür mit mir. Sie sieht mich noch nicht einmal an. Was ist los mit euch allen? Deine Schwester ist verheiratet. Sie hat einen anderen geheiratet, das ist alles. Warum seid ihr mir böse? Das ist alles vorbei.«

Danach waren wir wieder Freunde.

Als Aischa heiratete, hörte ihre jüngere Schwester Saadiya auf, bei Mohammed zu arbeiten und wohnte wieder zu Hause. Sie wurde älter.

Eines Tages sagte Farids Mutter zu mir: »Warum warst du so böse, als Aischa heiratete? Sieh Saadiya an. Sie ist hübscher und jünger. Wenn du sie haben willst, geben wir sie dir billig.«

»Wachchā, Scherīfa«, sagte ich. »Saadiya gefällt mir auch.«

»Wenn du sie willst, kannst du sie haben.«

Ich ging zu meiner Mutter. »Du weißt, Mutter, daß Aischa verheiratet ist?«

»Ja. Ich weiß alles darüber«, sagte sie.

»Aber jetzt sagt ihre Mutter, ich könne Saadiya haben, die jüngere.«

»Das ist die Schöne.«

»Das ist die Richtige«, sagte ich. »Du mußt hingehen und sie dir ansehen. Sie gefällt mir.«

»Wachchā. Am Sonntag werde ich hinaufgehen.«

»Ich werde dort sein und auf dich warten. Komm in meinen Mahal.«

Am Sonntagmorgen kam meine Mutter.

»Setz dich«, sagte ich zu ihr.

»Nein. Ich habe zu Hause eine Menge zu tun. Ich bin nach Mstachusche gekommen, um das Mädchen zu sehen. Danach muß ich nach Hause.«

Wir gingen zu Scherīf Bu Ralems Haus. Meine Mutter klopfte an, und Farids Mutter kam an die Tür.

»Guten Morgen. Komm rein. Unser Haus ist eures.«

»Ja. Ich bin gekommen«, sagte meine Mutter. »Aber ich kann nicht bleiben. Ich muß bald wieder gehen.«

Sie ging hinein. Ich ging zurück in den Mahal.

Nach einiger Zeit klopfte meine Mutter an die Tür.

»Wie gefällt sie dir?« fragte ich sie.

»Sie ist hübscher als die andere«, sagte sie. »Warte. Ich will mit deinem Stiefvater sprechen. Er wird mit dem Scherīf sprechen, und wir werden sehen, wieviel sie für sie wollen. Vergiß nicht, morgen zu mir zu kommen.«

»Gut«, sagte ich.

Am nächsten Tag ging ich wieder zu meiner Mutter.

»Was ist geschehen? Hat dein Mann mit dem Scherīf gesprochen?«

»Dieser Scherīf ist verrückt«, sagte sie.

»Warum?«

»Weißt du, wieviel sie für dieses Mädchen verlangen?«

»Nein.«

»Zuerst wollen sie fünfzig Kilo Mehl. Dann wollen sie ein Schaf und zehn Liter Öl. Und zwanzig Kilo Zucker. Und du mußt ihr einen Hāik und Hochzeitsschuhe mit Gold daran kaufen. Und ein Paar Schuhe für jeden in der Familie. Und ihre Großmutter will auch ein Paar haben.«

»Das ist sehr gut«, sagte ich. »Mit einem Paar mehr könnten sie eine Rugby-Mannschaft gründen. Heiraten die Leute, damit ihre Familie einen Laden aufmachen kann?«

»Ich hab das zu deinem Stiefvater gesagt«, sagte sie.

»Heute Nachmittag gehe ich selbst zu Farids Haus und spreche mit dem Scherīf Bu Ralem«, sagte ich zu ihr.

Ich stieg hinauf nach Mstachusche. Abdallah war auf der Straße.

»Ist dein Vater zu Hause?«

»Ja.«

»Ich will ihn eine Minute sprechen«, sagte ich.

»Geh und sprich mit ihm.«

Ich ging ins Haus und klopfte an die Tür.

»Ah, Ahmed! Komm rein.«

»Wie geht's, Scherif?«

»Setz dich. Was gibt es?«

»Ich bin gekommen, um ein wenig mit dir zu sprechen.«

»Ja. Worüber?«

»Willst du mir Saadiya geben oder nicht?« fragte ich ihn. »Willst du es mir leicht oder schwer machen?«

»Nein. Es wird nicht schwer sein«, sagte er. »Wenn es geschrieben steht, daß du sie haben sollst, wirst du sie bekommen.«

»Ich will sie. Aber wieviel verlangst du?«

»Mal sehen«, sagte der Scherif. »Ein Schaf, einen Sack Mehl.« Er fuhr fort, all die Dinge aufzuzählen, die ich kaufen müßte. »Und du mußt die Almeria bezahlen, worin sie getragen wird, und die Rhaita-Spieler und die Trommler. Und ein Paar Schuhe für mich. Und ein Paar für Farid. Und ein Paar für meine Frau. Und ein Paar für meine Mutter.«

»Ja? Und wenn ich das Geld nicht habe, um euch all die Sachen zu geben? Können wir dann nicht heiraten?«

»So ist es nun einmal«, sagte er zu mir. »Ich sage dir nur den Preis. Da ist ein Mann in Wādi Bahrain, der will ihn bezahlen. Wenn du für sie bezahlen kannst, kannst du sie haben. Wenn du nicht kannst, er kann. Das ist alles, was ich zu sagen habe.«

»Ja. Gut. Auf Wiedersehen«, sagte ich. »Ich kann nichts mehr sagen.«

Und ich ging fort. Ich dachte: »Ich muß nicht heiraten. Es ist nicht der Mühe wert, ein Mädchen heiraten zu wollen, das so viel kostet. Wenn ich auf der Straße betteln muß, um imstande zu sein, eine Frau zu haben, bleibe ich lieber allein. Allāh wird mir eines Tages eine andere schicken.«

OMAR

عمر

Drei Monate lang ging alles gut im Haus der Nasrāni. Jeden Morgen, bevor die Sonne aufgegangen war, ging ich zum Strand in Merkala und schwamm. Danach ging ich durch die Obstgärten hinauf zum Haus auf dem Berg. Chaddūdsch wartete immer auf der Straße, bis ich kam. Dann klopfte ich, und sie ließen uns ein. Wir arbeiteten bis zum Nachmittag, und ich ging wieder zum Strand oder machte einen Spaziergang auf dem Land. Die Nasrāni waren glücklich. Ihre Arbeit ging gut, und sie verdienten Geld. Sie bekamen mehr Aufträge von anderen Ländern und schickten mehr Sachen weg.

Eines Tages sagte Marcel zu mir: »Ahmed! Jetzt hast du gelernt, wie man diese Arbeit macht. Wir brauchen noch einen Arbeiter hier, der uns hilft. Kannst du uns einen besorgen? Du könntest ihm zeigen, wie man alles macht. Wir könnten jeden Tag mehr Arbeit schaffen.«

»Wachchā«, sagte ich. »Der Junge, den wir einmal am Strand gesehen haben. Er arbeitet nicht. Wenn du willst, daß er für euch arbeitet, frage ich ihn.«

François sagte: »Oh, ja! Ich erinnere mich an ihn. Bring ihn zu uns.«

»Wieviel wollt ihr ihm bezahlen?« fragte ich ihn.

»Das gleiche wie dir«, sagte er.

»Ich bringe ihn morgen her.«

An diesem Nachmittag, als ich mit meiner Arbeit fertig war, ging ich zu Farids Haus und klopfte an die Tür. Seine Mutter öffnete.

»Ah, Ahmed. Wie geht's?«

»Ist Farid da?«

»Nein. Er ist in der Stadt.«

»Wenn er zurückkommt, sag ihm, er soll in meinen Mahal kommen.«

»Was ist? Ist etwas los?«

»Nein. Die Nasrāni, für die ich arbeite, brauchen noch einen Mann. Ich dachte, vielleicht könnte Farid kommen und mit mir dort arbeiten.«

»Gut. Gut. Möge Allāh dich segnen!«

Ich ging in meinen Mahal. Etwas später klopfte Farid an die Tür. Als er drinnen war, sagte er: »Was gibt es?«

»Nichts. Die Nasrāni brauchen noch einen Mann. Sie fragten mich, ob ich jemanden wüßte. Ich sagte: Farid. Und sie erinnerten sich an dich. Sie sagten mir, ich solle dich hinauf in ihr Haus bringen. Aber du wirst dort nicht viel verdienen. Dreihundert Francs am Tag. Von neun bis eins. Genau wie das Mädchen.«

»Wachchā.«

»Das ist alles, was ich dir sagen wollte. Ich gehe ins Bett. Wenn du hierbleiben und bei mir schlafen willst, dann bleib. Wenn nicht, geh nach Hause.«

»Gute Nacht«, sagte er.

Bevor ich aufgestanden war, hörte ich jemand an die Tür klopfen. Ich stand auf und sah Farid. Ich ließ ihn ein und gab ihm Frühstück. Dann gingen wir hinauf auf den Berg. Chaddūdsch wartete vor der Tür. Wir gingen alle hinein und setzten uns in die Küche. Ich brachte den Nasrāni den Kaffee hinauf. Sie spielten Schallplatten und lasen Bücher im Bett. Nach einer Weile kamen sie herunter.

»Ah, guten Morgen, Farid«, sagten sie. Und François sah immer Farid an, so wie er es am Strand getan hatte. Die Nasrāni sprachen eine Weile auf Französisch, und während sie sprachen, hörte François nicht auf, Farid anzusehen. Dann sprachen sie mit Farid auf Spanisch: »Was hast du gearbeitet? Bist du verheiratet? Wo wohnst du?« Wir alle sprachen und lachten.

Nach einer Weile gingen wir in die Tischlerwerkstatt. Die Nasrāni sagten zu mir: »Du zeigst Farid, wie er diese Arbeit macht, die du tust.« Und ich zeigte es ihm an diesem Tag. Nach ein paar Tagen wußte er, wie sie die Arbeit gemacht haben wollten. Eines Morgens, als wir beim Haus ankamen, sagte Marcel zu mir: »Wenn du den Kaffee heraufbringst, will ich mit dir sprechen.«

Ich machte den Kaffee und trug ihn hinauf an ihr Bett. »Sieh, Ahmed«, sagte Marcel. »Jetzt kannst du die Arbeit hier sehr gut. Wir wollen dir mehr Geld geben. Wenn du willst, bezahlen wir dir jetzt fünfhundert Francs täglich, und du kannst auch hier Frühstück haben. Du sollst nur bis vier Uhr nachmittags hierbleiben. Bist du einverstanden? Und dein Freund Farid. Wir bezahlen ihm vierhundert Francs täglich. Und er kann sein Frühstück und Mittagessen hier mit dir zusammen haben.«

»Gut. Ich werde es ihm sagen.«

Ich ging hinunter. »Willst du was wissen?« sagte ich. Dann erzählte ich ihm, was Marcel gesagt hatte.

Als Marcel herunterkam, hatte er seine Hose mit der Schere ganz kurz geschnitten. Sie war jetzt wie eine Badehose.

»Warum hast du das mit deiner Hose gemacht?« fragte ich ihn.

»Es fiel mir gerade ein.«

Da sagte ich zu ihm: »Ich habe Farid erzählt, was du gesagt hast, und er ist glücklich.«

Heute und morgen taten wir unsere Arbeit, und jeder war zufrieden mit den anderen. Farid kam morgens mit mir zur Arbeit und ging mit mir am Nachmittag. François konnte nie allein mit ihm sprechen.

Als die Nasrāni zuerst nach Tanger gekommen waren, waren sie fast die ganze Zeit zu Hause geblieben. Sie tranken Wein oben in der Sala und machten Musik auf der Gitarre. Jetzt fingen sie an, abends in Bars zu gehen. Sie kamen sehr spät nach Hause. Damals fingen sie an, schlechte Gewohnheiten anzunehmen.

Eines Tages kam François in die Tischlerwerkstatt. Er sagte zu mir: »Heute Mittag werden Farid und du alleine essen. Marcel und ich sind eingeladen bei einem Jungen, der in Hasnona wohnt.«

»Wer ist es?« fragte ich. »Wer hat euch eingeladen? Wo ist er her?«

»Er ist ein Tangawi. Er arbeitet für die Regierung oder so. Er ist aus einer guten Familie. Jeder kennt seine Familie.«

»Kennst du ihn?« fragte ich. Ich war überrascht. Ich hatte nicht gewußt, daß sie Freunde hatten, die Moslems waren.

»Ja. Wir kennen ihn ein wenig.«

»Macht, was ihr wollt«, sagte ich zu ihm. »Ich weiß nichts darüber.«

Dann sagten sie auf Wiedersehen und fuhren mit dem Auto fort. Etwa um drei Uhr kamen sie zurück.

»Habt ihr gut gegessen?« fragte ich sie.

»Ja, ja.«

»Was habt ihr gegessen?«

»Gemahlenes Fleisch und Kürbis«, sagte Marcel. »So etwas Ähnliches wie das Essen, das du uns gestern gemacht hast.«

»Hat es gut geschmeckt?« fragte ich.

»Ja. Sehr gut.«

»Ich weiß nicht«, dachte ich. »Ich bin neugierig, ob es wirklich gut war.«

Ich sagte zu ihm: »Jeder Mensch muß seinem eigenen Schicksal folgen.«

Nach einiger Zeit vergaß ich den Moslem, der die Nasrāni in sein Haus eingeladen hatte. Wir arbeiteten und schwammen, wie immer. Dann, eines Morgens, als ich in der Tischlerwerkstatt Holz sägte, kam François herein.

»Hör mal, Ahmed«, sagte er. »Wasch dir die Hände. Wir gehen auf den Markt und kaufen ein. Der Moslem, der uns in sein Haus eingeladen hat, kommt heute zum Essen. Wir müssen ihm etwas Gutes kochen.«

»Ist das wahr?«

»Ja. Er kommt.«

Die Nasrāni zogen sich an. Ich nahm einen Korb über meinen Arm, und wir stiegen ins Auto und fuhren den Berg hinunter in die Stadt. Wir kauften eine Menge zu essen und brachten es nach Hause. Dann begann ich das Gemüse zu schneiden und das Essen zu kochen. Nach einer Weile sagten die Nasrāni: »Wir fahren jetzt nach Hasnona und holen unseren Freund.«

»Gut. Wenn ihr zurückkommt, ist das Essen fertig«, sagte ich zu ihnen.

Ich blieb in der Küche bei Chaddūdsch, rührte das Essen in den Töpfen und bereitete alles vor.

Ich rief Farid.

»Was ist?«

»Wir haben einen Gast heute.«

»Wen?«

»Einen Moslem.«

»Kennen sie ihn?«

»Sie sagen es. Ich weiß es nicht.«

»Mach nur das Essen für sie fertig«, sagte Farid. »Mach dir keine Gedanken um sie.«

Bald drückten die Nasrāni auf die Hupe ihres Autos. Sie wollten, daß ich ihnen die Tür aufmachte.

Ich ging und öffnete.

Sie sagten: »Hier ist der Freund, der uns damals in sein Haus eingeladen hat.«

Der Junge war groß. Er hatte eine dunkle Haut. Er kam herein mit den Händen in der Tasche. Er nahm eine Hand heraus, und ich schüttelte sie. »Wie gehts?«

Seine Hosen saßen sehr eng an den Beinen. Er hatte ein weißes Hemd an, aber der Kragen war fast schwarz vor Schmutz.

Ich sagte zu Marcel: »Das Essen ist fertig.« Sie setzten sich an den Tisch im Eßzimmer. Ich ging hinaus in die Tischlerwerkstatt und rief Farid. Er kam herein. Wir setzten uns alle zusammen hin. Und während wir aßen, sah ich den Jungen an, den die Nasrāni eingeladen hatten.

Ich dachte: »Das ist unmöglich. Der hat sie in sein Haus eingeladen? Die Sandalen, die er an den Füßen hat, sind keine fünfzig Francs wert. Der hat sie eingeladen? Niemals!«

Und François klopfte ihm immer auf die Schulter und sagte: »Was für ein guter Freund er ist, dieser Omar.«

»Ja, er ist ein sehr guter Freund«, sagte ich.

Nachdem wir gegessen hatten, machte ich Kaffee und brachte ihn ins Eßzimmer. Wir saßen und tranken. Dann sagte François zu mir: »Marcel und ich werden Omar nach Hause bringen. Du und Farid, ihr könnt mit eurer Arbeit weitermachen. Wir kommen zurück.«

Sie fuhren im Auto fort. Farid ging in die Tischlerwerkstatt und arbeitete. Ich trug die Schüsseln und Löffel in die Küche. Danach ging ich hinaus und begann mit Farid zu arbeiten.

»Was denkst du über den da, den sie eingeladen haben?« fragte ich ihn.

»Kennst du ihn?«

»Ich habe ihn noch nie gesehen. Sie sagten zu mir, er lebe in Hasnona. Sie sagten, er sei aus einer sehr guten Familie.«

»Vielleicht ist es wahr«, sagte er.

»Da bin ich neugierig.«

Wir sprachen nicht mehr darüber.

Heute und morgen arbeiteten wir. Aber die Nasrāni lebten nicht mehr so, wie sie früher gelebt hatten. Am Anfang, wenn ich jeden Morgen dort ankam, brachte ich ihnen ihren Kaffee, und sie kamen herunter und arbeiteten in der Tischlerwerkstatt bis zum Mittagessen. Und nachdem ich am Nachmittag nach Hause gegangen war, arbeiteten sie weiter bis zum Abendbrot. Aber jetzt, nachdem sie ihren Kaffee zur Frühstückszeit getrunken hatten, gingen sie wieder schlafen. Sie standen mittags auf und ließen uns Geld da. Dann gingen sie aus, und wir sahen sie nicht wieder bis zum nächsten Tag. Und manchmal schrien sie einander an, eine Stunde oder noch länger.

Eines Tages, als sie sich gestritten hatten, kam Marcel zu mir und sagte: »Ahmed. Ich gehe für zwei oder drei Monate nach Portugal. Wenn ich wiederkomme, kann ich dich vielleicht später mitnehmen, wenn du einen Paß bekommen kannst. Wir können dort genauso arbeiten wie hier. François möchte hierbleiben. Ich komme wieder. Vielleicht kannst du einen Paß bekommen.«

»Inschallāh!«

Marcel packte seine Kleider ein.

Ich war nicht glücklich, daß er fortging, Ich wußte, daß es mit der Arbeit nicht mehr lange so weitergehen würde, wenn er nicht da war.

Am nächsten Morgen brachten wir sein ganzes Gepäck in das Auto. Marcel dankte Farid und mir für die Arbeit, die wir für ihn getan hatten. Wir verabschiedeten uns. François fuhr ihn hinunter zum Hafen, und er ging auf das Schiff nach Spanien.

Dann kam François zurück ins Haus. Er holte sein Geld heraus und bezahlte uns. »Ihr könnt jetzt nach Hause gegehen«, sagte er.

»Es ist noch früh«, sagte ich zu ihm. »Es ist noch nicht einmal Mittag.«

»Das macht nichts«, sagte er.

»Gut.«

Farid und ich zogen unsere Jacken an und gingen hinaus. »Adiós.«

»Adiós.«

Am nächsten Morgen ging ich hinauf zum Haus. Chaddūdsch saß vor der Tür.

»Guten Morgen. Hast du schon geklopft?«

»Nein. Noch nicht.«

»Warten wir, bis Farid ankommt. Dann klopfen wir.«

Wir saßen eine Weile da, und dann kam Farid den Berg herauf. Ich stand auf.

Tan! Tan! Tan!

François kam herunter und öffnete die Tür. Er hatte nichts an, nur seine Shorts. Wir gingen hinein. Er blieb in der Küche, während ich seinen Kaffee machte.

»Wenn du den Kaffee fertig hast, stell nur den Topf auf den Tisch in der Sala oben«, sagte er. »Bring ihn nicht ins Schlafzimmer.«

Ich machte den Kaffee und brachte ihn hinauf in die Sala.

»Da ist dein Kaffee«, sagte ich.

»Wieviel Gläser hast du gebracht? Eins oder zwei?«

»Eins.«

»Bring noch ein Glas.«

Ich ging hinunter und holte noch eins. Ich brachte es hinauf und stellte es zu dem ersten Glas. Dann ging ich hinunter in die Küche. Ich hörte François gehen und den Kaffee holen und ins Schlafzimmer bringen. Da waren Stimmen, die miteinander sprachen.

»Es geht mich nichts an«, dachte ich. »Laß ihn nur machen.«

Wir arbeiteten eine Weile. Dann rief mich François. Er stand im Treppenhaus.

»Sieh, Ahmed«, sagte er. »Da ist ein Moslem oben, der möchte gehen. Mach die Türen zu, damit Farid und das Mädchen ihn nicht sehen.«

»Wer ist es?« fragte ich ihn.

»Der Junge, der uns in sein Haus in Hasnona eingeladen hat«, sagte er.

»Aha!« dachte ich. »Der ist es also.«

Ich sagte: »Oh! Wir haben ihn schon gesehen. Du brauchst ihn nicht zu verstecken. Wozu? Er kann herunterkommen und mit uns sprechen. Wir sind alle gleich. Jeder tut, was ihm Spaß macht. Niemand denkt sich etwas dabei.«

»Ich meine nicht dich«, sagte er. »Ich meine die anderen.«

»Das macht nichts.«

François fing an zu lachen. Er war froh zu hören, was ich sagte.

Ich ging wieder in die Tischlerwerkstatt. Kurz darauf kam Omar herunter, die Hände in den Taschen, mit seinen kaputten Sandalen an den Füßen.

»Guten Morgen, Bruder«, sagte ich.

»Guten Morgen.«

»Komm her und setz dich zu uns.«

»Nein. Ich muß gehen. Ich habe zu arbeiten«, sagte er.

François kam herein mit den Autoschlüsseln. »Komm«, sagte er zu Omar. Zu Farid und mir sagte er: »Ihr macht weiter mit eurer Arbeit.«

Heute und morgen taten wir unsere Arbeit. François kam nie mehr in die Tischlerwerkstatt, außer um sich ein wenig zu uns zu setzen und mit uns zu sprechen. Er arbeitete überhaupt nicht mehr. Eines Tages sagte ich zu ihm: »Was ist los? Du siehst nicht mehr so glücklich aus wie früher. Dein Gesicht sieht anders aus.«

Er lachte. »Vielleicht, weil ich mir den Bart abrasiert habe.«

»Was ist?« sagte ich. »Warum denkst du soviel? Wenn ein Mann etwas tun will, dann tut er es. Er sitzt nicht da und denkt, daß er es tun will. Du arbeitest nicht mehr.«

»Ich bin jetzt ein bißchen nervös«, sagte er. »Es ist nichts.«

Eines Tages rief er mich. »Sieh. Wir haben jetzt nicht viel zu tun. Du mußt Farid sagen, wir könnten ihn nicht mehr behalten. Marcel ist in Portugal, und ich bin hier allein. Wir vier werden jetzt hier leben. Du und ich und Chaddūdsch. Und Omar. Er wird kommen und hier bei uns wohnen.«

»Du mußt es wissen«, sagte ich zu ihm. »Du bist es, der uns das Geld gibt.«

»Hier«, sagte er. »Bezahle Farid und sage ihm, er könne hier nicht mehr arbeiten.«

Er gab mir vierhundert Francs. Ich ging in die Tischlerwerkstatt und gab Farid das Geld. »Warte auf mich«, sagte ich zu ihm, »und ich gehe mit dir fort.«

Ich sagte zu François: »Es ist jetzt Zeit für mich zu gehen.« Er gab mir fünfhundert Francs. Farid und ich gingen fort.

Auf der Straße sagte ich: »Farid. Du wirst jetzt keine Arbeit mehr bei uns haben. Aber vielleicht schickt dir Allāh etwas Besseres. Warte ein wenig. Jetzt ist Marcel nach Portugal gegangen, und dieser andere da wird hier wohnen. Deshalb ist nicht genug Geld da. Wenn er dich wieder braucht, werde ich es dir sagen.«

»Wachchā«, sagte Farid.

Am nächsten Morgen ging ich den Berg hinauf. Chaddūdsch wartete nicht auf der Straße auf mich. Ich dachte: »Ich möchte wissen, was passiert ist. Das ist das erste Mal, daß sie hier nicht auf mich gewartet hat.«

Ich klopfte an die Tür. Chaddūdsch war es, die öffnete·
»Ah, Chaddūdsch! Wann bist du hereingekommen?«

»Etwas früher«, sagte sie.

»Wer hat dir die Tür geöffnet?«

»Der Junge. Der Moslem.«

»Aha.«

Als ich in die Küche kam, hatten sie schon ihren Kaffee getrunken. Ich dachte: »Yāh latif! Dieses Haus wird bald in Stücke auseinanderfallen!«

Ich machte den Kaffee für mich. Dann ging ich in die Tischlerwerkstatt und fing an zu arbeiten. Um Mittag kam François herunter.

»Ahmed. Du brauchst heute nicht mehr zu arbeiten. Auch Chaddūdsch nicht. Ich bezahle euch, und ihr könnt nach Hause gehen. Mein Freund und ich fahren nach Hadschra den Nhal. Das ist auf dem Land.«

»Gut.«

Er bezahlte uns, und Chaddūdsch und ich gingen fort.

Am nächsten Tag stieg ich hinauf zum Haus. Chaddūdsch wartete draußen. Als ich klopfte, kam François, um uns einzulassen.

»Mach zwei Gläser Kaffee, und bring sie hinauf ans Bett«, sagte er.

Ich machte den Kaffee und brachte ihn hinauf. Sie lagen im Bett. Das Laken lag über ihnen.

»Guten Morgen«, sagte ich zu Omar.

»Guten Morgen.«

An jeder Seite des Bettes stand ein Tisch. Ich stelle ein Glas auf jeden Tisch und ging hinaus.

Zur Mittagszeit sagte ich zu François: »Was soll ich heute zum Essen besorgen?«

»Warte, ich frage den Jungen, was er will«, sagte er.

»Frag ihn.«

Omar war oben und sprach mit Chaddūdsch. François rief: »Omar! Omar! Was willst du zum Essen haben?«

»Oh, irgendwas.«

»Nein. Du mußt es mir sagen.«

»Ach«, sagte Omar. Er kam oben an die Treppe. »Laß uns Beefsteak, Erbsen, Eier und Tomaten essen.«

François gab mir fünftausend Francs. »Hier. Hol das, was er haben will.«

Ich ging und kaufte alles und brachte es wieder zum Haus. Während ich das Essen kochte, kamen François und Omar in die Küche.

»Schneid das Fleisch in kleine Stücke und stecke es dann auf Spieße«, sagte François. »Du mußt es über dem Holzkohlenfeuer braten. Omar möchte es so haben.«

Ich machte zuerst ein paar Spieße, weil keine im Haus waren. Ich schnitt einen Draht in Stücke und steckte diese durch das Fleisch. Dann machte ich ein Feuer. Sie standen dabei und sahen mir zu. Als das Essen fertig war, gingen sie ins Eßzimmer und fingen an zu essen. Ich blieb in der Küche und briet noch mehr Fleisch für sie.

Nachdem wir alle gegessen hatten, sagte François: »Wir gehen jetzt aus. Wenn du nach Hause willst, geh nur.«

»Gut.« Er bezahlte mich, und ich ging.

Ich ging durch Dradeb. Das gelbe Auto kam hinter mir her. Sie winkten mir zu. »Adíós!« Dann war die Straße voller Staub.

Ich dachte: »Dieses Haus! Ich weiß nicht, was noch passieren wird. Jeden Tag wird es schlimmer dort. Wie war es am Anfang, und was ist daraus geworden! Aber ich bin dabei. Ich kann es nicht ändern. Ich bleibe, gleich was passiert.«

Jeden Morgen, wenn ich vor dem Haus ankam, öffnete Chaddūdsch. Omar stand in der Küche. Er trug einen Pyjama. Und sie kochte Kaffee.

»Guten Morgen«, sagte ich.

Ich sah sie an und dann ihn. »Ein schöner Tag, nicht wahr?« sagte ich.

Sie lachten. Als der Kaffee fertig war, begannen sie zu trinken.

»Und für mich?« sagte ich. »Kein Kaffee?«

»Du kannst ihn dir selber machen.«

Ich machte meinen Kaffee. Dann ging ich hinaus und fing an zu arbeiten. Ich dachte darüber nach, was in diesem Haus vorging. Wir ließen immer das Geschirr auf dem Spülbrett für Chaddūdsch zum Abwaschen stehen. Sie wusch es ab, sobald sie morgens ankam. Aber jetzt fing sie an, es stehenzulassen. Wo sie auch war, im Haus, Omar war immer bei ihr. Sie lachte und sprach mit ihm, den ganzen Tag. Wenn ich in die Küche kam, um Essen zu holen, war alles schmutzig. Jeden Tag sagte ich zu ihr: »Chaddūdsch. Wenn du morgens kommst, wasch zuerst das Geschirr ab. Das ist das erste. Wenn wir dann etwas brauchen, haben wir es sauber.«

Aber sie sagte: »Du hast hier nichts zu sagen, sondern der Nasrāni.«

»Ja, ich weiß«, sagte ich. »Es ist das Haus des Nasrāni. Aber er sagt immer zu mir, alles sei schmutzig, und dann muß ich die Sachen selbst abwaschen. Aber tu, was du willst. Das ist nicht meine Angelegenheit.«

Und so ging es immer weiter.

Nachdem er soviel Kaffee getrunken hatte, wie er wollte, kam Omar in die Tischlerwerkstatt und setzte sich hin. »Nun, mein Freund«, sagte er. »Was macht die Arbeit? Hast du etwas Kif in deiner Tasche?«

»Nein. Ich habe keinen. Aber wenn du welchen haben willst, ich kann ihn dir besorgen.«

Wir sprachen ein paar Minuten. Dann rief er das Mädchen: »Chaddūdsch!«

»Was ist?«

»Komm, und setz dich zu uns.«

»Ich habe zu tun.«

»Laß deine Arbeit einen Moment liegen. Komm her. Was ist Arbeit? Sie ist wie der Wind. Sie ist nichts.«

Sie kam heraus und setzte sich auf einen Stuhl. Ich arbeitete weiter.

»Chaddūdsch. Willst du heiraten?« fragte ich.

»Wen soll ich heiraten?«

»Omar.«

»Ja. Ich würde Omar heiraten. Wenn er wollte.«

Ich wußte, daß jedesmal, wenn François aus dem Haus war, Omar versuchte, Chaddūdsch in François' Zimmer zu holen und sich mit ihr ins Bett zu legen. Den ganzen Tag lief er ihr durchs Haus nach und küßte sie und faßte sie an.

»Natürlich will Omar dich heiraten«, sagte ich zu ihr.

Omar lachte.

Wir hörten François die Treppe herunterkommen.

Chaddūdsch sprang auf.

»Setz dich«, sagte ich zu ihr. »Hab keine Angst.«

»Nein, nein!« sagte sie. Und sie ging in die Küche.

François kam herein, und ich sagte zu ihm: »Omar hat jetzt eine Freundin.«

»Was für eine Freundin?«

»Chaddūdsch.«

»Aha!« Er lachte kurz. Dann setzte er sich auf den Stuhl, auf dem sie gesessen hatte. Omar hob seine Beine und legte sie auf François' Schoß, und François hielt sie mit beiden Händen fest. Er rückte seinen Stuhl näher an Omars Stuhl und legte dann seine Arme um Omars Hals.

»Es ist schön, so zu sitzen, nicht wahr?« fragte ich ihn.

»Ah!« sagte er. »Es ist wunderbar. Jeder Mensch möchte so sitzen.«

»Jeder Mann hat einen Körper, um damit zu tun, was ihm Spaß macht«, sagte ich zu ihm.

Eines Tages sagte François zu mir: »Omar und ich fahren nach Hadschra den Nhal. Du mußt hier im Haus schlafen, solange wir dort sind. Wir kommen Dienstag zurück.«

»Wachchā.«

Ich dachte: »Was wollen die wohl in Hadschra den Nhal? Da gibt es nichts außer ein paar dreckigen Hütten.«

»Da sind fünfzehnhundert Francs.«

Sie packten ihre Sachen und fuhren fort.

Am Dienstag kamen sie zurück und hupten. Ich ließ sie ein.

Sie gingen ins Eßzimmer und fingen an zu sprechen. Jedesmal, wenn ich durchs Zimmer kam, hörten sie auf zu sprechen. Dann fingen sie wieder an. Ich merkte, daß sie mich nicht dabei haben wollten. Ich sagte: »Hier ist der Schlüssel. Ich gehe jetzt.«

»Danke, Ahmed«, sagte François.

Fast jeden Tag wollte Omar im Restaurant essen. Vielleicht einmal in der Woche kochte ich für sie. Meistens gab François mir mein Geld und schickte mich nach Hause. Aber er gab mir kein Mittagessen oder Geld fürs Essen.

Eines Tages gab François mir meinen Lohn und ging mit Omar zum Essen aus. Ich machte das Essen in der Küche. Chaddūdsch bügelte.

Ich sagte zu ihr: »Willst du mit mir essen?«

»Wenn ich noch nicht einmal mit deinem Herrn Sadek Omar esse, warum soll ich mit dir essen? Du arbeitest nur für ihn.«

»Ei, ei!« sagte ich. »Wie weit hast du's gebracht auf der Welt! Du bist jetzt sehr fein geworden, nicht wahr? Ich habe mir das Essen selbst bezahlt. Ich wäre verrückt, es dir zu geben. Ich schwöre, ich gebe dir nichts. Wenn es ein Uhr ist, nimm deinen Hāik und geh nach Hause. Du kannst dein eigenes Essen essen. Ich lade dich ein, mit mir zu essen, und du sagst so etwas!«

Chaddūdsch nahm schnell ihren Hāik und ging hinaus. Sie knallte die Tür fest zu.

Ich machte mein Essen und aß es. Dann ging ich wieder in die Tischlerwerkstatt. Um etwa vier Uhr hörte ich die Autohupe, und ich ging hinaus, um die Tür zu öffnen.

»Wir sind zum Essen bis nach Hadschra den Nhal gefahren!« sagte François.

Ich sah in sein Gesicht. Ich sah, daß seine Augen sich verändert hatten. Etwas war mit ihnen passiert. Sie waren halb geschlossen, und er sah sehr glücklich aus. Und mehr als das. Er sah fast verrückt aus. Er und Omar kamen herein und setzten sich ins Eßzimmer.

»Ahmed«, sagte François. »Diese Liebe zu Omar ist die größte Liebe, die ich je in meinem Leben hatte.«

»Ja?«

»Por Dios!« sagte er. »Omar ist der beste Mann, den ich je gekannt habe.«

»Das kann sein«, sagte ich.

Omar lachte. »Hier, Ahmed«, sagte er zu mir. »Nimm dein Geld und geh nach Hause. Wir sehen uns morgen.«

»Gut«, sagte ich.

Ich dachte: »Die Leute sagen, es sei besser, gar kein Leben zu haben, als ein Leben voller Fallgruben. Aber dann sagen sie: Besser ein leerer Sack, als gar kein Sack. Ich weiß nicht. Das ist etwas Neues, daß ein Moslem im Haus eines Nasrāni Befehle gibt. Ich weiß nicht, wie das alles ausgehen soll.«

Am nächsten Morgen kam ich zum Haus und klopfte. Ich klopfte, bis Chaddūdsch an die Tür kam. Ich sagte: »Guten Morgen.« Sie sah mich nicht einmal an.

»Hör mal. Ich habe einmal guten Morgen zu dir gesagt. Ich sage es noch einmal. Guten Morgen.«

Sie schnaufte durch die Nase. Aber sie sagte nichts. »Was für ein dummes Weib«, dachte ich.

»Guten Morgen«, sagte ich zu François.

»Ahlan, Bruder«, sagte Omar.

»Gibt es etwas Neues?« fragte ich ihn.

»Nein. Mach uns Kaffee.«

Nachdem alle Kaffee getrunken hatten, ging ich zur Arbeit in die Tischlerwerkstatt. Omar kam herein. Er hatte eine Zigarette im Mund und die Hände in den Taschen. Er begann in der Werkstatt hin und her zu gehen und erzählte, wieviel Geld er habe, und wieviel mehr er verdienen würde, und wieviel Leute für ihn arbeiten würden.

Zur Mittagszeit sprach Chaddūdsch mich an. Sie sagte: »Gib mir mein Geld.«

Ich bekam immer das Geld von François und bezahlte sie, wenn sie ging. Aber heute sagte ich: »Ich habe hier nichts zu sagen. Du hast es selbst gesagt. Bitte deinen Herrn um dein Geld.«

Sie ging zu François und sagte: »Bitte, bezahle mich. Ich bin fertig für heute.«

»Ja«, sagte François. »Omar wird dir das Geld geben. Er hat jetzt das Geld.«

Omar steckte die Hand in seine Tasche.

»Wieviel bekommt diese Frau?« fragte er. Er wußte es so gut wir wir, aber so machte es ihm mehr Spaß.

Ich sagte: »Du weißt, wieviel. Zweihundert Francs. Wie lange lebst du schon hier? In der ganzen Zeit hast du immer noch nicht gehört, wieviel sie verdient?«

Er gab ihr das Geld.

»Es ist nach eins«, sagte ich. »Wollen wir heute nicht essen?«

»Nein. Wir essen heute nicht hier«, sagte François. »Wir gehen aus.«

»Dann gib mir Geld, damit ich etwas zu essen kaufen kann. Ich habe kein Geld mehr«, sagte ich zu ihm.

»Geh hinunter in den Laden und sieh, ob sie dir etwas geben. Sag ihnen, sie sollen es auf meine Rechnung setzen.«

»Du mußt mit mir kommen«, sagte ich. »Der Sussi gibt mir nichts, wenn ich allein komme.«

»Gut. Wir nehmen dich im Auto mit bis zum Sussi.«

Wir fuhren hinunter zum Laden. »Hör mal«, sagte ich zu dem Besitzer. »Der Nasrāni sagt, er will etwas zu essen und wird es dir später bezahlen.«

»Ja.«

Ich nahm ein paar Eier und Brot und eine Dose Erbsen. Um vier Uhr, als sie zurückkamen, arbeitete ich in der Werkstatt. Ich sagte zu François: »Ich möchte jetzt gehen.«

François sagte: »Omar. Bezahle ihn, bitte.«

Omar steckte seine Hand in die Tasche und zog einen großen Haufen Scheine heraus. »Wieviel schulden wir dir?« fragte er mich.

Ich dachte: »Aha, das Kind ist jetzt wirklich verwöhnt. Er hat vierzig- oder fünfzigtausend Francs bei sich.«

»Du weißt, ich bekomme fünfhundert Francs täglich, nicht wahr?« sagte ich zu ihm.

Er hatte eine Menge Kleingeld, aber er nahm eine Zehntausend-Franc-Note und gab sie mir.

»Ich habe nichts. Wenn ich neuntausendfünfhundert Francs in meiner Tasche hätte, würde ich hier nicht arbeiten. Ich bin schon lange in diesem Haus. Du bist erst seit zwei Monaten hier und hast schon alles Geld im Haus.«

»Wundert dich das? Was dachtest du, was ich tun würde?«

François war dabei, aber er verstand nicht, was wir sagten.

»Gib dein Geld bei guter Gesundheit aus«, sagte ich zu Omar.

Dann gab François mir fünfhundert Francs, und ich ging fort. Ich dachte: »Dieses Haus! Es wird mit jedem Tag schlimmer. Und es wird noch schlimmer werden. Die Küche war immer voll von Gemüse und Früchten, und sie war sauber. Jeder arbeitete. Jetzt ist nichts mehr. Chaddūdsch arbeitet nicht. François kommt nicht mehr in die Werkstatt.«

Die Zeit verging. Jedesmal wenn ich zu Chaddūdsch etwas über den Schmutz sagte, verbot Omar es mir: »Laß sie in Ruhe!« sagte er.

Eines Tages sagte ich zu François: »Sieh dir dieses Haus an! Siehst du, wie verdreckt alles ist? Das Mädchen tut nichts. Wir können ein anderes finden, das arbeitet, wie es soll.«

»Ich weiß es nicht«, sagte er. »Omar wird es wissen, was zu tun ist. Ich frage ihn.«

»Ich verstehe.«

Ich sagte nichts mehr zu Chaddūdsch wegen ihrer Arbeit. Jeden Tag tat sie weniger und weniger. Sie kam am Morgen und machte Kaffee. Dann setzte sich sich hin und sprach mit Omar, bis es Zeit war, nach Hause zu gehen. Er hatte immer seine Hände an ihr, und oft sah ich, wie er sie küßte. Manchmal waren sie allein im Haus. Omar sagte, sie benutzten das Bett in François' Zimmer.

Ich saß in der Werkstatt und arbeitete, und ich dachte: »Nichts wird hier mehr gut gehen. Aber ich werde bleiben und sehen, wie alles ausgeht.«

Wenn wir etwas suchten, konnten wir es oft nicht finden. Alles verschwand aus dem Haus. François kümmerte sich nicht darum. Sogar seine Uhr war fort und seine Kleider und eine Decke von seinem Bett. Er sagte nur: »Das macht nichts.«

Eines Morgens, als ich ins Haus kam, lag ein großer Haufen Stoff in einem Zimmer. Marcel hatte ihn aus Portugal geschickt, um die Stühle damit zu beziehen, die sie verkauften. Ich sah, wie Chaddūdsch ein Stück aufhob, das ungefähr acht Meter lang war. Später kam ich ins Zimmer. Ich suchte das Stück und sah, daß es nicht da war.

»Es war da«, dachte ich. »Und jetzt nicht mehr. Ich will sehen, wo es ist.«

Ich ging in die Küche und guckte in die Ecke unter Chaddūdschs Hāik. Da lag das Stück Stoff.

»Ich lasse es da. Ich sage nichts zu ihr.«

Ich wartete bis ein Uhr. Dann sagte sie: »Gut. Ich gehe jetzt.«

»Warte«, sagte ich. »Geh noch nicht. Du mußt erst die schmutzige Wäsche herunterbringen, damit sie morgen gewaschen werden kann.«

Sie ging hinauf. Ich rief Omar. »Komm her. Ich will dir etwas zeigen.«

»Was denn?«

Ich sagte: »Weißt du, wem dieser Hāik gehört?«

»Ja. Chaddūdsch.«

Ich hob ihn auf. Da lag noch der Stoff.

»Siehst du? Sie will ihn mitnehmen.«

»Nein, nein«, sagte er. »Das würde sie nicht tun.«

»Paß auf und sieh selbst«, sagte ich zu ihm.

Wir ließen es so, wie es war, und ich ging wieder in die Tischlerwerkstatt, um zu arbeiten.

Chaddudsch kam wieder herunter mit der Wäsche und legte sie ins andere Zimmer. Sie nahm ihren Hāik um. Dann ging sie zu Omar und sagte: »Gib mir Geld. Ich gehe.«

Sie sagte mir auf Wiedersehen und ging aus dem Haus.

»Sie ist gegangen«, sagte ich. »Und sie hat ihn mitgenommen.«

Ich ging zu François und sagte: »Das Mädchen, das wir

hier haben, stiehlt. Wenn du es nicht glaubst, werde ich sie rufen, und du kannst es mit deinen eigenen Augen sehen.«

»Ist das wahr?« fragte er.

»Du wirst sehen, ob es wahr ist oder nicht.«

Ich ging zur Küchentür hinaus in den Garten. Dann öffnete ich das untere Tor. Sie ging die Straße hinunter. Ich rief sie.

»Chaddūdsch! Chaddūdsch!«

»Was ist?«

»Der Nasrāni will dich sprechen!«

»Weshalb?«

»Komm nur. Er will dir etwas sagen.«

Sie kam zurück. François und Omar saßen in der Werkstatt. Ich sagte zu ihr: »Nimm deinen Hāik ab.«

»Warum soll ich?« Sie schwitzte. Ihr Gesicht war gelb geworden.

»Nimm ihn ab. Weiter nichts.«

Sie nahm ihren Hāik ab, und darunter war der Stoff. Wir wickelten ihn von ihrem Körper.

»Seht«, sagte ich. »Das ist diejenige, die alles aus dem Haus geholt hat.«

»Nein, nein! Ich habe nie etwas mitgenommen, bis heute«, sagte sie.

»Es macht nichts«, sagte François. »Vielleicht brauchte sie ihn.«

»Warum bat sie dann nicht darum?«

»Laß ihn ihr doch«, sagte er.

Ich sagte zu ihm: »Was in diesem Haus von jetzt an passiert, es ist nicht meine Schuld. Wenn du etwas vermißt, komm nicht und frag mich, wo es ist.«

Chaddūdsch nahm ihren Hāik um. Sie sagte zu mir: »Was hast du jetzt davon? Du bist nur ein Chkam. Ein Angeber!«

Dann ging sie mit dem Stoff nach Hause. Ich sagte nie wieder etwas. Es war mir jetzt gleich, was sie tat. Das Haus wurde immer schmutziger, und es war immer weniger darin. François fragte mich, wo dies oder das sei, und ich sagte:

»Warum fragst du mich? Ich habe dir schon lange gesagt, was du dagegen tun kannst.«

Er kam und sagte: »Warum sind alle meine Kleider immer noch schmutzig?« Und ich sagte zu ihm: »Ich wasche die Kleider nicht. Ich arbeite in der Tischlerei.«

Danach begannen François und Omar, Chaddūdsch zu Autofahrten mitzunehmen. Sie gingen und verbrachten den Tag zusammen am Strand von Aschaqal. François wußte, daß Omar sie mochte und mit ihr geschlafen hatte.

Eines Tages sagte er zu mir: »Sieh, Ahmed. Ich habe nicht viel Geld. Ich kann nicht für zwei Männer aufkommen und dich und das Mädchen behalten. Du mußt mit der Arbeit in der Werkstatt aufhören und im Haus arbeiten. Und du mußt Chaddūdsch sagen, sie könne nicht mehr bei uns arbeiten.«

»Wachchā. Ich wasche die Kleider und mache das Haus sauber. Aber ich sage es Chaddūdsch nicht. Du mußt es tun.«

»Gut.«

Später rief Omar sie: »Chaddūdsch!«

»Was?«

»Der Nasrāni sagt, er kann dich nicht mehr bezahlen. Du kannst hier nicht mehr arbeiten. Wenn wir wieder Arbeit haben, sagen wir es dir.«

Er gab ihr tausend Francs, und sie ging fort. An der Tür sagte sie zu mir: »Jetzt bist du froh, nicht wahr?«

»Ja. Sehr froh«, sagte ich zu ihr. »Möge Allāh dich für immer von diesem Haus fernhalten! Aber es ist nicht deine Schuld. Es ist meine Schuld, daß ich dich am Anfang hierher gebracht habe.«

Danach erzählte sie überall, daß sie durch mich ihre Arbeit verloren habe.

DER HERR
DES HAUSES

رب البيت

Wir drei blieben weiterhin in dem Haus. François, Omar und ich. Manchmal bezahlte Omar mir meinen Lohn. In manchen Wochen mußte ich ihm nachlaufen, wohin er auch ging, bevor ich mein Geld bekommen konnte.

Einmal ging ich zu François. »So haben wir es nicht ausgemacht, als ich anfangs herkam, um hier zu arbeiten. Ich werde nicht bezahlt für meine Arbeit. Ich sollte jeden Tag hier das Mittagessen bekommen. Nie ist etwas zu essen da. Und es ist kein Geld da, um etwas zu kaufen, weil Omar es mir nicht geben will. Und ich verdiene nicht genug Geld, um es von einem Tag bis zum nächsten zu sparen und mein Essen für den anderen Tag zu bezahlen. Ich esse nichts. Du mußt mich jeden Tag bezahlen.«

»Omar bezahlt dich jeden Tag.«

»Wenn ich ihn bitte, steckt er seine Hand in die Tasche und zieht ein Bündel Geld heraus. Dann sagt er, er hat kein Kleingeld. Ich kenne das. Für wen arbeite ich? Für dich oder für Omar?«

»Du arbeitest für uns beide.«

»Aber wer ist der Herr des Hauses?«

»Omar«, sagte er.

»Ich verstehe. Gut. Jetzt verstehe ich alles. Du bist nicht der Herr. Omar ist der Herr. Was Omar mir sagt, das muß ich tun. Ist es so?«

»Ja. So ist es.«

Eines Tages bekam François Geld mit der Post. »Morgen ist Sonntag«, sagte er zu mir. »Omar und ich gehen nach Hadschra den Nhal und besuchen seine Familie.«

»Lebt seine Familie dort?«

»Ja.«

»Ich verstehe.«

Ich dachte: »Deshalb gehen sie also immer nach Hadschra den Nhal. Aber wenn seine Familie in diesem Ort lebt, haben sie noch nicht einmal genug zu essen!«

»Wir bezahlen dich für heute und morgen und schließen das Haus ab und nehmen den Schlüssel mit. Komm am Montag wieder.«

Am Montag ging ich den Berg hinauf und klopfte. Daf, daf, daf, daf! Sie öffneten die Tür. Da lag ein großer Haufen schmutziger Kleider für die Wäsche. Ich steckte sie alle in den Waschkübel und fing an zu waschen. Die Unterwäsche war verdreckt. Ich rührte sie nicht an.

Omar kam in die Waschküche. Ich sagte zu ihm: »Ich bin ein Moslem und du bist ein Moslem. Ich habe hier gearbeitet und mir mein Leben verdient und mein Essen, jeden Tag. Jetzt bekomme ich nicht mehr das, was ich bekommen sollte. Weder das Geld, noch das Essen. Was du mir antust, ist gemein. Warum tust du das?«

»Was erwartest du, das ich tun soll? Was willst du?«

»Du hast das ganze Geld. Wenn der Nasrāni ein Päckchen Zigaretten will, muß er dich darum bitten, und du kaufst es ihm. Ich wüßte auch, daß du da bist, wenn du nicht ganz so schlecht wärest. Laß uns doch nur so leben, wie wir vorher gelebt haben. Was du mit dem Geld des Nasrani tust, geht mich nichts an. Aber ich muß so essen und leben, wie ich es vorher getan habe. So kann ich nicht leben. Alles andere ist nicht meine Sache.«

»Komm mir nicht damit«, sagte Omar zu mir. »Sprich mit dem Nasrāni, für den du arbeitest.«

»Ja«, sagte ich. »Du hast recht.«

Jedesmal, wenn Geld für François kam, nahm Omar sich alles. Wir lebten ein paar Tage. Dann sagte Omar: »Es ist kein Geld da.«

Später kam François zu mir und sagte: »Sieh. Wir haben kein Geld. Geh jetzt nach Hause und bleib dort ein paar

Tage. Dann, wenn wir wieder Geld haben, kannst du zurückkommen«.

»Aber wie soll ich essen?«

»Du wirst schon irgendwie essen.«

Ich ging nach Mstachusche und saß da und aß Brot, und eines Tages kamen sie im Auto und nahmen mich wieder mit auf den Berg. Dann gab es eine Menge Arbeit, denn alles war sehr schmutzig.

Eines Tages, zur Mittagszeit, sagte François zu mir: »Heute werden wir zu Hause essen.«

»Ah! Gracias a Dios«, sagte ich. »Es ist lange her, seit wir hier gegessen haben.«

Ich ging fort und kaufte ein. Auf dem Rückweg, die Straße hinauf, ging ich ins Café und kaufte ein Päckchen Kif.

Ich kochte das Essen, und wir aßen im Eßzimmer. Danach machte ich Kaffee und brachte drei Gläser herein. Ich nahm eine Zigarette mit einem Filter und leerte den Tabak aus. Dann füllte ich sie mit Kif. Ich zündete sie an und begann zu rauchen.

Schon sagte Omar: »Du rauchst Kif?«

»Ja. Willst du ein bißchen?«

»Gut. Gib mir eine Zigarette.«

Ich füllte noch eine Zigarette und gab sie ihm.

François sagte: »Was raucht ihr? Kif?«

»Ja.«

»Gib mir etwas. Ich will mit euch rauchen. Davon fühle ich mich immer besser.«

Omar gab François seine Zigarette. François rauchte ein wenig und gab sie ihm zurück. Ich machte noch ein paar Zigaretten und gab sie Omar.

Weder François noch Omar waren es gewohnt, Kif zu rauchen. Sie tranken statt dessen Cognac und Whisky. Nach ein paar Minuten war Omars Kopf voller Kif,

Er sagte: »Bruder, der Kif ist gut!«

»Siehst du?« sagte ich zu ihm. »Siehst du, wie stark er ist?«

François legte seinen Kopf in Omars Schoß und blieb so liegen.

»Sieh, Bruder«, sagte ich zu Omar. »Sag mir die Wahrheit. Bei deinem Vater, du mußt mir sagen, was du diesem Nasrāni zu essen gegeben hast. Wie hast du ihn so weit gekriegt? Was hast du ihm gegeben, damals, als du mit ihm nach Hadschra den Nhal gegangen bist? Sag mir die Wahrheit.«

»Ich habe ihm eine Eselszunge gegeben«, sagte er.

»Sagst du die Wahrheit?«

»Ich schwöre es!«

»Woher hattest du den Esel?«

»Da lag ein toter Esel vor dem Dorf auf einem Feld. Wir haben seine Zunge und seine Ohren abgeschnitten.«

»Mit was hast du sie vermischt? Was habt ihr dazu gegessen?«

»Wir haben sie nur zu dem anderen Fleisch getan«, sagte er.

»Weißt du, wie man das macht?« fragte ich ihn.

»Was denkst du? Denkst du, ich weiß nicht, wie?«

»Da hast du eine gute Arbeit getan«, sagte ich zu ihm. »Du hast ihn in einen anderen Menschen verwandelt. Das ist wunderbar, was du getan hast!«

»Worüber redet ihr?« fragte François. »Ich möchte es hören.«

»Wir sprechen nur über die Welt«, sagte ich. »Nichts Besonderes.«

Ihre Köpfe waren voller Kif, und sie begannen sich zu umarmen. Dann sagte Omar: »Ahmed. Ich bezahle dich, und du kannst nach Hause gehen.«

»Wachchā.« Er gab mir mein Geld, und ich ging nach Hause. Als ich die Straße entlang ging, dachte ich: »Ich habe noch nie gehört, daß man einem Menschen eine Eselszunge geben und ihn so verwandeln kann. Es ist wahrscheinlich wahr. Seine Mutter wird gewußt haben, wie man es macht, und sie hat Tseuheur zu der Zunge getan. Ein Glück, daß er überhaupt noch lebt.« Ich dachte daran, wie ich an den Füßen im Hospital hing.

Eines Tages ging François zum Postamt, und da war ein Brief von Marcel.

»Marcel kommt zurück. Er ist jetzt auf der Rückreise von Portugal«, sagte er. »Ich hoffe, er kommt bald hier an. Ich muß die Rechnung bei dem Sussi bezahlen. Und jetzt haben sie das Wasser abgestellt. Ich muß eine Menge Rechnungen bezahlen. Die Lebensmittelrechnung ist sehr hoch.«

»Warum behälst du nicht dein Geld?« sagte ich. »Dann könntest du alle deine Rechnungen selbst bezahlen. Jetzt gibst du mehr Geld aus, als du verdienst. Wie willst du denn überhaupt Rechnungen bezahlen?«

»Jeder tut, was er will im Leben«, sagte er. Das sagte er immer, wenn ich mit ihm sprach. Das machte mich jedesmal wütend. »Ja. Tu was du willst«, sagte ich. Dann sagte ich dasselbe auf Arabisch. »Amel li brhiti.« Das war alles, was es zu sagen gab.

Ein paar Tage später sagte er zu mir: »Heute gehe ich zum Hafen und hole Marcel ab.«

Als Marcel an die Tür klopfte, freute ich mich sehr, ihn wiederzusehen. »Wie gehts?«

»Ah, Ahmed! Und dir? Wie geht es dir? Was macht die Arbeit? Hast du etwas Neues gelernt?«

»Ja. Ein wenig«, sagte ich zu ihm.

Marcel machte seinen Koffer auf und nahm vier Hemden heraus, die ihm jemand gegeben hatte. Sie waren nicht neu, aber sie waren noch nicht zerrissen.

»Die habe ich dir aus Spanien mitgebracht.«

»Danke. Vielen Dank.«

Ich legte die Hemden in ein anderes Zimmer und arbeitete weiter.

Als es Zeit war zu gehen, ging ich zu François und sagte:

»Kann ich mein Geld haben? Du schuldest mir jetzt fünf Tage.«

»Ich kann dich heute nicht bezahlen«, sagte er. »Ich kann dir fünfhundert Francs geben, wenn du willst. Und das ist alles.«

»Marcel hat dir eine Menge Geld gegeben.«

»Ja. Aber ich muß eine Menge Rechnungen bezahlen. Ich bezahle dich in ein paar Tagen.«

»Gut. Gib mir die fünfhundert Francs.«

Marcel kam ins Zimmer. »François«, sagte er. »Ich werde im Hotel schlafen. Du hast deinen Freund hier.«

»Das ist eine gute Idee«, sagte François.

Ein paar Tage später sagte Marcel zu mir: »Fahren wir in die Stadt und kaufen eine Menge ein und kochen ein Essen, so wie wir es gewohnt sind.«

»Ja«, sagte ich. »Wie du willst.«

François holte die Autoschlüssel. Ich nahm einen Korb. Omar wollte nicht mitkommen. Wir drei fuhren in die Stadt und kauften ein. François und Marcel sprachen viel und lachten zusammen. Ich wußte nicht, was sie sprachen. Wir kauften alles und fuhren wieder nach Hause.

»Du kochst das Essen, Ahmed«, sagte Marcel.

Ich blieb in der Küche und kochte das Essen. Als alles fertig war, rief ich sie. »Wenn ihr essen wollt, es ist fertig.«

Während wir aßen, sagte Marcel zu mir: »François hat jetzt eine gute Frau gefunden. Einer Frau kauft man doch schöne Kleider und gibt ihr gutes Essen. Und dann führt man sie aus und zeigt sie den anderen Leuten. Er hat eine schöne Frau. Und sie ist glücklich, bei ihrem Mann zu sein.«

Wir lachten. Omar versuchte, wie wir anderen zu lachen. Aber er konnte nicht.

Marcel fuhr nach Marrakesch. François brachte ihn im Auto zum Bahnhof. Als er ins Haus zurückkam, sagte ich zu ihm: »Jetzt hat Marcel dir Geld dagelassen. Du kannst mir meinen Lohn bezahlen. Es sind noch zweitausendfünfhundert Francs, die du mir schuldest.«

»Ich frage Omar, ob wir heute zur Bank gehen«, sagte er.

Als er ihn fragte, sagte Omar: »Nein. Wir können heute nicht gehen. Wir gehen morgen.«

»Morgen«, sagte ich. »Weil ihr heute genug zu essen habt. Wenn ihr mich nicht bezahlt, gehe ich jetzt und versuche, anderswo etwas zu essen zu bekommen. Aber morgen werdet ihr mich bestimmt bezahlen?«

»Ja, ja«, sagte François. »Wir lösen einen Scheck ein und bezahlen dich.«

Am nächsten Tag, als ich zum Haus kam, fühlte ich mich nicht wohl. Ich hatte am Abend vorher nichts gegessen. Und kein Frühstück am Morgen. Omar kam an die Tür. Das erste, was er sagte, war: »Mach mir Kaffee, schnell.«

»Du kannst den Kaffee machen«, sagte ich. »Mach ihn mit deinen eigenen Händen. Oder kannst du noch nicht einmal das?«

»Ei, ei!« sagte er. »Dir gehts gut heute morgen, nicht wahr?«

»Nicht anders als sonst«, sagte ich zu ihm.

Er lief hinauf zu François und sagte: »Ich habe Ahmed gesagt, er solle Kaffee machen, und er wollte nicht. Er sagte, ich solle ihn selbst machen.«

François kam herunter. »Warum willst du uns nicht Kaffee machen?«

»Wer ist Omar? Warum soll ich ihm Kaffee machen?«

»Wer ich bin?« sagte Omar. »Ich bin dein Herr. Ich bezahle dir deinen Lohn. Ich erhalte dich am Leben. Du arbeitest für mich.«

»Du erhältst mich am Leben? Für mich bist du nur ein Stück Scheiße wert.« Dann sagte ich es auf Spanisch zu François: »Para mí este hombre vale una mierda, nada más!«

»Nein, nein! Nein, nein! Sprich nicht so mit ihm!« François weinte fast. »Ich will kein Wort mehr hören! Ich kann es nicht mehr ertragen! Wenn du nicht weißt, wie du zu sprechen hast, Ahmed, dann kannst du das Haus verlassen. Das ist alles!«

»Bezahle mich, und ich gehe jetzt«, sagte ich zu ihm. »Warum soll ich für dich arbeiten?«

»Ich bezahle dich jetzt«, sagte er. Und er nahm zweitausendfünfhundert Francs und gab sie mir.

»Danke«, sagte ich. »Ich gehe jetzt.«

Ich ging hinaus und ging die Straße hinunter. Da hörte ich, daß jemand hinter mir herlief. »Ahmed! Ahmed!«

Es war François. Ich blieb stehen, und er holte mich ein.

»Komm morgen früh«, sagte er zu mir.

»Wenn du willst, daß ich komme, komme ich.«

Ich ging zurück nach Mstachusche. Am nächsten Tag, als ich zum Haus kam, öffnete Omar mir die Tür. Ich sagte guten Morgen zu ihm, aber er antwortete nicht. »Das macht nichts«, dachte ich. »Sein guten Morgen hat sowieso nichts zu bedeuten.«

Ich ging in die Küche, um Kaffee zu machen, aber es war kein Kaffee da. Ich bat François um Geld, damit ich welchen kaufen konnte. Er sagte: »Bitte Omar.«

Ich ging zu Omar.

»Ich habe kein Geld für Kaffee«, sagte er zu mir.

»Wie du willst«, sagte ich. Ich hatte zu Hause Kaffee getrunken, bevor ich kam. Dann begann ich das Geschirr abzuwaschen. Nach einer Weile kam François herunter.

»Ist der Kaffee noch nicht fertig?«

»Ich habe dir gesagt, es ist keiner im Haus. Hast du mir Geld gegeben, um welchen zu kaufen?«

»Und ich habe dir gesagt, Omar würde es dir geben.«

»Es ist fast eine Stunde her, seit ich ihn gebeten habe«, sagte ich. »Aber er hat es mir noch nicht gegeben.«

»Gut. Gut«, sagte er. Dann ging er zu Omar und sagte zu ihm: »Komm. Fahren wir in die Stadt und trinken Kaffee irgendwo auf dem Boulevard.«

Da wußte ich, wenn sie es einmal so gemacht hatten, würde ich nie mehr in ihrem Haus Kaffee trinken. Es machte mir nichts aus.

Als Marcel aus Marrakesch zurückkam, blieb er nur etwa eine Woche, und dann fuhr er nach Paris. Danach gab es fast keine Arbeit mehr für mich. François schickte mich manchmal für eine Woche nach Hause, um mich nicht bezahlen zu müssen. Wenn ich wieder zur Arbeit kam, war es nur für einen halben Tag, und dann mußte ich wieder warten. Jeden Monat gab es weniger Arbeit, und ich verdiente weniger Geld. Ich blieb in Mstachusche und wartete.

»Was kann ich tun?« dachte ich. »Es gibt kein Mittel dagegen. Was geschrieben steht, muß bis zum Ende durchgestanden werden. Wenn man einem Mann eine Eselszunge gibt und vielleicht die Ohren dazu, wie soll er da noch einen

Kopf behalten für seine Arbeit oder irgend etwas anderes? Nichts berührt ihn. Sein Mund ist offen und seine Augen halb geschlossen, das ist alles.«

Eines Tages sagte François zu mir: »Ich fahre für einige Zeit nach England. Omar wird für alles verantwortlich sein. Du wirst im Haus bleiben und für ihn arbeiten. Du bekommst jeden Tag einen Halbtagslohn. Dreihundert Francs.«

»Das ist nicht viel«, sagte ich. »Aber es ist gut, wenn ich es wirklich bekomme. Wer wird mich bezahlen?«

»Ein Hindu, der in Vasco da Gama wohnt. Er kann lesen und schreiben. Er wird das Geld verwalten und dich jeden Tag bezahlen. Du mußt zu ihm nach Hause gehen und das Geld holen.«

François bereitete alles vor für seine Reise nach England. In diesen Tagen ließ Omar ihn nicht eine Minute allein. Er folgte ihm überallhin, durchs ganze Haus, und sprach mit ihm. Er wollte nicht, daß er fortging.

Zu mir sagte Omar: »Ich schwöre bei Allāh, er wird nicht von hier fortkommen!«

Zu François sagte er: »Jetzt willst du mich verlassen.«

»Sei nicht traurig, Omar. Du wirst nichts vermissen. Du hast alles, was du willst. Und Ahmed auch. Und ich komme mit einer Menge Geld wieder zurück.«

Eines Nachts kam François mit dem Auto nach Mstachusche und hupte draußen vor meinem Mahal.

Ich kam heraus und sagte: »Buenas noches. Komm herein.«

»Ja«, sagte er. »Ich möchte nur ein wenig mit dir reden.«

Wir gingen hinein.

»Jetzt können wir reden, wenn du willst«, sagte ich zu ihm. »Was gibt es?«

»Ich gehe fort. Bald«, sagte er. »Und jetzt wirst du für Omar arbeiten. Aber du wirst auch Zeit haben, dir andere Arbeit zu suchen. Du weißt, wie du allein auf der Welt durchkommst.«

»Und Omar?« fragte ich.

»Ich lasse Geld da. Er kann sich jeden Monat fünfzigtausend Francs von der Bank holen. Er braucht viel mehr als du. Du bist es gewohnt, ohne Geld zu leben. Du kannst dich immer am Leben erhalten.«

»Vielleicht. Mal sehen«, sagte ich zu ihm.

»Ich muß jetzt gehen. Aber willst du mir dein Wort geben, daß du jeden Tag für Omar arbeiten wirst?«

»Ja.«

»Und du wirst nicht mit ihm streiten?«

»Nein.«

François ging hinaus und fuhr fort.

Am nächsten Morgen kam Omar in die Küche. Ich schrubbte den Fußboden. Er sah sehr bekümmert aus. Ich wußte, es war, weil er nicht wollte, daß François fortging.

»Und nun geht er«, sagte er.

»Kannst du ihn nicht festhalten? Wirkt die Eselszunge nicht mehr?«

Omar schrie: »Er kommt mir nicht aus den Händen! Ich halte ihn hier fest! Ich schwöre, er wird dieses Land nicht verlassen!«

»Aber du schläfst jetzt noch nicht einmal mit ihm«, sagte ich. »Du gibst ihm die Eselszunge und dann willst du nicht einmal mit ihm ins Bett gehen. Eines Tages findet er jemand anderen.«

»Paß auf«, sagte er. »Er bleibt hier.«

Ein paar Tage später kam er zu mir: »Hör mal«, sagte er. »Ich werde heiraten. Ich habe ein Mädchen gefunden und werde sie heiraten. Aber jetzt brauche ich eine Menge Sachen fur die Hochzeit.«

»Warum sprichst du nicht mit François? Er wird sie dir besorgen.«

»Glaubst du?«

Sie sprachen die ganze Zeit miteinander, jeden Tag. Ich hörte, wie Omar zu François sagte: »Ich brauche alles für meine Frau. Ich brauche ein Haus und Möbel, und alle möglichen Dinge. Wie soll ich das alles bekommen von dem bißchen Geld, das du mir hier läßt? Heirat ist die wichtigste Sache im Leben eines Mannes.«

François sagte: »Selbst, wenn du heiratest, wirst du immer noch kommen und mit mir schlafen?«

»Ja, ja«, sagte Omar.

Eines Tages, als sie so sprachen, sagte François: »Ich sage dir, was wir tun werden. Ich habe zweihunderttausend Francs. Ich wollte sie dafür verwenden, nach England zu fahren. Ich gebe sie dir. Und dann hast du genug.«

»Gut«, sagte Omar. »Jetzt gehen wir und suchen ein Haus, und ich zeige dir das Mädchen, das ich heiraten will.«

»Ja«, sagte François. »Aber ich habe immer noch Angst. Wenn du das Mädchen heiratest, wirst du nicht mehr zu mir kommen.«

»Nein, nein. Ich komme genauso wie immer. Ich gebe dir mein Wort.« Sie gingen, ein Haus für Omar zu suchen, und sie fanden ein gutes.

»Du kannst hier wohnen«, sagte François. »Dieses Haus ist das richtige für dich. Und alles, was in meinem Haus ist, will ich dir geben. Und was du brauchst, das kaufe ich dir. So wirst du alles haben, was du willst.«

»Gut.«

Eines Tages sagte François zu mir: »Ahmed. Wir werden alles aus dem Haus räumen und es in ein anderes Haus bringen.«

»Was für ein Haus?« fragte ich.

»Omars Haus. Du weißt, er wird heiraten. Und ich bleibe hier in Tanger.«

»Ich verstehe.«

Wir begannen alle Möbel aus dem Haus auf dem Berg hinauf zum Marschan zu bringen, wo Omar wohnen würde. Ich sah, daß François das ganze Holz und die Maschinen und Werkzeuge aus der Tischlerwerkstatt holte.

»Warum holst du alle diese Sachen? Will er die auch haben?«

»Ja. Er hat zwei Häuser. Eines wird eine Tischlerwerkstatt. So kann er ein wenig Geld verdienen.«

»Aha«, sagte ich.

Und wir füllten weiter das Auto bei dem einen Haus und

leerten es bei dem anderen, bis nichts mehr im Haus auf dem Berg war. Dann fuhren wir nach Souāni und bestellten eine Menge Matratzen für Omar. An einem anderen Tag gingen François und Omar Tablette und Teppiche und Töpfe und viele andere Sachen für Omars Haus kaufen. Als alles in seinem neuen Haus fertig war, sagte Omar: »Jetzt werde ich die Hochzeit halten.«

In der Nacht vor der Hochzeit nahm François Omar mit in eine Bar, und sie betranken sich. Dann gingen sie in eine andere Bar und dann in andere Bars. Danach gingen sie ins Café Hafa und setzten sich in den Garten. Omars Freunde waren schon im Haus. Omar sagte zu François: »Ich werde es jede Nacht mit ihr treiben.« Und François weinte.

Dann sagte Omar zu ihm: »Du mußt mich nach Hause fahren. Ich muß jetzt heiraten.« Sie waren beide sehr betrunken. François brachte ihn im Auto zu dem Haus auf dem Marschan und verließ ihn. Dann ging er in sein Hotel.

Zwei oder drei Wochen vergingen. Ich arbeitete jeden Tag bis ein Uhr in Omars Haus. Seine Frau sah ich nicht. Manchmal war Omar nicht vor ein Uhr auf, und dann bezahlte mich François. Es war besser als vorher, weil ich jeden Tag Geld bekam.

Eines Tages, als François Omar besuchte, sagte er zu mir: »Ich werde ein Haus hier in der Nähe suchen, wo ich wohnen kann. Dann bin ich nahe bei Omar, und er kann immer zu mir kommen.«

»Tu, was du willst«, sagte ich. »Du weißt es besser als ich.«

»Wenn du von einem leeren Haus in diesem Viertel hörst, sag mir Bescheid. Wenn ich eins finde, kannst du auch für mich arbeiten.«

»Wachchā.« Und ich versuchte, ein Haus für ihn zu finden. Es gab viele Häuser, aber alle kosteten mehr, als François bezahlen wollte. Er wollte ein sehr billiges Haus.

Eines Tages kam er mit seinem Auto zu meinem Mahal in Mstachusche.

»Ich habe ein Haus in Mtafi gemietet, in der Nähe von

Omars Haus. Laß uns etwas Tünche und Farbe kaufen. Dann kannst du für mich die Wände und Türen streichen. Laß uns zuerst zu dem Haus gehen, und ich zeige es dir.«

Wir fuhren nach Mtafi. »Ist dies das Haus, das du gemietet hast?« fragte ich. »Wie willst du in einem Haus leben, ganz ohne Wasser und ohne ein Badezimmer, in dem du dich waschen kannst?«

»Mir gefällt es so. Du kannst jeden Morgen Wasser vom Brunnen bringen.«

»Ja. Aber du kannst nicht in einem Moslem-Haus wohnen. Du bist ein Nasrāni. Du hast immer Wasser gehabt. Die Zimmer sind so klein, daß du nicht darin sitzen kannst.«

»Ich habe kein Geld, und dieses Haus ist billig.«

»Deine Familie schickt dir immer Geld«, sagte ich zu ihm. »Aber du hast nie welches.«

Er hörte es nie gern, wenn ich das zu ihm sagte.

»Dieses Haus ist nichts für dich«, sagte ich. »Es ist ein Haus für arme Moslems.«

»Es ist gut, bis ich ein besseres bekommen kann.«

Wir gingen nun jeden Tag zur Joteya, um gebrauchte Sachen für sein Haus zu kaufen. Er kaufte Sachen, die waren so alt, daß er sie nicht gebrauchen konnte. Er kaufte alte Lampen und sechs kaputte Kisten, um darauf zu sitzen. Er kaufte alte Vorhänge, die zerrissen waren. Er hatte viele Bilder, die er gemalt hatte, und die hängte er an die Wände.

»Das ist alles, was ich brauche«, sagte er. »Das Haus ist voll.«

»Aber du hast kein Bett, in dem du schlafen kannst.«

»Ich gehe auf den Gebrauchtwarenmarkt und kaufe eine Matratze, die mit Stroh gefüllt ist. Das wird mir genügen.«

»Du hattest ein wunderbares Bett in dem anderen Haus. Und jetzt hat es Omar, und du wirst auf Stroh schlafen.«

»So mag ich es. Es wird besser sein«, sagte er. »Ich schlafe besser auf dem Boden.«

»Wachchā.« Wir gingen und kauften eine alte Strohmatratze. Als wir sie ins Haus gebracht hatten, warf ich sie auf den Boden.

»Bald wirst du ein Moslem sein«, sagte ich zu ihm. »Du schläfst auf einer Matte, wie ich es im Café getan habe.«

»Jeder Mann lebt sein Leben, wie es ihm gefällt«, sagte er.

Er zog in sein neues Haus, und ich arbeitete nicht mehr bei Omar. Ich ging zu François und arbeitete jeden Morgen bis ein Uhr.

Eines Tages saßen Omar und ich oben in François' Haus und rauchten. Wir hörten ein Auto vorfahren. Ich ging hinunter und öffnete die Tür. François hatte einen sehr dunklen Moslem mitgebracht. Ich hatte ihn gekannt, als ich ein Junge war und wir in Emsallah lebten. Wir hatten auf der Straße zusammen gespielt. Aber ich hatte ihn seitdem nicht mehr gesehen.

»Salaam alaikum«, sagte er.

»Ah, Bruder, wie geht es dir?« sagte ich. »Wie ist es dir ergangen, Mseud?«

»Geh hinauf«, sagte François zu ihm.

Wir gingen alle hinauf.

»Das ist Omar, mein Freund. Und das ist Ahmed. Er arbeitet für mich.«

Als ich hinunterging, kam François mit, um mit mir zu sprechen.

»Dieser Junge wird ein wenig für mich hier im Haus arbeiten«, sagte er zu mir.

»Ich verstehe. Magst du ihn?«

»Ja. Sehr.«

»Gut.«

»Jetzt geh zum Baqqāl und kaufe ein, und wir werden zu Mittag essen.«

»Allah! Was für ein Tag!« sagte ich. »Es ist lange her, seit wir zusammen gegessen haben. Wir haben noch keine Mahlzeit in diesem Haus gehabt.«

»Ja, es ist lange her«, sagte er. »Aber jetzt tun wir es wieder.«

Nach dem Essen fuhr François mit Mseud zum Strand. Ich setzte mich wieder hin und sagte zu Omar: »Was denkst du über den, der hier war?«

»Nichts«, sagte er. »Es ist mir gleich, wen er hierherbringt. Ich habe jetzt Geld, und ich habe immer noch den Nasrāni. Ich habe dir gesagt, er würde nicht fortgehen.«

»Warum hat er ihn mitgebracht?« sagte ich. »Du hast zu ihm gesagt, du würdest weiter mit ihm schlafen. Ich glaube nicht, daß du noch mit ihm schläfst. Und deshalb hat er diesen mitgebracht.«

»Soll ich meine Frau zu Hause im Bett liegen lassen und hierherunterkommen, um mit ihm zu schlafen?«

»Tu, was du willst«, sagte ich. »Aber Mseud wird dich eines Tages hier verdrängen. Warte. Du wirst auf der Straße sitzen.«

»Der da soll mich verdrängen? Was glaubst du wohl? Du weißt, mir gehört die Hälfte von allem, was der Nasrāni hat. Jedesmal, wenn er Geld bekommt, bekomme ich die Hälfte davon. Du weißt das!«

»Ich weiß, er hat dir einen großen Gefallen getan. Du hast noch nicht einmal für einen Abend genug zum Essen gehabt. Du hast mehr Geld von ihm bekommen, als du je in deinem Leben gesehen hast. Er hat dir deine Heirat bezahlt und hat dir ein gutes Haus besorgt. Und du sagst immer noch, du hättest die Hälfte seines Geldes?«

»Er hat nichts für mich getan«, sagte Omar. »Alles, was ich von ihm bekommen habe, habe ich trotz ihm bekommen. Er gab mir nie etwas, weil er wollte. Ich habe mich um alles selbst bemüht. Ich habe schwer gearbeitet, um ihn dazu zu bringen, es mir zu geben.«

»Ja. Du hast recht«, sagte ich. »Moslems denken nie, jemand sei gut zu ihnen gewesen. Du bist nicht der einzige, der so denkt wie du.«

»Und du?« sagte er.

»Ich denke, er ist immer gut zu mir gewesen. Er hat viel für mich getan. Und ich werde das alles nie vergessen. Ich bin ihm dankbar für das, was er für mich getan hat. Die beiden sind hergekommen, und sie waren gute Leute. Du bist es, der das Haus ruiniert und sie getrennt hat. Du bist es, der François dazu gebracht hat, in diesem Haus zu wohnen, das noch nicht einmal Wasser hat. Aber warte. Beobachte den, der heute hier war. Paß auf, was er dir antun wird. Du wirst es mit deinen eigenen Augen sehen, was passieren wird.«

Ich arbeitete weiter im Haus bei François. Manchmal kam Omar für eine Weile. François brachte Mseud mit nach Hause, ob Omar dort war oder nicht. Und er fuhr mit ihm im Auto zum Strand und in alle Bars und Kinos und ließ Omar im Haus sitzen. Jede Woche verbrachte er mehr Zeit mit Mseud.

Und dann kam Mseud und blieb die ganze Nacht bei François. Alle zwei oder drei Nächte kam er und schlief bei ihm auf der Matratze. Eines Morgens hielt das Auto vor dem Haus. François und Mseud stiegen aus. Mseud hatte alle seine Sachen dabei.

»Was ist los?« fragte ich. »Wird dieser da hier wohnen?«

»Ja. Er wird bei mir leben, so wie Omar früher.«

»Gut. Magst du ihn so sehr?«

»Ja. Ich mag dunkle Jungen.«

Manchmal sprachen Mseud und François wie Freunde miteinander, und manchmal stritten sie sich. Aber sie waren immer zusammen.

Ich sagte zu Omar: »Siehst du? Was habe ich dir gesagt? Bei Allāh, dieser Schwarze wird dich von hier vertreiben. Du wirst kein Brot mehr in diesem Haus bekommen. Das war lange her, die Zeit, als du der Herr warst. Nie wieder!«

MSEUD

مسعود

Nun lebte Mseud im Haus. Er und Omar vertrugen sich nicht. Manchmal wurden sie wütend und schrien einander an. Wenn das passierte, kam Omar nicht mehr ins Haus, bis François ihn holte.

Dann sagte François etwas zu Omar, und Omar schrie ihn an.

Eines Tages hatten François und Omar einen langen Streit. Als sie fertig waren, sagte ich zu Omar: »Was ist los? Worum geht es eigentlich? Warum streitet ihr euch immer?«

»Er will, daß ich mit ihm schlafe. Er will mir kein Geld geben, bevor ich es tue.«

»Wenn du nicht mit ihm schlafen willst, ist es einfach. Komm nicht mehr ins Haus«, sagte ich zu ihm. »Mseud schläft sowieso jede Nacht mit ihm. Wozu bist du gut für ihn? Er hat recht. Schlaf mit ihm, oder such dir etwas anderes. Niemand zwingt dich, hierher zu kommen.«

»Die Hälfte von allem, was er besitzt, gehört mir. Er wird nicht von mir loskommen«, sagte Omar.

»Ja«, sagte ich. »Die Hälfte von allem gehört dir. Ja. Ich erinnere mich an einen Tag im Haus auf dem Berg. François erzählte mir, du seiest der Herr des Hauses. Aber das ist schon lange her. Du hast jetzt nichts mehr hier verloren.«

Heute und morgen kam Omar weiter ins Haus, aber François sprach nicht mit ihm. Er sprach nur mit Mseud und mir. Er sagte: »Mseud. Was werden wir heute Abend essen?« Und Mseud sagte ihm, was er alles essen wollte.

Ich bezahlte jetzt immer mein eigenes Essen, weil François mir nichts gab. Einmal in zwei oder drei Monaten lud er mich ein, etwas zu essen.

Eines Morgens ging ich nebenan in den Laden und kaufte Tee, Zucker und Brot. Ich brachte es in sein Haus und frühstückte. Als François aufstand, schickte er mich zurück in den Laden, um für ihn einzukaufen.

Der Sussi sagte: »Gestern hat der Schwarze gesagt, ich solle niemandem etwas verkaufen, wenn es nicht sofort bezahlt wird. Nur dem Nasrāni und dem Schwarzen.«

»Warum?« fragte ich. Es war gemein, daß er mir nicht traute. »Wer gibt die Befehle, der Nasrāni oder der Azzi?«

»Ich kann dir nichts geben.«

Ich ging wieder ins Haus. Mseud schlief auf der Matratze. Er war nackt. Ich weckte ihn.

»Hör mal. Hast du dem Baqqāl gesagt, er solle niemandem mehr etwas geben?«

»Ja«, sagte er. »Der Nasrāni hat gesagt, wir verlören zuviel Geld.«

»Wenn er Geld verliert, liegt es nicht an mir, daß er es verliert. Ich ging hin, um das Frühstück für dich und ihn zu holen, nicht für mich.«

François kam herein. »Was ist los? Worüber redet ihr? Ich muß es wissen.«

»Nichts. Mseud kann es sagen.«

Mseud sagte: »Hast du mir nicht gesagt, ich solle den Baqqāl bitten, niemandem mehr etwas zu essen zu geben?«

»Ja. Das habe ich.«

Ich sagte zu François: »Warum hast du mich dann fortgeschickt? Du wußtest, er würde mir nichts geben. Schicke Mseud. Er ist der einzige, der etwas bekommen kann.«

»Ich habe nur an Omar gedacht«, sagte François. »Er hat sein ganzes Essen hier gekauft, ohne es mir zu sagen. Jetzt muß ich eine Menge Geld bezahlen.«

Dann sagte er zu Mseud: »Sag dem Baqqāl, er soll Ahmed etwas geben, wie immer. Geh jetzt mit Amhed.«

Ich ging zum Laden. Mseud ging hinter mir. Er sagte über meine Schulter zu dem Sussi: »Der Nasrāni sagt, du sollst Ahmed unser Frühstück geben.« Ich bekam die Sachen und brachte sie zum Haus.

»Siehst du?« sagte ich zu Mseud in der Küche. »Ich habe trotzdem die Sachen bekommen. Eines weiß ich. Wenn du in einem Haus arbeitest, in dem andere Moslems sind, wirst du nie Frieden haben. Nur Ärger.«

»Sprich nicht weiter«, sagte Mseud. »Ich höre nicht zu.«

Etwas später klopfte Omar unten an die Tür. Ich ging hinunter. »Guten Morgen. Du hast lange geschlafen«, sagte ich.

»Warum sollte ich früh kommen?« sagte er. »Es gibt hier nichts zu tun.«

»Erinnerst du dich, was ich dir vor langer Zeit gesagt habe? Du kannst eine Zeitlang hoch oben in der Luft fliegen. Aber dann kommst du herunter. So geht es, wenn Allāh einem Mann einen Laib Brot gibt, der nicht weiß, wie man ihn ißt.«

»Kümmere dich nicht um mich«, sagte Omar.

»Bald wirst du alles sehen«, sagte ich zu ihm.

»Gibt es keinen Kaffee?«

»Doch.«

»Mach welchen«, sagte er zu mir.

Omar ging hinauf. Ich machte zwei Gläser Kaffee für mich und Omar. Ich brachte sie hinauf und setzte mich zu den anderen. Wir unterhielten uns. Wir sprachen über Frauen und Männer und andere Dinge. Dann sagte François: »Wißt ihr, was wir jetzt tun?«

»Was?« fragte ich.

»Wir wollen herausfinden, wer den längsten hat. Du oder Omar oder Mseud.«

»Ja? Wie willst du das herausfinden? Sollen wir jetzt alle hier unsere Hosen ausziehen?«

»Nein, nein! Du brauchst nichts auszuziehen«, sagte er. »Ich weiß, wie man das macht.«

»Wie?«

»Zeig mir deine Hand.«

»Hier ist sie«, sagte ich.

Er bog meinen Mittelfinger auf meine Handfläche. Dann machte er dasselbe bei Omar und dann bei Mseud.

»Mseud und Omar sind gleich«, sagte er zu ihnen.

Sie lachten.

»Aber wen von beiden magst du lieber?« fragte ich ihn.

»Ich mag sie beide«, sagte François. »Aber Mseud ist besser als jeder andere.«

»Das ist schön«, sagte ich. »Laß es dir weiter gutgehen. Aber ich bin gespannt, wohin es mit dir führt.«

»Jeder tut, was ihm Spaß macht.«

»Ja. Ich weiß. Das sagst du immer. Das ist nicht das erste Mal. Ich muß jetzt meine Arbeit machen, oder ich bekomme heute nichts mehr getan.«

»Du kannst das Haus sauber machen und das Geschirr abwaschen, während Mseud und ich fortfahren. Wir sind um ein Uhr zurück.«

»Wachchā.«

Als sie hinausgegangen waren, sagte ich zu Omar: »Fährst du mit ihnen?«

Ich wußte, daß er nicht mitfuhr. »Ich gehe nach Hause«, sagte er.

François und Mseud fuhren davon, und Omar ging fort. Ich fegte das Haus und schrubbte den Fußboden. Ich legte die Laken und Decken auf der Matratze glatt. Dann ging ich dreimal zum Brunnen und holte drei Eimer Wasser, um das Klosett zu reinigen. Es war dunkel darin. Da war nur ein Loch im Fußboden. Und es roch sehr stark. Morgens, bevor ich es reinigte, erfüllte der Geruch das Haus. Manchmal mußte ich hinauf aufs Dach gehen, damit ich atmen konnte. Es war wie ein Straßenklosett. Ich konnte es draußen vor der Haustür riechen, bevor ich sie öffnete. Das war der Grund, weshalb sie nicht in diesen Raum gingen. Sie benutzten die Wände und den Boden im Zimmer nebenan.

Als ich mit der ganzen Arbeit fertig war, setzte ich mich hin und wartete, daß François zurückkäme, um mich zu bezahlen. Um zwei Uhr dachte ich: »Er sagte, er würde um eins da sein. Ich warte bis drei.« Um drei Uhr war er immer noch nicht zurück. »Ich gehe nach Hause«, sagte ich zu mir selbst. »Aber morgen werde ich mit ihm sprechen.«

Ich ließ den Schlüssel beim Baqqāl und ging nach Hause.

Unterwegs dachte ich: »Was für ein Haus, in dem ich arbeite! Jeden Tag ist es schlimmer als am Tag vorher. Ich kann so nicht leben! Aber es gibt keine andere Arbeit. Ich muß aushalten, bis Allāh mir etwas anderes schickt. Der Tag muß bald kommen.«

Am nächsten Morgen, als ich klopfte, öffnete Mseud mir die Tür. Ich ging hinauf und sah François auf der Matratze liegen. Alles, was er anhatte, war ein seidenes Unterhöschen. So, wie es die Mädchen tragen.

»Buenos días.« Mseud legte sich zu François und schlief.

»Mach den Kaffee«, sagte François. Als der Kaffee fertig war, brachte ich ihn hinauf und stellte ihn auf den Boden neben die Matratze. Dann setzte ich mich auf eine Kiste.

»Ich habe gestern auf dich gewartet«, sagte ich zu François. »Du hast gesagt, du würdest um ein Uhr zurück sein. Ich habe bis drei gewartet, und du bist nicht gekommen. Ein andermal, wenn du nicht kommst, um mich zu bezahlen, sag es mir, bevor du ausgehst, damit ich hier nicht sitzen und auf dich warten muß.«

»Ich schulde dir Geld für gestern und heute«, sagte er. »Aber morgen werde ich etwas bekommen, dann bezahle ich dich.«

»Wachchā.«

»Wir gehen fort. Wenn du fertig bist, geh nach Hause.«

»Ja«, sagte ich. »Und bitte, wenn du heute Nacht nach Hause kommst, pisse nicht an die Wände und auf den Boden. Geh ins Klosett hinein und tu es da. Ich mache es jeden Tag sauber. Es ist nicht schwer, die Tür aufzumachen und hineinzugehen. Wenn ich morgens herkomme, riecht das Haus sehr schlecht, und du schläfst mitten in dem Gestank. Das ist schlecht für dich, nicht für mich. Ich schlafe nicht hier.«

»Gut, Ahmed. Gut.«

»Das nächste Mal, wenn ich Dreck in dem Zimmer vor dem Klo finde, lasse ich ihn liegen. Ich mache ihn nicht weg. Ich habe es satt, alles aufzuwischen. Sogar im Flur.«

»Jetzt reicht es«, sagte François. »Wir gehen fort. Wenn du fertig bist, geh nach Hause.«

Ich mußte vier Eimer Wasser holen, um das Klosett zu reinigen und den Raum daneben. Als ich nach Hause ging, war ich wütend. Und am nächsten Tag war ich noch wütender.

»Diese Leute schulden mir den Lohn von zwei Tagen. Wenn ich in ihr Haus komme, laufen sie fort und lassen mich allein. Sie denken, ich hätte Geld versteckt, von dem ich essen könnte. Und alles, was ich esse, ist Brot.«

Ich schlug gegen die Tür. François kam und öffnete. »Buenos días.«

Da sagte ich zu ihm: »Hast du Geld? Ich habe keinen Franc. Ich kann mir nicht einmal ein Stück Brot kaufen.«

»Warte ein wenig. Ich gehe bald fort. Ich bringe dir Geld mit. Warte auf mich bis ein Uhr.«

Mseud stand auf und zog sich an, und sie fuhren im Auto fort. Um ein Uhr waren sie nicht da. Ich wartete weiter bis zwei. Ich war sehr hungrig. »Er kommt nicht. Er macht es wieder so. Ich weiß nicht, wo ich ihn finden kann. Aber ich werde ihn suchen.«

Ich verschloß das Haus und ging hinaus auf die Straße. Dann ging ich in alle Bars, an denen ich vorbeikam. Er war in keiner. Ich suchte weiter in Bars und Cafés. Vor dem Park des Sidi Buchari sah ich das Auto vorbeikommen. Mseud fuhr es. François war nicht dabei. Ich rief, und er hielt an.

»Wo ist François?«

»Er ißt im Sevillana.«

»Wohin gehst du?«

»Ich muß etwas für ihn kaufen«, sagte er.

Ich ging ins Sevillana. Da saß François. Das Essen stand auf dem Tisch. Eine Minute später kam Mseud herein. Er legte siebentausend Francs neben François' Teller.

Ich stand am Tisch. »Hast du mein Geld?« fragte ich.

»Nein. Aber ich bringe es dir später nach Hause.«

Sie aßen Beefsteak und Eier. François hatte eine Flasche Wein und Mseud ein Glas Bier. Sie fingen an, miteinander zu sprechen und zu lachen.

»Und das Geld da auf dem Tisch?« fragte ich.

»Oh, das gehört nicht mir!«

»Wem denn?«

»Mseud.«

»Ja. Mseud hat viel Geld«, sagte ich. »Aber wieviel hatte er, als er zu dir ins Haus kam?«

»Wir werden hier nicht darüber sprechen«, sagte er zu mir.

»Das ist gemein«, sagte ich. »Du hast Geld. Seit drei Tagen warte ich, und du willst mich nicht bezahlen. Du weißt, ich verdiene nicht genug Geld, um etwas von einem Tag auf den anderen zu sparen.«

»Ahmed, ich habe dir gesagt, ich will nicht darüber sprechen«, sagte er.

»Wenn du mir nicht zahlen kannst, was du mir schuldest, gib mir jetzt fünfhundert Francs, und wir werden morgen im Haus darüber sprechen.«

»Gut. Nimm dies und geh.«

Er gab mir fünfhundert Francs.

»Danke!«

Ich ging nach Hause, und an diesem Abend aß ich. »Da siehst du, wie die Welt ist. Der Nasrāni hat Geld in der Hand und sagt mir, es gehöre nicht ihm. Er sagt, es gehöre Mseud. Das hat er noch nie getan. Aber es sind schlechte Zeiten auf der Welt. Ich muß diese Arbeit behalten. Ich gehe jeden Tag hin und nehme, was ich bekommen kann. Als Omar im Haus des Nasrāni Macht hatte, haßte ich ihn. Und jetzt wird Mseud vielleicht noch schlimmer. Aber was macht das schon aus? Allāh bezahlt jeden für das, was er auf der Welt tut.«

Am nächsten Tag klopfte ich an die Tür, und François kam und ließ mich ein. »Buenos días«, sagte ich.

François sagte: »Buenos días.« Aber er sagte es nicht so wie sonst. Etwas stimmte nicht an seinem guten Morgen. Sobald er sprach, wußte ich, daß etwas passieren würde.

»Ah«, dachte ich. »Dieser Nasrāni ist nicht glücklich heute!«

Ich ging hinauf und setzte mich hin.

»Es ist kein Kaffee im Haus«, sagte ich zu François. »Soll ich zum Baqqāl gehen und welchen holen?«

»Wenn du Kaffee willst, kauf ihn dir selbst«, sagte er zu mir.

»Was ist los mir dir?« fragte ich. »Die ganze Zeit habe ich für dich gearbeitet. Fast zwei Jahre. Und du hast das nie vorher zu mir gesagt. Sag mir, was nicht in Ordnung ist.«

»Nichts ist los mit mir«, sagte François. »Du wirst nicht mehr für mich arbeiten, weiter nichts. Geh aus meinem Haus! Das ist alles, was ich dir zu sagen habe.«

»Ja«, sagte ich. »Wenn du nicht willst, daß ich für dich arbeite, bezahle mich, und ich gehe. Aber erst will ich wissen, warum.«

»Gestern bist du ins Restaurant gekommen und hast Geld von mir verlangt. Und du hast zu laut gesprochen.«

»Ich habe so gesprochen, wie ich immer spreche. Ich versuchte zu bekommen, was mir gehörte. Ich sagte guten Tag und bat um mein Geld. Sonst nichts. Ich sagte zu dir: ›Bitte, bezahle mich.‹ Und du sagtest, du hättest kein Geld. Eine Menge Geld lag auf dem Tisch. Du hast mir fünfhundert Francs gegeben von all dem Geld, das da lag. Und du sagtest, es gehöre dir nicht. Du sagtest, es gehöre Mseud. Wie kann das sein? Er ist gekommen ohne irgend etwas. Er hatte noch nicht ein ganzes Paar Schuhe. Und jetzt gehört ihm das ganze Geld? Welches Spiel treibst du mit mir?«

Mseud sprang vom Bett auf.

»Sprich nicht über mich!« schrie er.

»Alles was du zu tun hast ist, deinen Mund zu halten«, sagte ich zu ihm. »Ich spreche mit dem Nasrāni. Du hast nichts damit zu tun. Ich gebe dir nachher Zeit zum Sprechen. Leg dich hin und schweig still.«

»Und wenn ich das nicht tue?«

»Dann zeig ichs dir!«

»Nein, nein!« sagte François. »Bitte! Das reicht! Mseud, sei still.«

Mseud sagte nichts mehr.

»Jetzt kannst du sprechen«, sagte ich zu François. »Was hast du gesagt? Du willst, daß ich gehe?«

»Ja. Geh.«

»Gut. Bezahle mich. Ich gehe.«

Er zog tausend Francs heraus. »Nimm dies«, sagte er.

»Das warst du mir schuldig«, sagte ich zu ihm. »Ich bin heute gekommen. Bezahl mich auch für heute.«

Er gab mir noch fünfhundert Francs.

»Auf Wiedersehen«, sagte ich. »Der Gott, der mich geschaffen hat, wird mir eines Tages mehr Glück geben.«

Ich ging nach Hause und aß. Vor ein paar Tagen hatte ich mich in der Stadt nach Arbeit umgesehen. Es gab keine Arbeit. Niemand arbeitete und niemand aß.

Ein paar Tage später ging ich an der spanischen Schule vorbei. Ich sah das gelbe Auto kommen, voller Leute. Als es neben mir war, hielt François an. Ich ging hinüber und sah hinein. Es saßen nur Moslems drinnen. Omar war da, mit seiner Frau und seinen zwei Brüdern, die gerade aus dem Krieg in Algerien gekommen waren. Und es saßen noch zwei Frauen in Dschellabahs darin. Sie fuhren nach Hadschra den Nhal.

»Hör mal, Ahmed«, sagte François. »Bitte komm morgen zu mir.«

»Wenn du willst, komme ich.«

»Ja. Komm«, sagte er. »Adíos.«

Und ich ging weiter und dachte: »Omar bearbeitet ihn immer noch. Wahrscheinlich wird er ihm wieder Tseuheur eingeben.«

Am nächsten Tag ging ich wieder hin und arbeitete wieder für François. Er sagte nicht, weshalb er mich gebeten hatte, wiederzukommen, aber ich wußte, es war, weil das Haus schmutzig war. Es war so verdreckt, daß er nicht mehr darin leben konnte, bis es gereinigt worden war.

Jetzt war noch nicht einmal mehr Kaffee in der Küche. Jeden Tag, wenn Mseud und François aufstanden, fuhren sie im Auto fort, um zu frühstücken. Und sie kamen nicht wieder, bevor ich gegangen war. Ich ging nach Hause ohne Geld.

Ich wartete ein paar Tage. Eines Morgens schrubbte ich oben den Fußboden. Ich dachte: »Ich muß mit ihm sprechen. Ich verhungere, wenn ich es nicht tue.« Ich rief hinunter zu François: »Wenn du heraufkommst, kann ich dich eine Minute sprechen?«

Etwas später kam er herauf.

»Was ist los?«

»Sieh«, sagte ich. »Bitte. Du hast mich gebeten, zurückzukommen und zu arbeiten. Und ich arbeite hier jeden Tag. Und du hast mich überhaupt nicht bezahlt. Du sagst immer, ich soll warten. Wenn du nicht willst, daß ich für dich arbeite, sag nur zu mir: Ich habe keine Arbeit für dich, Ahmed. Und ich komme nicht mehr. Ich laufe den ganzen Weg von Mstachusche nach Mtafi, und manchmal regnet es, und ich verdiene überhaupt kein Geld. Was für einen Zweck hat es, jeden Tag hierherzukommen, wenn du mich nicht bezahlst?«

»Aber wir werden bald sehr viel Geld bekommen«, sagte er zu mir. »Dann bezahle ich dich.«

»Ich habe gewartet und gewartet. Ein Mann kann nur eine gewisse Zeit hungern. Er kann es nicht immer. Kannst du das nicht verstehen? Hast du keine Achtung vor den Menschen, die für dich arbeiten?«

»Ja, ja, ja«, sagte er. »Es wird ja Geld kommen. Hab nur Geduld.«

»Ich weiß. Aber ich habe nichts zu essen und kein Geld, mir etwas zu kaufen. Ich kann mir nicht einmal eine Zigarette kaufen, wenn ich rauchen möchte. Und ich habe Hunger. Wie kann ich Geduld haben?«

François steckte seine Hand in die Tasche und zog ein paar Münzen heraus. Es waren etwa siebenhundert Francs. »Sieh! Das ist alles, was ich habe.«

»Das ist unmöglich!« sagte ich. »Du bekommst Geld mit der Post. Wo geht es hin?«

»Du weißt, daß ich nachts immer mit Mseud in die Bars gehe. Ich betrinke mich jede Nacht. Dabei geht mein ganzes Geld drauf.«

»Aber warum?« sagte ich. »Warum tust du das? Niemand zwingt dich, auszugehen und dich zu betrinken. Denkst du nicht daran, daß du in deinem Haus Geld brauchst? Wenn du einmal alle deine Rechnungen bezahlt hast und niemandem mehr etwas schuldest, dann kannst du dich betrinken gehen.«

Wenn ich so etwas zu François sagte, wurde er wütend.

Ich sah, ich konnte nichts tun. »Ich werde kein Brot mehr von ihm bekommen«, dachte ich. »Es ist wirklich aus.«

Er gab mir dreihundert Francs für drei Tage Arbeit. »Das ist alles«, sagte er. »Komm morgen wieder. Dann kommt die Amerikanerin. Vielleicht werden wir danach etwas Geld haben.«

Ich nahm die dreihundert Francs. Am nächsten Tag kam ich wieder. Ich reinigte das Klosett, als die Amerikanerin an die Tür klopfte. Mseud war unten und wusch sein Gesicht, und er ließ sie ein. Sie sprachen Englisch. »Hello! Hello!«

»Buenos días«, sagte ich. Ich stand auf der Treppe, die zum Dach führte, und sah sie an.

François öffnete die Tür zum Schlafzimmer. Ein junger Spanier, ein Freund von Mseud, hatte dort die Nacht vorher geschlafen, und er lag noch auf der Matratze. François sagte: »Levántate. Du mußt jetzt aufstehen.« Dann kam François heraus und schloß die Tür. Er zog sein Hemd an. Sie setzten sich und unterhielten sich.

Mseud kam herauf.

Er trug nichts als eine Mädchenunterhose, wie sie François trug. Sie war wie ein Fenster, durch das man alles sah, was darin war. Und er schämte sich nicht, so vor der Amerikanerin im Zimmer herumzulaufen. François hatte gern, wenn er so angezogen war.

»Mach uns etwas Tee, Ahmed«, sagte François.

»Es ist kein Zucker da.«

Er gab mir Geld. Ich ging zum Baqqāl und holte Zucker. Während ich den Tee machte, kam Omar aufs Haus zu. Pepe, der junge Spanier, stand auf und zog sich an und setzte sich zu den anderen. Ich brachte fünf Gläser Tee nach oben. Ich mußte die Stufen zum Dach putzen. Ich dachte: »Sie werden bald mit der Unterhaltung fertig sein. Dann kann ich das Zimmer saubermachen, in dem sie sitzen.«

Pepe begann Platten auf dem Grammophon zu spielen. Sie unterhielten sich weiter, François, Mseud, Omar, Pepe und die Amerikanerin. Sie waren lustig. Ich ging hinauf zum

Dach und begann die Stufen von oben herunter zu putzen, bis ich unten ankam, wo sie waren.

Mseud sah Pepe an und winkte ihm zu. Sie begannen zu lachen. Dann lachten sie alle. »Ha! Ha! Ha! Hahaha!«

»Sie lachen, weil ich die Treppe putze«, dachte ich. »Und weil ich diese alte Hose anhabe. Und weil ich Hunger habe. Sie denken, ich sei etwas zum Lachen.«

Mein Mund füllte sich mit Speichel. Ich ging auf Mseud zu und spie ihm alles ins Gesicht. Es lief ihm die Wangen herunter und über seinen Mund. Sie hörten alle auf zu lachen. Alle, außer Omar. Er lachte lauter als vorher.

»Warum lachst du jetzt nicht?« sagte ich zu Mseud. »Los! Lache.«

François sah mich an. Sein Gesicht war gelb geworden. Dann lachte die Amerikanerin wieder zwei- oder dreimal.

Ich tauchte den Lumpen in den Wassereimer. Ich wrang ihn aus und putzte weiter die Treppe. Als ich fertig war, ging ich hinauf aufs Dach. Dort lag ein Gasschweißgerät auf dem Boden. Es hatte einen Gummischlauch, der mit einem großen Gastank verbunden war. Ich zündete das Gerät an und spielte ein paar Minuten damit. Ich dachte noch daran, wie sie alle gelacht hatten.

Da kam Mseud die Treppe herauf. Er hatte seine Jacke in der Hand. Er sah sehr wütend aus.

»Warum hast du mich angespuckt?« schrie er.

»Wer bist du? Warum hast du gelacht?«

Er kam immer näher. Ich drehte die Flamme weiter auf. Es machte großen Lärm.

»Komm näher«, sagte ich zu ihm. »Ich spucke dich nicht an. Ich mache dir nur hiermit ein Loch ins Gesicht.«

Ich richtete das Schweißgerät auf ihn. Er schrie auf und sprang zurück. Ich wollte Mseud und das Haus und alle darin verbrennen. François rannte zum Dach hinauf. Er stieß Mseud zurück durch die Tür. Mseud rannte die Treppe hinunter, und dann rannte François hinunter. Ich blieb allein auf dem Dach. Nach einer Weile legte ich das Schweißgerät hin und drehte das Gas ab.

Ich hörte, wie François mit der Amerikanerin hinunter auf die Straße ging. Sie stieg in ihr Auto und fuhr fort. Sobald sie fort war, rief mich François.

»Ahmed!«

»Was ist?«

»Komm herunter.«

Ich ging die Treppe hinunter.

Er sagte zu mir: »So. Nimm deine Jacke und hau ab.«

»Warum?« fragte ich.

»Du denkst wohl, es gehört sich, Mseud vor meinen Gästen anzuspucken? Und vor einer Dame, die mich kennt?«

»Und du denkst, es gehört sich, dazusitzen und mich auszulachen, wenn ich arbeite. Warum habt ihr gelacht? Bin ich nicht ein Mensch wie ihr? Ist es komisch, wenn jemand die Treppe putzt?«

»Du hättest Respekt haben sollen vor der Dame, die hier war«, sagte er. »Sie ist eine Freundin von mir.«

»Und ich bin kein Freund von dir?« fragte ich ihn. »Wie lange habe ich für dich gearbeitet?«

»Ich habe genug!« schrie er. Er verfluchte mich auf Französisch.

»Wenn du nicht willst, daß ich arbeite, bezahle mich, und ich gehe. Aber paß auf! Die Flüche, die du mir gibst, werden dir schaden. Weil ich im Recht bin und du im Unrecht.«

Er fluchte weiter. Mseud stand auf. Als Pepe sah, daß Mseud aufstand, stand auch er auf. Beide sahen mich an.

»Warum steht ihr auf, ihr beiden?« sagte ich. »Bleibt in eurer Ecke. Ihr seid an allem schuld.«

»Setz dich, Mseud«, sagte François.

Omar saß dabei und sah zu. Er lachte immer noch.

»Sprich weiter«, sagte ich zu François.

»Hinaus!«

»Bezahle mich. Ich gehe.«

Er nahm tausend Francs heraus.

»Hier. Verschwinde aus meinem Haus.«

»Leb wohl«, sagte ich zu ihm. »Eines Tages wirst du sehen,

wohin dich das alles führt. Anstatt, daß du sagst: Es tut mir leid, Ahmed, wirfst du mich mit Flüchen hinaus. Gut!«

Ich ging fort. Es war noch früh. Ich ging hinunter in Mustafas Café.

Er war da. »Ahmed! Du kommst früh heute.«

»Es geht«, sagte ich.

Er ließ den Qahwadschi die Kif-Pfeife holen. »Fülle sie«, sagte er zu mir.

Ich hatte keinen Kif. Ich lieh mir eine Nabula und füllte den Pfeifenkopf und fing an zu rauchen.

»Das ist guter Kif«, sagte Mustafa.

»Ja. Es ist nicht meiner.«

»Arbeitest du noch?«

»Woher weißt du? Ich habe gerade aufgehört. Es ist alles zu Ende.«

»Das macht nichts«, sagte er. »Du lebst schon viele Jahre. Manchmal hast du gearbeitet. Manchmal nicht. Wenn du wieder hierherkommen und auf dem Boden schlafen willst, kannst du kommen«, sagte er.

»Nein, Mustafa. Danke. Jetzt nicht.«

»Mehr kann ich nicht für dich tun.«

»Danke, Mustafa.«

Ich dachte: »Was habe ich alles gearbeitet, für diesen Nasrāni. Und als es zu Ende war, verfluchte er mich und warf mich hinaus. Aber es ist schon gut. Der Storch muß lange warten, bis die Heuschrecken kommen. Dann frißt er.«

Worterklärungen

Abd al – Wahhāb	zeitgenössischer berühmter arab. Sänger
Ahlan (wa sahlan)	Herzlich willkommen! (arab. Gruß)
Aischa	häufiger arab. Frauenname
Aischa Qandicha	Name eines Dschinns
Alallāh	Für Gott! Im Namen Gottes!
Allāh	Gott
Allāh ihennik	Allah erfreue dich, mache dich glücklich!
Allāh ihennikum	Allah erfreue euch, mache euch glücklich!
Allāh yahfud	Gott bewahre!
Amalat	Verwaltungsamt
Baqqāl	Krämer
Ben . . .	Sohn des . . .
Beni . . .	die Söhne des . . . (Stammesbezeichnung)
Beni M'zgilda	Stamm in Nordmarokko
Bent . . .	Tochter des . . .
Berrāda	Krug aus porösem Ton, um Wasser kühl zu halten, auch Teekanne
Bū . . .	Vater des . . .
Buena suerte	span. ›Gutes Gelingen!‹
Bū Khāch Khāch	Stadtteil von Tanger
Caid	arab. ›Führer‹, ›Chef‹, hier Beamter der Eingeborenenverwaltung
Calle	span. ›Straße‹

Chauen	heilige Stadt im Rif, zwischen Tetuan und Ouezzane
Cherqī	heißer Wind aus dem Südosten, der Wüste
chlass!	Komm! Hör auf!
Dār el – Beidā	arab. Name der Stadt Casablanca
Dradeb	nordwestlicher Stadtteil von Tanger, außerhalb der eigentlichen Stadt
Dschebāla	maghr. ›Bergbewohner‹
Dschellabah	mantelartiges Gewand mit Kapuze
Dschenān el – Kaptan	Stadtteil in der Medina zu Tanger
Dschinn	Dämon, Geist
Duro	Münze (5 Peseten oder 5 Francs)
'Eschā	Gebet des 'Eschā, Nachtgebet der Moslems
Fedschr	Morgendämmerung
Fonduq	Gasthaus, Hotel, Herberge
Fonduq en – Nedschār	ehemaliges ›Hotel der Zimmerleute‹. In den großen Städten Marokkos hatte jede Handwerkszunft ihre spezielle Herberge.
Fqih	Theologe, volkstüml. ›Koranrezitator‹, hier soviel wie ›frommer Mann‹, der das Heiligengrab beaufsichtigt.
Gaseosa	span. ›Limonade‹
Gersch	= Biljūn. Kleine marokkanische Münze (0,25 von 1 Pesete)
Gracias a Dios	span. ›Gott sei Dank!‹
Hāik	Obergewand der marokkanischen Frau, Teil des Gewandes, der das Gesicht verhüllt.

Haiti	Wandbehang
Hammām	arabisches Bad
Harīra	marokkanische Suppe
Hauma	arab. ›Stadtviertel‹
Hijo	span. ›Sohn‹
Hindiyāt	kern- und saftreiche Kakteenfrucht (pl.)
Hombre	span. ›Mann‹, ›Mensch‹
Id el – Kbīr	Das ›Große Fest‹ am 10. Dhu l – Hidschdscha des moslemischen Jahres, zum Gedenken an die große Pilgerfahrt nach Mekka. Es ist das Fest des Schlachtopfers.
Id es – Seghīr	Das ›kleine Fest‹ am 1. Schawwāl am Ende des Fastenmonats Ramadān, somit das höchste Fest der Moslems.
Inschallāh	So Gott will
Kalīf	arab. ›Stellvertreter‹. In Marokko vor der Unabhängigkeit neben dem Caid Beamter der Eingeborenenverwaltung, Stellvertreter des marokkanischen Sultans in Tanger und Tetuan.
Kasbah	arab. ›Zitadelle‹. Stadtteil in der Medina von Tanger (höchstgelegener Teil).
Kātib	Sekretär, Schreiber
Kif	das im Rif-Gebirge angebaute Haschisch
Kifta	am Spieß gebratenes Tartar
Kuffa	Rand, Saum, Ärmel
Kuskus	Nationalgericht Marokkos. Über dem Dampf einer Gemüsesuppe gargekochter Weizengrieß mit Ham-

	melfleisch und verschiedenem Gemüse.
Labbès	›Geht es gut?‹ – ›Ja, es geht gut!‹
Lalla	›Meine Dame‹, frommer Titel einer religiösen Frau, einer vornehmen Dame
Ma'allem	Meister
Mahal	Zimmer
Marabut	Heiligengrab
Marschan	Plateau im nordwestl. Tanger, nördlich von Dradeb
Medersa	Religiöse Schule im Islam, im weiteren Sinne ›Schule‹ überhaupt
Medīna	arab. ›Stadt‹. Die Altstädte der großen marokkanischen Städte, wo fast ausschließlich Moslems leben.
Mendūbīya	Oberkommissariat
Mijmah	kleiner tragbarer Holzkohleofen zur Kaffee- und Teebereitung
Moqaddem	Aufseher, Vorarbeiter
Mottoui	Zusammengefaltetes Papier, Leder oder Tuch, wo man den Kif aufbewahrt.
Mrrakschi	Einwohner von Marrakesch
Mstachūsche	Teil von Tanger, Vorort
M'tarrba	eine Art Matratze
Muezzin	Gebetsausrufer
Nāl alīk Schaitān	Hol dich der Teufel!
Nasrāni	Christ, Europäer
Nuedder	primitiver Dreschplatz auf dem Lande
Paella	span. Reisgericht mit Früchten des Meeres

Pascha	türk.-arab. Titel, hier Titel des Leiters des Waisenhauses
Qādi	islam. Richter
Qahwadschi	Kaffeewirt
Ramadān	Neunter Monat des moslemischen Jahres, der Fastenmonat des Islam
Riāl	= Duro (5 Peseten)
Sādek	Freund
Sala	span. ›Salon‹
Sbāch 'l – chīr	Guten Morgen!
Scheich	arab. ›Greis‹, Stammesoberhaupt
Scherīf, f. Scherīfa	arab. ›hochgeboren‹, ›edel‹, Titel der Nachkommen des Propheten Mohammed
Sebri	langes Mundstück der Kif-Pfeife
Serruel, pl. Sirwāl	Hose
Sī	maghreb. ›Herr‹
Sidī	Mein Herr!
Sidī Hassein	Name eines örtlichen Heiligen
Souāni	Südwestlich gelegener Stadtteil von Tanger, schon außerhalb. Name eines Flusses
Sūq, pl. Aswāq	Markt
Sūq al – Arba	›Mittwochsmarkt‹, Stadt auf der Ebene des Gharb, zwischen Tanger und Rabat
Sūq al – Bqar	Viehmarkt
Sūq al – Fhem	Holzkohlemarkt
Sūq et – Tnīne	›Montagsmarkt‹, häufiger Ortsname
Sussi	Einwohner des Sus, einer südmarokkanischen Landschaft zwischen Hohem Atlas und Antiatlas
Sūdāni	das ›Sudanesische‹, ein Räucherwerk

Taguia	marokkan. Kopfbedeckung
Tangawi, pl. Tangawin	Einwohner von Tanger
Tbārak Allāh	Gott segne dich!
Terrah	Junger Bursche, der vom Besitzer einer Backstube ausgesandt wird, um Ware zum Backen zu bringen und wieder fortzuschaffen.
Tohamira	hemdartiges Gewand
Umm Kulthūm	berühmte ägyptische Sängerin
wachchā!	Gut, einverstanden!
Wādi	arab. ›Fluß‹, häufig als Ortsname
Wakīl ed – Daula	Bevollmächtigter des Staates
Walīdi	Mein Sohn!
yāh!	Heda!
yāh Latīf!	Ach du gütiger Gott!
yāh Radschel!	Hallo, Mann!
yāh Ra'i!	Hallo, Hirte!
Yimma el – Habība	Geliebte Mutter!
Yehudīya	Jüdin
Zanqa Tawīla	›Lange Straße‹, Gasse
Zeriah – Bus	Bus, der aufs Land fährt
Zohr	Mittag, Mittagszeit

Inhalt

Die Erzählung EIN LEBEN VOLLER FALLGRUBEN von Driss ben Hamed Charhadi ist am 20. Februar 1985 als zweiter Band der ANDEREN BIBLIOTHEK bei der Greno Verlagsgesellschaft m. b. H. in Nördlingen erschienen.

Von Paul Bowles auf Tonband aufgenommen und ins Englische übersetzt, wurde die Originalausgabe unter dem Titel A LIFE FULL OF HOLES 1964 bei Grove Press, New York, erstmals veröffentlicht. Die deutsche Übersetzung von Anne Ruth Strauss erschien mit dem Titel SCHULDLOS SCHULDIG. EIN LEBEN VOLLER FALLGRUBEN, zuerst 1967 im Hermann Luchterhand Verlag, Neuwied und Berlin. Sie wurde für die vorliegende Ausgabe durchgesehen.

Die Photographien, die dieser Ausgabe beigegeben sind, nahm HERBERT LIST in den fünfziger Jahren in Tanger, Marokko, auf. Sie erscheinen mit freundlicher Genehmigung von Max Scheler, Hamburg / Transglobe Agency, Hamburg.

Dieses Buch wurde in der Werkstatt von Franz Greno in Nördlingen aus der Borgis Old Style Monotype gesetzt und auf einer Präsident-Schnellpresse gedruckt. Das holzfreie mattgeglättete 100g/qm Werkdruckpapier stammt aus der Papierfabrik Niefern. Den Einband besorgte die Buchbinderei G. Lachenmaier in Reutlingen.
7.–11. Tausend, März 1985.
ISBN 392156817X. Printed in Germany.

Von jedem Band der ANDEREN BIBLIOTHEK gibt es eine Vorzugsausgabe mit den Nummern 1–999.

Informationen bietet das zu jedem Band der ANDEREN BIBLIOTHEK erscheinende Magazin.

TRANSPORTES EL FAHS
ZOCOS S.A. TANGER